鸽子的结局 Gezi de Jieju

时代出版传媒股份有限公司
安徽文艺出版社

【作者介绍】

张炜，当代著名作家。现任山东省作协主席，专业作家。已发表作品一千三百余万字，被译成英、日、法、韩、德等多种文字。在国内及海外出版各种单行本三百余部，获海内外重要奖项五十余项。

作品曾被评为"世界华语小说百年百强"、"百年百种优秀中国文学图书"、"九十年代最具影响力十作家十作品"，并获得"全国优秀长篇小说奖"、"上海长篇小说大奖"、"人民文学奖"、"庄重文文学奖"、"中国畅销书奖"、"全国优秀短篇小说奖"等，部分作品被法国教育部和巴黎科学中心确定为法国高等考试教材。

《你在高原》反响热烈，先后获2010年"南方传媒大奖年度杰出作家奖"、"茅盾文学奖"、《亚洲周刊》全球华文十大小说之首、"中国作家出版集团特等奖"、"鄂尔多斯文学大奖"等十余项奖。

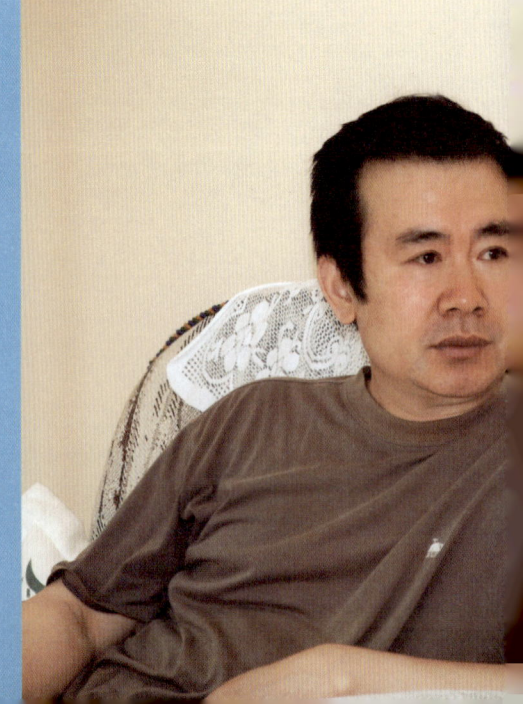

当代名家精品珍藏
Dangdai Mingjia Jingpin Zhencang

鸽子的结局

Gezi de Jieju

张炜 /著

时代出版传媒股份有限公司
安徽文艺出版社

图书在版编目(CIP)数据

鸽子的结局/张炜著.—合肥:安徽文艺出版社,2015.8
(当代名家精品珍藏)
ISBN 978-7-5396-5498-0

Ⅰ.①鸽… Ⅱ.①张… Ⅲ.①中篇小说-小说集-中国-当代②短篇小说-小说集-中国-当代 Ⅳ.①I247.7

中国版本图书馆CIP数据核字(2015)第189227号

出 版 人:朱寒冬　　　丛书策划统筹:朱寒冬　岑　杰
责任编辑:朱寒冬　曾　冰　　装帧设计:丁　明

出版发行:时代出版传媒股份有限公司　www.press-mart.com
　　　　　安徽文艺出版社　www.awpub.com
地　　址:合肥市翡翠路1118号　邮政编码:230071
营 销 部:(0551)63533889
印　　制:安徽新华印刷股份有限公司　(0551)65859551

开本:880×1230　1/32　印张:13.5　字数:300千字
版次:2015年8月第1版　2015年8月第1次印刷
定价:44.80元(精装)

(如发现印装质量问题,影响阅读,请与出版社联系调换)

版权所有,侵权必究

目 录

序 / 1

寻找鱼王 / 1

海边妖怪小记 / 116

鸽子的结局 / 348

穿越 / 358

孤旅 / 364

羞愧 / 372

何时消逝的怪影 / 381

植物的印象 / 387

山药架 / 395

夫人送我三个碟子 / 404

提防 / 412

附录 / 419

序

我在近四十年的写作生涯中，除了长篇小说和散文之外，共写了十三部中篇小说和一百多部短篇小说。

这是我十分钟爱的文体。我把许多宝贵的时间花在这些篇章之中，可以说为之殚精竭虑。

现在的几部"中短篇小说年编"，大致以写作时间为序编排。这成为一次盘点，一次回顾和总结：生命的痕迹、劳作的历史、艺术的变化、生活的记录……

时间匆匆而过，悉数消逝在渺茫无际的数字时代，好像离我们越来越远了。

不过，当重新展读这些篇章时，我却再度追上了漂流的时间，并且觉得一切都楚楚如新。

也许这就是文学的意义、写作的意义。

2015 年 4 月 21 日

寻 找 鱼 王

我年纪大了,记忆力还好。

在这段时间里,回忆自己的少年时代,讲述八十多年前的故事,已经成为我最愿意做的事情……

大山深处

我们家在大山深处,那是一幢小石头房子。我们没有住在村子里,因为这里没有多少平坦的地方,没法建成一个村子。山根下东一户西一户的,从这一家到那一家,有时要翻过一座山岭。

我小时候不知道什么是"村子",只知道我们就住在"山里"。大家都没有邻居,出门常常见不到人,只有山和树。树不多也不大,也见不到猫和狗。

我喜欢猫和狗、羊和牛,可是它们都在很远的地方,走不到我们这儿来。在我五岁的时候,家里终于养了一只猫。这是一件大事。我和猫很快结成了一伙,一块儿做些什么,还要瞒着家里的大人。

我和猫天天在一起,难舍难分。可惜这种好日子刚过了两年,爸爸妈妈就逼着我去做另一件事了。这是我最害怕的事,却又没法拒绝。山里好多孩子都得经历这种倒霉的事,大概谁也逃不过。

这就是"上学"。人要上学,这不知是谁发明出来的怪事。

没有村子就没有学校,可我们还是得上学。山里人的办法太多了,他们想干什么就能干成什么。爸爸领我去上学了,替我背了"学包"。

我们当年不叫"书包",只叫"学包",就是专供上学用的包。我的这只包是用马兰草编成的,用桑树皮做了提系,里面装了一沓草纸和一支红杆铅笔。

翻过两座不大的山包,来到了一条半干的河谷。就因为这里是河谷的拐弯处,于是成为一个了不起的地方:河谷的半边竟然有一湾绿汪汪的水,岸上还有一小块平地,那儿长了几棵黑乌乌的柏树。柏树下搭了两间草棚,这就是我们的学校。

可能因为这儿有树有水,又有一块小小的平地,才被人看中了。从这里往外有一条条小路,它们连接了许多山里人家。

一个戴了老花镜的斜眼老人就是老师。他住在草棚的里间,那里有火炕和锅灶,还有一块石头支起的木板,是他写字看书的地方。

外面一间棚子稍大,里面有二十多个石磴;墙上挂了一扇门板,涂成了黑的,用来写粉笔字。我们上学的孩子被安在一个个石磴上,开始上课。每人都发了课本,那是一沓用纸绳订起来的草纸,上面写了大字,还有画得歪歪扭扭的图画。我从图中找到了镰刀和镢头、太阳和月亮,还有猫和狗。最让我喜欢的是一条鱼,很大的鱼。

这条鱼让我看啊看啊。它又长又扁,有鳞有翅,大眼睛。它是用黑墨画成的,但我总觉得它是一条大红鱼。

我把这条鱼对在眼上看一会儿,又推远了看一会儿,好像它随时会跳起来一样。爸爸当时就在我身后,他也被这条鱼吸引住了,一直在那里看,发出呼呼的喘气声。

棚子里一共有十六个孩子,他们就是全部的学生。

老师上课时并不依据课本。他在黑板上又写又画,大致是先画一个物件,然后在物件下边写上名字,用一根树条使劲敲打那几个字,让我们大声跟上念。

那时我明白了,要当老师就得有画画的本事。尽管他画的物件难看极了,但只要费些力气,总能看出是什么。爸爸头几天一直伴我上学,因为他不敢把我一个人扔在这儿。

爸爸对那个斜眼老头儿不太满意,说他"浑吃"。这是说他贪吃,吃得多。真的,因为所有家长都要讨好他,时不时送来一些吃的东西,什么地瓜花生、土豆芋头等。有一次我闻到了扑鼻的香气,原来他灶台上放了一块巴掌大的豆腐。我和爸爸都惊呆了。

这老头儿能吃上豆腐,真是太了不起了。这肯定也是哪位家长送来的。

老师没有薪水,只收一些吃的东西,有时还能收到一块粗布,用来做衣服。因为吃饱了没有衣服穿,这就糟了。

爸爸常常盯着老头儿的脸看。这脸比一般山里人的脸大和胖。这也证明了他"浑吃"。

爸爸第一天送我去上学,大多数时间都站在棚子里伴我。有一会儿他大概觉得没意思,就到外面溜达去了。课间休息时,大家都跑了出去,高兴得到处窜,围着两间棚子转圈,还想爬到柏树上去。只有两三个孩子不高兴,他们是被硬逼来的,一整天泪水不干。我也不高兴,不过我不会哭。

我从棚子里一出来就到处找爸爸,后来发现他在陡陡的石岸下边,正蹲在那片绿汪汪的水旁端量着。我往爸爸身边跑,那个老头儿就跟过来了。他摘了老花镜看着水边的爸爸,一脸的气愤。

爸爸拍拍手站起来,攀着石阶上来。

老头儿盯着爸爸,嘴角动了动,没有说什么。爸爸讨好地对他笑笑,说:"嗯呀。"

老头儿说:"你下去干什么?那里什么也没有!"

爸爸四下瞥几眼,又回头看那片水:"这里面也许……有鱼哩。"

我听得清清楚楚,爸爸当时就是这么说的。谁知那个老头儿胡子立刻翘起来了,喊道:"胡说八道,哪有什么鱼!"他一边转身一边咕哝,气呼呼的,"真是胡说八道……"

回家路上,爸爸说:"我在水边蹲了好一会儿,我觉得里边有鱼。不是大鱼,不过定准有鱼。"

这天晚上,我一直在想那片水,越想越觉得爸爸说得没有错,那儿一定会有鱼。啊,那多好啊!我甚至想到了怎样逮鱼……

爸爸后来又对妈妈议论起那片水,不住声地夸,说那些人可真会选地方啊,那个斜眼老师也真是有福啊,那里有树有水,说不定还有鱼。"要真有鱼,那老头儿算有大福了,那鱼就全归他了。"爸爸咂着嘴。

妈妈说:"那个人也许和老族长好,要不哪会有这么好的差事,也住不到这么好的地方来。"

爸爸和妈妈议论着,其实我明白,他们最羡慕的是鱼。

我知道"老族长"。这个人好像年纪很大了,住在很远的什么地方,管着山里所有的人。只要住在这片大山里,无论见没见过面,都得受他管。爸爸说:"什么地方都得有人管,咱山里就归老族长管。"

我在心里将"老族长"想象成一个很高很大的人,黑着脸,山里所有的人、所有的活物都怕他。

我问爸爸:"老族长常常吃鱼吗?"

"那是肯定的。不过也不能天天吃吧。"

我信爸爸的话。因为我们住在大山深处,这里一年到头大半都是旱天,地上留不住水,自然也没有鱼。记忆中我只吃过两次鱼,是泥鳅,只有手指头那么长。

第一次吃鱼是个夏天。那天爸爸兴高采烈从外边回来,一进门就掏着衣兜,掏出了比拇指长一点的黑东西。他在妈妈眼前晃了晃:"鱼!"

原来那是爸爸路过一条干河沟时,在焦干的淤泥上捡到的泥鳅,一共三条。它们被晒得干干的,所以没有臭。

妈妈那天高兴坏了。她洗了一些菜叶,找了一个大泥碗,先放上几片菜叶,然后再放上干泥鳅和盐,最后覆上更多的菜叶。泥碗放在锅里蒸起来,白白的蒸汽满屋都是,我们一块儿用力往鼻孔里吸。我嗅到了,大声说:"是鱼!"

那种腥腥的气息啊,我一辈子都不会忘。

鱼宝贵

爸爸妈妈常夸我:"你的鼻子真尖!"这不是说鼻子的形状,是说我的鼻子最灵。妈妈说我的鼻子比得上猫。猫有一个了不起的鼻子,它的鼻子看上去并不大,可是真灵啊,什么都嗅得出。

我也嗅得出。我能分得出掺在一块儿的各种气味,无论散发出这些气味的东西藏在哪儿,我都能找到。花生、辣椒、地瓜,这些我最熟悉了。如果有一种新东西放在屋里,哪怕是藏在谁也看不见的地方,我也能嗅出来。那些从没见过的东西被我嗅到时,我尽管说不出名字,可我知道它在哪儿。

猫也有这种本事。我有一次见它在屋里走来走去,不时地抬头看我一眼,叫着,就知道它一定嗅到了什么。后来我才知道:就在它出门的一刻,有一只老鼠跑到屋里来了。

猫对老鼠的气味最熟,再就是鱼了。而我对鱼的气味最熟。

后来我发现爸爸妈妈、我认识的所有人,对鱼的气味都太熟了,熟得受不了。

爸爸那一天在上学的地方察觉到有鱼,一说出来就让老师不高兴,让老头儿脸上有了怒气。我后来问爸爸:"你亲眼见到鱼的影子了吗?"他摇摇头。

"那你怎么知道啊?"

"从水纹……我也说不准。反正水里有一股土腥味儿,我想里面肯定有鱼。"

"水边都有这种土腥味儿呀。"

"那不一样。不太一样。"爸爸说。

我好像能懂他的意思。那是无法说得更明白的。我知道爸爸把这种"土腥味儿"分成了好多种,它们在涌进爸爸的鼻孔时,被他一丝丝地、像篦头发似的篦了一遍,然后从里边找出了什么特别的东西。

爸爸不会错,不信就等着看吧。

我后来就特别留意那汪水了。多好的水呀,静静的,墨绿色,有时还泛出黑色,油汪汪的。有风时水纹就多,无风时平得像镜子……说不定什么时候发出"咚"的一声,水面立刻荡开一圈圈水纹。

我想爸爸一定是看到了这样的水纹。

我有时会目不转睛地盯住它看,可我什么都没有看到。

我像爸爸那样蹲在水边,不光是看,还眯着眼嗅。我仔细小心地嗅着涌进鼻孔中的所有气味。腥腥的,这里面有泥土被水渍过的腥气,还有草叶烂在里面的气味。有一种腥味很缠磨人,它好像有点发黏发热,但说不清。我在心里琢磨,这大概就是鱼身上发出的气味吧。

那个戴花镜的斜眼老头儿站在岸上,我抬头看他时,他正在盯我,那眼神像看爸爸时一样。我赶紧爬上岸。他说:

"不准下水。"

"天多冷,我才不会下水。"

"天热了也不准!谁也不准……老族长知道了,让人揪起两腿一劈巴扔进山里!"

老头儿说得真吓人哪!"老族长"这三个字谁不怕?所有人都怕。想想老头说的吧:一个壮汉把孩子两腿揪紧,狠狠撕劈,孩子撕心裂肺地喊哪喊哪,野物从四面八方赶来……

爸爸说这片大山里狼不多,最多的是獾和猞猁,还有一些狐狸。这些动物一般不伤人。爸爸说当年老族长身边的一个人被狼咬死了,老族长下令杀狼,狼后来也就不多了。

那个斜眼老头儿太狠了。

可我还是要看那汪水,偷偷看。

在南风中,我不出门也能嗅到那种特殊的腥味儿。这让我无法好好听老头儿讲课。他在黑板上画了猫,用力敲打黑板,喊:"猫!猫!"我们都跟上喊。喊累了,他又画了一条鱼,用力敲打着喊:"鱼!鱼!"

老头画鱼的时候格外用心,他把这条鱼画得很大,鱼鳍画得像翅膀。有个孩子提了个傻问题:"老师,鱼也会飞吧?"老头儿哼哼着:"鱼会飞,那不成精了?"我们都笑。

回家时我讲了这句问答,爸爸说:"还别说,真听人讲有一种鱼会飞,能飞屋顶那么高,呼一下飞过去,再落到水里,那叫'雀鱼'。"

这一天坐在石礅上,我格外心神不宁。这不完全是因为南风里飘来的腥气,肯定不是。一开始我自己也不明白,后来才知道是怎么回事。这天我一坐到石礅上就觉得不对劲儿,因为它好像不稳,我的身体总是轻轻摇晃。我一边摇晃,鼻子不知不觉就在用力吸气,脸也转到了一边。

老头儿的目光瞥过来,我吓得一哆嗦,赶紧把脸转向了黑板。可是我的鼻子让我无法聚精会神。真的,我嗅到了一股特别馋人的香气。一般的香气倒也没有什么,因为老头儿的里间棚子里总是飘出各种香味,常常让大家无法集中精力。谁让他们个个都有一副好鼻子呢,动不动就往一边嗅,就要转头扭脖子。这让斜眼老头儿也没有办法。谁都能明白:老头儿的那个里间棚子对听课来说真的是一大害。

我这会儿被这气味差点儿弄蒙了,嗅着嗅着,险些不顾一切地站起来。我真的嗅到了鱼的气味!我敢说老头儿吃鱼了!

我定定地看着他,想从他的神气上看出什么。我发现他的声音又粗又响,用树条拍打黑板时劲儿更大了,胡楂儿参着,脸上一副凶巴巴的样子。他反正与过去不同了。

课间活动时我没有到棚子外面去。棚子里的人很快走光了,只剩下了我自己。老头儿独自到里屋去了。我像被一根线牵着,一直往老头儿跟前凑。我在门口站住了。

站得近了,那种甜甜腻腻的腥味儿更浓了,大股大股地涌进鼻孔。看来这个老头儿什么都不在乎,也丝毫不想遮掩。我咳嗽了一声。

里面发出"当"的一声。他出来了:"你要干什么?"他翘着胡子。

"我……"我支支吾吾,突然想到了我们家的猫。我如果是一只猫多好啊,毫不费力就能溜进去,一下就能找到鱼:一条两条,大鱼小鱼。

我吞吞吐吐:"我看见一只猫……从这儿溜进去……"

"胡诌!哪有什么猫……"

我顺势胡编,越编越没谱儿,连自己都觉得可笑。我说:

"我们家有只大猫,一天到晚吃鱼。它不知从哪儿抓来一条大鱼,有两拃多长……"

"啊?"老头儿眼睛睁得圆圆的,"两拃多长?那么大?它吃了可不行!"

"我爸我妈都想要这条大鱼,可就是没法儿。猫又蹿又跳,叼着鱼不松口,在屋里兜圈儿,谁也逮不住……"

老头儿打断我的话:"最后到底怎么样了?"

我像一只泄气的皮球,垂下头:"它叼着大鱼跳出了窗子……"

鱼很宝贵

我随口编出的那条大鱼的故事让我心里很不是滋味。本想用它馋一馋这个老头儿,后来才发现把我自己馋坏了。我一直在想:两拃长的大鱼,这该是多么棒的一条大鱼啊。

老头儿听到最后一连声叹气:"咳咳!咳咳!完了,全完了,它不吃完这条鱼是不会回家的!"

"嗯,就是这样,它在外面大半天,最后才舔着嘴巴回来……"

"它连根鱼骨头也没带回来吧?"

"它肯定吃光了才回来。猫是最馋的家伙,它格外喜腥……"

老头儿取出烟袋,又捏紧了一块厚铁片,那是点烟用的"火镰"。他一下一下敲打着一块白石头,一串串火星落在烟锅上,冒烟了。他使劲吸了一口:"唉,真可惜。一条大鱼就这么没了。不过它从哪里叼来的,你们得弄明白。弄明白了没有?"

我摇摇头。

"这么大的一条鱼,是很宝贵的呀,不论是鲫是鲢还是鲤,都很宝贵。在过去,山里人如果逮住了两拃多长的鱼,不要说被猫叼走了,就是自己吃都不行,那不行!"

我好吃惊:"那要干什么?"

"送给老族长。这还用问?那得送给他。"

我好长时间一声不吭。我在想大鱼和老族长。我想不明白大鱼为什么一定得送给他,这事儿真是怪极了。

回家后我问起了老族长,最纳闷的是大鱼为什么要送给他,心里愤愤不平。那个人如果不是亲戚又不是长辈,一条大鱼怎么能白白送他?还不如被猫吃了呢。

谁知爸爸一听"老族长"三个字,立刻绷紧了脸问:"你在老师跟前说了他坏话没有?"

"没有!我不过是舍不得那条大鱼,好不容易逮一条大鱼……"

爸爸长舒了一口气:"那就好。老族长自己不会要,是山里人自愿送上的。他要把大鱼摆在祠堂里,给先人上供。"

"上供以后呢?"

"以后,"爸爸摇头,"咱就不知道了。"

"你见过老族长吗?"

爸爸摇头:"山里人见过他的不多,只不过都知道。老族长传下什么话了,大家都听。老族长住在大山中央,那里和这儿不同,不是孤零零一幢房子,听说是两个'三连屋',就是六幢大房子在一块儿,老族长住当中一幢。那房子都是用老松木做成的,冬暖夏凉。老族长平时坐在大圈椅子上抽烟,有一杆三尺多长的玉石嘴烟斗。他有什么话,其余五幢房子里的人就会传下来,然后山里人就照着这些话去做。"

我听了暗暗吃惊:天哪,六幢房子连在一起!大圈椅子!三尺多长的玉石嘴烟斗!我想只凭这三样,他就是个顶了不起的人了……我问爸爸:

"你为什么不去亲眼看看呀?"

"我倒想去,不过离得太远,去一次不易,再说我又不能空着两只手。年轻时候做过一个梦,梦见自己逮着了一条三拃长的大鱼,就提着这条大鱼去见老族长了。醒来以后高兴坏了,好像真的见了他一样……我常常设法逮这么一条鱼,结果多少年过去了,从来没有得手。我的年纪一点点大了,手脚更笨了,大概再没机会逮住大鱼了,也就死了心。我这辈子也见不到老族长了。"

我心里有些可怜爸爸。

这天夜里我和爸爸因为谈了大鱼,就再也睡不着了。爸爸接上又说了不少鱼的故事,我越发睡不着了。

爸爸说咱这山里积不起大水,有水都流到下边丘陵或平原去了。没有水就没有鱼,更没有大鱼。不过大山旮旯儿多,什么奇怪地方都有,也藏下了不少水湾沟汊,所以鱼嘛,总是有的,不过那得有本事才能逮住。山里人生计忙,吃的东西主要是地瓜干。麦子一年里只能吃几次,一般是中秋节和过年的两天:腊月三十和大年初一。

"大年初一,富裕人家就在桌上摆一条大鱼了。"

爸爸一说到"大鱼"就咂嘴。我也立刻兴奋起来,两条腿使劲儿蹬着炕说:"啊,大鱼!他们全家都吃吗?怎么吃?"我想这种大鱼一定不是装在泥碗里、盖在菜叶下蒸了吃。

妈妈在一旁介绍大鱼怎样做:"如果是两拃以上的大鱼,就得好生小心。细鳞不用去,粗鳞也舍不得去,怕伤了鱼肉、鱼皮。只要做得好,鱼鳞吃起来就不碍事。一般都是把鱼洗好弄好,使足了盐,用地瓜糊糊沾上一层,用刀划上几道小口,上好了料,最后才是过油。家家都有一小坛子油,这会儿正好是使油的时候。把油在锅里烧开,一手揪了鱼头,一手揪了鱼尾,慢慢往油里放……炸好的鱼两头翘着,鳍儿挑着,看上去比活着时还大!金黄金黄,那香气那颜色啊,这才是过大年……"

我听得手舞足蹈,几次从炕上跳起来又几次被按倒。爸爸说:"这条油炸大鱼从大年初一陪伴全家到大年十五,过元宵节。"我马上愣住了:"吃那么久?就一条大鱼?"

妈妈拍拍我:"傻孩子!哪舍得吃!那不过是摆了看的,家里人,还有来的亲戚,都不能吃。大鱼要放在桌子最远的一头,谁也不能向它伸筷子。这条大鱼为了过年,也为了喜庆,哪舍得吃呢!

这就一直摆到大年十五……"

"过了十五总该吃了吧?"

爸爸嗯一声:"过了十五也不吃。天冷盐足,又过了油,鱼是馊不了的。这条大鱼要留下来,用处很多的。谁家来了大客,就要来借大炸鱼,他们更不能吃,也是用来当'看菜'。客人一走,鱼就得送回来。一条大鱼就这样在山里转来转去,出门时什么模样,回来时还什么模样。取送大鱼的人都提了木头盒子,把大鱼放到盒子中央……"

我听得大气都不敢出。

我在想:我们家过年时怎么没有这样的大鱼?真的没有,我从来没见桌上摆过两头翘翘的金色大炸鱼。

妈妈好像察觉了我的心事,说:"这样的大鱼可不是家家都有。那得是有钱的人家,还要运气好,从沙河集上买一条回来。大鱼太贵了,一般人家里都用木鱼代替……"

"'木鱼'是什么?"

"'木鱼'就是用木头做的鱼,有二拃长,木匠在上面刻了鳞和鳍,放在盘子里,浇上卤子,过节待客时放在桌上,也是一道'看菜'。客人顶多是蘸蘸卤子,算是吃了鱼吧。"

"木头鱼我们家有吗?"我问。

妈妈说:"你爸没让人做木头鱼,他心大,说咱要摆就摆真鱼。他说一定能弄回一条真鱼。结果一年等一年,真鱼还是没有……你爸心大。"

爸爸不好意思了,嘿嘿笑:"我在沙河集上见过这么大的鱼。"

他伸手比画着,"一问贵得吓人,要四十斤地瓜干哩!我还是舍不得,就搓搓手回家了。"

我一下坐起来:"集市上的大鱼又是怎么来的?"

"怎么来的?捉的呗!山里人多,总有大能人,他们不知从什么旮旯里捉来了大鱼。这些人可不是凡人,他们有这样的大本事,一辈子也就吃穿不愁,全都有了。"爸爸这样说时,他自己,还有我和妈妈,都羡慕死了。我说:

"那些人能捉到大鱼,咱们早晚也能吧?"

爸爸在黑影里吭吭两声:"就是呀,我就是这么想的,才没买那条大鱼。可想是想,真要捉到大鱼还得靠本事、靠运气。我这辈子本事和运气都不行。"

这个夜晚我特别不甘心,也为爸爸不服气。我从窗户上望着满天的星星,怎么也睡不着。我还想问一些事情,可爸爸妈妈都睡着了。我不睡,只想等他们醒来时再问。我只要遇到了事情就想一口气搞个明白。后来爸爸翻了个身,嘴里咕哝了一句什么,好像还在说"鱼……"我伸手摇醒他:"到底怎么才能捉到大鱼呀?"爸爸迷迷糊糊睁开眼,又听我问一遍,才打个哈欠说:

"先找有水的地方,再找鱼,最后就是设法逮鱼了。"

我觉得是这么个道理。不过他等于什么也没说,因为没有水怎么会有鱼?没有鱼又逮什么?

立大志

我们山里太旱了。爸爸妈妈说大山里有个妖怪,它的名字叫

"旱魃"。自从这家伙把大山选作自己的老窝,山里就不下大雨了。我反驳说:"可是我记得也下过大雨,有一年屋前的沟里水都满了,不小的雨啊!"爸爸说:"那要等'旱魃'离开窝的时候,它只到夏天才出去串一次门,走走亲戚,那时山里才会落一场像样的雨。可这妖怪懒得很,一般不愿挪窝儿。"

秋天到了,爸爸不让我上学了,因为要一起去山坡上收土豆和地瓜。妈妈也要上山,连猫也到地里来。我们全家干了一整天,才收了两篮子土豆和地瓜。地瓜长得又瘦又小,不过红红的,很好看。土豆像鹅蛋和鸡蛋那么大。

回家时天全黑了,妈妈开始忙着做饭。爸爸和我、猫,我们仨等着开饭。爸爸并不帮妈妈做饭,因为那从来都是妈妈的事。一会儿锅开了,冒出的白汽让人高兴。我知道土豆和地瓜躺在锅中的模样。马上就有一顿香甜的晚饭了。我问正在洗脸的猫:

"你能捉回一条大鱼来家吗?"

猫停止了洗脸,看看我,抿抿嘴。爸爸说:"它那本事不行。我听说有一只猫真的捉了一条鱼,有一拃多长,甩达着跳上屋顶,一家人看着它……"

"那一家人肯定住得离水不远。"

"那也不一定。猫是跑远路的好手,夜行二十里不算什么,它哪里都去,说不定在哪里找到了水。"

我又想到学校那两间棚子旁边的水。那片水有我们家五六个炕相加那么大。我在想那一天闻到的气味,就说:"老头儿吃鱼了。"

"你看见了?"

"我闻到了。"

爸爸不再吭声,后来说:"我儿子弄不错的。我估计,那老头儿就是从下边的水汪里逮的。那水里至少有这么长的鱼,半拃长。"

"我真想和他一块儿干。"我有点坐立不安了。

"他才不会让人知道。等你们都回家了,他就拿出家巴什儿了,那才是他一天里最高兴的时候。"

"什么是'家巴什儿'?"

"就是捉鱼的东西。不一定是什么,就看他用什么顺手了,有小网,有鱼钩,还有别的,方法多着呢。这老头儿用什么方法咱不知道,不过他一定把家伙藏了……"

爸爸这番话让我记下了。我开始被好奇心折磨着。我琢磨怎么弄清那个老头儿的秘密。

秋天过了一半的时候,大家又陆陆续续回去上学了。老头儿的眼镜有了一道裂纹,可他全不在乎,还是像过去那样高声喊叫,用一根树条猛力敲打黑板:"'狗''狗''猫''猫'!'人、手、足、刀、尺'!'鱼'……"他喊到"鱼"时,我觉得特别用力。

有一天课间大家都跑到了外面,老头儿也出去了。他们大概想晒晒太阳。我在外边只站了一小会儿就飞快钻回了教室,像猫一样溜进了老头儿睡觉的里间。我的眼睛在四处急急搜索:锅台、碗、一个破了半边的竹篓、一把生锈的镰刀、蓝色的被子、破鞋子……好像没有什么特别的"家巴什儿"。我有些失望。

傍晚走在回家的路上,我的两腿沉沉的。后来我就不走了,犹豫了一会儿,返身向着学校的方向跑起来。离那三棵柏树越来越近了,我的脚步也就放得像猫一样轻了。这儿可真安静啊。太阳再有一会儿就要落山了,到处都红扑扑的。棚子、树、水,都给染了一层颜色。

我没有发现棚子里冒出炊烟,前前后后也没有老头儿的身影。我绕了一个弯,从棚子另一侧转到了陡陡的石岸上,从这里能看到一整片水。我趴在一个石豁口那儿往下看,一眼看到了老头儿。我只差一点就喊出来了:老天爷,他正蹲在水边一块石头上,手里挑着一根竹竿。

我的心怦怦跳。我立刻明白了老头儿在干什么。我紧紧伏在石头上,不想漏掉任何一个动作。

老头儿手里的竹竿并不长,末端连着三根细绳。他一直举着。这样过了半个时辰,突然猛地一挑竹竿,嚯,一只破边小竹篓提出了水面,里面蹦跳着三五只银亮亮的小鱼!它们跳啊跳啊,每只都有手指那么长。正看着,一只小鱼跳出了竹篓,跳到了水里……

我马上喊了一声,伸手捂嘴时已经晚了。

一场大祸就这么发生了。老头儿气坏了。他后来对我爸爸说起整个事情的经过,简直把我说成了一个杀人犯:"我正在试……试试这水有多深,你孩儿猛地一喊,差点让我跌到水里淹死,就差一点了……"

爸爸想替我说情,老头却挥挥手说:"别说了,惹火了就去告诉老族长!"

爸爸的脸吓得蜡黄。他双手作揖,把我领回了家。我无比冤屈地对爸爸一遍遍说,说那个老头儿怎么捉鱼……爸爸打断我的话:"别说了,我全知道。"

我失学了。我本来就有点讨厌上学,可就这样离开了,又不甘心。我总不能成天和猫在一起,有时就跟爸爸去山坡上干活。这里有干不完的活儿,比如捡石头,土里有永远也捡不完的大小石头。我们这些地由十几块组成,最小的一块就像家里的炕面那么大。"明年春天再不下雨,土豆、地瓜,什么也收不成。"爸爸说。

我明白这一切都是那个"旱魃"搞的。我特别不懂的是老族长,他为什么不领山里人一块儿对付那个妖怪?如果打跑了妖怪,我们山里不光有吃不完的土豆、地瓜和花生,还能吃到麦子。最不敢想的是,我们到那时还会有鱼,很大的,二拃或三拃长的大鱼……

我说出了对老族长的失望和埋怨。爸爸说:"老族长也有自己的难处吧。"

爸爸一边干活一边琢磨事情。他最担心的还是我这一辈子。他说:"山坡上的活儿是干不完的。你不上学也好,反正'人、手、足、刀、尺'会写了,爸妈的名儿、自己的名儿全都会写了,这就够用了。"我点点头:"太够用了。"爸爸说:"那就干点别的吧。"

到底干什么,他没有说。他还在想。

我也在想。我白天晚上都在想。猫害怕打扰了我想事情,走路都轻轻的。这样过去了三天,我想得差不多了。第四天我和爸爸在山坡上捡石头,一边捡一边接着想,最后终于停下手中的活儿告诉他:

"我已经想好了。"

爸爸好像早有预料,一点都不吃惊。他扔下手里的石头:"噢,说说看。"

"我要当一个捉大鱼的人。"

爸爸的鼻子动了动。他最专心的时候才这样哩。他看着我的眼睛:"好,你要真成了这样的人,那才叫了不起!我到沙河集上,会看到卖大鱼的是我儿子!"

爸爸的拳头砸在自己掌心里。他兴奋了。

"等我逮到第一条大鱼时,立马拿回家!"

爸爸脸上一直喜气洋洋的,听到这儿,板起脸说:"第一条大鱼,那要送给老族长。"

我心里有些不服,但没有反驳爸爸。我不知该怎么反驳。

寻找鱼王

爸爸说做任何事情都得有个好老师,人这一辈子出息大小,能不能发达起来,就看最后找谁做了老师。"我这一辈子就因为没有找到一个像样的师傅,才成了这个样子!"他拍着膝盖,惋惜到了极点。

他回顾说,自己少年时代也有些了不起的大计划,比如开始想学铜锅,当个铜锅匠。"那要置办起不少的家巴什儿,什么手拉钻、磨石,装满满一担子。当时家里穷,置办不起,就改了主意。后来想当钟表匠,也没能干下来,因为山里人十有八九没有钟表,要挣这碗饭就得出山,那可不行。最后又想学打铁,正想拜师,听说有个打铁的人被老族长捉去了,罪名是为歹人锻刀和矛。这把我吓坏了,知道铁匠可不是一般人敢做的……"

我听得入神,这时突然想到了一件事,就问:"你就没想过学捉鱼?"

"当然想过,也试过。山里人都知道那才是大营生。不过大营生就得有大本事,这要看你有没有天分。拜师傅的时候,他先要看你聪明不聪明,能不能成。"

"这要有什么天分?"

爸爸摸摸我的后脑勺,咬咬嘴唇,看着远处:"这要师傅才说得清楚。我看除了学会下水,还要脑子灵、心眼多。不过我想这些全不重要……"

"那什么才重要?"

"我自己瞎琢磨罢了,也不是师傅说的。我从一边看着,从最了不起的捉鱼师傅那里想出来的。我知道自己没有这个天分……"

"这到底是什么天分哪?"我声音高起来。

爸爸摇头:"不是不说,是说不出、说不明白!我看那些最有名的师傅,他们闭着眼也能摸到大鱼的老窝!他们不知是用鼻子嗅还是使用了'心算法',反正能找到有大鱼的地方,瞅一个没人的时候把它逮上来……"

这也太玄了吧?我才不信:"用'心算法'找鱼?这不是给鱼算命吗?"

"就是!最有名的捉鱼师傅心里都有一笔账,他们把山山水水都装在心里,一年四季下雨刮风,天热天冷,鱼躲在什么地方,都算得出。这些方法说也说不清,一般人学一辈子也学不来啊。"

我不再说什么了。也许真是这样。不过我更相信鼻子的重要性,因为人凭嗅觉,真的能够寻到鱼的气味,比如说猫就有这样的本事,我也有这样的本事,爸爸也是一样。妈妈就说过:"你爸爸的鼻子最尖,你就像你爸爸!"我于是说出了鼻子的重要性,爸爸马上点头:

"鼻子太重要了!这是当然的了!那些捉大鱼的人,他们的鼻子一点都不比猫差。这些人的鼻子动不动就抽拉着、活动着,那是在闻味儿,想知道什么东西在什么地方、离他有多远。我估计,他们这时候就用上了'心算法',暗暗在打谱儿……"

我听爸爸这样一说,多少能同意一些了。同时我也更加自信:我一定能成为一个捉大鱼的人,成为一个了不起的人。

我为爸爸感到难过的是,他的鼻子那样好,为什么最后还是放弃了大山里最了不起的行当,没有做成一个捉大鱼的人?我为爸爸感到不平,也害怕自己遇到这样的不平……我绝不能重走一遍爸爸的路。

我首先要知道,爸爸的路在哪儿出了岔子。

我一定别走到岔路上去啊!我要顺着正路一直往前!我于是一遍又一遍让爸爸告诉我,这条路到底在哪里。

爸爸要从头回忆自己拜师的经历了,他提高了声音说:

"咱一定得找到山里的'鱼王'!"

我看着爸爸,嘴巴不由得张得老大。我好像不相信自己的耳朵,只相信自己的鼻子,这会儿用力地抽动了几下鼻子。可是爸爸再次重复了刚才的话。

"'鱼王'是一个人吗?"

"一个了不起的人!"

我额头突突跳,渗出了一层细小的汗粒:"他在哪儿?他离我们有多远?"

爸爸叹一口气,声音越来越低了。他沉入了往事,絮絮叨叨让人很不高兴。因为他不得不讲一个失败的故事,在这个故事里,他是一个可怜的人。

"我像你这么大的时候,也是一个立过大志的人。我想学一门手艺,后来你知道样样没成。不过我不是那种轻易服输的人,结果志向倒是更大了,直接就想当一个捉大鱼的人!要知道在大山里这样的人太少了。谁都想干成这事儿,谁都是两手空着回家了。如果真能当成这种人,那就能随时见到老族长,吃穿不愁,大富大贵……"

"这就是'鱼王'吗?"

"'鱼王'比这个还要高出许多!'鱼王'是所有捉鱼人的师傅!他用不着去沙河集上卖鱼,老族长也得高看他一眼。他只是自己一个人过日子,就像神仙似的!"

"啊,真是太了不起了!他在哪儿啊?"

"我多半辈子都在找这个人!我后悔的就是找错了人!我那会儿明白,没有拜'鱼王'的人是成不了大事的,可到底谁是'鱼王',你只有吃了大亏才能弄懂一点点,不过等你弄懂了这一点点,已经什么都晚了……"

"'鱼王'藏在山里吗?"

"他看上去不过是个平常人。难就难在这里!可那些总说自己是'鱼王'的人,不过是些骗人的财迷罢了,他们好不容易捉了大鱼就去沙河集、去献给老族长,也就那么点儿能耐。真正的'鱼王'从来不张扬自己,相反,一听这两个字就赶紧摆手,就像躲着水火一样……"

"你就这样错过了他?"

"十有八九是错过了。结果我什么本事也没学到,年纪一点点大了,只好死了这颗心,老老实实回到山坡上种地瓜了。"

"你是怎么错过他的?"

"唉,我最后见到他的时候,他的年纪并不太大。有人说他十有八九就是那个'鱼王',捉鱼的功夫是家传的。我找到他可真不容易啊,备了拜师礼去见他,谁知他给惹得满肚子不高兴,说'一块儿捉鱼就是了,什么鱼王啊,咱可不是'。他这样一说,我就恍惚了,后来越端量越不像,就离开了他。"

"再后来没有回去找吗?"

"那是几年以后了。他搬了几次住的地方,越搬越往大山里面去了,那儿十里八里没有人烟。我想这哪会是什么'鱼王'啊!要真是,就一定住得离沙河集不远,怎么会一个人躲起来?他独身一人,没有家口,穷兮兮的,怎么看怎么不像……从那时起我就再也没去找他。再说我的年纪也不适合拜师了,是不是'鱼王'的事也就搁下了。我的年纪越来越大了,夜里睡不着,在山坡上干活,一闲下来就从头想自己这一辈子。我一想到那个人,就想到了'鱼王'。如果这个人不是,那么'鱼王'的事儿从头至尾就是假的……"

鹰之子

我明白,最后在心里暗暗认准"鱼王",是爸爸的一件大事。随着年纪的增长,他对自己的判断已经深信不疑了。这对他来说可算一件十分冒险的事,因为年轻时候的失误,造成了他一生的失败,如果再次失误,就会让后一代也像他一样失败。

爸爸说咱爷儿俩再也输不起了。

"我活着,就得和你一块儿找到'鱼王'。"爸爸口气里有着十二分自信,"你想想,就因为他是真正的'鱼王',才害怕人们认出来,要不怎么穿得邋邋遢遢,像种地瓜的人一样?那是使了'障眼法',是故意不让人看出来。可是山里人太多了,他不可能瞒过所有人的眼。有人说'鱼王'是这样的,平时蔫蔫的,一进到水里就全变了,能不喘气待上半天。这人直接就是大鱼鹰转生的,头顶有一卷一卷的、鸟儿一样的羽毛,那就是记号啊……"

"啊?你看到了卷毛?"

"我没见过。不过我见过他下水的样子,脱衣裳笨手笨脚的,衣裳一脱和山里人一样,瘦巴巴的没有多少肉,可是一入了水又像嫌冷似的……要不说我起了疑心嘛。我好生看了一会儿他的头顶,哪有什么一卷一卷的鸟翎……我就那样被他骗了。他故意剃成了短头发,装成那个笨模样,就为了甩开别人……"

爸爸的话让我不知想了多少遍,我明白:剩下的事就是怎样找到那个人,让他收我为徒了。爸爸说这个人如果还在,如今至少有八十岁了。

"那么老还能教我捉大鱼吗?"

"不管多大,都是老鱼鹰的儿子。"

一连多少天,爸爸都在和妈妈合计事情。他们在一块儿下一个决心,要送我出门。妈妈用地瓜面做路上吃的烙饼,爸爸准备给'鱼王'的礼物。我心里兴冲冲的,嘴闭得紧紧的,我一遇到大事就会这样。我在被爸爸送去上学前,也紧紧闭着嘴巴。爸爸曾小声对妈妈说:"咱这孩子心大哩。"

妈妈烙好了一大摞地瓜饼,又捆了一些生葱,装满了一个水葫芦。这都是上路必备的东西。爸爸把花生和上好的地瓜干装满了一个大口袋,把红豆豆和大籽眉豆装进一个小口袋。这些东西都是全家平时舍不得吃的,这回全要送给那个师傅了。

一切齐备,只待上路。妈妈把我叫到跟前叮嘱:"路上听你爸的话,随处小心,防坏人也防野物。只要找到那个人,后边的事情就全好了。千万别念挂家。"我点头,差点洒下泪来。爸爸很自信的样子,默默收拾一切。他找出了一根扎腿带子、一把短刀。

天蒙蒙亮时我和爸爸上路了。

我们首先走过学校那两间棚子。分别了这么久,我一看见它的影子就有些忍不住。我看着那汪绿水站了许久,鼻子里又涌进了一股熟悉的土腥味儿。爸爸揪揪我:"走吧。"

从三棵大柏树下走开,就等于踏上远路了。我们要沿着山下的小路走,不时越过一幢或两幢房子,它们都是石头垒成的。这就是山里人家,像我们一样孤单。如果从这些房子里走出一个孩子,也一定会像我一样。

天亮时我们已经走了很远。一路上都没有看到一片稍大的水,只有些小水湾,或者是不大的水坑。爸爸说这些地方都不会有鱼。

再往前连孤房子也看不到了。我心里涌起一个大胆的想法:能不能路过老族长住的大屋?爸爸说大概不可能。因为那个人到底住在什么地方,只是听说,谁也没见过。

天快黑的时候,我们走到了沙河集。原来这里只是一条干涸的河道,宽宽的,除了沙子,什么都没有。爸爸说这里一到了阴历十五就聚满了人,他们在这里买卖东西,什么东西都有,特别是大鱼,那是为有钱人、为大节令准备的。

离开沙河集,我们登上了一座不大的山,在山的阳坡找了个过夜的地方。爸爸拢起一个又大又软的草窝,我们相挨着钻进去。星星撒了满天,月亮也出来了。不冷不热的夜晚,我好像听到了各种小兽在一旁唰唰跑过。我问爸爸会不会有狼,有猞猁。爸爸说放心吧,它们不到这儿来。

睡前总想那个"鱼王",那个鱼鹰的儿子,他脑门上鸟儿似的羽状头发……

爸爸凭记忆寻找一条条小路。他把我领到一个山隙里,指着一丛碧绿的、矮矮的竹子说:"看到了吧?这儿背风,有竹子!竹子边上原来有个小石头房子,这是他住过的地方……"

如今这儿只有杂草掩住的一堆乱石了。乱石中有几块被烟熏黑了,说明这里有过炊火。我抚摸着这些发黑的石头,久久不愿离开。我四处打量着,四周除了石头还是石头,没有一汪水,这儿怎么可能住过一位"鱼王"？可爸爸说就是这里。"没有水呀！"我说。爸爸摇头："这里不是他捉鱼的地方。他就是要躲着水呢！"

"躲着水？有水才有鱼啊！"

"是啊,因为他要把'鱼王'的名声隐藏起来。"爸爸指指竹丛的北面,那个小山坡,"这儿就是他种地瓜的地方。像我们一样,他垦出一块地种些东西糊口,装模作样混在山里,大家都被他骗了。"

我看着竹丛四周,心里压住了一声惊呼。多么神奇的一个人哪,好像他昨天才从这里离去。

我们继续攀着山路往前。爸爸说他最后一次看到"鱼王"时,那人已经六十多岁了,头发白了大半,住处也换了几次,越搬越偏,有一段还住在一个破山洞里。"这山洞不知是多少年前什么人凿出来的,早废了,'鱼王'把它收拾一下住下来。"

出门第三天,我和爸爸终于找到了一个废弃的山洞。这里的山草比人还高,洞口半掩着,从里面飞出了几只大鸟。爸爸垂着头站了一会儿,说："真后悔！我那次要能住下来,就不是今天这个模样了。那时还没有你妈,没有你,我独身一人。他让我走开,我就走开了。"

站在阴森森的山洞前,我有些害怕。当年爸爸差一点就留在了这里,那样他就遇不到妈妈,也不会有我这个儿子了。

我不解的是,那个老人一个人住在山洞里,生了病怎么办？这里没有一个邻居,也没有一片地,他平时怎么过活?我把心里的疑惑说出来,爸爸拍拍我:"你和我当年想的一样,因为咱们都不会往别的地方想,都忘了他是鱼鹰的儿子……"

"那也许是个传说吧?"

"坏就坏在咱都当成了传说!从这山洞往南十几里就有人家,那些人来山坳里砍柴,好几次见一只大鱼鹰从这儿飞出去。那大鱼鹰飞过山头,一头扎进了雾里,回来时嘴里叼了一条银光闪闪的大鱼。原来它是往一片水湾那儿去了。不止一个人见过,谁还敢当成'传说'?"

爸爸显然对"鱼王"的身世坚信不疑:鱼鹰的儿子。

可是如果我和那个人待在一起,究竟怎么过活,又会发生什么?爸爸就忍心离开,把我交给这样一位老人?我心里七上八下,一时拿不定主意了。可是我又不能犹疑不前,不能当个胆小鬼。我不能忘记立下的大志,不能忘记自己是一个男子汉。

我说:"他如果真是鱼鹰的儿子,就不喜欢被人识破……"

"那是当然了。"爸爸十分肯定。

"那么,"我看爸爸一眼,"当他被人发现的时候,会不会伤害那个人呢?"

爸爸屏住了呼吸。这样沉默了一会儿,他抚摸着我的头发说:"我想不会。他分得清好人坏人。我是说,他一定是个了不起的人……"

"他不是人,他是鱼鹰的儿子。"

"他是鱼鹰的儿子,他也是人。"

雪亮的眼睛

我和爸爸不知攀过了多少座山,蹚过了多少道谷。如果不是这次出门,我做梦都不会知道这片大山是这样的,它原来没边没沿啊。山里人家东一户西一户,有时整整走一天都见不到一户人家。这些孤房子总是让我想起家,因为我担心再也找不到回家的路。有好几次看到了水,它们细细的、浅浅的,往谁也不知道的地方流去。水使我迈不动步子,让我满怀欣喜地站在那儿。爸爸说这样的水里没有鱼,有也只是很小的鱼崽。"小鱼会藏到一个地方长大吧?"爸爸说:"当然了。想法找到它长大的地方,这就是捉鱼人的本事。"

从这片大山里找到那个"鱼王",等于大海里捞针。可爸爸说只要有耐心,勤打听,一定会找到的。"那个人装得和山里人一样,可还是装不像,再说他太孤单了,太孤单的人就会让人记住。"爸爸的话在后来几天被证明是对的。

我们从那个废弃的山洞往南走了一天,又拐向东。为什么这样绕来绕去地走,爸爸自己也不明白。他向那些砍柴的人,向一座座孤房子里的人打听,寻找一个独身老人。我说:"假如他现在和别人住在一起呢?"爸爸立即否定:"怎么会!"

从那个废弃山洞走开的第五天,我们进入了一个特别深长的沟谷。这里绿色多一些,湿漉漉的,鸟儿也多。鸟儿见了我们就喳喳叫着往深处飞,像是去报告什么人。沟谷渐渐变得宽了,拐弯处出现了一片高爽的平地,那儿有一幢棕黑色的小屋。

这小屋原来全由石头垒成,上面搭了一些山草和树枝,这样远远看去就是深色的草屋了。门紧紧关闭。爸爸"笃笃"敲门,敲了一会儿,门开了一道窄窄的缝隙,那儿有一对雪亮的眼睛盯着我们。爸爸说我们是过路的,来讨口水喝,门就开了。

面前是一个瘦瘦的老人,看样子有八十多岁了,头发疏疏的,全白了。啊,他的眼睛又圆又亮,简直太亮了,盯过来让人心里发毛。他不说话,只是看我和爸爸。

爸爸一手攥在包裹背带上,那手不停地抖。随着抖,他的嘴巴也颤颤地张开了,往前冲了一步又赶紧止住。"老师傅,我可、可找到你了!我……我把儿子领来了!"爸爸喊出这句话时,嗓子突然沙哑了。

对面的老人垂下眼睛,好像一点都没有惊讶。

我的心一阵急跳,在心底惊呼:"找到了?真的找到了?啊……不过……"我贴紧了爸爸打战的身体,不敢相信是真的。

"我们走了十多天,其实只是打转,我和孩子再也走不动了……"爸爸一下子坐在了地上。

老人回身进了里间,端出一碗水。

爸爸抿抿嘴没有喝,只看着老人。我渴坏了,低下头一口气饮下了大半碗。啊,这水好甜,而且凉极了。我把剩下的半碗水递给爸爸。爸爸喝水时,眼睛仍然没有离开老人。

"我自己错过了年纪,来不及了,只求你能收下这个孩子……"爸爸将碗放下。

老人把碗收走,一声不吭地回到里屋,合上了门。爸爸上前敲门,门是关紧的。天色暗下来,老人还是不出来。我急坏了,明白这人讨厌爸爸和我。我看看爸爸,不知该离去还是留下。爸爸看看窗户,却返身把屋门关了。他把背的东西解下,然后点了锅灶下边的火。他搅着锅里的水,从背囊中取米做起了糊糊。我被爸爸惊呆了。我看着他做这一切,又转身看关得紧紧的里屋小门。爸爸让我吃热腾腾的糊糊,我不敢。爸爸很快吃了一碗。

这一夜我和爸爸就在灶前打了地铺,沉沉地睡了一夜。

黎明时分有雄鸡啼叫,这让我高兴。我想出门看看,爸爸却攥住了我的手。他一直盯着里屋的小门。当那小门动了一下时,爸爸赶紧扯上我站起来。老人从里屋走出,雪亮的眼睛先看了看爸爸,最后一直看着我。

"老师傅,这回来求你的,不是我这个不中用的人,是我儿子。"爸爸怯怯地站直,拉着我的手。

老人的目光长时间落在我的脸上,我不再害怕了。

他后来走向锅灶,取了一点东西就出门了。他可能是去喂那只公鸡。

老人回屋时又想进到里屋,但小门合上的那一刻,爸爸揪着我飞快挨近,挡住了门板。老人犹豫了一会儿,只让爸爸一个人随他进屋。

我站在门前听着。听不清楚。爸爸在说话,声音低低的,像是哀求。我可怜爸爸了。他一定是从头叙说这些年,说他这一辈子。他停下来,那个老人开口了,可惜听不清说了什么。老人的话十分简短,像是问话,爸爸回答。就这样一问一答,过去了很长时间。

中午时分两人出来了。爸爸脸上汗津津的,走路轻手轻脚。老人直接到锅灶那儿做饭了。爸爸想帮忙,却插不上手。我简直看傻了:老人做饭比妈妈麻利多了,瞧他添水加柴,一边抓盆盆罐罐里的东西,一边拿勺子搅弄不停,一会儿香气就飞满了屋子。

午饭有玉米渣儿干饭,有咸糊糊,有一碟黑色的咸菜。这么好的一顿饭,让我高兴坏了。我开始不敢大口吃,后来就放开饭量吃起来,一口气吃了一大碗干饭,又喝了糊糊吃了咸菜。黑色的咸菜香气扑鼻,是我从没吃过的美味。

吃到最后,窗扇动了一下,一只黑白花大猫钻进来。它见了生人犹豫着,老人却上前把它揽到了怀里。"你一夜没回了。"老人抚摸它,将下巴压在它的额头上。我看出这只大猫比我们家的肥大,毛色也亮多了。它的蓝眼睛看看我,满意地眯上了。

午饭后老人抱着猫回到里屋,爸爸又一次跟进去。我在门外听他们说话,还是听不清楚。我好像听到老人让我们俩上路,接上又是爸爸的哀求,爸爸好像说这个人太老了,无儿无女,也正好需要有个人待在身边。那个老人停了一会儿,声音高了一点。他说自己孤单惯了,一辈子都是这样。"我也没法教他捉鱼,你看山里连水都没有。"这是我听得清楚的一句话。爸爸说:"就让孩子待一阵子吧,你要喜欢,他就多留些日子;你要厌气,他就快些回家。你把他当徒弟好,当儿子更好……"

屋里说什么又听不清了。这样过了半个时辰,门打开了。爸爸抬一下手,把我揪进去,说:"快叫师傅,叫爸,叫……"我的脸火烫烫的,深深鞠了一躬,叫着:"师傅、干爸!"

老人的手抚摸着我的头发,有些发抖。

这天晚上我们一起吃了饭,照旧是一顿香香的可口饭菜。桌上的吃物又多了几样,好像是不同的豆酱之类。正吃着,老人出去了,他一起身猫也跟上。不一会儿他和猫进来,同时有一股特别的气味呼一下猛扑过来。我和爸爸都停止了咀嚼。我差一点喊出:"鱼……"爸爸放下手里的碗筷。

老人在我们的注视下放好一个碟子,盛在里面的还是一种酱。爸爸马上叫道:"鱼酱……"

这是我吃过的最了不起的一顿饭。我想爸爸也差不多。吃过饭之后,我真的不想离开了,我想爸爸大概也一样。

可他还是要离开。他不能把妈妈一个人留在家里。

爸爸终于要回家了。他临走时千叮万嘱,让我这样那样,说师傅远比他还重要,我无论如何都要侍奉、要听话、要学艺。

老人听到"学艺"两个字不高兴了,沉着脸说:"没什么艺。在这儿待上一阵子就是,只要想家了就快走。"

这次没等爸爸教我,我立刻大声说道:

"我不想家……"

左猫右爸

我发现自己很快想念起妈妈和爸爸,还有我们家的猫、我们那片满是小石头的坡地。可是我不敢说出心里的想念。我夜里哭过,但一想到"男子汉"这几个字,眼泪立刻停止了。

我的"师傅"或"干爸"没有多少话,只有一双雪亮的眼睛,这眼睛看着我,代替了千言万语。我常常从这双眼睛里猜测他要说什么。有一次我觉得他的目光里有这样的恳求:"叫我干爸吧。"我就轻轻地叫了一声。他向我挨近一点,手摸在我的后脑勺那儿,这跟爸爸的动作完全一样。

　　与师傅熟悉和亲密起来使用的时间,与那只猫是相同的。它和主人一样对我,简直一模一样。师傅抚摸我的头以后,它也跳到我的怀中,一下一下蹭我的下巴。我与它单独一起时,小声问:"干爸领你去捉鱼了吧?"

　　我的鼻子里总是离不开香香的鱼腥味儿。师傅这儿最了不起的东西,就是那碟诱人的鱼酱了。它是鱼做成的,它就是鱼。可以说师傅这儿每天都可以吃到鱼,这是多么惊人的事实,这是山里人做梦都想不到的。我用力压住了心底的惊讶,若无其事地观察和享用。

　　师傅的小石头房子看上去矮矮的,因为它伏在地下一大截;如果进到了里面,却会觉得高敞。它由一道小门连着外面的棚子,还有一截石头垒成的地道,差不多就是一座令人喜爱的小迷宫了。地道里放了大大小小的坛坛罐罐,装了各种好吃的东西。棚子里挂了许多杂物,有辣椒串、大蒜串、一束束草药,还有一些皮绳和布条等。棚子和地道从外面也可以进入,但要搬开柴草之类的掩护才找得到入口。

　　一个浅绿色坛子里装了香喷喷的鱼酱,猫蹲在上面,像是在守护。

　　师傅也有一片地,不过它小得很,只有两个炕面的大小。但是这一小片地特别肥沃,莳弄得精细极了,地里没有一颗石子,也没有大点的土块。地里种了蔬菜,有韭菜和茄子,还有辣椒和白菜、豆角。石堰旁还长了几棵甜瓜,眼看就要熟了。师傅领我到田里做活儿,除草松土。那甜瓜的气味越来越浓,师傅笑吟吟地摘下来和我分食。我们并排坐在堰上,吃着瓜。我来到小屋许久了,第一次看到他脸上的笑容。

又待了一个多星期,我才发现师傅还有另外一块地,它在远一些的山坡上,像我们家一样,也是由小块组成的。这里种了地瓜和玉米,虽然没有下面的小菜园那样精细,却也比我们家的好上许多。庄稼并不缺水,这是一个奇迹。

一切都依赖那口水井。在一棵爬地柏的旁边有一个井台,上面安了一架辘轳。我从井口往下看,发现里面有汪汪的水,它清楚地照出了我的影子。

在天冷之前,小屋里外的活儿多起来。师傅干什么我干什么,他只是做,几乎不说话。我和他一起收了地里的粮食,又摘下通红的辣椒,把地瓜放进地道里一些,再切成一片片瓜干晒好。我们劈了一些木头,摞成"井"字。地瓜蒸熟后再切成一条条晒干,然后就掺上细细的河沙,在锅里炒成地瓜糖。这种做法和我们家一模一样。除了地瓜糖,还有炒花生和炒豆子。喷香喷香的气味满屋都是,让我一天到晚快乐又快乐。

忙完了所有的一切,冬天还没有到来。师傅,我的干爸,站在小屋前看看南边的天色,用一段麻绳扎了裤角。他抄起一个篮子,看看我。我知道他要领我出门了。我们一前一后,猫跟在后面。

从山谷绕出来,一直往东、往南,拐进阴阴的一道谷叉。这里有一些树木倒下,还有死去的芦苇。没有草的地方露出白沙,这让我想起了沙河集。师傅在一些倒木跟前停了脚,又小心地踏着一根倒木往前,示意我跟上去。

原来在倒木的一端有几个水坑,水面不大,四周有草须覆着。这样的坑洼和水我记得以前也见过,它们都是夏天发水时积下的,来不及干涸。不过眼下的水坑和水洼多一些,水的颜色深一些罢了。师傅做个手势,不让我出声,然后就在一个坑边蹲了。他用一根枝条在水面上轻戳几下,水边的草须就微微活动起来。他把手中的篮子交到我手里,挽起了袖子。猫也跟过来,它的头一上一下活动,眼睛尖尖地盯住主人的手,再盯草须。

接下去发生了一件让我怎么也搞不明白的事情,它就发生在我的眼皮底下。

师傅只是静静地蹲着,看,不吱一声。突然,他挽起袖子的右手五指捏到一起,唰一下插入草须……水中一阵跳跃和扑腾,一条二拃长的大鱼就被拖了出来,师傅的手指就扣在了鱼鳃那儿。巨大的腥气,猛烈的尾巴拍击……我不知自己在惊呼什么,反正猫都被我吓坏了。

篮子里装了那条大鱼,我们往回走。我的心嘣嘣跳,张大嘴巴喘气。我在师傅的后边,紧紧跟上。我暗暗咕哝:"真了不起!真是师傅!爸爸啊你一点都没有弄错,他就是'鱼王'!瞧他不费一点力气,只一伸手就从水中逮住了一条二拃长的大鱼……"

这一路上我还想到了上学那个地方的绿水,那么大的一片水,那该有多少鱼啊!再就是我和爸爸以前看过的那些水洼和坑洞,又该藏了多少鱼啊!我最后还想到了一个近在眼前的问题:师傅会把这条鱼怎么样?如果是一般的山里人,就一定会把它抹上地瓜糊糊,使足了盐,然后用油炸得翘翘的,做成一直使用的"看菜"。还有,就是送给老族长了……

我什么都不敢说。我只是等着看,看他怎么处置这条大鱼。

回到屋里,猫慢吞吞地围着装鱼的大篮子走动。所有猫在最快乐的时候,都会这样慢吞吞地走。有人以为它那时会跳跃,错了,它最得意最幸福的时候,总是这么不慌不忙地踱着步,嗅几下。师傅把鱼剖洗,去鳞,一转眼就收拾好了,然后就是涂上酱、盐和胡椒。我由于离得近,打了个很大的喷嚏。

锅里的油烧好了,鱼哗啦啦倒进去,猫和我一齐大叫。我们都受不了这么大的腥鲜气、油和各种古怪的香味。师傅不理我们,他只是用一把木铲飞快翻动、拍打,然后又添水。锅盖上了,扑扑的白汽喷出来。

我无法在一旁待下去,只好到稍远一点的地方看和嗅。我的鼻子受不了。我被这条大鱼的味道,被师傅弄出的各种味道逼到了一个角落里,在那儿张着大嘴吃惊。我敢说,整个大山里再也找不到一个人会像师傅一样,这样做一条大鱼。显而易见,这条大鱼不会被当成一道"看菜",也不会被送到老族长那儿去了。

锅继续喷着白汽。师傅在一旁的小桌上摆了碗筷,还摆了一个冒气的壶。我又惊讶了,因为我嗅到了酒的味道。我咬着牙不作声。

师傅将我和猫招呼到小桌前。他将鱼和汤盛在一个大泥碗中,又给我和猫的碗中一一加了鱼肉和汤。与猫不同的是,我与师傅都有一个杯子,里面倒了深棕色的老酒。烫烫的酒啊,我从来没有喝过。我不敢喝,甚至也不敢吃鱼。这鱼太大了。师傅吃了,猫也吃了,我就吃了。

这种美妙的滋味第一次尝到。我抿着嘴,吃肉,喝汤,大口吸气。师傅两次让我喝酒,我就喝了一小口。这是格外奇怪的味道。我忍住了,喝完了小小的一杯。心里是滚烫的,无比快乐。

"孩子,早该为你做这样一餐饭啊!"师傅的眼角有点湿润。

我小声叫着:"师傅,干爸……"

这就是入冬天之前,小石屋里发生的最了不起的一件事。我在这儿多么幸福,于是更加想念爸爸和妈妈了。

冬天就这样来了。大山里的冬天,外面的人是想不出来的。山里人忙上一年,主要为了熬过冬天。大雪、北风,还有像怪兽一样的吼叫,那是半夜从山中传过来的。这些加在一起,吓唬我们山里人。

可是在师傅的小屋里,一切全不可怕了。火炕总是烧得热乎乎的,躺在上面听外面的各种声音,想前前后后的一些事情,有时觉得像在做梦一样。我不知怎么就睡着了,梦也就真的出现了。梦中有种种情景,有的让人高兴,有的让人伤心。梦中爸爸牵着妈妈的手来了,站在面前看着我,我的手背在后面。妈妈说:"让妈妈看看孩儿学成了没有?"我微笑着,猛地将背后的手举起来,手里有一条活蹦乱跳的大鱼。我还做过这样一个梦:师傅变成一只大鹰,我伏在他背上飞啊飞啊，飞到了一片从来没见过的大水中央。

梦中差不多总是有鱼有水。

夜里风声大起来，我会不由自主地偎到师傅身边。老人拍打我、安慰我。我做噩梦时就紧紧地钻到老人的怀里，他那会儿就一直抱着我。我在梦中叫着："爸爸，爸爸……"我的右边是师傅干爸，左边是猫。我从梦中醒来就搂住了猫，它的四爪抵住了我的胸口和肚子。我亲它的额头，它舔我的胳膊。

小石屋里的冬天，晚上比白天更好。

雪和酒

大雪漫山时，山里人是不敢出门的。这时人们要做的就是藏和躲。记得爸爸妈妈在冬天来临前总是爱说一句话："这个冬天啊，不知能不能熬过去哩！"他们主要不是在说自己。山里每年冬天都要冻死一些人。尽管在入冬以前所有人都会忙着贮藏木头和吃物，会把房子加固一番，可还是会遇到不测。

山里的雪又厚又闷，不刮风时静静的，一刮风就蹿起白雾。如果人在白雾中出门，十有八九就回不了家。这时候只有饥饿的猞猁和獾、野兔才出门，那些更厉害的动物就追赶它们。人也被凶狠的动物追赶，传说中有人就被它们拖进洞里，再也不见踪影。

大雪天里只有猫才出门。山里人只要聪明，大半是一家人围坐炕上，咔啦咔啦咬着地瓜糖，听老人讲故事。

我怀念在爸爸妈妈身边的日子，想念冬天他们讲的那些故事。

可是在师傅这儿，我觉得什么都好，就是没有故事。师傅不太说话,也不太笑,除了在屋里屋外忙些什么,再就是抽一点烟,喝一点酒。那酒是自己酿的,一坛坛放在地道里,或者埋在屋前的土中。大雪把酒坛埋了一层,土冻得像石头,师傅好像更高兴。

他很少让我喝酒,但最愉快的时候、出门的时候,总要让我喝上一小杯。与大多数山里人都不同,越是大雪封山时,他越是喜欢出门。

只要没有风,大雪天一点都不冷。他领着我和猫沿山谷往前,攀上不太高的岭子。所有的小路他都走过千百遍,所以绝不会踏偏。猫跟在我身后,常要停下来甩动爪上的雪,那样子真好看。师傅每次出门目的都不同,有时为了摘一点冻枣,有时为了刨出冻土下的什么根茎,反正都是找好吃的东西。但我明白,他在这样的季节里不会捉鱼,因为这是不可能的事。

可是我又错了。有一天正好没有风,天气晴朗,师傅领着我和猫来到了一道山岭的背面,找到了一片不大的冰。他衣兜里有一根拇指粗的钎子;就用它凿出一个冰洞。他在冰洞前等候,有时在冰上敲打几下。冰洞上结出新冰,他就用一个薄薄的木片刮掉,然后再泼出一些水。我和猫在一边看了一会儿,看不出什么。猫在不远处发现了一个雪洞,于是专注地去洞前蹲下。我也转身去看那个雪洞了。

就在我们刚刚转身不久,身后就响起啪哒啪哒的声音。我无法相信眼前的情景:师傅冻得赤红的手正紧紧擒住一条大鱼,大鱼的尾巴猛烈甩动,冰水溅得很高。我一喊,猫也过来了,它跳起来抚摸大鱼,然后又在冰洞前扑动:那儿有几只小鱼在蹿跳。师傅发出"去、去"的声音,伸出脚挡住猫,小心地把几只小鱼推进水中。

谁也无法想象大雪天的小屋,想不出这里的快乐和幸福。我如果一辈子都在师傅的身边,那就是世界上最幸运的人了。这次捉的大鱼有二拃多一点,是一条白鲢。师傅炖鱼,烫酒,一会儿刮刮猫的鼻子。

师傅喝了很多酒,说:"你爸要在这儿该多好,那就是我们仨喝酒了。"

他还记得我爸爸,想起了那个没有收下的徒弟。他说过之后就不再吭声,只一口口呷酒,对往事不提一个字。他好几次伸手抚摸我的后脑勺那儿,端详我。他的眼睛真是太亮了,圆圆的,这是任何山里人都没有的,更不像老人的眼睛。这让我想起那个神秘的传说:他是鱼鹰的儿子。

我认为他有一双鹰眼,这样的眼睛才看得清暗藏水中的鱼,然后把它逮上来。他的手深入水中的一刻,一定是变成了鹰爪,那样大鱼才会乖乖就擒。

我暗中留意他的一举一动,从来到小石屋就一直这样。我想发现一些与传说中的"鱼王"有关的痕迹,可总是一次次失望。他就是一个不太爱说话的山里老头,瘦瘦的,手脚麻利,会过山里日子罢了。我想看到他头顶长出卷卷的羽毛样的头发,根本没有。我想看他在水中来去自如地游动,也没有,因为根本就没有那样的一片大水。

可是他真的能毫不费力地逮到二拃长的大鱼,就在干旱的山里,在时不时遇到的一些不大的积水中。

只要喝过了酒,老人的话就会多一些,但也不过一两句而已。他的眼睛里有很多很多话,看我,看猫,看窗外的大山大雪,都在说话。那是没有声音的话,要用心去猜。

可是我这一辈子都要跟在他的身边,都要猜他的心思,那就太累了。我怎么才能把"鱼王"的本事学到手,最后成为一个远近出名的捉大鱼的人,这才是我待在他身边的原因啊。

我常在安静的时候想自己的将来:能够捉到无数大鱼的那一天,我会去哪里?当然还在大山里。我会将大鱼送到沙河集,变成一个最富有的人,而且还会见到老族长。我或许会坐在老族长的木头大屋里,听他说话。他会叫我"鱼王"。啊,老族长亲口喊出这两个字才作数,那时我就是真正的"鱼王"了。

这是我内心里的秘密,我不会对任何人说出。

令我特别不解的是,师傅为什么不捉更多的鱼、找一片更大的水?难道他只因为老了,才藏在这个干旱的山谷深处,开始安度晚年?这使我怀疑他年轻时候就是一个胸无大志的人,所以他才从来不敢承认自己就是那个"鱼王"。

我有一次大胆提议说:"让我们去捉更多的鱼吧!"

师傅一句话都没有说,不过歪头看看我,深长地吸了一口烟。他大概觉得这是一句多余的孩子话。他连"为什么"都懒得问。

我问自己。我知道自己最想回答的是:"我需要许多许多大鱼,越多越好!鱼就是一切,我生来就是为了捉到大鱼,我要当大山里无人能比的、唯一的'鱼王'!"

在小石屋中,我吃到了从未敢想的大鱼,可是这要几个月才有一次。我知道只要老人愿意,我们就每天都能吃到大鱼。为什么他不这样做?

我们的伙食也许是山里人最好的,地瓜多,五谷杂粮样样不缺,而且还有酒。大雪天里的酒是多么好的东西啊,尽管我大多数时间里被禁止品尝,可是我已经喜欢上了它的气味,喜欢看师傅喝酒的样子。大雪天我们的小石屋里什么都有,就是没有故事。故事应该是冬天里常备的东西,因为山里人一年的故事,都要放在冬天里说。

每逢老人喝了酒,他的脸色就红起来,目光就柔和起来。他的嘴巴动着,眼看就要讲故事了。可是没有。他大概要把无数故事封存起来,留下自己享用。我知道他是大山里故事最多的人,比如怎样成为"鱼王",走南闯北捉鱼遇到的奇事,只要一开口就会吓人一跳。

我开始在睡不着的夜晚,听着老人均匀的呼吸、猫的轻轻呼噜,试着去想一个可怕的问题:我真的找到"鱼王"了吗?

可是在痛苦和失望的时候,我又会用另一个声音安慰自己:是的。你看到了,他随随便便就能把大鱼逮到。你还想看到什么奇迹?在大山里,大鱼就是奇迹。

大雪下过一场就足够了,可是它竟然要下三到四场。新雪旧雪压在山上,大风一吹沟谷全都平了。大风之后无论多么好的天气都不要出远门,这是师傅遵守的一个原则。因为所有险处都被雪抹平了,人会遇到各种不测。只要是山风吼过,大山里的日子就得关起门来过。这样的日子一直要等到春天来临,山水哗哗流淌的时候才算结束。

师傅的酒越喝越多。关门闭户的日子越长,他越能喝酒。他酒喝多了话也不多,大概正因为要用力忍住什么,所以手才发抖。我有一次亲眼见他端杯的手一颤,杯子掉在地上。酒在地上流光之前,他赶紧伏下身子把它喝干,一点都不嫌脏。他拍打着手上的土末说:"我老了。"

我以前从来不觉得师傅的年纪是一个问题。因为他的手脚灵得很,干活又快。可是这个冬天他除了手抖,还时常出神。他会盯住南部的山尖,一看就是一个钟头。

师傅把墙上挂的草药放在酒中煎煮。这是特殊的药酒,他每天都喝得脸色通红。有一天他对我说:"等大雪化了,让你爸来这儿一趟吧。"

我马上兴奋了。这是我盼望的一件事。爸爸会惦念小石屋里的儿子,见面一定会问:"学到了什么?"

旱手与水手

山里的春天来得慢。山阳坡的春天先来,山阴和谷底的春天就晚得多了。山水日夜哗哗响,谷地有水淌下来,雪被水一沤也开始融化,整个大山里都是一股水腥味儿。猫站在门口嗅着,眯眼看着,一脸愁容。我站在猫的身旁,忍不住心里的激动。我跑回屋里喊:

"师傅,有大鱼!"

老人正在抽烟,磕磕烟锅出门,看着谷底涌过的水,皱着眉头。

水越积越多,因为下游的冰雪还没有化完,拦住了水流。我指着粗壮的水势,还在说鱼。师傅摇摇头,回屋里了。

春天全部来了,山花开了,水声小了。融下的雪水流走了,只有不多的水积存在低洼处。师傅的心情好多了,他终于催促我回家了。

回家的路又长又短。因为不需要像来时那样寻寻觅觅,也不需要走那么多废路,所以用不着花那么多天了。可是我恨不得一步就跨到家里,所以又恨这路长得没有尽头。

啊,我们的小屋孤零零的,让人一眼就看到了。我可回来了。爸爸妈妈和猫一起欢迎我,而我却两手空空。这时我才后悔起来,如果我手里提一条大鱼进门,他们会高兴成什么样啊!

我站在屋子中央,妈妈擦着泪眼。我的鼻子里细细分辨着家里的气味,浓浓的地瓜和芋头味儿、萝卜味儿覆盖了一切,只是没有鱼的气味,一丝都没有。

妈妈放下一切,为我烙起了葱花地瓜饼。爸爸和猫一起听我讲分别后的故事。他对那个老人逮鱼的事惊讶极了,不说话,只使劲拍腿。他看我时眼也亮起来,仿佛在看一个即将诞生的"鱼王"。我沮丧地低下头:"可我什么也没学到。"爸爸并不消沉,爽快地说:"不急不急,你一定能学到的!"

夜里我们一家人偎在炕上。我们的炕远不如师傅的炕热。我们在春寒中贴靠在一起,猫,爸爸妈妈,身体相挨。妈妈捏着我的胳膊说:"壮了。"她搂着我拍打着,亲我的脑门那儿。爸爸在黑影里咕哝了一句:"我儿子身上有一股鱼腥味儿。"然后就打起了呼噜。

爸爸急于见到师傅，不愿耽搁，叮嘱了一番家里事情，就和我上路了。

从回家到返来，一共用去了六天。令我想不到的是，进了小石屋的第一件事，就是浓浓的草药味儿呛得我鼻子痛。原来分开的几天里师傅病了，他在为自己熬药呢。爸爸上前搀扶他，他推开爸爸，摆摆手。我喊着："师傅干爸！"爸爸就制止说："别么啰唆了，以后就叫'爸'，跟叫我一样！"

我对师傅叫了一声"爸"。老人一只手揽我在怀，停留了一小会儿。这是我们相识以来，他第一次这样对我。

为了欢迎爸爸，师傅从什么地方找出了一条二拃多长的鱼，是用酱糊起的鲜鱼。爸爸大惊，叫着："就这么吃了？"

师傅没有回答，动手做鱼。

爸爸还是满脸惊异，摊开手问我："就这么吃了？"

"对，就这么吃了！吃了以后师傅还会捉的……"

"那我们差不多也抵得上老族长了。听说只有老族长才舍得这样吃大鱼。"爸爸因为喜悦和感动，不停地在屋里走，搓手。我知道，满屋里的鱼味儿没法让他安静下来。

夜晚师傅又喝药了。我听到爸爸与他在里屋小声交谈，猫也被赶出来了。他们谈了很久。后来爸爸才寻个机会把他们谈的内容告诉了我。

原来师傅对爸爸说，他的身体大概不中用了，说你真该早些把孩子送来。爸爸就说，现在送来也不晚，这不正好照顾你哩。师傅说这就拖累了孩子。爸爸说你就把他当成你的亲儿子吧,古语说"一日为师,终身为父",你就把这话当真吧。师傅说我当真了。爸爸说你就早些把捉鱼的本事传给他吧,他肯定不会让你丢脸的。他会接下去,做"鱼王"的传人。

爸爸讲到最后四下看看,确信近处没有其他人才小声说:"可是老人说了,手艺是一定会加紧传你的,不过他可不是什么'鱼王'!"

我那会儿立刻失望了。我说:"也许他真的不是'鱼王'……"

"怎么会呢?你沉住气吧。你亲眼见了他逮鱼的本事,那还有假?天底下无论什么行当,有真本事的人都会悄悄藏了,因为只有这样才能得个平安,要不早晚有人来谋害他了……"

爸爸的话让我吸了一口凉气。

爸爸又说:"等别人以后问你他是不是'鱼王',你一定也要回答,说'他才不是哩',记住了吗?"

爸爸走了,回家了。行前师傅给了他一小坛鱼酱,爸爸说:"这礼太重太重了,让我们一家怎么报答你呀!"老人揽住我的肩膀说:"你送了我一个儿子。"

爸爸离开以后,我就直呼师傅为"爸"了。我明显地察觉到老人的话多起来,一天里总可以说上几句了。而且说话的次数还在增加。如果喝了酒,他就会讲上更多。这在以前是绝对不可能的。他常常捶腰、咳嗽、熬药,大概想在身体彻底垮下来之前,把要说的话说完,把该传的手艺传下。想到这些,我有些难过了。

夏天来到了,像以往的夏天一样,谷地里的水多起来。如果转到山岭的南坡,可以看到一汪汪深水。我在水边蹲了很久,凭嗅觉知道这里面一定有鱼。大山水少,只要有水就有机会。我匆匆回去报告了老人,说雨水积了很多,一些水洼连在了一起。我建议他把里面的大鱼全捉回来,因为再有不久这些水就要流走,那时一切都来不及了。

老人并无太大兴趣。不过他总算和我一起来到山岭南坡的水边,手中什么也没有带。这我毫不吃惊,真正的"鱼王"也许总是赤手空拳逮大鱼吧。我心中充满了期待。

他蹲在水边,在观察,在嗅。他像考我一样问:"水草的腐腥气和鱼腥气,你怎么分得出?"我分不出。他又问:"'熟水'和'生水',你怎么分得出?"我分不出。他指指这一大汪水说:"'熟水'里才有鱼,'生水'里没有鱼。这里有八成的'生水'。"我问什么是"生水"。他说"生水"就是刚下的雨水和化成的雪水,而"熟水"是一直存在一个地方的。"这里的'熟水',就是原来存在这里的水,那是有鱼的,不多。"

我搓着手,想让他把里面不多的大鱼逮上来。

他站起来要往回走了,说:"这得会水才行。我不会水。"

我不信,我差不多叫起来:"你不会水?"

他一边往回走一边说:"我不会游泳。只要水抵到膝盖那儿,我就不能往里走了。"

看他一脸的认真,我知道半句假话都没有。可我说什么才好?说老天爷骗人哪,逮鱼能手,鱼王,怎么会怕水?这事真是太怪了,我一辈子都不会理解。可这又分明是真的,看吧,这种怪事就让我给遇上了。

看着他背影的那一会儿,我突然明白了:什么鱼鹰的儿子,头顶长了羽毛样的卷发,一切只是山里的传说。

整个回去的路上,我一句话都不愿说。我心里堵得慌。

这个夜晚老人在入睡前把灯苗儿拨大了些,抓了地瓜糖嚼着,想说点什么。我和猫端坐着。"捉鱼这个行当里,也不是人人都有一副好水性,那得看怎么捉、在哪里捉。如果在大河、大海、大湖里,那非得是好水性不可,没有这个本事就别想成个好渔人。这样的人算是'水手',他的身子是湿的,时不时就要沾水……"

我用心听,觉得这太好懂了。

"如果在没有多少水的大山里,那就不一定会水了,因为捉鱼的人不用钻到水里去,他只要能认识有鱼的水和没鱼的水就成。鱼在哪里、大或小,都要知道。然后就是把它捉上来。这些人是'旱手'。"

猫瞪着眼睛听,这会儿一下下舔着手,好像它就长了只"旱手"一样。

我听明白了,原来眼前的师傅就是一只"旱手"啊!他没有在风浪里驶船撒网,也没有潜到水底,因为那没有必要啊!他总能找到大鱼藏身的地方,然后把它逮上来,这就是大山深处的"鱼王"啊!

我小声说:"明白了,你就是'鱼王'!"

"我不是。如今的'鱼王'应该有'旱手'和'水手'相加的本事。也就是说,我的孩子,你要在旱地和大水中都能逮住大鱼,也许那才算'鱼王'哩……"

身世

  我有时对老人有说不出的可怜。因为他自己、所有的人,都不能阻挡他一天天老下去。我明白了他为什么要和爸爸待上几天,有那么多话要谈,这可能也是不太情愿的。他本来是沉默寡言的人,愿意把所有秘密都藏在心里。可是他觉得最后要说点什么,交代一些事情,才对得起把自己的孩子托付给他的人。这些道理是我在后来一点点明白的。

  在这片大山里,我成为他最后的、唯一依靠的人了。他以前依靠的就是那只猫,他看它的眼神、摸它的手,都给人这种感觉。可是猫不能与他交流心事,也不能按他说的去办什么事。关于猫,老人曾经说了一番让我难忘的话。他说捉鱼的人最好养一只猫,因为它和人一样喜欢鱼,而且鼻子太灵了。"那为什么不养一条狗?狗的鼻子也灵啊。"我说。老人摇头:

  "狗的脚太重了。"

  原来他看重猫的轻手轻脚。

  他这辈子十分依赖它的陪伴,因为他一直是一个人过活。就这一点上,老人也谈了一些道理。

  "猫和狗我都喜欢。可是狗不能在夜间挨我这么近,不能躺在我的枕头边,不能钻到冬天的被窝里。我在半夜刮风的时候想摸摸猫的肚子,让它贴紧了我睡。"

  我想自己冬夜里贴紧了他,也有点像猫。

"狗的叫声太大了,不能和我一块儿安静。猫就不是这样。猫和我悄没声地住在这个山沟里。"

安静,轻手轻脚,就这样和孤单一生的老人相伴。这个老人越来越瘦,身体一天不如一天,咳嗽逼得他不得不一连几个时辰远离烟斗。我相信他是个上等的医生,因为他熟悉的草药有几十种,从来都是自己配药。如果我肚子疼、发烧,他用一两服药保准治好。

可是再好的药也挡不住自己变老,这是每个人都要患上的大毛病。正因为有这样的毛病,老人开始认真教我捉鱼了,还在睡前讲一点自己的故事。这一切我和猫都看了听了,但猫记下了也不会有什么用处,这是我和它最大的区别。

老人有一天深夜还没有睡意,因为他喝了酒,心情好像也不似平常。这个白天我们一起登上了南边的一座高岭,站在那里往前望,能望到一片蓝色的雾气。他说那儿是更高的山,每到了夏天就要汇起山雨,山雨先灌满了那里的沟谷,再流到北边,从我们住的地方分叉,流到更北边的山岭。"那里有一个月的时间不缺水,是大山里水最多的地方了。"他咂着嘴,很向往的样子。

我当时问那儿住的人多不多,他说不多。"大山里的人家都是稀稀落落的,除了老族长他们……""老族长住在哪儿?"老人把脸转向东边:"听说在河谷地上,那里有不小的一片平地,有大树。反正是大山的当中,见过他的人不多。"我立刻说:"我上学的教书老头儿就见过,还用老族长吓唬我和爸哩。"老人冷笑:"他是胡吹……雾气底下那儿有个最能捉鱼的人,只有这人见过老族长。这人是'水手',不是'旱手'。"

我再问，老人不说话了。

可能因为那片蓝色雾气让他想起了什么，这个晚上他喝的酒比平时多出许多，为了让猫待在身边，还把烟斗扔在远处。他长长地叹一口气：

"孩子，其实我只算半个捉鱼人，因为我不能下水，是个怕水的人。"

"我知道，你是'旱手'。"

"是啊，我在大水跟前就没了办法，再多的鱼都只好眼巴巴看着。年轻时候我也使过鱼钩和网，还有鱼叉和捞斗，随着年纪大了，这些器具都不用了。那不算真本事，再就是，我不想逮那么多鱼，我想吃才逮一条……"

老人去摸烟斗，看看猫又放下。他往嘴里塞了块地瓜糖："大山里最了不起的人就是渔户，因为这里的人常年见不到一条像样的鱼，能逮到大鱼的人就是好样的，不光在山里被人敬着，就是老族长也高看一眼。渔户都是祖传下来，那可不是想当就当的。他们都是大富大贵的人，当了两代以上的渔户，吃鱼、吃麦子，住青堂瓦舍，比老族长的日子也差不了哪里去……"

"这样的渔户有多少？"

"太少了。整个大山里我知道只有两家，这两家都是了不得的，他们就是山里传说的'鱼王'。老族长最器重这两家渔户，祠堂里有大事都要请他们去，是大酒宴上的贵客。比起那些在河汊沟渠里下鱼钩、使小网逮些大鱼小鱼，在沙河集上扯着嗓子吆喝的人，这两家渔户不知要强出多少，要不他们被人喊作'鱼王'嘛。"

"他们是'旱手'还是'水手'?"

"一家'旱手'一家'水手',都是厉害的人家。他们两家的本事其实比不出高低,因为各有所长。大山里干旱时候多,平时到处没有水,只在山阴处、一些特别的地方有些积水,比如石洞啊、沟河拐弯啊,留下一些坑坑洼洼。这些水有深有浅,还长满了树棵杂草,再不就有乱石,反正使不上器具,下水也是白搭。有经验的'旱手'一眼就能知道鱼藏在哪儿、它有多大、鱼头朝哪儿,空手就能把它擒住……"

我就不止一次看到师傅这样逮鱼啊!我兴奋起来,站起又坐下。

"鱼在水里有多机灵,你想都想不出,人手要练得又快又准,要能直接扣住它的鳃鳍那儿,差一点点都不行。能做到这个才算'旱手'……都说'旱手'才是最厉害的捉鱼人,因为山里人都是在大旱天活惯了的,他们见了手提一条湿淋淋的大鱼走过来的人,眼都直了。话是这样讲,等山里发了大水,四处藏下的鱼都冲出来了,这时'水手鱼王'也就大显功夫了!他们能像鱼一样钻进水里,那逮鱼的办法就多了……"

我听到这儿已经明白:老人是"旱手"的后人。果然,接着他道出了秘密:

"我的爷爷、老爷爷那一辈都是'旱手',他们在大山里的名声快赶上老族长了。老族长见过他们,传说老族长还给过他们玉石烟嘴儿,我小时候真的见过这种烟嘴儿。反正我从小就不缺鱼吃,穿得也好。我从记事起家里人就没去过沙河集,因为用不着。大鱼有大用场,用大鱼的人一定会带着重礼到我们家来。我们从来不逮小鱼,除非是那些长不大的'小老鱼'。有些人用小扣网拦在溪口汊口,用竹栅围把刚刚长成小拇指大的鱼捉来吃,是最让人瞧不起的。我爸捉鱼时总是告诉我:不到万不得已不要用器具,因为鱼也没有器具,它是赤手,你也该是赤手。我总也捉不到鱼,爸爸就让我练,一直到练成的那一天……"

我听迷了,问:"你多大才练成?"

"十四岁。我记得清楚,吃了十四岁生日面没有几天,爸爸带我去捉鱼,因为老族长差人来要鱼了。当时正好是干旱季节,另一家渔户十几天没有捉到一条鱼。爸爸把我领到了后岭的芦苇地、石头窝那儿,让我看大大小小的坑洼和水洞。我先要知道哪里有鱼。这些水死气沉沉,全不像有鱼的样子,顶多有些水虫和蛤蟆吧。我轻手轻脚,挨近了嗅。我的鼻子告诉我这儿有鱼,我的眼睛盯着水里的一片草须。草须乱动,那一准是小鱼。草须像小南风刮过一样,那儿大约有条大鱼。大鱼打盹刚醒,想坐起来。有小水涡往下沉的地方是鱼头,有斜水纹的地方是鱼尾。还要看小水涡旋得多深,那才能知道鱼在水里多深。它鼓起鱼鳃喝水时你正好下手,这手得像飞镖一样快……"

老人的手伸成了叉状,又把拇指和食指、中指捏在了一起……我也不由自主做出这样的动作,猫有些吃惊地看着我和老人。

讲到这儿,他好像疲惫了,很长时间没有开口。我想听下去,因为这是在他身边以来,头一回听这么多。我说:"你就是'鱼王'啊!可你总说自己不是……"

老人摇头:"我差得远。我只学成了一半,捉鱼的本事只抵老爸一半。我是个没出息的人……老爸不在了以后,我就自己去大山里闯荡了。我家里没有亲人了,得一个人过日子。那时我还没有长成一个壮实的人,也没有胆量。在大山里和狼虫虎豹做伴,没胆量就得吓死。为了活下去,我和那些闯沙河集的人混在一起,用各种办法捉鱼,用小围网和鱼钩,还用过更坏的方法。那段日子坏透了,连我自己也瞧不起自己……"

他的声音低到再也听不见。

老人的头低垂着,我以为他睡着了。后来他咕哝道:"爸爸死得太早了。他要活着,我保准会成为一个真正的'鱼王'。他是被人害死的……"

我听得清清楚楚,喊了一声:"啊?真的?"

"真的。"

"为什么?"

"因为他是大山里的'鱼王'啊……"

鱼的故事

我的师傅,我称呼为"爸爸"的老人,在黑夜里发出粗粗的喘息声。他不像过去那样容易入睡了,总是睁大一双亮亮的眼睛看着夜色。他看到了什么?他好像要从这夜色深处看到自己的过去、看到死去的亲人,所以才会长时间目不转睛。每到了这样的时刻,我就有点紧张和害怕。我会用一声连一声的呼唤把他的目光拉到眼前,落在我和猫的身上。

他看着我们的时候,目光又变得温暖和慈爱了。他伸手拍打我们,揽住我们。这样待了一会儿,他又开始讲鱼的故事,这是每个夜晚里最宝贵的时光。我相信身边的猫也听得懂,因为它这时虽然眯着眼,两只耳朵却竖得更高,时不时地活动一下。

"我失去亲人后就开始了流浪。妈妈在爸爸被害不久也离开了人世,她生前拉着我的手说,走开吧,别迷恋这个窝了,这儿待不下去了。你还小,可你凭本事能让自己活下去。我明白她在说什么。我知道妈妈的意思,有人杀了'鱼王',绝不会放过他的后人,这叫赶尽杀绝。这到底为什么,是我长大了以后才明白的。我那时年纪比你大不了多少,可是碰到运气好,还真的捉到了一条大鱼,那是一条三拃长的鲢鱼。那是我捉到的最大的鱼,爸爸如果生前看到会多么高兴。可惜这样的好事一年里也遇不到一次,我和别人一样,主要在溪头和沟渠围堵小鱼,然后去沙河集换回一点吃的用的。

"这些小鱼比拇指还小,它们装满一泥碗,就能换回一点瓜干和豆子。那时过年买得起一泥碗小鱼的就是不错的人家了,他们把小鱼沾上厚厚的面糊炸了,就变成了两泥碗。从大年三十开始,每次做菜放上几条炸小鱼,一直吃到开春。那时我们都捉不到大鱼,主要是捞小鱼小虾。

"有一天我做了一个梦,梦到一条红鳍大鱼找上门来。它可真大,下巴生了老长的胡须,有了一把年纪。它一进门就说认识我爸,说咱们算是有世交的老友了,我得跟你说点要紧的事了。它原来是为自己的孩子求情来了,说你害了我那么多儿孙,我本来要找你算账的,看在你爸的情分上就饶过一次。你爸对我有救命大恩,那一年另一个'鱼王'把我缚住了,正要献到老族长做寿的大宴上,你爸见我老泪一行行流到鳃上,就用一笔钱赎了我的命。这恩情我一辈子没忘,想方设法报答他。有一回你爸眼看遭了大难,是我找了同族朋友搭救了他。可惜这些事情都不是你亲身经历的,我只好跟你从头絮叨一遍了。你要做就做一个'鱼王'的孩子,他的孩子不是专门使歪心捕捉小鱼小虾的人,不是在大山里作孽的人……它说完这些在我脑瓜上使劲戳了一下。我吓得醒来,一摸脑瓜,那儿真有个杏子大的湿印,还有刺鼻的鱼腥气……"

"这是真的?不是一个梦?"

"是梦,也是真的。我一下想起了妈妈告诉我的一件事。那是我爸三十多岁时经历的,她说你爸见人捕住了一条大红鳍鱼,它见了你爸就流泪,你爸就买下它放生了。妈妈说这是你爸干过的一桩好事,结果也就有了好报。有一年发大水,你爸因为捉鱼被大水冲到了河当心,因为他是'旱手',水性不好,眼看就没命了。正在危急时候,想不到一条大鱼把他托起,让他伏在大树一样粗的脊背上,一直把他送到了岸上。妈妈的话和梦中大鱼的话对上了,这让我相信这是一个有头有尾、有因有果的真事。那个夜晚我就下了决心,一辈子再也不做坏事,要像一个'鱼王'的后代,绝不能使用下作的方法混日子……"

"捉小鱼就是下作吗?"

"'鱼王',那些有出息的捉鱼人,都不会捕杀没有长大的小鱼,不会在溪口那儿堵上小围网,更不会使用毒鱼草。这种草山里就有,那些图财的人会以大价钱卖给捕鱼的人,他们把这种草捣烂了,撒在涨水的河湾和洼地里,大鱼小鱼白花花毒死一片……我得告诉你,我差一点也走了这条邪路。有一段日子我什么鱼也逮不到,心上一急,就找人买来毒鱼草……"

老人的手按在胸口上,大概在摸那颗后悔的心。还好,我真为他高兴,他最后终于远离了那条邪路。同时我也为自己庆幸:师傅在学艺之初就讲了这个故事。我心里充满了感激。

"我在没有水的山坡上搭起了住的地方。这儿不让人手痒。老爸是在水里遇到凶险的,他是一个'旱手',原本就不该下水。爷爷祖辈都是种地瓜的人,他们不下水,也没见过大江大河。他们在干旱的山里遇到了积下的水潭,一些常年不会干透的洼地,还有暗处的水洞,慢慢知道里面藏了大鱼。他们要设法逮住这些鱼,这才一点点练出了特别的本事。这些本事是大水边上的人全都没有的,也不是大山外边的人能弄明白的。我住在山坡上,像他们一样种了地瓜和芋头糊口,看上去像所有山里人一样。不同的是我闲下来就找湿地上的水洼,找聚在一个地方的大小水潭。那些常年的积水黑乌乌的,有的就藏了大鱼。我看水的颜色,嗅水的气味,辨别无风时水上的纹路,然后就知道里面有没有鱼、有多大的鱼。光这样还不够,还要有办法把鱼捉上来,这就得练成一双快手……"

啊,师傅的手快得像鹰爪!我又想起了山里人的传说,说他是一只鱼鹰变的。我问:"你见过鱼鹰吗?"

"见过。不过那鹰一年里也用不上几回。沙河集上有人养过,这要等到夏天发水时才用。鱼鹰大小鱼都捉,那是懒汉才用的,'鱼王'不会这样做。鱼鹰其实逮不到真正的大鱼,大旱天、平时,大山里藏下那些鱼它逮不到。要知道山里人一年四季在干河沟里过日子,他们要鱼鹰干什么?这样的日子还是'旱手'最让人敬重。我爸两手空空在焦干的山里转上一天,回来时就能提回活蹦乱跳的大鱼!他总能找到水,只要有水就有鱼,有鱼就藏不住,就瞒不过他的眼。水和鱼一样,都常常藏在山里,'鱼王'靠鼻子和心找到它们。鱼和水在一起,有时也能分开,这是那些'水手'一辈子也搞不懂的……"

我不相信:"没水也会有鱼?"

"会。有些鱼藏在土里沙子里,这得会看。这是'旱手'才有的大本事。说起来没人相信,他们大约有一半的鱼是从没水的地方逮到的。这些大鱼藏在土里呼呼睡觉哩,'鱼王'把它揪起来,它还在打哈欠哩。"

我笑了:"真有这样的事?大鱼怎么藏到土里呀?"

"山里大水一过,有些鱼随上水头去了远处,还有些鱼恋旧,不愿到外面去闯荡,就留下来。它们随便找片水洼或水洞安了家。那些找不到积水的大鱼如果有本事,就能钻到地底,那里只要有点水汽就行,它们要睡上一觉,等来年山水发了再出来。我爸领着我去一些地方转悠,有时指指一片沙子说,就这里,挖吧。我蹲下挖了一会儿,一条长长的大鳝鱼就跳起来了!还有身子宽宽的大鲫鱼,有长胡子的大鲶鱼……从土中挖出来的鱼是最鲜美的,那些懂鱼的人格外喜欢。不过在土里找鱼是更大的本事,这得有特别的眼神和鼻子,得好好用心揣摩才行。我爸站在干河湾那儿看一会儿,前前后后走几个来回,在一片沙子上踢一踢说,就是这里了。然后我就能从他的脚下挖出鱼来。我多想跟他学到这一手,可这太难了。我爸说要找藏鱼的地方,先得找到上一个季节'囤水'的地方,就是说大片的水流走了以后,还有一些水留下来,一些懒鱼、不愿赶路的鱼就一块儿留下了。这片水一点点渗没了,晒干了,鱼就只有随上扎到地下……"

我这个夜晚才知道,原来捉大鱼的人不光从水中,还可以从土中捉到鱼!这真是想都没有想过的。如果有了这个本事,捉大鱼是多么容易的事啊。我问他:"你最后学会了吗?"

"我想着爸爸生前是怎么做的,用心琢磨,不知试了多少次,最后总算学会了这个本领。在三十多岁以后,我觉得自己随便怎么都能捉到一条大鱼,就像爸爸生前差不多。从这以后我就忘了妈妈过世前叮嘱的话,只想成个'鱼王'了,有时觉得自己就是'鱼王'。我不知道另一个'鱼王'还在不在大山里,他多大年纪了,他的后人成没成为'鱼王',我再也不想住在山坡小屋中煎熬了,想住一座'鱼王'才有的青堂瓦舍。这样想着就拼命捉鱼,名声也随着大起来。有一回我捉了一条二尺多长的大花斑鱼,是沙河集上最大的鱼。可是我从一捉到它的时候就觉得有什么不对劲儿,我从它肚子上的蓝斑、从它的眼神上看出,这不是一条规规矩矩的好鱼,我只想把它早些出手……"

"这到底是怎么回事啊?"

"我觉得它看我的时候恶狠狠的。它先是这样盯了我几眼,后来就冷笑。鱼的笑一般人看不出来,老手才能察觉。我心里不安,只想着快些把它出手。我卖了一个好价钱,买得起这条大鱼的也不是一般的人家,谁知大祸就这样闯下了!原来那是一条毒鱼,它毒死了买主两口人。一连好几年,我都被这家人追杀,不得不逃得远远的,隐姓埋名,藏在最远的山沟里,再也不敢去沙河集了……"

他的声音低得快要听不见了。

仇人的故事

山里的杏花开了,天越来越暖和了。这个春天我又回到了家里,还带回了一条大鱼。爸爸问这条鱼是不是我自己捉的,我不敢撒谎,只好如实相告:是师傅领我在一片沙地上挖到的。那一天首先由师傅指点一个地方,然后我就动了沙铲……妈妈不敢相信还有这种捉鱼的方法,但她和爸爸都知道我是不会骗他们的。爸爸吃惊不小,反反复复看那条鱼,咕哝说:"这么大的鱼,咱就这样吃了?"我说这是特意带给你们的啊,只有你们吃了师傅才高兴。爸爸很为难,说:"老族长也不过吃这样的大鱼啊,刚开春,他还不知能不能吃上哩!"

几天后,爸爸一定要随我去看望师傅,还带了许多田里的收获。其实这些东西我和师傅一点都不缺,他只不过表个心意罢了。爸爸路上总念叨老人的身体,他明白这个人已经十分孱弱了。他真正挂念的是,那个老人能不能在离世前,把所有的本事传给自己的儿子,这是我心里最清楚的。他其实一定要让我当个大山里的"鱼王"。

爸爸见了老人的第二天,就提出一个冒冒失失的要求:去地里挖一条大鱼。这是他心里的一个大挂念。老人一到春天就咳嗽,每天都喝药汤,这会儿一边大声咳着,一边说:"好好。"可他只是答应,并不动身。爸爸又催促了一次,老人才真的出门去了。爸爸手里提着一把锹,我和猫紧随老人身后。

小路上的野花开得真香。师傅走在前边,垂着头,不像往日那样四处瞭望。我想今天老人不是特别高兴,因为他并不情愿出来捉鱼。

我们走了一里多远的山路,最后在一条不大的沙河边停下。这里没有水,沙子洁净得很。老人在沙子上踱了几步,又往旁边看了看。那是离开河道几丈远的地方,粗粗的沙砾上落下了风旋的草屑。他前后打量了一番,伸出脚画了一个大大的圆圈说:"就这儿吧。"

爸爸马上抡起了铁锹。可是这样没有几下,老人就伸手阻止说:"下边用手,小心些。"我和爸爸一起扒着土,刚扒了一会儿,下边的沙子就轻轻活动起来。爸爸大声喊叫,猫马上凑到了近前。啊,一条又粗又长的鳝鱼被爸爸双手逮住。他把它高举过顶:"它就在这里!这真是谁也想不到啊……"

爸爸还不甘心,再次要求师傅寻一个有鱼的地方,老人没有应声。爸爸就在刚才挖到鳝鱼的地方又掘了一会儿,结果什么都没有找到。

爸爸该回家了。他行前与老人单独交谈了许久。爸爸回家了。

老人对我说:"孩子,你爸最担心的是我不能把所有本事全传给你。我对他说,不成,因为我也没有办法。你爸不太舒心。可我说的是真话。我当年就没有跟我爸学到全部本事,只是随着年纪大了,从头想他这一辈子,从头学。我也捉了一辈子鱼,捉到的大鱼不知有多少,直到最后也不知道是不是学到了我爸的全部本事。原来这本事不光是从别人那儿取来,还要自己去找,一点一点找到一些、放下一些,最后留下来的,才是有用的真本事……"

我听不明白,问:"为什么找到了还要放下?这不白找了吗?"

老人点头:"就得放下。有些本事不光不能留,还得小心再小心。比如我年轻时候发了疯一样逮大鱼,只想做个'鱼王',想住'鱼王'才有的青堂瓦舍,为这个差点连命都丢了。我到后来才觉得这真是一条害人的路!这条路害死了我爸,最后有一天还会害死我!我住在山坡上,种下吃的东西,有猫陪在身边,还有了你这么好的一个孩子,这辈子还求什么?我为什么要捉那么多鱼?它们也是一辈子,我捉了越来越多的鱼,就成了它们的冤家对头,这还会有好下场?要不我说,我不敢肯定会把全部本事都传给你,你也不能全都收下,说不定你会扔掉这些本事哩……"

我一声不吭。我心里有些惊讶。有一会儿,我觉得师傅因为不喜欢爸爸,也不再喜欢我了。他肯定后悔收了我这么个贪心的徒弟。可是我又觉得师傅比以前更加爱护我了,他只不过在犹豫,在想我到底该学哪些本事、学多少……我紧紧依偎着,不再吭声。我只想一切都听他的。

老人在夜色里磕打牙齿,像害冷一样,说:"自从卖掉了那条毒鱼,我就再也没去沙河集,一次也没去。一开始怕人害我,到后来是打心里不想去了。我有自己的仇人,他们是被鱼毒死的那个人家的;还有我爸的仇人,他们都不会放过我。我年少孤单的时候只想藏下,想逃命;我长大了,有了本事和力气,就想为爸报仇。男人到了这个时候想干的事情就多起来,除了想当'鱼王',还想吐出心里的一口恶气……"

"仇人就是另一个'鱼王',是那个'水手'?"

"就是他。这个人和我爸一样,都是老族长器重的人。老族长瞧得上的山里渔户只有这两个。他在老族长的祝寿大宴席上见了我爸,两人就成了朋友。他送给我爸烟叶,是用大鱼从别人那儿换来的。我爸烟瘾大,见了好烟叶就交心了。我爸有一天捉了一条大鳜鱼,像得了宝物,一刻不停地送给了他。可这个人又转手送给了老族长,还说是自己捉来的。他嘴上对我爸千好万好,还把小女儿领来我家,说我们两个'鱼王'要结成儿女亲家,这才叫门当户对哩。我妈欢天喜地,扯着那个小姑娘的手从头看到脚,使劲搂到怀里。那个小姑娘比我小几岁,两只大眼会说话,不转睛地看我。她爸说:'孩子,快叫亲哥哥。'她真的那样叫了一声。这一叫我妈的眼泪都出来了……

"我直到现在也弄不明白,那个'鱼王'是一开始就安了坏心,还是后来生出了坏心。反正他和我们一家越来越好,两家人走动起来,过年过节送一些厚礼,平时也少不了来往。两个'鱼王'有了最好的鱼和酒都要交换。我妈干脆叫他'亲家'了。过了夏天,他常跟上我爸去捉鱼,留心学做'旱手'。他夸我爸,说:'这才叫真本事!瞧大旱天哪里都望不见水,你花一袋烟的工夫就能把大鱼提回家!我要有了你这两下子就阔了,有水没水都能逮住大鱼……'不知是他心眼钝,还是我爸留了一手,反正这人直到最后也没能当成一个'旱手'。老族长在旱季不会找他,因为他手里没有鱼,只能找我爸。大山里旱多涝少,老族长自然是更器重我爸了,这让那个'水手鱼王'嫉恨得牙根发痒……"

"可是老爷爷也能跟他学呀,在发大水的时候捉到大鱼……"

"我爸倒也这样想过,一有机会就跟他学泅水,扎猛子。可最后还是没有学成。我爸到最后能游泳了,不过遇到河心的急流就不行了。那个'水手鱼王'到了水里就不像个人,他直接就是在水里过日子。有人说这家伙半天不出来都没事,鱼鳖虾蟹跟他是一家。他一见水就欢天喜地,好像回了老家一样,水里有他的亲戚似的。他在水里捉鱼太容易了,什么器具都不用。如果遇到赤手逮不住的大鱼,他会设法把它引到水草多的地方,让草须帮他绑住又猛又凶的大鱼。鱼的力气到底有多大,这是外行人想不出的,因为平时人们见到的鱼无论多大,都是制服了的离水鱼。鱼在水里就得了水力,水有多大力鱼就有多大力,鱼会借着水力把人整惨啊。一条二拃长的鱼凶起来,人在水里就拿它没办法,一点办法都没有,你眼睁睁就得受它欺负……"

"鱼怎么欺负人啊?"

"鱼把你引到水流急处,你只能尽全力对付水流,设法不让自己沉下去,不呛水。可是鱼这会儿精神力气都来了,它用头撞你的脸和眼、撞你的门牙,把你的嘴唇撞裂,再合伙上来喝沾了血的水。

它甩起大尾巴啪啪扇你几个耳光,几下就把你打得晕头转向。有时候你以为它就在你怀里了,想一下搂住它逮住它,哪知它装作笑眯眯的模样往你怀里钻,可还没等你两条胳膊合上,它就岔开鳍翅上的尖针一旋,只打上三两个旋就把你的胸脯和肚子划得血疵淋拉……老天爷,鱼头摇摇晃晃的,别以为它没有头脑不会想事,它可狡猾着哩。要不说想捉鱼当个高手、封个'鱼王'的人多了,真要成事也就难上难了。那些死在水里的人多了,他们哪个不是因为贪心?大鱼在水花里一跳一闪,银光光的,山里人谁能不馋?谁知这一馋就会要了他的命啊……"

我身上战栗栗的。说真的,这样的夜晚我第一次觉得自己选择了世上最危险的行当。可是、可是我又不能半路折返,不能被吓得打退堂鼓啊!我随口呼应:"啊啊,那怎么办呀,师傅,你说怎么办啊……"

"没有别的办法,就是苦练,再加上天分。所有'鱼王',无论是我爸还是那个'水手鱼王',都是天生捉大鱼的人。他们学来一半,天分一半,个个都是让外人想不明白的主儿。还说那个家伙吧,我说过,他入了大水就等于回了家,那真是一点不差。他在水里就像山里人在山坡上、在庄稼地里一样,不光不会作难,还是最舒服最高兴的时候。他要捉鱼,也不过是顺手的事儿,除非老族长急着让他献一条大家伙,平时都是轻轻闲闲地干着这些事。那些大鱼见了他就像见了长辈一样,礼礼道道的,不敢胡乱蹦跶,不敢胡窜疯跑。大鱼就像中了他的咒语似的,跟着他的手指活动,傻头傻脑的。这好比一个被人从根上制伏的敌手一样,打胜了的人只是背着手在前边走,他只乖乖跟在后边,垂着头,眼皮都不敢睁……"

我听得大气不出。我发现身边的猫也凝了神,忘记了抿嘴和舔手。

老人咳咳嗓子往下讲:"就是这样一个强人,他怎么会认输,怎么会容下别人。我说过,他在老族长那儿是争强好胜的人,一心想让老族长眼里时时装着他。这就是太大的贪心了。一个渔户,一个捉鱼的人本事再大,也不能忘了根本,原本就是两手沾腥的人,人家老族长是谁?是祖上积起来的辈分功德,那是人缘和钱脉人脉,是一摆手人聚了人分了,又一摆手就能制死人的力气啊!听说老族长火了,大山里连鸟都不敢飞不敢叫,小伙子闺女,还有七八十岁的老头子,都吓得尿裤子,那是真尿,哗哗顺着腿根就流下来了。要不说人到了什么时候都得守本分,明白自己是干什么的,明白了也就安心了,也才能做好事……"

我的头皮怵怵的,问:"老族长有那么厉害?你见过他吗?"

"没有。我这样年纪的人大半都没见。可我爸见过不止一次。不过见得最多的还是另一个'鱼王',因为那个人心思大,主意强,尽想一些山里人不敢想的事。"

"他想什么?"

"他想时常坐在老族长旁边的大圈椅子上,喝带青花纹的盖碗茶……他起了这样的贪心,你想想,还怎么和我们结亲家?他领着自己的小女儿来这里,那是开始的日子。她长得真是俊啊,我爸我妈喜欢得合不上嘴。我不懂大人的事,可我一见她,什么忧愁都忘了,只想和她一起玩。那会儿她才多大一点儿,谁知天生就是水里的人,像她爸一样能一个猛子扎进水里不出来。我们俩一块儿去大水洼玩,她在水里不出来,我又喊又跳吓坏了,以为她淹死了。正在我哭得泪半干时,她笑吟吟从另一边钻出来了,撸撸脸上的水珠就来牵我的手。她教我下水,一点一点教,我倒是学会了一点。我后来能伴着她从水洼这边游到另一边。不过我不能在水底逮鱼,她能。她的小手抻不住鱼鳃,就用两根手指戳在鱼的嘴巴旁边,那时鱼一下就老实了……"

"后来呢?接着说啊!"我见老人停歇了,就一声声催促。

大嘴鱼

大约说到了最让他揪心的地方了,老人长时间停歇,还大口喘气,像是憋闷。我起身看他,他不理我,只是两眼望向黑暗,又大又亮的眼睛睁圆了。我伸手在他眼前试了一下,他轻轻捉住我的手放下,然后拍拍我和猫。

"我对爸说,我已经学会了下水,我能游到几丈远的地方了。他看看妈妈,两人脸上都是笑。他没说出的话就是:儿子比我强,从小就能对付吓人的水。因为我们山里人都怕水,爸爸就和祖祖辈辈山里过活的人一样,尽管他是个'鱼王'。另一个'鱼王'实在太怪了,他是鱼变的也说不定。他的皮上长了鱼纹,让日头一晒,那些鱼纹就显出来了。他的闺女没有鱼纹,这让我松了一口气。我和她有一些日子睡都在一起,那是冬春,天还冷,她要留下过夜,就和我们一家三口挤在炕上。她睡着了的模样我到现在还能记住。睡前她讲鱼故事,都是从她爸那儿听来的。我爸听得用心,没觉得这是小孩子戏言。她说出的一半是她爸的亲身经历,我爸作为一个'鱼王'怎么会不关心哩?她给我的最大惊奇是'大嘴鱼'的故事,还说这不光是传说,还是她爸亲眼见过的。那是随着夏天大水过来的一种大凶鱼,是肉食鱼,连人都敢咬。要知道再凶的大鱼不被逼急了都不伤人的,可是这种鱼就像土狼和猞猁一样,咬人专找狠处。她爸有一次遇到了这种鱼,开头还高兴哩,心想这么大的家伙让咱碰到了,就引着它往水草里走,想让草须挂裹一下再发力逮它。谁知那大嘴鱼蛮听话,跟上他的指挥走,离他也不过几尺远。等到她爸觉得该下手了,大嘴鱼就回头笑了。这一笑可把她爸吓坏了。他一辈子捉鱼哪见过这个,头一蒙眼一黑,想:这是怎么回事?他以为自己的眼被水草挡了,就搓搓眼,这下看得清了,那鱼真的在笑!它笑着往前摇晃三两步,左右鳍子跳舞一样翩动着,嘴巴半张。尽管这样,她爸还是看见了两排黄牙,就像牛牙一样,又钝又结实。不过在这排钝牙两边,还有一根钉子一样的尖牙,这是肉食动物的放血刀。她爸这回害怕了,赶紧低头扎猛子,想躲过它的嘴。谁知这条凶鱼比他想得还周全,也随上低头。平时她爸这一扎也就没事了,哪想到这条凶鱼张嘴从来不咬空,只一下就啃去了她爸后脑那儿一块头皮,连头发一起咽到了肚里……"

"啊?后来呢?"

"后来她爸忍着疼再往下扎,扎到淤泥那儿,这种凶鱼大概害怕浑水,这才饶了他一命。她爸从那儿挣出一条命,一连几个月没敢下水。他后脑那儿有块没头发的亮疤,以前他从来没讲是怎么回事,这个夜晚才让我和爸弄明白。原来这是他第一次遇到大嘴鱼,这种鱼除非是从大水上游冲过来,一般水里是没有的。它在上游那个地方过得挺好,就因为涨大水把它赶到下边大山里了,它失去了家里老屋心里烦大了,这才下口咬人。就是这么一个凶险事儿,谁也想不到以后会和我们一家连在一块儿。我这一辈子最怕听到的就是这三个字:'大嘴鱼'……

"孩子,'大嘴鱼'是什么你刚才听明白了,可是你一会儿就知道我不是在说它,它的名儿也许用在人的身上更合适。我差不多在说人,不是说一条鱼……"

"我听糊涂了,师傅。"

"那你就先糊涂着吧,有些事就得这样,太急了不行。我和爸那些年就犯了太急的毛病,什么事都恨不得立刻办好,捉越来越多的鱼,旱地能捉,水里也能捉。我爸本来和爷爷一样,是出了名的'旱手',见了水就头晕,可是他偏要学到'水手'的本领,不光让我学,还要亲自试一试。那另一个'鱼王'总是给他鼓劲儿,说瞧瞧啊,到底是'鱼王'啊,干这行无师自通,你们看他一下水就带架势。其实这是假话,我爸在水里手脚都不好使。那个人教他划水,身子放松,不要发僵。我爸还比不上我呢,因为他年纪大了,半路入水总是难啊。不过他学游水太心急了,不知被呛了多少次,喝了多少冤枉水,半年以后真的能游几丈远了。下水是一回事,捉鱼又是一回事,那还差得远。他把那人看得像个大恩人,什么都依着他。那人的心思大,我爸不过是个老实渔人……

"其实那人打我爸的主意很早了,从一开头就埋下了心计。他想把我们'旱手鱼王'祖传的本事全讨过去,这是多么大的事啊!

我妈暗里嘱咐爸多个心眼,要他留一手,可他全没当回事。他心里只把那人当成了水中的老师,也许还当成了儿女亲家哩。好在这段日子还不够长,那个人太心急了,最后也没有学到多大本事。事情坏在人的歪心上。那个人有一回到老族长那儿送鱼,交接的人是老族长本家侄子。他随身带了小女儿,想让她见识一下老族长的威风。其实见一回老族长也不易,一般都是下边人出来迎接。老族长的侄子见了小女儿喜欢得不得了,就喊出自己的儿子。那人认识了老族长的侄子,到后来一心攀上亲戚,想把女儿嫁给老族长的孙子,要那样也就不得了,就不是一般的渔户了。你想想,这时候他心思多大,想得多远。人家老族长的侄子觉得小姑娘好,就半推半就答应了,他那边'亲家'两个字赶紧叫上了。他用的这个手段和对我们是一样的……"

"那个小姑娘愿意吗?"

"她怎么会愿意?她到了我们家就哭,从头至尾告诉了这些事。我说那是你爸说着玩的,可别当真。她还是哭。爸爸妈妈叹着气,没说什么。他们以为那个人想把日子过得更发达,人人都往高处走嘛,是这么个道理。想不到的是后来。那个人心性又急又狠,这是我们一家慢慢才知道的。那家伙后来见我爸成了老族长最器重的渔户,气坏了。因为山里有大水的日子也不过几十天,常年都是干旱地,要时不时吃到大鱼就得倚仗我爸这样的'旱手鱼王'。老族长那儿节令多,喜庆多,来往亲朋好友多,要用的大鱼就多。大鱼在山里是最贵重的一道大菜,宴会上算是席眼,是响当当的一道菜,那些宾客一见大鱼加了菜码花头端上来,再稳当的人也得喊一声'嚯呀！好家伙！'就这样，做席东的老族长心里美死了，自然忘不了捉大鱼的是谁……

"也就为这个，那个'水手鱼王'恨死了我爸。他来不及把我爸的手艺学到，就下了狠心。他不能让大山里再有第二个'鱼王'，日里夜里都琢磨这个。表面上他还是老哥老弟叫着，只是不领小女儿来了。她自己往这儿跑，一有空闲就偷偷跑了来。我们俩一块儿下水、爬山、摘野枣，成了拆不开的一对。我那时心里明白她以后一定和自己在一块儿，这叫'成亲'。我一想'成亲'汗就出来了。那会儿我不说话，她也能看出我想了什么……有一回她爸因为她跑出来一整天，就打了她。可她还是要偷着来我们家……

"就在她爸领她见了老族长孙子的第二年夏天，山水发得大，发黄的水把沟谷全灌满了。这样的季节我爸不太出门，因为他知道'生水'无鱼，水里的鱼不是从上游冲过来的，是'熟水'里的鱼给赶出来的。反正他对这些鱼没有办法。被'生水'冲出来的鱼个个脾气躁，特别难捉。我爸刚学了一点游泳的本事，哪里有下水捉鱼的心。可是那个'水手鱼王'一遍遍鼓动他下水，说你要长艺不练怎么成？这样的大水就是大机会，有我在一旁还有你吃亏的时候？我爸经他一说就动了心。那人专捉水中的大鱼显摆，让我爸眼馋。捉鱼的人一见这种摇头摆尾、奓着鳍的大鱼就会两手发痒，那心情你能明白。他就这样跟上那人一连两天下水，还是一条鱼都没捉到。那个人把我爸越引越远，最后领到了一条静水汊子里，说这样的地方最易得手，你就放手捉大鱼吧，它也许就藏在草须里。我爸真的发现有条大鱼在靠岸的地方，他对这种溜边的鱼心里多少有点底。可他正准备靠上去,想不到的事情就发生了……"

老人的声音哽咽了。他平静了一会儿才继续说下去:"原来那里伏了一条大嘴鱼,它正恨着恼着,正等人下口哩……就这样,我爸在那个夏天丧了命!那个人又喊又叫找到我妈,说河汊里出了吃人的怪兽,自己也险些完了……

"我们家里塌了天。妈妈不信那个人的话,从一开头就觉得他没安好心。这是两个山里'鱼王'相争,是一出说不清的凶案。可怜我爸把那当成了朋友,还当成了儿女亲家哩。从这以后大山里只有一个'鱼王'了。我妈哭得眼睛都看不见了,几天后人就不行了。她过世前拉着我的手说,你是'鱼王'的后人,是个男孩,我担心那个坏人要让咱家绝后啊,你别待在家里了,别想这青堂瓦舍。最值钱的是捉大鱼的本事,你扔开这个家自己闯荡吧!妈妈的话我不能不听。如今看,那会儿我爸刚刚出事,她心里惊慌,不过说出的话一点都没有离谱。我妈一直比我爸有主意。她嘱咐我:一辈子都不能下水,不能钻进水里捉鱼,咱是'旱手',咱就是旱地捉大鱼的人,这才是咱的方法。我哭着说记住了,我要像爸爸以前那样,离大水远远的……妈妈千叮万嘱:那个'水手鱼王'的小女儿千万不要再见面了,你记住。可我觉得她才不会害我。我吞吞吐吐,妈妈就说:你记住,你是一条鱼,那孩子好比钓鱼的饵……"

鱼和饵

师傅的身体一天比一天差了。他不能走远路,总是气喘,也不想吃东西。猫一天里有多半时间偎在他的身边,有时寸步不离。

这只猫最知道他的心事,虽然不言不语,却能和老人做最深的交谈。老人从来不在它面前抽烟,也从不呵斥它。老人在我来到之前就和它生活在一起,一块儿睡觉吃饭,去沟谷崖下摘野果和捉鱼。他和它分吃刚捉到的大鱼。我从它紧紧依偎的模样,看出了一个可怕的结局。我哀求老人:

"我们去找医生吧,也许真得找他们了。"

老人摇头:"傻孩子,哪有医生比我更懂自己的病啊!我给自己开了半辈子药,吃的都是亲手采的好药。我活得比自己估计的长多了,你不用怕,我还不要紧。"

他喘得厉害时连话都说不成。他吸烟少了,熬药多了。当他喘得轻一些时,总要出门去,只是走不远,大半是到那个整齐的小菜园和水井旁,到山坡上。他看它们的眼神就像看孩子,说:"我这最后的地方不错啊,我在这里住得最久。人这一辈子,能过上这种日子的可不多。我爸妈要在世多好啊,他们会说,我儿子没能当成'鱼王',可这日子过得还不算坏!"我听了立刻说:"不,你就是'鱼王'!你就是!"老人苦笑,摇头。

我们已经好久没有吃到新鲜的大鱼了。想到"大鱼"两个字就流口水,身上一阵发热。这不光是食物的引诱,还有奇怪的想念。这大概与爸爸对我的期望、与我从小立下的大志有关吧。可我还是要承认,我离一个真正的捉鱼人还差得远。我还没有独自捉到一条像样的大鱼。也许我和师傅一样,这些大本事还需要多半辈子的时间去学和练,去慢慢想。这本来就不是一经指点就能掌握的什么窍门。老人大概也知道我的心事,说:

"天再好一些吧,咱们还得去捉鱼呀,肚子念叨这事哩!"

他说完捋捋猫,笑了。

这一天太阳真好,天晴朗得很,没有风。老人扎上裤脚,领着我和猫出门了。我们在近处找到了水湾,我一看就觉得有鱼。老人问我,这会儿它在哪儿?它有多大?我闭着眼睛,说:"它有一拃多长,就在左边一点的草须下边歇着。"老人笑了:"它比你说的大,大半是条鲤鱼,不过它在水中偏这边一点儿,还没有靠边。等我们跺跺脚,它就会钻到草须里。"

我们跺脚,然后再等鱼安静下来。"它心跳平了那会儿你再下手,这时候对鱼对你都好。不过出手只能一次,不成就走人。"这样小声说过了,老人才准备出手,挽好了衣袖。这会儿他的眼又变得尖亮了。

那手仍旧快得像闪电,像射出的箭。可是随着扑棱一声,翻起一大朵水花,鱼跑掉了。"算了,不成,走人吧!"老人失了手,脸上渗出汗珠。

我们往南。一路上不说话,因为他没有逮到鱼肯定不高兴。我们登上了岭子。这道山岭是我们来得最多的地方。我们从这儿望着南边那片蓝色雾气,已经不知有多少回了。老人说过:那片雾气下边有个更大的水湾,有个捉鱼的能手。当我问住在那里的是什么人时,他却总是闭上嘴巴。他只是望着,望着,然后走开。

往回走的路上,我们又试了两个水湾、一个水洞,都没能得手。老人不服气地看着自己的手:"孬手!"

回到屋里,老人找出一根渔线和钓钩,告诉我怎么拴饵,说:

"你去弄吧,早些回来。"我不好意思地领受了任务。这是没本事的人才使用的方法。可我实在想把那条大鲤鱼弄回来。

我和猫出门了。在老人失手的那个水湾里,我很快钓到了鲤鱼。

晚餐由老人指点,我来烹一条大鱼。老人高兴了一些,许久来第一次喝酒。他的兴致很好,这样一直到深夜,都在说着往事。因为他要讲的故事还没有完,这像他的手艺一样,是要传给我的。他说:

"孩子,我和你这么大就离开了家,这点咱俩是一样的。不过我是带着怕走的,怕得很。我记住了我妈的叮嘱,再不敢忘。我不下水,因为那是我爸犯下的大错。我也躲开她,那个'水手鱼王'的小女儿。不过她真让我想啊,那是从小的伴儿。可妈妈说我是鱼,她是饵,那个坏人用心歹毒,先用她把我引出来,然后让'旱手鱼王'绝后!这听起来多吓人啊,我吓得浑身打战。当年妈妈让我跪下发了誓,这才放心走了。我没了爸妈,就什么都没了。青堂瓦舍一钱不值,我只想好好活着。在山里逃窜了不知多少日子,一停脚发现还是离我们家不远,这才明白人一辈子都得被这个地方吸着,这里是根。还有一回我不知怎么跑上了一座小山,从高处又望到了青堂瓦舍,那是另一个'鱼王'的家。我两手握拳,身上绷紧,心里只想着怎么为爸报仇。我站了一会儿才离开,盘算着那一天。可我还是想到了她,想到了那个要跟我成亲的女孩……

"我从小就这一个伴儿。她对我太好了。我认定她和她爸是两种人,她不会害我。不过回想妈妈的话,她也没说这女孩坏啊,只说这是个'饵',我是条'鱼'。鱼如果咬了'饵',就不会有好下场。我相信那个'鱼王'在打什么恶毒的主意,他不会让我好好活在世上,因为他要当山里独一份的'鱼王'。我一想到那么好的女孩要嫁给老族长的孙子,心上就疼得受不住。就这么,我走开了,隔不了几天又转回来。我想从远处看她一眼,看看她是不是还和过去一样。夜里睡不着想她,直到耳边响起妈妈的叮嘱,身上出一层汗粒……"

老人发出一阵阵咳嗽。我为他加盖被子,他握住我的手。老人的手又热又硬,已经全是筋脉。这只手提了多少大鱼啊。

"我一心要当爸爸那样的'鱼王',本事越来越大,可是也越来越糊涂了。我弄不懂的是,我当了'鱼王'就有捉不完的大鱼,再盖一座青堂瓦舍?爸爸盖了,最后又能怎样?我会比爸爸做得更好?这样一想就后怕了。我本事大了,捉鱼的劲头倒变小了。我觉得自己不要那么多的大鱼,也不要青堂瓦舍。我自从离开沙河集就再也没有回去,住在谁也不知道的山沟谷汊里,种点吃物,只捉自己吃的鱼,养一只猫为伴。三十多岁的一天,半夜,门给拍得急响。我披衣开门,点上灯一看,吓了一跳。进来的是一个闺女,年纪比我小,俊眉俊眼,穿了粗布衣裳。她盯着我不说话,只一会儿就嘴唇发颤,流出了眼泪……我叫了一声,退得远远的……"

他说到这儿,一手死死攥住了我。猫盯着黑影里的老人,两眼圆睁。我听懂了,知道来人是谁。

"我和她多少年没见,可还是一眼就认出了!我心里一声连一声说:'这是饵,这是饵。'只想躲得老远,不过一双腿定死在地上,挪不开。她擦擦泪说：'那个人,那个人死了。'我知道她在说她爸。我大声喊：'死了?''死了。'她撩撩头发,再明白不过地问,'他死了,咱能在一块儿了吧?你不会再躲着我吧?'我的心嗵嗵跳。我那会儿什么也想不明白,头蒙着。我不吭气,蹲下。她往前走一步,我就站起来退一步。后来她不动了,我还是蹲着,直到天亮,一声没吭……"

我呼吸轻轻的,生怕漏掉一个字。

"她天亮了还不想走。我催她离开,说：'你回吧。我想一想,想一想就告诉你。'她就走了。她走了,我这才吃惊起来。为什么?因为我和她一夜都没说几句话,可我能清清楚楚知道她这些年在干什么。她和我一样,一直在捉大鱼,接上了老一辈的手艺,学着做个'鱼王'!我估计得不会错,她成了!她比她爸不会差!我从她的手、眼神,还有留在屋里的气味,知道她是这样的人。一点不会错,她已经是大山里的'鱼王'了……不过我还要想另一件事,就是接下去怎么办。这事逼到了眼前,我得立马做个决断!我的头快想爆了,觉得给推到了崖边,不是掉下去摔碎,就是转回头快逃!我小声对自己说：'妈啊,我不会和杀死我爸的仇人孩子成亲,不会和她在一起过日子!我要那样做了,就是天底下最没心没肺的一个人了!爸妈,你们放心吧……'我接上不停地收拾东西,包成一个大包,抱上我的猫就逃开了。我逃到了一个她再也找不到的地方……"

冬天

秋霜铺地没有多久,冬天就来了。老人大多躺在炕上,指挥我干这干那:收回菜园里最后的红辣椒,挖回埋在后院的木炭,采来几把草药,封好几坛酱菜。他说这个冬天不比平常,要备下双份的粮草吃物,糊上所有的屋子缝隙。我照他说的做了。天气好的时候我想扶他出门晒太阳,他只是趴在小窗上。他望着远处,如果我估计得不错,他在望一个被山岭挡住的地方,那里蒙了一层蓝色雾幔……

在第一场大雪之前,老人说:"你想家不想?真该让你爸来住几天了,我和他说说话。"我和他想的一样,这些天总梦到爸妈。可是我不敢离开,因为老人卧炕的时间太长了,这儿需要我。就连猫也不像过去那么贪玩,它有时会一整天待在老人枕边。这是一只好猫,可惜它还不会做更多的事情。如果它能为老人做一日三餐、能端水多好啊!那样我就能回一趟家,和爸爸一起返回了。我心里多少有些不安、害怕。我隐隐约约感到这个冬天里,我非常需要和爸爸一起迎接一个事情,这个事情太可怕了。

我为老人熬药。每一味药的加减都按老人的指点去做。他喝着汤药,效果却不似从前。大雪扑扑落下,一天一夜不停。早晨醒来,外面的雪已经一尺多厚,没有风。如果是过去,这样的雪天多么好啊,屋里大炕暖暖的,灶里有火,锅里有芋,有时还有鱼汤。眼下这些差不多都有,可就是心上发冷。老人仰躺着,伸手要地瓜糖。我递给他,他嚼不动,只是吮着。我们这儿常年都有地瓜糖,屋里的小筐子、衣兜里,都装着它。我跟老人出门捉鱼时,也时不时地嚼一块地瓜糖。这会儿老人吮着地瓜糖,一声不响。他在想什么?想大鱼?这个冬天的大鱼都藏在了雪和冰下,它们该过一个最平安的冬天了。也许老人正想别的,比如他这一辈子,一辈子捉鱼,一辈子躲和藏……

太阳出来,还是没有风。太阳把雪地融开一层,很快又冻住了。天干冷,一切活物都消失了。老人躺着,偶尔指一下屋顶,说:就因为防着大雪压塌,咱这屋顶是用最粗的木头搭的。我点头。老人又指指另一边,说:大雪封门的日子,咱地道里存的东西能吃到来春。我点头。

老人夜里时睡时醒,白天也一样。有时他醒来会说一些前后不接茬的话。"山里人要防着两种东西:毒鱼,毒蘑菇。不易哩。""她一直暗里访我,我躲不掉。她其实在看。""长辈人牵手走三里,自己走七里。一辈子十里。""老天爷不让人在一块儿,就走不到一块儿。人在山两边。""我会牵挂这孩子,还有猫。都没长大。"

我把他的话一遍遍琢磨,不能全懂,可还是泪水蒙蒙。我知道老人在从头想一辈子的事,想到现在,又想身后的事。我不敢望前边的一段山路,因为那路上没有老人。当有一天我回到爸爸妈妈那儿,他们会问:"学成了吗?"我会摇摇头,然后告诉他们:

"'鱼王'说了,人的一辈子都在学,最后也不能说学成了。"

我已经在心里认定老人就是"鱼王",尽管他从不承认。如今往昔里的那两个"鱼王"都不在了,老人大概就是最后的"鱼王"了。

老人好像能看穿我的心事似的。有一次睁大眼睛往旁边看,我正在往炕下添木柴,这会儿赶紧跑过去。他手抚着我的头说:"孩子,你跟我这几年没学到什么本事,我对不起你,也对不起你爸妈。他们把孩子交给我,是想让他当个'鱼王'……"我的泪水在眼里打旋,大声说:"你就是'鱼王'!我听明白了,'长辈人牵手走三里,自己走七里',我记住了!我一定走好自己的'七里'……"老人盯住我:"聪明的孩子!"他的头歪向窗户又说一句,

"不过孩子啊,我真的不算'鱼王'……他们都死了……"

"难道这山里就没有新'鱼王'吗?"

"我不知道。孩子,你的路还长哩,自己找找看吧……"

老人说完,疲倦地闭上了眼睛,睡过去了。猫一直在听,这会儿往老人身边偎了偎,头抵上他的腋窝,也睡去了。屋里只有我一个人醒着,听着灶里噜噜的火苗。我依恋老人,依恋这座小石屋。在无边无际的大山里,这座小石屋是最暖和的地方。我挨过了多少大山里的冬天,所有冬天都是和长辈人一块儿度过的。我不敢肯定以后还会这样,人总会孤单的,孤单地走完那"七里"。

我这些天总盼着爸爸能来。我一个人有些害怕。可是外面的大雪厚厚的,除非发生奇迹,爸爸是不会出现在这儿的。这些天老人好像病好了大半,能长时间坐起来,还减了药量。有一阵他还让我扶着在屋里走动,到地道贮物的地方,喜滋滋地摸着地上堆的地瓜和萝卜,摸酱菜坛子。他站在屋门前,从缝隙中看着外面,咕哝:"你爸开春就来了,你安心等吧。"

老人说完就到屋角,掏出腰上的钥匙,打开了一个不大的箱子。平时谁也不在意这个箱子。我发现箱子里不过是些小杂物,没有什么值钱的东西。他打开一个油布包,解开,抖一抖,是一件绣了一条大鱼的肚兜。我愣住了,看着。老人重新把箱子锁好,只将这肚兜拿到窗前,一只手扯紧了我。

"日后,春天雪化了以后,你去南边吧,就是那片发蓝的雾气下边。那里有一个人会收留你。她是个老太婆了,你知道她是谁……"老人抚摸着肚兜。

我忍住了一汪泪水:"我哪儿也不去,我不去……"

"她见了这个肚兜就会收下。去找她吧,她捉大鱼的本事比我强,她会让你不再怕水……"

我的泪水流了满脸。我说:"我哪儿也不去,我就在这屋里,我就和你在一块儿……"

老人摇摇头:"我说的是春天,是雪化了以后……"

这个夜晚我再也睡不着。好害怕啊。我盼爸爸能和我一起过这个冬天,过完剩下的日子。不,我想让这个冬天永远也过不完,就让我一直听着灶里火苗噜噜响吧。

就在老人交给我绣了大鱼的肚兜不久,大约是第五天吧,老人晚饭喝了一小口鱼汤,抹一下猫的鼻子,握着我的手睡着了。我等他睡得深沉,就抽出手,去灶口添柴。

这个夜晚外面起了风,大风吹得到处呜呜响,一直响到黎明时分。我迷迷糊糊睡着了,最后被猫的大叫惊醒:它正在老人枕边大叫,叫几声又看我。我去看仰睡的老人,看不出什么异样。

只是老人再也不会醒了。他永久地睡着了。他像平时睡去一个模样,只是不会再醒了。

蓝色雾幔

我一辈子都会惊奇这个冬天里的事情。我会惊讶不已:突然就没有了惧怕。我知道自己担当一切的时候终于来到了。我成为小石屋里的主心骨,第一次由我来决定所有的事。大雪天里没有一个人可以商量和交谈。猫在屋里叫着,用头一下下蹭我。它仰头看我时,让我心上发沉。我抱着它,飞快地想着接下来的事情。

三天之后,我把老人葬在了小石屋东边的松树下。这儿他一定喜欢,这儿是他以前停留最多的地方。冻住的山土和碎石考验我的力气。锹、镐头、凿子,一切工具都用上了。用了整整两天的时间,老人、师傅、爸爸,好不容易才与他原来安睡的地方分开。我把那个上锁的木箱放在他的身边,钥匙系在他的身上。我用一层层松柴搭起了一座地下小屋,里面铺了软和的被子,让老人继续安睡。我为这座松木小屋加上顶盖,最后是封土。

整个过程猫都和我在一起。它丝毫没有耽搁我做事,只想帮我,只为它自己的无能而惭愧。我做完了一切,抱着它回屋。

从此这个屋子的炉火就不旺了。噜噜响的火苗一下就消散了。我冻得受不了,但怎么都生不成原来那样的旺火。我整夜和猫相挨,一块儿抵挡长夜。

这里太冷了,谁也无法待下去。可是我记住了老人的话,收好那个绣了大鱼的肚兜,安心地等待:爸爸一定会在春天雪化后赶来。

等啊等啊,春天来得真慢。直到有一天我发现老人坟头的马兰醒来,知道快了。几天之后沟谷里有了淙淙水声。又过了几天,近处的白雪变得发暗。首先是鸟儿飞来,接着有四蹄兽箭一样冲过屋前的小路。

在山花开放之前,我企盼的人终于来了。爸爸身背一大坨东西出现在屋前的山坡上,我和猫一块儿跑去迎接。爸爸打了裹腿,穿了生猪皮缝成的裹草靴,它的名字叫"绑"。我抬头端量爸爸,立刻发现他老了许多。我鼻子一酸,泪水和第一句话一齐涌出:"老人不在了……"

爸爸并没有显出特别吃惊的样子。他只是久久站住,盯着小石屋说:"我做过一个梦,梦里清清楚楚。我那会儿爬也要爬来,可大雪堵住了路。我知道这个冬天凶险……"

接下来的几天,一个共同的难题摆在我和爸爸面前:怎样离开?去哪儿?回家还是往南?我让爸爸看了那个绣了大鱼的肚兜。爸爸果然问了一句:

"学成了吗?"

这句话本来不必回答。我摇了摇头。爸爸毫不犹豫地说:"那就听师傅的话,往南吧。"

我其实早就打定了主意。不过这主意得到了认可,就更加无法改变了。我们把屋子收拾了一下,归拢着路上要用的东西,准备锁门。背猫的器具是一只带盖的柳条筐子,可是最后当我试着把它装进去时,它没命地喊叫,怎么也不愿离开。爸爸想了想,就把老人用过的一些东西放进筐子。猫在筐里嗅着,总算哭哭啼啼伏下身子……

爸爸和我一起上路。他说:"你找到那儿我才放心。这条路看来不长,不过是一条不熟的路。谁知道会怎样哩,不看到她什么都不知道……"

可是我并不担心后来的事情。奇怪的是我总觉得什么都由师傅生前安排好了,那个老太婆一定会收留我。走在路上,爬上高处望着那片蓝色的雾气,突然又惊讶了。自己竟然从来没问一句:我见面后怎么能认出她来?

这句话后来终于被爸爸提出来了。我的回答令他吃惊。我说:"我认得。我一定不会认错。"

那片蓝色雾幔下的隐秘就要显露出来了。也许真正的"鱼王"就藏在雾幔下。从这儿到那儿看起来不远,走起来却像遥无尽头。猫在背上的筐子里喊叫,我不得不时常停下安慰它。可有时我刚打开筐盖它就跳出来,一纵就蹿出很远,瞪大一双生气的眼睛。它久久望着来路,盯住小石屋的方向。

好不容易才将猫哄进筐里,我们继续上路。那片蓝色的雾幔一点点褪开,一片高高矮矮的山头清楚了。地势好像越来越高,因为山水总是从前边流过来。我们几乎没有看到什么屋子,一路上只有几个采春芽的人,他们把绿色的叶芽扳下装进背篓。爸爸向他们打听:山隙里可有单独的人家?可有一个住了老太婆的小屋?他们有的摇头,有的东指西指,这反而让人更加糊涂了。

我只怕忘记和弄错了和老人一起看到的那片蓝雾,记住它在小石屋的正南方,在正午时分的太阳底下。只要有太阳,我们就不该走错。

走啊走啊,一天用完了,不得不找地方宿下。我和爸爸好不容易找到一处半塌的石屋,它小到只有一间,里面还有废了的锅灶,灶前长了半人高的枯草。我们将枯草铺成睡觉的地方。半夜很冷,睡不着,爸爸就问一些老人的事情。我告诉他:咱们这一回要找的是师傅仇人的女儿,她是大山里最后一个"鱼王"了。说到这里,我突然想到了那个上学的地方,戴老花镜的斜眼老头儿,问:"他还在吗?"爸爸说还在。我说:"他常常提到的老族长肯定不在了。"爸爸说:"那可不对,老族长不在了,那还了得。"我告诉爸爸:我们捉到了许多条大鱼,就从来没有想过送给老族长。爸爸叹气:"谁知道哩,也许这是你们的一个大错啊。"

第二天重新启程。从早晨走到中午,终于看到一座石屋。屋子建在半枯的河道边上,冒着炊烟,让人看一眼心里就暖暖的。爸爸说快进去看看。我们拍开门板,来开门的果然是一位老太婆,她胖胖的,戴了黑呢小帽,张大嘴巴看着来人。我心里立刻说:不是她。正这会儿又出来一位上年纪的男人,这就更加证实了我的判断。爸爸打听附近有没有一位独身老太婆。男人指指我们过来的方向:"以前住在那边,搬开有几年了。"

我和爸爸都认为昨夜住宿的半塌石屋就是那位老太太的,这样一想心里豁亮了许多。我们尽可能登上山顶,这样就能看得遥远,如果下面的沟谷中有人家,一眼就能看到。可是太阳快要沉下西山了,还是一无所获。看来这一夜又要在山谷里挨冻了。我和爸爸找着草窝和背风的地方,拍打背上的筐子安慰猫。

天色模糊,山影混在了一起。爸爸取出干粮,我这才觉得饥饿难忍。可是刚刚咬了几口,我好像嗅到了一股熟悉的烟火气。我站起来。这气味和老人灶前发出的一模一样,是松枝和山草混合一起燃烧时散出的。我大口呼吸,辨别着它从哪儿飘来。啊,正在这会儿我嗅到了鱼的气味！我小声说："是鱼,鱼汤……"

爸爸和猫都停止了咀嚼。他和它昂起头,顺着我指点的方向嗅着。

我再也无心吃干粮,捐起东西。爸爸把猫放到筐子里。脚下的路看不清,只得小心攀着往前。风中的气味引着我们,这使我们不至于走偏。可是后来一道陡岭挡住了路,不得不花一段时间绕开。风中的烟火气和鱼的气味一下浓起来,只不过它来自另一个方向。我明白刚才是陡岭阻挡的原因,现在飘出的烟气直接扑进我们的鼻子里了。

就在离陡岭南边一里多远的地方,黑黝黝的树丛中好像有一点光亮在闪跳。因为走得太急,我和爸爸都跌了跤。猫发出急急的呼叫,我赶紧拍打阻止它。

一幢小屋的轮廓出现在前边。小窗是橘红色的。我对爸爸说："就是这里,我们就在这里过夜吧。"

爸爸拍门。门板厚厚的。屋里没有应声。我和爸爸一块儿拍着。

门开了。屋里出来一个人,手里擎着一盏马灯。我差点喊叫出来:擎灯的是一位七八十岁的老太婆。她的头发白了多半,瘦瘦的,额头有点鼓,下巴往前奇怪地伸着,一双大眼闪闪发亮。我的心狂跳起来,在心里说一句："找到了!"

鱼王和族长

最让我惊奇的是那只猫。它比我更早地找到了归宿,从那个装了老人杂物的筐子里一出来,就眯着眼睛看着四周,最后仰脸嗅着灯影下的老太太。它和她对视了几分钟,那专心的模样使我和爸爸都不敢吭气。就这样看了一会儿,它毫不生疏地走过去,用脑瓜蹭起老太太的手、胸和膝盖。老太太翘翘的下巴压住了它的脑瓜,把它揽到怀里。它马上就要睡过去,这使人想起它已经许久没有睡过一个好觉了。

一个怀抱了猫的老太太,什么话都好说了。我心里热乎乎的,所有的话都挤在嗓子眼里。爸爸两手抖着,上前或后退犹豫不决。他像是要搬弄什么东西的样子。老太太示意他坐下,他坐下后身子还是拧动,吞吞吐吐:"我、我和孩子找得好……好苦哇。我和孩子从他师傅那里一路找啊问啊……"

"你们找谁?"老太太搂住了猫。

爸爸站起来。我挡在了他的前边。我忍住了才没有让泪水流出来。我说得磕磕绊绊,自己也不知说了些什么。我好像说了自己的师傅、干爸、"鱼王",我们怎样一遍遍遥望蓝色雾气。最后,我说了老人过世的这个寒冬……我的泪水流出来了。

老太太闭上了眼睛。

爸爸牵着我的手:"我把这个孩子给了他,他走时又把这个孩子托付给你……"

我的眼泪干了,盯着她。她没有看爸爸,一下下抚摸怀里的猫,磕打牙齿说:"这猫留我这儿吧。"我急了:"我和猫是一起的,这是我的猫……"老太太摇摇头:"猫是那个老头的。"焦急中爸爸使劲揪我的手,我这才想起那个绣了大鱼的肚兜……

老太太揪住红色肚兜的眼神我一辈子都不会忘记。她揪紧了,放在灯前看,然后返身回了里间。我和爸爸待在原地,等一个结果。这差不多是对我的一个判决。

老太太红着眼睛出来了。她一声不吭地为我和爸找出了吃的东西,从锅灶中盛出一碗热腾腾的鱼汤。我们大口吃喝时,老太太又在一边搭了一个地铺,这自然是为我们准备的。

爸爸在老太太这儿待了两天才离去。他和老太太说了不多的话,因为老太太不想说什么。他满肚子话说不出,叹气,搓手,最后不得不离开。他出门时老太太也没有起身送,只交给他一包地瓜饼和一只盛了水的扁囊。天气好像在几天内变暖了许多,一开门全是野花的香气。我出门送了爸爸一程,猫尾随了几步又返回。爸爸一句句叮嘱,都是老话。

我和猫睡在了老太太身边。她的觉很少,有时半夜起来到另一间屋抽烟,因为猫害怕烟。她有一次抚摸着猫说:"可怜啊,剩你自己了。"我心里知道,她想听到更多关于老人的事情,只是懒得问。但是我也不知从哪里说起。

天越来越暖了。老太太在太阳最好的时候有些高兴,背上背篓领我出门,猫也随上。我们转了不远就看到谷地里有一片水,水靠近一道陡崖,虽然不太大,却也比得上我上学时看到的那汪绿水了。老太太说:"夏天它还要大。"我问:"我们去逮鱼吗?"老太太没有回答,站了一会儿领我往相反的方向走去了。

我们在干旱的山沟谷地转着。在山阴处,我从阴湿的苇荻旁找到一汪水、几个深深窄窄的水坑。我从幽暗的水草那儿嗅到了熟悉的气味，不由得挽起了袖子。老太太嘴角有了笑容。

我长时间蹲在水边。我在想鱼待在哪儿、鱼的模样、鱼头的方向。我心里默念了一句"师傅"，像他那样疾速出手……大鱼轻易地逃开了，除了翻起的一大朵水花，什么都没有。我又要试一次，老太太按住了我的手："只能一次。"她说得真对啊。

这一天归去时总算没有空着背篓。老太太用一面捞斗和小鱼叉，逮了一条不足一拃的红鳍鱼、两条更小的青脊鱼。红鳍鱼用来熬汤，我们刚来那一天就喝到了这种鱼汤。老太太说："他没有教成你啊。"我说："这太难了。'长辈领三里，自己走七里'，我会成的。"老太太磕打牙齿："是这句话。"

这天夜里我紧挨着老太太，我们都没有睡。我冒冒失失地说："我要跟你下水……"

"那个'鱼王'就是被仇人领到了水里，你不怕？"

黑影里我看到了她尖亮的眼睛。我盯住这眼睛说："我不怕。"

"我和你师傅是仇家的后人。他恨着我，我也恨着他。到了你这儿，谁都不恨了。也许你会把'旱手'和'水手'的本事加在一块儿……你才是老族长最喜欢的人，再也没人和你争夺……"老太太说到这儿，像是被噎了一下，不再吭声了。

我想爬起来，却被她伸手按住了。我大声说："师傅从来不恨你！他一直想着你……"

"我恨着他。"老太太闭上眼。

我不相信。我想问：真的恨着，会送他绣了大鱼的肚兜？会去找他？可我不敢这样问。我只说道："我一条大鱼都不会送给老族长!"

老太太欠身看我,睁大了眼睛:"啊,这才像个'鱼王'!"她说完这句话把我连同身边的猫搂了一下,轻轻拍打。一股热流从心头流过,这让我想起了在母亲身边、在师傅身边的那些夜晚。老太太仰望着漆黑的夜色,像是说给夜色深处的一个人听:

"两个'鱼王'都走了,你也走了,这里只剩下我自己。干干净净,再也不用挂记老族长了。那两个人太挂记他了,最后都死在这挂记上。捉到最大的鱼都想送给老族长,就像害了魔怔……"

我一字不落地听着,有的能听明白,有的不能。

"我不敢说我爸手上干净,不敢说他是无心把那个人领到大嘴鱼那儿的,因为他有大贪心,想当大山里独一份的'鱼王',做老族长的渔户,最后还想和老族长攀上亲戚。就是大贪心害了他。他一辈子靠捉大鱼盖起了青堂瓦舍,又想别的。他捉到最大最好的鱼,不是卖给沙河集,只想送给老族长。老族长有一年赏给他一个玉石烟袋嘴,他高兴得供在一个地方,下面还铺了一块红布。第二代老族长才四十来岁,要祝寿摆大宴,他就睡不着了,想去捉一条大鳜鱼。那种大鱼光有大水还不行,还得等着'生水'冲开'熟水',把大鳜鱼从老窝里赶出来……

"我爸那一年七十多岁了,手脚都不灵便。他害了风寒,一天到晚咳嗽,照理说不该下水。可他全不管这些,一心只想捉那条大鳜鱼。他捉了三天。捉了好几条一尺多长的白鲢,也算是大礼了,可他说不行,一定得捉到大鳜鱼。有一天月亮好,他半夜做了一个梦,咳着爬起来,谁也拦不住,就因为梦里有一条大鳜鱼对他笑,说它在一个好地方等了他几天哩。我爸直接奔梦里那个地方,走过一个河湾说不对,又找。就这样一直找到一个长满了乱草的脏水湾,这种地方怎么会有那种大鱼?他捉了一辈子鱼,从远处一打眼就能明白这种脏地方不会有像样的大鱼。他是被贪心害了,被一个念想害了。那会儿他什么都不顾,扑通一声跳进脏水,再也没有出来……"

她停住了叙说,闭上眼。这样许久她才拍拍我,把猫揽到自己身边,像是有些害冷,牙齿打抖:"我和妈找了一天,最后才看到水边的衣裳。我爸原来让乱草须给缠得结结实实,他越是往外挣,那些草须就越是缠得紧。他要在年轻时候、身体好的时候,这些草须不算什么……我妈哭得昏过去,大哭大叫。她第一个想起的还是老族长,想去告诉他,告诉'鱼王'就为了给寿宴添一道大菜,再也回不来了……看门人挡住了她,那人被她哭烦了,就把她推走了,最后连老族长的面都没见上……"

水世界

夏天来到之前,因为不能下水,我只是跟在老太太身边做一点别的事情。她的小石屋与我师傅的十分相似:从外边看上去都小小的,迈进去才会发现多么巧妙好玩。这儿也有藏东西的地窖,有和地道连通的许多地方。所有这些都派了不同的用场,有的放粮食,有的放蘑菇、干菜,还有的只堆放腌菜。与我师傅不同,她特别喜欢做野蜜果酱,蜜和果子都从山里采来。这里还有一坛坛虾酱和蟹酱,而师傅那儿只有鱼酱。我们把囤里的瓜干掏出来晾晒,把各种干菜和草药都搬出来。她和师傅都是使用草药的高手。几乎每摸到一样东西都能想到过去的日子,我实在忍不住,就说起来。

老太太一边干活一边听。当我说到老人最后天天熬药,一夜夜咳嗽憋气,老太太低下头:"我们俩都害在烟上,都抽了一辈子烟。一个人的工夫多了,就用烟打发。"这样说着,突然问一句:"那边的门锁好了?"还没等我回答她又自语一句:"人没了,锁不锁都一样。"我告诉她:那门是锁了的,因为说不定哪一天还要回去,我太想那里了。老太太点头:"我们一起去看看吧。那个倔家伙啊……"

我听得明白,她叫他"倔家伙"。

我在心里已经将两座小石屋的人合在了一起:如果那样该是多么好啊!那将是完全不同的日子,完全不同的四季!那时噜噜响的灶火旁会有多少欢声笑语,多少故事啊……

大水汇到了山谷,日夜都是哗哗水声。一个夏季的水能让大多数沟谷流淌起来,一直流上一个多月,然后水势越来越小,直到形成秋天的一汪汪水潭。小石屋南部的那个大水洼变成了一个椭圆形的湖,它在太阳下闪着诱人的光亮。这一天终于到了,老太太捐上背篓对我说:"走吧。"

在湖边,她让我坐在岸上,然后直接走进了水里。她入水时就像鱼一样,并不挥手扑打,也没有溅起水花。她顶多在经过的水面上留一条不大的水纹,就像深水里游过一条大鱼一样。她大概将这片大水变成了自己的园子,这会儿正四处看着呢,踩踩地垄,顺手摘些豆角之类。

我待在岸上,过了很长时间还不见她出来,真的慌了。到处看不见她,水面静静的,没有一点波浪。我想喊,又喊不出……她入水后总是无声无响,扎到深处再没一点痕迹。这样过了很久,我才从大水的另一边看到一点点踪影。我最好奇的是她怎样在水里喘气。要知道人总要喘气啊!我想问,又忍住,因为我想自己观察这个秘密。

我试着下水了。她并不教我如何划水、怎样使用两臂和双腿,而是直接牵我进水,一直往最深处牵。我吓得喊起来,她就在大水的下边,让我踩上她的背和肩,这样我就能将头伸出水面呼吸了。人在水中呼吸是最大最大的事,可是我觉得她对这件大事并不看重。一入水,她的手和脚好像一下都变成了鳍,她自己也变成了大鱼。

我们一连多少天都来湖边,从太阳出山下水,到太阳落山回家,中午饭就在湖边吃。她的背篓里有个小铁锅,它就支在水边。在这儿做饭是最简单不过的:扔进沸水里一点米、几把绿芽,再加一条鱼和一只蟹。吃过了午饭一直不饿,我们就在水中待到月亮出来。月亮下的大水常有黑黝黝的影子划过,那是我们的倒影,或者不知什么东西。所有的影子都让人害怕。我问:如果遇到大嘴鱼怎么办?她说这里没有那种鱼。我又问:有没有另一些害人的东西?她说这里就好比她家的前院后院,没有生疏的东西,放心好了。我问那些窜来窜去的黑影是什么?她说水里和山地一样,所有动物的脾性不同,有的喜欢在夜间出来转悠,有的偏在大白天睡个懒觉。

最让我吃惊的是,我好像并没有被她细细教过怎样游泳,可是渐渐再也不那么怕水了。我在水里扎猛子、仰漂,有时潜在深处还想和她说话,因为忘了呛水这回事。我果然很少呛水,也习惯了在水中长时间待下去。我终于发现老太太是怎么喘气了:她能够在水中憋很长时间的气,还能漂在水上睡觉,直等到做完一个梦再醒来。当然这只是我自己的揣摩,她也许从来没有真的睡着过。

猫在岸上呼叫时,我们就要回它那儿。老太太不愿让它焦急。我发现她多少将猫当成了那个老人的孩子,而不是我。

以前在老人身边时,他曾讲过那个"水手鱼王"有多么好的水性,也讲过他的女儿怎样在水中嬉戏。但如果不是亲眼看到,怎么也不会想到人在水里会是这个样子。我觉得老太太在水中活动,就像我们山里人平时爬山过岭、采蘑菇和春芽、莳弄房前屋后的坡地一样,都是随随便便没有一点妨碍的,不同的只是变得更灵巧了。她在水中是鱼,上了岸才是人。我有时看着她上岸,湿漉漉地站在那儿,水珠落了一地,一双圆眼雪亮,下巴往前探着,心里总要冒出一个奇怪的念头:这是一条"人鱼"!我想不出她年轻时的模样,只觉得眼前这个人和常见的山里人太不一样了。也许她一年年往鱼的习性上靠近,或者从她祖辈就开始靠近了,最后也就成了眼前的模样。我不敢把心里的猜测说出来,害怕她生气。但我认定一个"水手鱼王"的后人真的会是这样。我也能明白她为什么恋着这片湖水,因为她在土上并不自在,再说一年里只有一个多月的时间才能下水,要从深秋时节一直等到来年夏天。所以这个夏天对一条"人鱼"来说,真是太宝贵了。

明晃晃的月光下,老太太似乎比白天还要高兴。她让猫在家里看门,跟它小声咕哝几句,它真的安稳了。我们来到了湖边。她眯着眼看银光闪闪的远处,伸手往前一指。我好像看到了那些被风吹成一束银练的地方,就像一群鱼在排队赶路一样,一块儿睁大了圆亮的眼睛。我惊呼起来:"啊,所有的鱼晚上都出来了!"她摇头:"那不是鱼,那是一条街,街上有灯火。"我不信。她说水里和地上的村镇是一样的,大街大巷的灯火就要密一些。

　　我们往那儿靠近。随着越来越近,那条银练就一点点消失了。我问这是怎么回事,她说我们惊动了水街上的人家,它们就把灯吹灭了。我当然不信。大水的右边和南边就是陡崖的影子,那儿大白天都阴森森的,夜晚特别吓人。每到了挨近那儿,我只得一个人呆望,看着她消失在阴影里。这段时间真是难熬,因为我在大水中央本来就害怕,这会儿独自一人……

　　我总觉得那片阴冷黑暗的地方隐藏了各种东西,这样的夜晚发生什么都是可能的。

　　有一次,我正在这样焦急不安地等待,突然远处那片黑乎乎的深水处传来了咚咚声,就像一阵突然敲响的鼓声,闷闷的,震得心上发疼。我的头发梢立刻竖起来。我想呼叫,又不敢张嘴;想往前,又不敢活动。我就这样待着,小心又小心,后来却发现自己已经在不知不觉间往岸上移动了。我在离岸几尺远处等候,随时都准备跳到岸上。

　　老太太终于出现在明亮的水面上了。我呼出一口气,迎着她游去。接近了,我发现她脸上的每一滴水珠都闪着快乐。"崖下的水才够深,那边什么时候都有深水。"她说。我问当湖水半枯了,还有深水?她说:"有。这片大水跟别处不一样,它有根,崖下边就是它的根。"我糊涂了:"每一片大水都有根吗?"她摇头:"最后变成了一小片死水、干枯了的,就是没根的水。水和树一样,没有根就得枯。"

我不再问了。我从来没听过这样的道理,这可得好好琢磨一番。我好像想明白了一点:眼前这片湖水尽管在干旱季节只剩下了一汪,只像个大一点的水潭,但直到最后它也不会焦干。它的秘密就在陡崖下边,那儿有它的根。我心里一阵豁亮:老太太的小石屋离这儿不远,就因为一个"水手鱼王"不能离开水啊!这就是她和师傅最大的不同了。

我想自己有一天一定会鼓起勇气,去亲手摸一摸那个大水的根。

大树的根我见过,大水的根会是什么模样?想象中那儿非常寒冷,即便是夏天,也会有刺骨的凉意。

我说:"我听到了鼓声……"

老太太仰着鼻子,发出了吭吭两声,转身看着湖面:"我没听到。也许是浪拍在崖上吧。"

我还是疑惑。因为这个夜晚没有一丝风,哪里有什么浪。

这会儿我在想:夏天逝去之前,我一定要到那片深水里去。

无论是白天和晚上,她好像都没有领我去陡崖下的意思,也许等我有了更好的水性之后,她会这样做的。她总是在那道银闪闪的水线上与我分手,然后就扎到那片黑漆漆的深水里了。

那里究竟是怎样的,老太太从来没有仔细说过。她也没有从那里带回一条鱼、一只蟹,就连一绺水草都没有。她只不过要在深水里才舒服,水越深越好。有一阵我甚至起了疑心:难道这儿就是"旱手鱼王"丧命的地方?这样一想,身上立刻有一种怵怵的感觉。

一连几个夜晚我都没有睡好。老太太发现我在炕上不停地翻动身子,就拍打我,想让我睡去。我还是睡不着。除了想那片大水的根,想那个阴森森的地方,还想安歇在北边小石屋旁的老人。我流出了泪水,又偷偷抹去。

这一天黎明好像来得格外早。小窗上扑满了霞光,老太太起身。她偶尔要睡个懒觉,静静地仰卧一会儿。我觉得她这个睡姿也像一条鱼。她不胖,身子扁扁的。我在霞光下好好端量她的脚,想看到蹼。没有,十个脚趾像我一样。老太太被我的目光给弄醒了,打个哈欠坐起。她说一句:

"你想回师傅小屋一趟?"

"不……我想今天,让你领我去陡崖那儿。"

老太太又一次打起哈欠,伸展着胳膊说:"好,吃饭吧,吃个肚儿圆我就领你下水……"

她一点都没有犹豫。这使我长舒了一口气。

水洞黑影

月亮圆圆的大好夜晚不多了,我要赶在这样的夜晚去陡崖那儿。我相信夜晚的陡崖下才有更多的秘密。这天太阳刚升到树梢那么高,我和老太太就来到了湖边。猫跟随而来,留在岸边。除了午饭时间,我们大半要在水里度过。

即便是白天,湖水西南边也仍旧罩在阴影里。那片蓝色的雾气就从那儿升起,然后飘到空中。我这会儿想起与师傅一起站在高处看那片蓝雾的情景……原来蓝雾就从这儿生出,可是当我们从北边赶来,随着走近,这片蓝雾就消失不见了。大山啊,你还有多少怪事等待我们,让我们去寻找和破解?

老太太好像忘记了要领我去陡崖下边,入水后就在小湖中央尽意戏耍,很舒服的样子。太阳变得灼热,一群水鸟从山南飞来,毫无惧怕地围住了我们。我第一次这么近地看它们鼓鼓的胸脯、闪着七彩的脖子。水鸟的眼睛和小脑瓜原来真是俊美啊,看得人心上痒痒的、甜甜的。老太太仰在水上睡着了,有几只水鸟落在她的身上。

我独自游起来。我潜到深处看见了麦子一样的水草,大大小小的鱼在草间出没。它们一点都不怕我。有红鳍鱼,但不够大。有像拇指般大的、通身乌黑的鱼,还有身上闪着紫灰斑点的胖鱼。后者让我想到了师傅逮到的那条毒鱼,那条在沙河集引来杀身大祸的鱼。我赶紧躲得远远的。

我只等老太太舒服地睡过一觉,领我去探访陡崖下边那片黑水,可是她一直仰躺着。好像她夜里在炕上睡觉全不作数,这儿才是最好的做梦地方。我等她不醒,只好再次扎到水里。水底有砾石,有地瓜那样的大鹅卵石,还有巴掌大的蛤蜊。我想午饭吃一只煮蛤蜊,就捉了一只。我探出水面时再次看老太太,寻遍了水面都没有影子。我看着远处独坐的猫,心底一横,就一个人回头往陡崖那儿游去了。

猫在岸上大声号叫,我没有理它。

在离陡崖不远处,老太太突然从一旁滑过来,正好挡在了我和阴森森的水面之间。她拍拍我,往前边去了。我紧紧跟随。这儿的水变凉了,简直像深秋的水。没有风也没有激流,可是身子下边像被什么推扯,需要费好大的力气才能稳住自己。她在贴近崖石的地方钻进钻出,待我离得更近,就做个手势,抽身潜下去。我也随上她。这里要好好睁大眼睛才看得清。水底有巨蛋一样的大白圆石,还有彩色的石头夹在中间。水又清又黑又凉,冻得人心口发紧。

我转着身子找她,终于看到了:她的一只手扪在石壁上,身子横着,像要挡住我的去路。我四下看一看才明白,原来这儿是一个石洞,它通到深深的陡崖下边,是比房屋还要大的一个水洞,里面好像看不到尽头。我想越过她的身体往前,可是已经憋得难受,只好赶紧浮上水面。

我再次潜下时,她用手势示意我不要往前,而是随她沿着崖根挪动。我又看到了几个水洞,不过它们比那个最大的水洞小多了。

"这些水洞通向哪里?它们很长吗?"

"长哩,几里地下去,最后窄得容不下身子,只得退回来。"

"我也想游到里边!让我跟你去一回吧!"

老太太皱着眉头:"你憋不住那么长的气。你又不是一条鱼……"

我不吭一声,心想她总算承认自己是一条鱼了。"也许她是一条鱼精。"我心里说,"鱼精和人是不一样的,这就是师傅一辈子躲着她的原因吧。不光是她,她那个杀人的爹也是一个鱼精……"

我心里出现了一个鱼妖的故事,这会儿竟然把自己吓住了。我想有一天回到家里,把这个故事告诉爸爸妈妈,他们一定也会害怕的。

岸边的小铁锅又开始沸滚了。当我要投入那个大蛤蜊时,她一把夺过去,端详一会儿说:"这是从上游冲进湖里的,是一只老蛤蜊了,你咬不动它。"说完就将它放到了水里。米粥的香味出来了。除了米粥,我们还煮了刚刚长成的地瓜,在火里烧了几块香蒲根。蒲根比芋头硬,也比芋头香。

我实在太累了,就在热烫的沙子上睡着了。这次我真的做了一个梦,梦中自己被拴了一根红线,由一个黑色的鳍牵着,一直牵到了一个大水洞的深处。那是个寒冷逼人的地方,看不清什么,一只只更大的鳍在移动。我吓得一身冷汗醒来了。除了猫在一边守候,老太太又不见了。我想她这会儿一定仰在水面上睡个好觉。

因为午饭吃得晚,再加上吃了香蒲根,整整多半天都不饿。老太太说这是大水边上独有的宝贝,和一般地方的蒲根不一样。这种香蒲根是最能抵挡饥饿的:如果要进深水,非得吃它不可。她说这种蒲根还可以造酒,"不过那酒劲儿太大了,大冬天里喝最好。这里的冬天冻死人……"

我发现她说这种酒时,好像真的被它呛住了,因为眼角有明显的泪水涌出来。她转身去看月亮升起的湖面。

我又看到了那一线银亮亮的水。我伸手一指。她声音低低的:"我爸在世时,常说有这种银色水线的地方,就有珍珠藏在下面。他找过不知多少回。我妈问他找到没有,他说没有。可是我妈过世前告诉我,也许他找到了,因为他身上有个小口袋,里面有压碎的珍珠粉末。妈妈说如果他真的找到了,那就是暗里送给了老族长……"

我愣住了:又是老族长。"鱼王"和老族长的故事讲也讲不完啊。

她叹气,眯眼:"我妈说了,为了老族长,男人连自己家的人都能瞒下,男人和女人就是不一样……"她说完这句话瞪大了眼睛,问我,"你说对吧?"

我后退了一步:"我、我怎么知道啊!"

"因为你也是男人啊……"她嘴里哼哼着,往水中走去了。

月亮下的水比白天还要热,还要让人舒服。我一入水就看到一条大鱼,有三拃长,从身侧一闪而过。我的手可真痒啊。我曾经对爸爸说过一个怪事:我想拜师捉大鱼,找到山里的"鱼王"。可是当我自认为接近了他时,他却从不承认自己就是"鱼王",并且对捉鱼这种事压根就不看重。这真是奇怪啊。我在这样的人身边自然是不会上进的。而今我离开了那个人,又来到了另一个人身边,这个人同样不热心捉鱼……

这个月夜我一直游在前边,目标就是那片黑色的水面、那片陡崖。老太太只好随上我。

在离陡崖几丈远时,她赶到了我的前边。

冰凉的水紧紧拥住了我。月色下,这儿的水底有一种奇怪的反光。四周的一切都模模糊糊,可唯独自己的脚跟是白亮的,就像大白天看光滑的石头一样。我想如果有一条鱼在这样的夜晚找人,只需盯住人的脚跟就行。

我一点点往记忆中的大水洞逼近。我稳住了身子,不让自己偏移。可是今夜的水倔得很,总要把我扯向一边。我今夜更倔,我要找到大水洞,我知道它在哪儿。老太太伴在身侧,只让水漫到胸口,好像要一直盯住我的眼睛才放心。她在这个夜晚格外小心。

大水洞就要到了。我正在辨别一个更具体的方向时,突然又听到了咚咚声。这声音不大,不过嗡嗡震耳,是从洞子深处传来的。我说:"听到了吧?我那天晚上听到的就是它。听到了吧?"老太太侧起耳朵,像在认真听。

什么声音也没有。因为那声音只响过两声,然后就消失了。她说:"哪有什么动静。没有。"我不信她会听不到。但我没说什么,只轻轻潜下。再往前就是洞口了,那儿越来越黑。我在黑蒙蒙的水中睁大双眼,一点点辨认四周。我看得最清的是她的脚,还有自己的脚。白天看到的那些白色的大圆石头变成了灰色,好像被什么精灵轻轻移动着,有的竟然漂起来,快要碰到我的膝盖了。我害怕了,浮到水面。就在我低头寻她时,觉得身子就要被水流扯倒了,差一点呛水。我往水中沉去那一刻,正有一个黑黑的影子,从洞口那儿斜横着划过。它好大好大,就像一条小船!我吓得往上一蹿……

我的心在狂跳。我不甘心,又一次潜下去。什么都没有。她从一侧滑过来,扯紧我的手,我觉得她的手就像鳍一样又滑又凉。

我浮上来大口喘息：

"我、我刚刚看到,一个很大的黑影,像小船一样,从这儿,从洞口那儿……"

"哪里会呢！那么大的鱼？不会！"

"它像小船那么大,也可能不是鱼……我不敢肯定是什么,不过我真的看见了……"

她好像生气了,不再说话,只抬头去看月亮。

小石屋之夜

在深秋来临之前,我真想一直泡在这片湖里。随着满地落叶,大片的水就要消退。大山里的水从来就是这样,从发水到干枯只要一个多月,所有的水都像变戏法一样藏起来,都要躲开。"水去了哪里？"我以前问过爸爸妈妈,他们说去了丘陵和平原,最后是大海。"大海在哪儿？""在天边,天边就是大海。"

大山中的人没有一个见过大海,只知道它装下了全世界的水。我们大山里这么干旱,它还要一次次把水收走。

老太太每天和我到那片小湖中,它眼见着就变小了。随着天一点点变凉,它会萎缩成一小片,但最后还是不会干枯。老太太说这里有整个大山里的"水根",水由这儿流到四面八方,去滋润那些树啊草啊、庄稼、人和动物。"要不什么都渴死了。"她说。我觉得这太过分了。我说："山水干枯了,还有井,人们从深井里提水喝、浇庄稼。"老太太说："井也连着水根。所有不干的水坑水汊都连着水根。树有树根,水有水根。"

小湖只会变得更小,但不会干枯,这倒是真的。我明白这就是老太太住在附近的原因。我要赶在天凉之前更多地去那儿,阴暗的水洞,水洞前的黑影,它们日夜缠绕心头。我害怕,我好奇,我要弄懂这一切。可不知是有意还是无心,老太太后来很少和我一块儿靠近那些水洞了。我自己不敢游到最近的地方,几次都在阴黑的陡崖倒影下止步。

令我不解的是,就在这段日子里,老太太突然提出远行:去看看那个老人的小石屋。我吃了一惊,一时不知怎样才好。我多么想念那儿,有时夜里醒来会误以为睡在那个小石屋中,爬起来伸手抚摸四周,直到把老太太惊醒。可这是个多么特别的日子啊,我还想去那片一天天变窄的小湖。我想说天冷一点再去那个小石屋吧,可老太太没有应声,只顾准备出门的东西。

我们上路了。我背着筐子,猫在里边。老太太的背篓里装满了东西。这是一条并不太远的路,因为脚步急切,我们多半天就会到达的。

小石屋啊,一直装在心里,滚烫烫的。随着越来越近,筐里的猫早就急不可待了。我把它放出来,它马上跑在了前边,跑一会儿又停下来等我们。

进了小院。没有风,没有一点声音,到处都在安睡,在悄悄等人,等我和猫,也许还有老太太。我直接走到长满了青草的坟前。老太太从背篓中掏啊掏啊,在坟前摆了几个泥碗,里面装了地瓜糖和切糕、豆面窝窝和花生。浓浓的酒气冲进了鼻孔,原来她打开了一小坛蒲根酒:倒进杯里一点,洒在地上一点……

"这里住了一个天底下最倔的人,一个最能记仇的人……"夜晚,老太太躺在炕上,开始说话。她从进了小院就没有开口,这会儿终于憋不住了。太阳落山前,她在灶里点火,打扫屋子,铺炕,好像打谱一直住下去。这会儿熄了灯,黑影里还能闻到酒气。她晚饭时喝了蒲根酒:"我的酒是祖传的,只有我们家会酿这种酒。这是大山里过冬的宝物啊,我要赶在大雪天送给他。找啊找啊,好几次掉在崖下,差点连命都搭上。他不要我的酒,把我提来的酒坛放在雪地上,然后关上门,再也不出来……"

我能想出当时的情景。我听着,只怕漏掉一个字。

"我使劲拍他的门,手都拍出了血。他的心多么狠。我发誓再也不来找他了。他把我们一家全都当成了仇人。这是何苦。我们家把我许给了他,这是真的。我爸变了心,可我没变。我知道他藏到了山里,就到处打听。后来我在沙河集遇到了他,就暗中跟上,总算找到了他的小窝。他恨我爸,怕他,躲着他也躲着我。我说什么这个倔家伙都不再相信,只要我一露面,他立刻就会搬走。最后,我再也不敢到他的小窝里去了,我怕他一遍遍挪窝会累死……他这一辈子什么地方都住过,受的罪比谁都多,这哪像一个青堂瓦舍出来的孩子,哪像'鱼王'的后人哪。我可怜他,一想起他就难过……"

"师傅说,他离开家四处躲藏,是因为那个'水手鱼王'不会放过他,那人交往了老族长的侄子……"

老太太吸了一口气,拍打炕席:"我爸也苦苦找他,那是想把他收养在家里,'一个没爹没娘的孩儿怪可怜',这是我爸说的。我知道我爸心里害怕了,只想积德,不敢把事情做绝……再后来就出了毒鱼的事,那些沙河集的人到处找那个卖鱼的人。其实他多么冤枉,当时哪里分得清毒鱼,只想用鱼换来糊口的东西,只想活下来。我也从家里逃出来了,也要到沙河集卖鱼,见那些人到处找一个卖鱼的,要让他偿命。我得知这个男人就是他,吓坏了。我替他担保,哀求那些人放过他,告诉说这人一点坏心眼都没有,不是有意害人。那些人只不答应,非要报仇不可。后来我许愿送他们大鱼,夏秋两季都送,因为一到了枯水季节我就捉不到鱼了。我没命地捉鱼,再把鱼送到沙河集,就为了换回一个人的命。这都是真的,他不知道,我也从来没说给他……"

我从头回想师傅生前说过的话、有关沙河集的事情。啊,原来是这样……可怜的人,一边躲着那个"鱼王",一边还要避开一条毒鱼引来的灾祸。那时候师傅比我大不了几岁,他活下来可真不容易啊。但我不明白身边的老太太当年为什么也要逃离青堂瓦舍?为什么也要在山里四处流浪?难道就为了寻找另一个人?

"'旱手鱼王'没了,大山里只剩下我们一家渔户了。老族长不得不事事依靠我爸,他的侄子还领着儿子来我们家。我爸直接就喊那人'亲家',他的斜眼儿子就盯住我。我妈说:'两个孩子一块儿玩去吧,好生玩。'只想让我们好起来。我心里厌气这个男孩,他的两眼又斜又尖。我一出门他就跟着,我只不理他。他给我地瓜糖,我不要。为了甩开他,我钻到水里,好长时间不出来,他吓得哭起来……我十六岁的时候,那一家对我爸一遍遍催促,说'该成亲了',我们家还巴不得这样哩。我妈说这可是老族长的家门啊,进门得体体面面。她日夜为我准备嫁妆,我就躲在屋里哭。我心里想的是另一个人,他大我三岁,他是'旱手鱼王'的儿子。我不知怎样才能躲开那个手里抓着地瓜糖的斜眼男孩,急得头疼。眼看出嫁的日子就要到了,发水的日子也来了,我爸又忙着出去捉大鱼了,家里人一走神,我就撒开腿逃了……"

我突然想到了学校那个老头:他开口闭口说老族长,也是个斜眼……

老太太坐起来,伸手摸到了烟锅,只是不吸。猫发出了呼噜。她的叙说和呼噜声掺在了一起。

"这门婚事眼看着就这样完了。老族长的侄子气坏了,恨不得把一座青堂瓦舍掀翻。这是我后来才知道的。我爸提着大鱼送给老族长求情,这事才算没有惹大。我妈从那时起就在屋里待不下去了,到处转着找我,喊我回家。我害怕听见她的哑嗓子,就逃得越来越远。家里人找我,我找另一个人。我爸我妈老了,不在人间了,我还在找那个人。有一段日子我以为他能回心转意,以为我爸死了,他再也不用怕了。谁知还是不行。原来他心里不光是怕,还有恨,他恨我们一家……"

她难过、气愤,再也说不下去。

我为了安慰她,也为了道出实情,说:"我师傅最后的日子还在望着南边,他知道你住在那儿。他打定主意把我交给你,只是来不及亲手送给你了,这是你知道的……"

她摸着我的头,扶我坐起,紧挨着自己。她的呼吸急促了,像拉风箱一样,我还是第一次见她这样。她转头看着窗外的星星,又趴在窗上。"那时我睡不着就这样看着外边。野狸子在山里叫,我听了好孤单好害怕。我那时想,老天爷啊,你为什么要把我们俩变成仇家的孩子?这大山里的黑夜多长啊,冬天多冷啊,我们俩要能在一块儿点起灶火,该多么暖和啊……"

我一直偎在她的怀中。

起风了,风吹窗户沙沙响。她咕哝说:"睡不着就不睡了。那个倔老头在黑影里盯着咱,咱怎么睡得着?不睡了。"她这样说着划火点灯,又去背篓里摸着,摸出了那坛蒲根酒。她直接把坛子对在嘴上饮了几口,大口吸气。酒香立刻散了满屋。

"这酒劲儿太大了。你再过几年才能喝这样的酒,孩子……"

她的嗓子哑了。

鱼王

从小石屋归来以后,天已经有些凉了。秋天正在走近,湖水的颜色开始变深。我们要在太阳升得高高的时候,好好享受这片湖水。老太太常常从水面消失,我再也不像过去那样担心。不知什么时候她就会从远处向我招手。这片湖水已经变成了窄窄的长条形,渐渐只剩下靠近陡崖的那一长溜。我知道到了入冬的时候,这湖水差不多就要干枯大半,只留下陡崖阴影里的一片深水。

那些水洞吸走了湖里的水,还是在最后的时刻往湖里添加,这对我来说一直是一个谜。我发现当大片的水从山谷流走,变成小溪四下流淌时,最终还是有一些水不愿离开。陡崖下边的水总是很深,虽然不像初夏时灌满了所有洞子,但水面仍然能涨到洞子半腰。深秋时节,这里的水凉得像冰凌,让我不停地发抖。可她好像一点都不在乎,照样潜到下边,一直在水中待上一两个时辰。

我如果不是为了破解心中的疑团,也许早就离开了这片阴冷的水。我咬着牙关坚持下去。有一天夜里月亮升得很晚,我实在疲乏了,再加上冻得难以忍受,就独自往岸边走去。

就在我涉过浅水时,突然又听到身后传来了咚咚声。

我猛地回头,啊,黄黄的月色下,她在水面起伏跃动,就像骑在一匹大马的背上。

我喊了一声,回身扑进水里,急急地游向那儿。快到她身边时,人却不见了,好像她在潜入水中时挥了一下手。我也潜下,在月色的反光中,盯着自己的脚跟变成的两个光点……不顾一切划水,靠近……我好像已经挨到了最大的水洞入口。老天爷,这一次千真万确,我看到了一个粗长的黑影在移动。我追上去。

我忘不掉那个危急的时刻:有一股水柱从一旁冲出,把我顶了一下,逼得我贴上崖边,怎么也动弹不得。我憋住一口气,使上全身的力气才浮上水面,可还是呛了一大口水。就在这时候,我的头被一只手托住,是她,把我一下抱在了怀中。

"我又看到了那个黑影,它刚刚回、回水洞去了……"我只剩下了一丝力气,伸手指着一个方向。

她呜呜啊啊,不知在说什么。我明白了,她刚刚也在追赶那个黑影。我问她是不是这样。她点头又摇头,说:"咱们回家吧,咱们走吧。"

我们一前一后踏上岸边。我回头望着黑漆漆的陡崖,那片在月色下轻轻抖动的水,再也迈不动步子了。我瘫在了沙子上。

"回去吧,孩子。"她拉扯我的手。

我盯住她的眼睛:"我想知道那个黑影是什么。"

"我也不知道啊……"

"你知道。你早就知道。你告诉我吧。"那会儿我暗暗下了决心:今夜就坐在这儿,直到她向我讲出全部的秘密。

她不说什么。这样过了许久,她站起来,有气无力地返身走去。

我跟上她。正要入水的那一刻,她止住了步子,把我按坐在沙子上:"孩子,从你留在屋里的那天起,我就不打算瞒你什么。不过我还是不放心……"

"为什么?"

"因为你一心想做'鱼王',想成个捉大鱼的人……"

我听不明白。我心里有些冤枉和委屈。我不知道这有什么错。"鱼王"是最了不起的人啊,山里人个个崇敬"鱼王",这是从来如此的。我怔怔地望着,口吃一样问:"你、你不就是'鱼王'吗?"

"我不是。"

"我师傅不是,那么你就是,是真正的'鱼王'。你住在蓝雾下边,他把我托付给你……"

我的眼角渗出了什么,她伸手在那儿擦了一下,把我搂到怀里:"好孩子,你师傅不是,我也不是。因为做那样一个'鱼王'不会有好下场,前两个'鱼王'怎样,你是知道的。我领你去吧,你去看了就会明白。咱们去吧,不要怕,这会儿就跟我去吧。"

她说完之后就扎入了水中。

我跟在她的身后。从近岸到陡崖,水越来越冷,但只要潜到水底,好像就有一股暖流缠绕过来。这使我明白她为什么总是贴着底部往前,长长的一段水路竟然不换一口气。到了那个最大的水洞边了,她浮上来,叮嘱说:"你在这儿不要躲开,不要害怕,等我回来。"我答应了。

她返身潜入洞子深处。

我等待着。十几分钟之后,我又听到了咚咚声。啊,这又沉又闷的鼓声,在阴冷的月色里越敲越近。我知道这声音的来处了,它就来自水洞。

那个巨大的黑影再次出现了。我的头蒙着,两耳被咚咚的声音震得发痛。我看不清楚,只觉得它是一条无比大的鱼,吐水时就发出这种声音。它挨近了时,让我觉得就像一道压过来的石壁。黑色的石壁急速推移,往前,往右,划了一个不大的弧形,然后返回了洞子……

它没了踪影时我才醒过神来。

她过来扯我的手时,我还在怔着。

回到石屋中,躺下许久,我的身体还在发颤。我在冷水中泡得太久了,还有害怕和惊异。我把猫抱在怀中,它想挣脱,我就用力抱住。老太太也有些冷了,起身饮了几次蒲根酒。她握住我的手,又按按我的脑瓜。她的手烫烫的。她问:

"你今夜看见了什么?"

我的鼻子好像塞住了:"一条大、大鱼。"

"那就是鱼王。"

"啊?是它?"

"大山里的鱼王。"

我一下坐起:"它就是传说中的'鱼王'?"

老太太磕打牙齿:"嗯。有它在这儿,大山里的水就不会枯。它是看护水根的,没有它,老天爷就不喜欢这里了,就会把水连根拔走,那时这里就干枯了,整个大山里再也不会有一滴水了……"

"它是看护水根的,你是看护它的?"

"我用了一辈子才找到它……"

第二年春天,我返回了家里。我想说服爸爸妈妈随儿子远行,去找南边那片蓝色雾幔,我们这辈子应该住在那里。

一切都比预想的顺利。因为有爸爸的支持,妈妈就同意了。

在夏天之前,爸爸妈妈和猫开始南迁。老太太为我们一家收拾屋子,还一起动手搭建新的一间:与原来的小石屋紧紧相挨。我们新组成的一家共有四口人、两只猫。

这个夏天我让爸爸妈妈好好看了一番自己的本领。我在水中一会儿扎猛子,一会儿仰游。妈妈说:"这么好的水性啊,孩子成了。"她这样说时,爸爸在一旁急得搓手,站起来喊叫。因为他突然发现老太太已经潜入水中许久了。我安慰爸爸:"放心吧,我们这儿,她,就是这样的。"

秋天到来之前,爸爸去了一次北边小石屋。他在老人的坟前待了很长时间,回来时红着眼睛,说每年冬天都要去那里住。

这个主意太好了。那里噜噜响的灶火,让人永远难忘。

就这样,爸爸妈妈每年冬天去北边的小石屋,春天打理那里的菜园,返回时正好是夏天。

夏天是我们的节日。

在月亮最圆的夜晚,一家四口和两只猫一块儿来到湖边。

平镜似的水面上,远处有一条闪闪的银练。爸爸手打眼罩看了一会儿说:"传说那样的地方一定有珍珠哩。"

他的话音刚落,远远就传来了咚咚的鼓声。

这声音低低的,震动月夜。

2015.1.24

海边妖怪小记

讲述这一类故事虽然多少有些冒险,但也只能如实道来。这些故事除了自己亲身经历的,再就是听来的,即所谓的"耳闻目睹"。我的转述有个原则:凡是望风捕影,极尽夸张之能事,有杜撰嫌疑的,再有趣也要舍弃;而那些老实本分、口齿不清甚至颇有几分拙讷的讲述,却让我极为重视。

小爱物

每一片果园里都有自己的护园人,他们像园中霸王。在我们眼里,这些家伙个个都是凶神恶煞,可能暗中干了许多坏事,说不定会有命案在身。看看这些人的长相和打扮就能知道,他们可不是一般的人。

平时这一带就是护园人的天下。

别看一片片果园里静悄悄的,其实就有人踞在暗处——一声不吭待上一天一夜,耐心大得吓人。一旦有哪个倒霉蛋溜进来摘个果子,他们会一个恶虎捕食蹿过去。栽在他们手里的主要是过路的渔人、打猎和采药的人,还有更可怜的——孩子们。

护园人又古怪又孤独,好人才不会干这个,能干这个的,得有杀牛的心。他们大多是光棍一个,没有家口,以海边林子为家。

比如说,有一个远近闻名的老护园人是个哑巴,一辈子都干这个,平时只穿蓑衣,两臂一撑蓑衣毛儿就奓开,像一只豪猪拼死打斗前的模样。他腰上别了一把镰刀,三句话没完镰刀就飞出来,砍死人不偿命。还有一个护园人是个矮子,身高不过一米二三,力大无穷,秃头,宽膀子,能死死压住一头黑犍牛,直到它力气使尽不再挣扎。这个矮人独自经管两片果园和一大片林子,从无失手的时候。

像哑巴和矮人这样的在海边一带数不胜数,所以每家大人总是叮嘱孩子:千万不要往园里窜,尤其是果子成熟的时候,走路要绕开;如果万不得已非要从旁经过不可,那最好闭上眼睛。

这话只有海边孩子才会明白,外地人怎么也想不出是怎么回事。当我们一眼看到串串通红的樱桃、叶子下闪闪烁烁的桃子、火焰色的杏子时,心里会阵阵发痒。那时再也不想别的,只琢磨怎样立刻把它们摘到手里。这股馋劲儿谁也无法抵挡。

离我们最近的这片果园出了一件怪事:新来的护园人竟然是个馋货。这人瘦弱不堪,三十来岁,一脸憨相。我们大家暗地议论,一致认为这是个不中用的家伙,这里交给他最好了。但是后来又有些犹豫,认为一切都不会那么简单,这家伙一定有些来历,他那副蔫蔫儿的样子或许是装出来的。

我们十分留意,认真观察了好久。这个人奇高,个子有一米八以上,小腰却只有一拃粗,走路像女人一样扭动,又细又长的脖子上挂了一层灰尘:离近些看,发现是粗糙的斑点,就像长了细细的鱼鳞。我们估计这是长年待在海边的缘故——冬天的海风就像锉刀一样。我们都想亲手摸一摸他的鳞脖。

他有个外号:"见风倒"。

这真是一个脆弱的、朝不保夕的家伙。原来他从小患有严重的心脏病,动不动就捂着胸口倒下来——只要有一阵北风刮过来,他就哎哟哎哟躺下了。

"见风倒"住在园中小土屋里,不怎么出门。他有一支长筒猎枪,但永远也不会打响了,因为枪栓什么的全锈住了。可他几乎是人不离枪,那是他的伴儿。我们几个常常趴在小土屋的后窗往里瞄着,想发现一些秘密。

打鱼人老万路过这儿,肩上扛着一支橹,也往小窗里面望了望,挤挤眼说:"这家伙还不知能不能挨过这个冬天哩。"

这里的冬天啊,北风刮起来让人害怕。沙子飞到空中,树枝发出咔嚓嚓的响声,鸟儿大清早死在脚下。冬天里的"见风倒"真的凶多吉少。可冬天还远着呢,"见风倒"早就不出门了。他把火炕烧得热热的,小铁锅里永远有好吃的东西,那是煮花生和玉米棒,还有黄瓤地瓜。他在屋里走来走去,手按在胸口那儿。那一定是摸着不舒服的地方,想着一些倒霉的事。

有一只猫溜进了小层,跳上了热乎乎的炕,被"见风倒"一把搂在怀里。他们一起打着呼噜,秋天就要一点点过去了。我们几个实在忍不住,只想破门而入。这个秋天哪,树上的果子被摘光了,护园人就再也不愿出小屋了。我们在门口扯起了绊绳，想让"见风倒"一出门就绊个跟头。

他终于出来了，仰脸看天，打个哈欠，耸耸肩上的枪，一扭一扭往前走，快要碰上绊绳那会儿，两条腿突然像跳舞一样腾挪了一下，绊绳对他毫无用处。那只猫也跟出来，一下跃上肩膀，接着又攀上头顶，在乱蓬蓬的头发间做窝趴下。

太阳好的时候，"见风倒"偶尔会头顶一只猫出来，只站在小屋门前。我们猜他在等候真正的冬天。只要一阵风刮来，他立刻就踮着碎步回屋了。

冬天来了。在一个大风天里，我和虎头、小双几个痛快地走在园子里。沙子打在脸上，一会儿就把脸弄得像秋桃一样红。玩到黄昏时分，我们在小土屋门前唱起了歌。唱了一支又一支，里面一点声音都没有。那家伙被大风吓破了胆。我们高兴地号唱。

天黑了，门开了一条缝，我们几个由虎头带头，呼一下钻进去。老天爷，原来小屋里暖暖的、香香的，灶里有炭火，锅里有地瓜。"见风倒"掮枪抱猫，模样阴阴的。这家伙从来不会笑也不会哭。他正吃一块地瓜，还往猫嘴里抹地瓜糊糊。猫不高兴。

屋角有一只半大的羊。我们争着去抱白白的小家伙。羊咩咩叫，用刚生出的嫩角顶我们，顶了一会儿就逃到"见风倒"身边去了。羊和猫紧贴着他，一块儿偎在暖和的炕角。屋外的风声越来越大了。

这个冬天，"见风倒"的小土屋是最好玩的地方。这里有人正一声不响地对抗着凶猛的冬天——听人说冬天其实是一个妖怪搞出来的:那家伙长了绿色的眼窝,身子有五个黑牛加起来那么大,每年春天要去海北,天一热就过海往南走,走啊走啊,走到十一月就来到了我们这儿。它走累了,一屁股坐在海边,望着南山,张开血盆大口喘气,把一地沙子都吹起来了。

打鱼的老万说,你们半夜里侧耳听一听,就能听见妖怪打鼾的声音。

他盯着小土屋,讲出一个故事:从前,有个猎人凭着过人的枪法,发誓要赶走那个妖怪。他找到了这个大家伙,想趁着它打鼾的时候一枪结果了它。谁知道妖怪睡着了还睁着一只眼,早就看见端枪的猎人了,只是继续打鼾。猎人凑得近一点,只有几步远了,这才扣响了扳机。猎人发了狠,早就装足了火药,那是能够打死几头牛的霰弹。谁知轰隆一声火光一闪,妖怪照样打鼾。猎人吓得丢了枪,转身就跑,刚跑了没有几步,妖怪又打了个大大的喷嚏,掀起的一大股沙子立刻就把猎人埋在了下边。

老万讲完了故事,问:"你们知道那个猎人是谁吗?"

"是谁?"

"就是'见风倒'的姥爷。从那以后他们家个个害怕妖怪,一听到刮北风就吓得脸色蜡黄,腿也不好使了。他们这家人跟冬天有仇。"

我们听了那个故事,再也不用原来的眼光看"见风倒"了。原来这是个大英雄的后代啊。在大风呜呜响的夜晚,我们为了安慰小土屋里的人,就一块儿挤在他身边。都想问一问他们一家跟冬天结仇的事儿,最后还是忍住了。

我们一起熬着冬天,等待老妖怪返回海北的日子。

第一只蝴蝶飞来了,那只猫从"见风倒"头上一跃而起,扑向窗户。谁也想不到这个憨憨的"见风倒"手脚那么麻利,只一蹿就抓住了飞到半空的猫。蝴蝶逃出窗户,飞到了一旁的李子花中。

"见风倒"高兴了。不过他从来不笑,总是阴着脸。能让人看出愉快的,就是那只扭动不停的腰。"这不是男人的腰。"老万说。他说以前他们打鱼的那儿也有一个人长了这样的腰,只在鱼铺里做饭,不去海里打鱼。"那饭做得真好,可惜走路像娘们儿。"老万咂着嘴,远远地瞟着"见风倒":

"是男是女看看就知道了,嗯。"

老万的话让我们吓了一跳,你看我我看你,谁也不吱声。

老万笑眯眯的:"海上那个人后来到底还是露了馅,他夏天热得受不住,跳进海里洗澡,被人撞见了,嘿嘿……"

"咋回事?"

"原来不是男的也不是女的。"

多么奇怪啊!世上还有这样的人?我们都不信:"那是怎么回事啊?"

"就是那么回事。"老万眯着眼,不再正经说话了。待了一会儿,他又说:"从那以后打鱼的人都不愿理他了,也不想吃他做的饭。我只想帮帮他。那年头我家里穷,娶不上媳妇,光棍一条,就琢磨起了事儿。我让他把头发留长,等扎上了两条小辫子,就娶回家当老婆了——至今还是我老婆,能做一手好饭。"

大家瞪着眼发愣。我们当中心最细的是小双,他问:"生娃娃了?"

"啊啊,"老万摇着头,"这事儿不急的……"

可是我们都想弄清"见风倒"是男是女——当我们凑近了端量时,觉得他绝对是男的:嘴唇上有一层黄黄的小绒胡。不过有一点不妙:他的眉毛又细又弯,这可是个问题。

太阳晒得一地沙子发烫,赤脚走在上面真好。小蜥蜴探头探脑四处乱瞅,猫就把它们逮住了。那只羊与"见风倒"一块儿卧在沙子上,被一群蜜蜂围着。"见风倒"袒露着上身,抓一把烫烫的沙子往肚脐上撒。

我们注视了一会儿,都跑到他跟前玩起了这个。他的肚脐像小酒盅,很深,凹着。等它装满沙子后,羊爬起来嗅了嗅,发出了咩咩声。"见风倒"嫌热,松脱了长裤翻扭着。小双揪起他的短裤看了看,他懒洋洋的并不阻止。

小双说:"他是男的。"

大团大团的李子花开过,接上是桃花、梨花、苹果花。那个带来冬天的妖怪越逃越远,大概早到了海北,于是最好的春天就留给了我们。一群群绿翅红嘴鸟儿飞来了,它们在园子里忙碌嬉闹,全不理睬别人。

这算得上真正的节日。一到星期天,我们就在花海里钻来钻去,与蝴蝶和蜜蜂、各种鸟儿周旋,忘记了一切。家里大人关心的是我们与看园人的关系,担心受到捉弄和欺负。这次他们搞错了,说实在的,我们不捉弄他就算不错了。

这个人有点痴傻,心眼可能还抵不上我们一半。

而且这人懒得出奇,有时一整天躺在树下,只要不起风就仰脸往上看:白天看小鸟和蝴蝶,晚上看星星。这里的夜晚星星大,没有月亮时就格外大。有些动物是跟上月亮起哄的,它们在明晃晃的月光下不会安生,又飞又跳又跑,分不清是一些什么东西。

半夜里,有一只狗那么大的动物唰唰跑在园角。说不定什么时候,又有一只更大的动物从东到西跑过。我们问"见风倒"它是什么,他吸吸鼻子,侧着耳朵听,又贴在地上听,只不回答。

虎头一个人蹲在黑影里,突然神色慌张地跑过来,伸手指着一角说:"听,扑扑的,像一只大鸟。"

他的声音透着恐惧。我们屏住呼吸。听到了,好像有一大团棉花,轻轻地落在了园子里。我们吓得一动不动,身子贴在了一起。

又过了许久,再没有一点声响。小双第一个离开大家,蹑手蹑脚地走向园子深处。花的浓香一阵阵钻到鼻孔里,有人打起了喷嚏。羊和猫守在"见风倒"身旁,快睡着了。

夜色里的花树如同一座座山峦。我们都觉得每到夜晚花的重量比白天增加了几倍,细细的枝丫眼看就承受不住了。花的山峦里藏了各种动物,有飞禽也有走兽,它们都知道那个大妖怪离开了,于是不再安生,一齐出动。

小双扯着我的手,小心又小心地来到一棵最大的苹果树下。他从一个树隙指给我看。

那儿什么也看不清,只是一团浓黑。我们紧张极了,只听见自己的一颗心扑扑跳。小双转脸看我,我发现他的眼睛闪闪发亮。

正这会儿,那团黑影颤了几下,发出噗、噗的声音,就像一只大母鸡在抖动翅膀——还没等我们回过神来,它嘴里又发出细小的吱吱声,就像一只轻到不能再轻的气球,只一跃就弹到了更高处——比所有的树都高。它在无数的树尖上弹跳了几次,最终不知落在了哪棵树上。

我和小双都没看清它的模样,因为花丛太密,天太黑。但我们都一致认为这家伙的个头不小于一只大鹅,会飞会跳,身子轻盈灵巧到无法形容的地步。

第二天夜里又是相同的情形:到了半夜时分,天安静得出奇,一天星星眨眼不停,没有风;大大小小的动物开始在园中跑动,它们尽可能隐藏自己的声息。可是我们个个耳尖眼明,绝对放不掉任何行踪。大约在虎头第二次打哈欠的时候,小双的手指又竖在嘴边了。我们捕捉那噗、噗的声音。

那个古怪的飞禽或走兽又一次神秘地降临了。

我和小双、虎头三个人猫腰钻过几棵树,然后大气不出地趴在地上。虎头怀里抱着猫,他有自己的盘算。

半个钟头过去,四周静得吓人。小双又伸出了手指。不远处有呼呼的喘息声,就像一个小孩子疯跑之后大口喘气。虎头激动得快要哭了,扯扯我和小双,<u>一丝丝</u>往前爬。

当离那喘息声越来越近时,它反而一点声音都不再发出。这家伙多么狡猾。可是我们都看到了:在最高处的一个树丫上,沉甸甸地压了一个东西,像石头一样。它比鹅还大,头是圆的,正轻轻转动,像在寻找什么。

我们正在凝神,虎头突然把手中的猫往树上一撩。

猫的眼睛比我们尖多了,它早就看到了树尖上的家伙了,一直在虎头怀中挣动呢。

猫急急地往上蹿。我们料定那是一只大鸟,而猫见了鸟类就不会饶过,再大的鸟都会败在它的手里。

说时迟那时快,猫像闪电一样直击树梢,接着发出扑哧扑哧的打斗声、惨惨的叫声——尽管星光微弱,我们还是看清了最后一幕,这一幕说起来没人相信……我们惊得目瞪口呆。

好几天以后我们讲给大人听,他们还觉得这事不可思议。谁都不信。可一切都是真的,是我们亲眼所见。

当我们讲给"见风倒"听时,他弯弯的细眉抖了抖,惊得大张嘴巴,露出一口米粒似的细牙。他回头细细查看爱猫,发现它左边的脸,还有一只眼,都肿了。

大家多么同情这只猫。

那一夜我亲眼见过了飞快完结的这一幕:猫飞速冲到那个怪物近前,对方正望着远处;直到猫伸出利爪那怪物才回过神来,低头一看,接着抬起一边的翅膀——也可能是手———下提起猫狂舞的两只前爪,用另一只手狠狠揍了它几个耳光。猫惨叫着,给啪啦一声扔到了树下。

猫跌得好惨,双爪捂头乱叫。树尖上那个家伙正嫌脏似的拍打着双手。它低头看着我们,嘴里发出若有若无的嘻嘻声。

这是个永远无法忘记的夜晚。

"见风倒"听了我们的叙说,脸上有了慌张的神色。他把锈住了的枪摘下又背上。

老万路过果园时,我们把整个过程从头到尾讲了一遍。他寻思了一会儿,说:"会飞,有手,那是什么?只能是妖怪!"

我们这片园子里真的出现了妖怪,并且是大家亲眼所见,这是多么美妙的事情啊。这事儿实在让人兴奋,谁都不想睡觉了。

"见风倒"痴痴地望着自己的领地,好像对发生的事情难以接受。他一下下抚摸肿了半边脸的猫,安慰它,小心地亲它的脑门。

春天越来越深入,满园繁花谢去之后,绿蓬蓬的叶子就长出来,只一眨眼,枝条都遮在了绿叶后面。这时所有的鸟,也包括各种走兽,都躲在更隐蔽的地方玩闹了。

我们大白天难得来园子里一次,因为要去讨厌的学校。星期天和夜晚应该属于我们,但是自从出了妖怪的事情之后,我们出门会受到各种阻拦。说实话,对于海边林野里隐下的种种危险,不要说我们,就是来来往往的渔人和猎人也惧怕三分。他们个个都传达过这些故事,讲述的时候仿佛个个都是受害者,好在就因为自己机智勇敢,这才逃过一劫。

老万是个对妖怪特别有研究的人,他说自己已经无数次经历了这一类事,并且在常年的林海荒地生活中习惯了这一切。听他的口风,好像还暗中交往过几个妖怪。他这样暗示了几次之后,我们也心动了。

小双说:"如果咱们跟一个不太凶狠的妖怪好起来,也蛮有意思的。"

虎头想得更多一些,摇摇头:"只要是妖怪,那就得防着——听说它们分两种，吃荤的和吃素的，如果吃荤，那就得小心了。"

我同意虎头的分析，因为我们都属于"荤"。但我想补充一点的是，有的妖怪是荤素不论的，既吃果子和一般植物的根茎叶子，也会逮活物吃，比如吃鸟和鱼。它们当中有的还吃儿童，如果有这样的机会，那会是十分高兴的。

我至今记得外祖母告诉的一件事，那可是她亲眼看见的。当时她正在门口抽烟，和几个爱抽一口的老太太一块儿过烟瘾，你一口我一口地传递着烟斗，凶险事儿就降临了。原来其中一个老太太的小外孙正在草垛旁玩耍，突然传来嘎呀一声大叫，一只老鹰扑下来，抓起白白嫩嫩的小孩就飞走了。

"那孩子胖啊，老鹰抓得费劲，摇摇晃晃，摇摇晃晃，往半空里去了……"外祖母说。

那个看护外孙的老太太差点哭瞎了双眼。

外祖母那个亲历的故事谁都相信，因为都知道她是说谎最少的人——要知道海边林子里的老人个个都爱说谎，平时就爱编点什么吓唬孩子，有时也为了吸引别人，为了让更多的人敬重。这里的人常常说到某个见多识广的人，说某某真了不起，一辈子遇到过多少怪事啊，口气里流露出强烈的羡慕。

外祖母讲了许多故事，其中的一半仅凭我的智慧也可以识破是假的。她低估了自己的外孙。不过她有说谎的权利，因为说谎是海边老人的习惯，这也不全是他们的错。

我从外祖母的故事说起，初步认定来我们园里的是一只类似于大鹰的飞禽。

可是这个判断很快就被否定了。

那是一个月亮很圆的夜晚。这样的夜晚香甜可口,风是香喷喷的。在洒了一层荧光的沙地上干什么都格外有趣。我们为了表达对"见风倒"的情谊,都带来了一点吃的东西。"见风倒"阴着脸,抓过东西就吃,并不感谢什么。这个人与哑巴没有多大区别,只是常常与猫和羊说话:咕咕哝哝。

他与身边的动物友谊超常,这是显而易见的。我们亲眼看见有一只彩色的大鸟落在他的头顶,拉了一泡屎又飞走,他丝毫不恼,擦一把了事。还有一次一只狐狸走到他跟前——那只狐狸倒也真不难看,小脸儿仰着,两眼水灵灵的,直盯着他。"见风倒"为了看个仔细就使劲弓着腰,那模样就像给狐狸鞠躬似的。

总之他与人没有多少话要说,与动物倒有很多共同语言。用老万的话来讲,就是:"'见风倒'这个家伙不善于说人话。"

这个夜晚我们分吃好东西,糖果、炒花生、栗子和小巧饼——这是拇指大的稍硬的烤饼,分别做成了小猴子、小猫、小狗等各种模样,香极了。"见风倒"的小牙像米粒那么大,嚼东西费劲,很长时间才能吃掉一个小巧饼。正吃着,小双的手指又竖起来了,大家一齐停止咀嚼。

一只动物正从园子东北角小心地走来,像是踩在棉花上的又软又轻的蹄脚。不过它瞒不过小双尖尖的耳朵,也瞒不过我们。猫一下偎到了"见风倒"的怀里,羊高高地抬起了头。

我们一齐伏在沙子上,抬眼去看——沙地上的月光像浅浅流水,使人觉得有无数小鱼在上面游动,如果有一只大水鸟来啄食,一点都不奇怪——正这样想着,真的有一只大鸟来了!瞧它两只又粗又壮的长腿吧,吧嗒吧嗒踩着浅水,得意扬扬地来了!

虎头躺在旁边,我能感到他激动得全身打战。我大气不喘,顺着那只"涉禽"——书上这样叫它们——往上看,刚刚定神就惊得闭不上嘴了!老天爷啊,这哪里是什么大鸟啊,这家伙长得多怪啊,它像人一样长了两条腿,可是上半身又像鸟,因为有双翅;不过双翅上方有窄窄的肩膀,有脖子,上面长了比常人略小一些的头颅……我紧紧盯着,发现它有一张小娃娃似的小圆脸,额头可真不小,鼓着,大眼睛上方是一溜整齐的刘海……

"见风倒"呼一下坐起。他大概吓坏了。这人又一次被证明有点痴,因为他竟然在这个关键的时刻暴露了自己。

结果糟透了——那个怪物听到声音立刻止步,圆脸一抖一缩,瞬间缩成了拳头那么大。接着双翅一张,几乎毫无声息地飘离了地面——我敢说自己盯得仔细,那简直不是飞,而是像跳高运动员那样轻轻一弹,就稳稳地落在了一棵大树尖顶上。它只在这棵树梢停留了一秒,又连弹几次,在几棵大树上方选择一圈,最终不知落在哪一棵上了。

我们一起追寻,可惜连个影子都没有发现。正在我们发呆的时候,园子深处却传来了嘻嘻的声音。这种细小的发声以前听过,那显然是对我们的嘲弄,而且分明透着得意。

大家争论这是一种什么动物。争执最大的是走兽还是飞禽,因为这是不可混淆的一个原则。谁也无法做出结论。统一的看法是,这不是一般的大鸟,因为它有人一样的头脸,似乎还有手。不过它离地的那一刻又像鸟——好像它的双臂随时都可以当成一对翅膀来用。

"见风倒"只是听着我们的议论,并不加入讨论。他在月光明亮的夜晚敞着衣怀,露着一只大肚脐,长了鳞的脖颈就像胳膊一样细。我这会儿有一个奇怪的念头,觉得这个护园人也是一个妖怪。

我们身边这个"妖怪"的不同之处,是一点都不让人恐惧。他和我们躺在一起,无论是在沙滩树下还是在小土屋里,时不时就要紧紧地搂一下左右的人,包括猫和羊。有时候他真是激动啊,紧绷着嘴,猛地一下咧开,又像要哭出来。我知道他是激动了。我心里承认,他是最能激动的一个人。关于他的身世没人了解,只知道他是一个身带重病的人,随时都能离开人世。就是说我们面前的这个嘴唇发青的细高个子,说不定什么时候就能在一阵风里倒下,然后再也不会爬起来。

大概由于时时面对死亡,所以他才有那样阴沉的神色,他害怕啊,他不高兴啊。也同样因为这个,他才要紧紧地搂住我们,那是他舍不得与我们分别啊。我发现每一次大家离开时,他都要狠狠地盯一会儿——不是恨我们,而是恨又剩下了独自一人。

老万说"见风倒"所有的亲人都因为害心口痛过世了,只剩下这根独苗,"独苗命苦,人长得痴,娶不上媳妇。"他警觉地盯我一眼,说:"小心一点吧!"

我问为什么?

"不为什么,反正小心一点吧!"老万不怀好意地笑,往地上吐口水,"这是个不男不女的东西。"

我立刻争辩:"不,他是男子汉,这是真的。"

老万摇头:"什么男子汉,一个废人。打鱼不行,推车不行,护园子也不行——有一年秋天被几个偷苹果的老娘们按住打了一顿,还把他的裤子脱下来扔到了树上。那天正好起风了,他吓得跌跌撞撞往回跑,光着腚,鞋子也掉了。"

我可怜起小土屋里的人了。

一连好多天,我一想起老万的话就为护园人难过。我和伙伴们更多地去园子里,带去好吃的东西。当然,我们最好奇的还是那个来去无踪的妖怪。

秋天来了,果子挂在树上,再有不久就要成熟了。半熟的果子格外馋人。

小双和虎头都发现,随着果子一天天长大,"见风倒"就变得不那么友好了。这家伙的一对眼睛泛着瓷亮,就像鱼眼,这是大家刚刚发现的。鱼眼圆圆的,很拗,一动不动地盯过来,会让人心慌。

我们爬树时,他一定要上前拦住,还扳锈住的枪栓。这家伙吃了我们多少巧饼和花生,一转眼就翻脸不认人了。他大概担心我们将果子碰掉,其实我们想摘下果子,杏子和苹果只有指甲大时就吞下肚了,它们真酸。不过对付再酸的果子都有办法,那就是嚼的时候闭上右眼,这样也就可以忍得住了。

而"见风倒"闭上一只眼睛时,那就是在端枪瞄准。树上的鸟、爬到树上的猫,被他瞄住时全不介意,因为它们都知道这是一支放不响的枪。

如果不能爬树,只在地上待着,那就没有多少意思了。一年里,除了北风呼啸的冬天,我们一直在树上攀爬,摘果子逮鸟,闭着眼想心事,这些都要在树上才行。"见风倒"终于露出了护园人的本来面目,他原来像那个传说中的老哑巴和矮子一样,天生就是我们的对头。他竟然用枪向我们瞄准,这是多么可怕啊,这枪如果能够打响,他真的敢扣响扳机吗?

果子眼看熟了,满园香气让人心痒,鼻子发酸,走路就像坐船——飘飘悠悠的。一开始我还以为只有自己这样,问了问小双和虎头,他们也差不多。只要我们进了园子,"见风倒"就会跟上,寸步不离。他解溲的时候我们就往林子深处钻,这时他就提着裤子追赶。

虎头有一次背着手走出林子,可能藏了什么,"见风倒"转到身后,虎头就随着他打旋。虎头越旋越快,弄得"见风倒"头晕,一下栽倒在沙地上。我们趁机爬到树上,每人都找到了最甜的果子。

起风的日子最好了,这时候护园人就不敢走出小土屋了,只趴上北窗往外瞭望。可惜有时风刮起来,却偏偏不是星期天;放学回家了,风又停下来。

老万从园边走过时身上背个帆布褡子,看到"见风倒"过来,就让我们往另一边跑。我们后面紧跟着"见风倒",那边的老万就动手摘果子,直到把帆布褡子装满。

我们从园里跑出来,在通海小路上与老万会合时,他正笑嘻嘻地啃果子。可是这家伙太吝啬了,每人只分给一个苹果,而且还专挑小的。他咔嚓咔嚓咬着大苹果,果汁四溅,说:"对付这家伙还不容易?赶明儿让海上渔老大娶了去。"

我们都不吃苹果了,盯着老万。

老万吃过苹果又抽烟,两撇黄胡须翘起来:"海上老大早没老伴了,正找家口哩,我看'见风倒'就合适。"

小双惊呼:"可他是个男的啊!"

老万笑了:"我们老大是女的,这不正好吗?"

海上老大是指挥打鱼的把头,怎么会是女的?这玩笑开得也太大了。我们全都不信。老万使劲吸一口烟说:"老大过去是男的,他天天喝酒,天天喝,一天这个数儿,"他伸出三根手指,"三碗。这就喝死了。老大没了,打鱼的就得散了摊子,因为大伙儿谁的话也不听,只听老大的。上级一看实在没辙,就让老大家里那个老娘们来管咱们了。"

虎头听得入迷,头快探到老万怀里了。老万用烟卷火头触一下虎头的鼻子,虎头猛地缩回来。老万继续说:"这娘们儿比我还高,腰粗肚大,大脚丫子跺地扑哧扑哧响,还会抽烟,喝酒也在这个数儿上。"老万又伸出了三根手指。

大家哄笑。

"你们也不用笑。俺们那一伙都听她的,为啥哩?就因为她是师母辈的,等着我们孝敬她哩。她辈分高,可惜年纪不太大,也就四十一二岁吧。夜里她和大伙一块儿挤在鱼铺里睡,当老大嘛,就得和大伙同吃同住。半夜里她一声连一声叹气,坐起又趴下,一双大手捂着胸口。开头大伙以为她病了,心口疼,后来才知道是另一回事。"

老万说到这里卖个关子,不吭声了。

我们都急了,逼他快说怎么回事。他又吃苹果又抽烟,半晌才说下去:"老大是想师傅了,想重新找一个男人过日子。本来这事儿好办,睡在一个铺子里的打鱼人这么多,可惜不行啊,全都不行!"

"为什么不行?"小双问。

"因为咱一伙里尽管有不少光棍汉,可大伙都跟她叫老大,她是师母啊!"

这回我们都听懂了。虎头搓手,望向果园的方向。他在想什么。

"如果老大把那个人,"老万夹烟的手往南挥动一下,"把'见风倒'娶了去,那园里的果子还不成了咱大伙的?咱想怎么吃就怎么吃!"

"可是,可是,"小双像憋气一样,鼻子上出了一层汗粒,"我想他不敢的,不敢的……"

"怎么就不敢了?"老万盯住小双,因为过于专注,似乎有点斗鸡眼。

我替小双答了,说:"那人见风就往屋里跑,胆子特小!"

老万拍掌大笑:"这你们小孩伢伢就不懂了!那是因为他一个人老要闷在屋里,没有摔打出来!只要有了家口,这个人也就'皮实'了!"

"'皮实'是什么意思?"虎头问。

"就是耐折腾的意思。"老万扔了烟蒂,"就说我吧,别看娶来的是不男不女的一个物件,几年下来再也不管什么天气——以前不行,淋一场雨就得赶紧喝酒,生怕寒气扎到骨缝里。娶了家口,热汤热水吃喝,身子骨也就壮起来了。男人女人全一样,得有人疼,在他(她)耳朵边哈着气说话,一边说一边用小手摸摸他(她),他就一天天皮实起来了。"

大家都听得出神。我心里想,老万这个人懂得可真多。

最后分手时,老万下了决心,说:"这事就这么定了,等个好月亮天,我拉上俺老大去园里相亲吧!"

"为什么要在月亮天?白天不行吗?"我觉得这一次老万搞颠倒了。

老万用食指叩叩我脑壳说:"白天?白天看得太清亮了,说不定两人都相不中哩!"

我们都怀上了一个大心事,喜滋滋的,只等着老万领着女老大来相亲了。

但我们私下里议论,最担心的是他们之间相互看着都不顺眼。不过比较一致的看法是:只要海上老大相中了"见风倒",事情也就成了大半——这个憨痴痴的家伙没有什么选择的余地,只要有谁愿意领他走,他跟上就是了。

从那以后,我们看到"见风倒",怎么看都觉得他是女老大的家口了。

大月亮终于来了。吃过晚饭,大家早早地来到了园子里。真是有些激动呢。"见风倒"似乎心情不错,头上顶着那只猫,身边跟着羊,不停地耸动肩上的枪。他一嘴小牙真白,在月光下闪着光亮。月亮之夜,他的小牙更可爱了。

我们躺在沙子上,绝口不提将要发生的事情,蓬蓬地吸着鼻子——满园果子全熟了,这香味可不是一般人能够忍受的。奇怪的是"见风倒"能在长达几个小时里不吃一个果子,多大的忍耐力啊。

"见风倒"总是沉默寡言,自我们结识他到现在,几乎没听他说上几句话。这家伙与哑巴无异。话少的人心劲就大,而心劲大的人最适合用来保护公家的财产——这是我暗暗推理出来的。

静静的月夜,一丝风也没有。不知过了多久,远处传来了走路声。"见风倒"警觉地欠身看了看。我们都知道老万快领人来了。

走路声越来越近,后来就停住了。我不知什么时候一转脸,马上惊得捂住了嘴巴——一个小矮人在不远处眼巴巴地看着这边,而"见风倒"正与之对望!如果我没有看错的话,这个小矮人就是前些日子弹来跳去的那个小妖怪!

老天爷啊,这一回我算是看清了:两条腿像藕瓜似的,膝盖上方有弧纹;脚掌有蹼,就像水鸟差不多;肚子圆圆的,看不清颜色;不知是胳膊还是翅膀,耷在身侧一动不动;细脖,大头,圆脸,眼睛亮亮的,额上是一溜整齐的刘海儿……我在一瞬间认出这是一个雌性——女的。我使劲捂住了嘴巴,害怕叫出声来。

"见风倒"和小妖怪对视了一会儿,竟然像被丝线牵住了一样,慢慢起身,迎着她走去——他们一步步走进了园子深处。

猫和羊都呆在原地,身上好像有些发抖。

我相信大家都像我一样,看清了这一幕。没有人说话,因为都不知该说什么……这无声无息的一刻,我在想:"见风倒"这些日子里一定偷偷约会过小妖怪！如果不是这样,他怎么敢在这个大月亮天里跟她走？

这会儿谁也没有想过要追回"见风倒"。这是他自己的事情：一次凶险万分的约会。

"见风倒"是冬天的仇人,可是他再也等不到冬天了,只在这个秋天就会被小妖怪害死。

由于失望和害怕,我们躺在那儿一动不动。谁也没有想到去摘一些果子,压根就没有想起甘甜的果子。心思全在另一边了,都在用心捕捉园子深处的声音。如果这时候发出一声尖叫,我们就会不顾一切地冲过去。

谁也不知道小妖怪吃荤还是吃素,或者是像以前担心的那样：荤素不论。反正这个护园人是凶多吉少了。我们渐渐忘了与老万的约定,把女老大相亲的事丢在了脑后。

余下的时间没有什么奇迹发生,园子里静悄悄的。我们最后无精打采地站起来,各自回家了。

第二天是星期天,早晨醒来第一件事就是去看小土屋里的人——我们几个不约而同地跑到果园里来。

"见风倒"皮毛无损,模样照旧,还是警觉地盯住我们,生怕偷走了树上的宝贝。多么悲伤啊,我们一直担心他的安危,他却时时牵挂果子,交到这样的朋友真是倒霉。不过谁也不想离去,因为这儿实在有许多东西吸引着我们。

昨夜里大概刮过一阵风,树下掉了不少果子。"见风倒"见我们一直端量树下,总算慷慨了一回——每人分给一个。

离他近一点时,我发现这张憨痴的脸上似乎有了一丝不易察觉的笑容,一双弯细的眉毛在轻轻蠕动,下唇使劲往上收拢,好像要极力包住一些隐秘。那根鳞脖微微变红了,上面有几道浅浅的挠痕——这马上让人想到是小妖怪抓弄的。

一会儿打鱼的老万来了,他离老远就向我们招手。

离开园子一点,老万告诉今夜女老大就来相亲了。我们几个兴奋无比,但对马上要发生的事儿多少有些担心:这或许需要告诉当事人一声吧? 如果他根本不想见那个人怎么办?

老万哈哈大笑:"哪有'见风倒'不愿意的? 这样的废人,只等俺们老大娶了去就是!"

大家相互看着,将信将疑。小双讲了昨夜发生的事,老万一脸惊愕,不断追问一些细节,脸色一下沉重了。他拍拍腿:"一点不错,那是一个妖怪!"

"那怎么办?"我问。

老万往园子里望几眼,肚子疼似的蹲下了。他掏出烟抽几口,发狠地点点头:"那妖怪总是先让人迷上,然后再一点一点收拾他……"

"怎么'收拾'?"小双眨着眼。

"那就不一定了。妖怪们使用的方法是不一样的,它们和人差不多,脾气不同,那些性急的就把他领到没人的地方,咔嚓咔嚓几口吃了算完;性子缓的会慢慢逗弄他,直到玩腻了,遇到坏天气心上一烦,也就把他嚼巴了。"

我们吓得脸都白了,咝咝吸着凉气。

"看起来这事再也耽搁不起了,快让女老大把他领走吧,越早越好——幸亏她今晚就来。"

虎头说:"领回鱼铺?这可不行啊,他还要在这里护园哩。"

老万点头:"只要老大娶了,住哪儿都一样,这小土屋收拾干净了就是新房。"

老万走后,我们一时觉得特别寂寞。时间过得太慢了。好不容易到了中午,太阳热辣辣的。要到多久月亮才出来啊。

实在等不下去,虎头建议到海上去,就近看看那个女老大什么模样!这个主意可真不错,这就好比我们代"见风倒"去相亲了——不管怎么说,我们与他有这么长时间的交情,不放心呢。

一路飞跑,穿过一片杂树林,又钻到灌木丛中,踏着一地马兰和拉拉秧……又看到与蓝天相接的大水、一个个棕色的鱼铺了。鱼铺是打鱼人的老窝,那里面有吃不完的鱼、喝不完的酒、抽不完的烟。

太阳刚刚偏西,打鱼的人早把网撒进海里,马上就要往岸上拉网了。太阳照得沙滩很热,拉网的人都穿了很少的衣服,有的干脆光着膀子,下身只有一条小短裤。这些人全都是黑红色的皮肤,牙齿雪白,说起话来嗓门忒大,骂人忒狠,最爱欺负小孩儿——家里人说这些打鱼的万万不能招惹,他们火了抓起小孩就往海里扔。

我们到处找那个女老大。咋咋呼呼指挥拉网的都是横眉竖眼的男人。海滩上的光腚客太多了,男人在这里不爱穿裤子。

虎头指着不远处一个跑来跑去喊叫的人说:"就是她!就是她!"

我们走近一看,马上吓了一跳:这人脸色乌黑,大嘴、宽肩,只穿了小背心和大裤衩子。破背心挡不住那对大乳房,她一奔跑它们就扑棱棱乱跳,从背心里一下下跳出来。

我们不敢继续跟上去:女老大满脸横肉,不住声地骂人,正对一个小伙子发火,踢了他的胯部,让他疼得哎哟哎哟蹲下去……

我们正在发呆,老万过来了。原来他是海上会计,不干力气活。他朝不远处的女老大甩甩拇指,小声说:"看见了吧?多壮实,真是好样的!"

谁也没有吭声。

我觉得"见风倒"和这个女人在一起,不太美妙。

"那小子和她在一起过日子,用不了多久也就'皮实'了。"老万乐呵呵地吸烟。

可是我有一句疑问没有说出来:那个男老大,就是她丈夫,为什么死那么早呢?

这事真的有点玄。想想看,如果"见风倒"不小心得罪了她,这边一脚踹过去,他怎么受得住?这哪里是娶亲,这简直是找死。

天色渐渐晚下来,我们越发替小土屋里的人担心了。

大家默默地往回走。月亮升起之前我们先要赶回家,然后再到园子里。这是个不祥的夜晚。

可怜的"见风倒"还什么都不知道呢。

只有临近了这样的关头,我们才觉得与他有些亲近。好像一下子记起了许多事情:他在这个世界上没有一个亲人,没有一个人疼爱。如果真有个好女人照顾他,给他做饭洗衣,那该多好啊!可惜那个女老大脾气太暴,样子也凶,年纪更不般配——老万说她只比"见风倒"大三岁,再好不过了,这不是胡说吗?看上去女老大比"见风倒"至少要大十几岁。

月亮升起来了。鸟儿啾啾飞过,接着又有什么在园里唰唰奔跑。这个夜晚一开始就不安宁,好像连飞禽走兽都得知了消息。

"见风倒"显然什么都没察觉,像往常一样趿拉着鞋子走出小土屋,背枪顶猫,身侧是那只羊。

他那双纽扣似的圆眼看着我们,照样有些警醒的神气。

月亮升到树梢那么高,一丝风吹来,"见风倒"不安地扯了扯上衣。只一会儿风就变大了,他二话不说直奔屋里。

不知是风吹树梢还是各种野物的嘈杂,反正大家进屋之后,一直听到外面乱糟糟的。这在月亮天里是很少见的。"起风了,起风了。"虎头看着窗外,咕咕哝哝像念经。

我们等待着。"见风倒"好像预感到今夜要发生一件大事,不时瞥一眼窗子,还几次跷脚往外看。

月亮转到了正南,那只猫从主人怀里一跃而下,尾巴高高地竖起,在屋里巡行半圈。羊抬起硬邦邦的长嘴,指向月亮。与此同时,我们都听到了咚咚的脚步声,然后是一声粗长的喊叫——错不了,是那个女老大踏进园子里了。

"见风倒"听到声音,竟不慌不忙地点起了蜡烛。他坐在蜡烛下,眨着眼。

重重的脚步声代替了砰砰的敲门声,门啪啦一声给推开了。女老大在前,老万在后,大步流星走进来。"见风倒"身子一挺,右手立刻去抓枪。老万笑着,比比画画对女人说着什么,又转身扯过"见风倒"。他们在说什么谁也听不清。大家都静了几分钟。

我发现女老大在烛光下多少像个女人了——她穿了领口很低的紫碎花单衣,露出胸脯上很大一片黑红色;开阔的脑瓜上是几道深深的横纹,眉毛又粗又长,往上扬着——这让我想起了过年时贴的门神;厚厚的嘴唇包裹起坚固的牙齿,使人有些害怕。她正用心端量面前这个男人。

"见风倒"在烛光下缩着又软又长的身体,整个人变小了一倍。他是细长的身个,蜷缩了会显得体积很小。可是他继续蜷缩。

女老大可能完全看清了,开口笑起来。这洪亮的笑声把猫吓得往旁猛蹿,羊也转身离开了。女老大凑近些,抹着腰,满是老茧的大手举起来,重重地落在"见风倒"肩上——对方的枪哗啦一声掉下来。

"你有武装啊!"女老大歪头看着,从各个角度看他。

老万像立了大功一样,也抹着腰站在一侧,指着"见风倒"对女老大说:"瞧,他这人没多少本事,就是听话!老实孩子,保准不出错,你说什么就是什么……"

她伸手托起"见风倒"的下巴,让他仰起脸,又拨开他的嘴,低头去看口腔、看牙齿,凑近了嗅一嗅,点点头。最后她飞快地搓手,往手上哈一口气,扳住了对方的脸,两只大拇指按住了"见风倒"的眉骨,一下下抻理起那双又弯又细的眉毛,像要把它们拉直。

"多好看的眼眉啊!哦哟哟,女娃一样——属什么的哩?羊、鸡、马、兔、蛇?"她哈哈大笑,拍手,眼圈红起来。

老万高兴得跺脚,认为大功告成:"我说过嘛,老大,我这人办事有数,从来八九不离十,嗯嗯……"

他们说话时,"见风倒"慢慢直起了身子,侧着耳朵倾听起来。

外面的风好像更大了。今夜真不安宁。有野物乱跑的声音,还有夜猫子在叫。

"见风倒"站起来了,谁也不看,趴到了后窗上。

我们屏息静气,最后都听到了哀哀的泣哭——像个女孩的声音,细细的——这声音像是近在窗前,又像是从很远处飘来,若有若无,连绵不绝……

"这是它,它来了!"小双在我耳边说。

还没等别人开口说什么,"见风倒"一个返身离开了窗子,摇晃着往门外跑去。老万试图拦住他,却被三两下推开了。他一直跑进明晃晃的月亮地里,只一闪就钻进了树丛中。

我们几个都跟上去。

外面的风好大,这是极反常的。事情一准要糟,因为在这样的大风天里,他会一头栽在沙地上、翻白眼、吐口沫,一会儿就不省人事了。这个夜晚真是凶险啊。

沙子扬起来眯了眼,我搓弄了一会儿眼睛,费力地看着树隙里窜动的那个细长个子,不知怎么就丢失了目标。还能听到那个断断续续的哭泣声,这声音在园子最深处。

老万也跟上来,他的身侧是女老大。

这样跑了一会儿,前边什么影子都没有了。老万停下,迎着重重叠叠的树影喊:"'见风倒',你这个王八羔子,你给我立马回来!

到什么时候了,还敢撒丫子跑,也不看看是什么日子!等我给你来个老鹰抓小鸡……"

风变小了——是突然变小的。园子里一下安静了,泣哭声也没了。

我这时好像有个预感,猜想是小妖怪扯着"见风倒"的手,他们正在树下溜达,踏着一地浅水似的月光;他们走到树影下时,他蹲下了,她的额头偎到他的心窝那儿……这样的时刻别说各种动物不再吵闹,就连风也不愿打扰他们。

老万停了一会儿,开始大骂,骂过了又回头安慰女老大。女老大响亮地吐着口水,对老万说着什么,难以听清。

这个夜晚不知是怎么结束的。我们很晚才离开园子。

如果不是亲身经历,我和伙伴们一定会把这样的事情当成胡言乱语。过去大人们讲起这类事情,我们都认为是说谎,是为了炫耀;但这一次我们也有夸口的本钱了。

眼下这个小妖怪到底是什么模样,还不能算特别清晰,因为我们只在月色里见过,而且是极短的一刻。但有一点是确凿无疑的,她是雌性,而且是介于动物和人之间的什么,兼有飞禽和走兽的双重本领;体积在大鹅与羊之间,个子仅抵我的下颏;不太大的额头鼓鼓的,额下是一对又大又亮的眼睛。是的,这眼睛是最令人难忘的——谁都会承认这眼睛的美丽。

正因为她的美丽,所以那个"见风倒"要犯一个天大的错误了。这真的不幸,太不幸了。

"天大的错误"是老万说的。他在事后发了一大通脾气,当然不是对我们。他骂咧咧的:"等着看热闹吧,看女老大怎么收拾他!她火了会把他的肠子踩出来,让他活不过这个冬天——他吃不上明年的麦子了。这是他自找的……"

我们心里颇为不平,因为谁都清楚,相亲的事完全没有征求过"见风倒"的意见,这有点太霸道了。

老万继续骂:"狗东西什么都敢干。这种妖物海边林子里多了去了,连打猎的都不敢招惹!谁知道它是什么闪化的?它迷惑人,耍弄他些日子,再把他的血气一点一点吸尽。那时你们再见了他,他一准躺在地上,就像纸人一样,掂一掂没有二两重……"

小双和虎头大惊失色,看看我。我也害怕了。

"那可怎么办啊?"小双急得嗓子变尖了,嘴唇青魆魆的。

老万抽烟,皱眉,动脑筋想大主意了。他这样半晌才说:"别的法子没有,只有逮住这个小妖怪再讲。逮住了揍一顿,让它发誓不再祸害人间,咱就放了它;它态度不好——"老万一手做成刀状,"咔嚓一下宰了!"

我们不愿看到最后一种结局。如果严厉教育一番,这还是可以尝试的。我们再三央求不能杀害她。

老万一直木着脸,最后点头:"那就不杀——我这人心软;只不要告诉女老大啊,她才不会饶它。等抓到了,我和你们一块儿审它。"

我们都答应了。一想到哪天能就近看看小妖怪,心跳都加快了。这是多么诱人的一件事。我们想如果小妖怪不害人,"见风倒"待她能像猫和羊那样,该多好啊。

老万与我们商定：整个过程绝对保密，要使用最稳妥的办法。老万说有两种方法最为有效：一是猎人常用的兔子扣，二是狐狸夹子。这两样器具都不致死，又能缚住较大的动物。

"会不会伤了它？"我最关心的是这个。

老万摇头："放心，到手的准是好生生的活物。"

事情在不声不响地进行。我们和老万都兴冲冲的。这要彻底瞒住"见风倒"很难，因为他总要巡行在园子里，盯住所有来去的人。老万找到了铁夹子，也学会了做兔子扣的方法，只是难以找机会下手。后来他忍了忍说："干脆等些日子吧，等果子下了树，秋风刮起来，那时'见风倒'就卧在炕上了。"

从收获果子到北风呼号的冬天，绿葱葱的园子还会有二十多天。在这段时间捉小妖怪是最合适不过的。想到老万说的我们要一起"审"小妖怪，心就扑通扑通跳。那会是怎样的情形啊！我们要像大官一样坐成一排，老万主审，坐在中间，大手一拍桌子，拖着长腔问："小妖怪，我来问你——"我们每个人都不能笑，木着脸，只等这个小东西如实招来。

不过说心里话，一想到这些还多少有点难受，因为它多么可怜人啊！还有"见风倒"，他知道了也会难过的，说不定会与我们永远绝交。

收过果子之后的园子空空荡荡，"见风倒"果然不像以前那样紧盯我们了。大家可以随便爬树，捉迷藏，待在园子深处半天不出来。起风了，每逢这时候小土屋里的人就不再出门。他是世界上最怕风的人。

我们和老万里应外合,将几个兔子扣拴在园中,并用草叶巧妙地掩护,只等那个小东西束手就擒。铁夹子不仅放在地上,而且还设法架在树梢——小妖怪弹跳上去,正好会逮个正着。

每当月亮出来我们就兴奋不已。又忐忑又激动,长时间趴在园子一角观看,等待那惊人的一幕。老万的烟头一明一暗,后来担心进园的小妖怪发现,就不再抽了。他小声说:"真是怪啊,'见风倒'遇到不大的风就要藏起,那一夜风多大,他就敢往外跑!连命都不要了!他在大风里待了那么久……我琢磨呀,他心里有火……"

小双眨巴着大眼:"什么'火'?"

"他心里有火!无论男女,一到了这时候就不怕什么了,不怕风也不怕雨——心里有火,那就不一样了。"老万直盯盯地看着一地月光。

我们还是不太明白,只是听着。

老万说:"小孩伢伢不懂的,再大一些就明白了。当年我娶自己的家口时,也是这样哩。"

虎头笑了:"什么时候让咱看看她(他)呀?不男不女,这怎么会?"

"一人相中一人,这得专门的眼才行——你们小孩伢伢不懂的。"老万说着又摸出了烟,但看了看又放回了口袋。

"专门的眼",这几个字让我暗暗记住了,我会好好琢磨一下。

"快些让我们看看你的家口吧!"小双也央求起来。

老万点头:"行。不过先做眼前这件大事吧!嗯,好好盯着。"

几夜过去了,我们差不多要承认失败了。有几次那个小妖怪真来了——不是看见,而是听到了噗噗的落地声。它在一角发出奇怪的鸣叫,那等于唱歌,只唱给一个人,只向一个人发出召唤!果然,"见风倒"一会儿就在这鸣叫中出现了:捎着枪,一摇一扭从小土屋奔出,不顾一切地往园子深处扎,风把他的头发都吹起来了。

我们的心都提到了嗓子眼。

"见风倒"和小妖怪在园子里跑动,一阵阵脚步声十分清晰。小妖怪除了跑动,又玩起了拿手好戏:弹跳。它噌一下就弹上了树梢,在最高处炫耀着,洗着月光。

这真是一个精灵,它怎么都碰不到我们的机关。结果我们只好眼巴巴地看着它和护园人戏耍,一点办法都没有。

老万沮丧透了,咕哝着:"这得重新想个法子了,这得跟女老大说了!"

我们极不愿那个女人插手。说真的,即便"见风倒"和小妖怪好起来,也比娶了女老大要好。在我们眼里,这个女老大其实也是不男不女的东西,那天在烛光下,我甚至看到了她唇上有一层粉红色的胡子。

老万哼着鼻子,说:"女老大恨死了,气得连鱼都不想打了,躺在鱼铺里,一会儿叫一遍'见风倒'……不逮住小妖怪怎么得了!"

小双问:"她叫他?为什么?不打鱼了?"

老万点头:"那当然。她看中了'见风倒'嘛,心里急,又娶不走他,麻烦也就大了!她说抓住了小妖怪,就放进鱼铺的大铁锅里煮汤,和鱼一块儿煮!"

大家全吓蒙了,大声骂起了女老大。

老万摇头:"她不过是在气头上,真逮住了又是另一回事了。不过咱不会告诉她的,只想让她帮帮咱——我琢磨啊,用渔网就成!把一种细丝渔网扯在树隙里,小妖怪给罩住,那就'插翅难逃'了!"

我们都不吭声。是的,那样小妖怪真的要被捉住了。这时大概每个人心里都有些反悔:该不该和老万一块儿做这事?

如果现在改变主意还来得及,只可惜下不了决心:还是担心"见风倒"出事。

老万有了女老大的支持,细丝渔网很快扎来了,并且在半夜悄悄地布下了——每一面网都有一根绠绳藏在草叶里,人在暗处揪住,到时候一拉绠绳就成了,它会被紧紧勒住,再也跑不掉了。老万很得意:

"别说它了,就连一只蚂蚱都逃不出!"

这时候要阻止也有些晚了。小妖怪啊,事情就这样了,也许我们几个要犯个大错了,不过我们总要保护老朋友,这也是不得已的事。

我们知道,只要是妖怪就一定会有奇能,让人无法猜测、无法抵抗。一想到这些就有些后怕。不过这也是冒险的乐趣和代价吧。

这些日子,我们遇到"见风倒"就装作没事的样子,可惜装不像。这家伙也装不像,因为自从有了小妖怪之后,他长了细鳞似的脖子就变红了,而且额上闪着苹果一样的亮光。那个酒盅似的肚脐似乎更深了。他躺在那儿,揪一片梧桐叶盖在脸上,不理我们,也不理猫和羊——有一次虎头猛地掀开树叶,发现他在偷着笑呢!

以前他从来不会笑,当然也不会哭。

问题严重了。我们觉得面前这个人或许真该交到女老大的手里,那时她就会管住他、保护他了。这个孤零零的光棍汉真得有个人疼爱,尽管女老大可能还会欺负他——谁知道她会怎样,也许一会儿欺负一会儿疼爱吧!我们"小孩伢伢"真的什么也搞不明白。

老万在等待的日子里很焦虑,搓着手说:"这些天也打不了多少鱼,女老大不干了,有心事呢,想着一个人呢。唉,咱不该让她来相亲,这下子全糟了,擦眼抹泪了。"

"她也会哭?"我不信。

"她说自己命苦啊!瞧瞧咱这事办的吧,真是对不起过世的师傅。就让咱快些逮住小妖怪吧,那时再从头来一遍……"

在没有月亮的夜晚,我们趴在园子一边,不相信会有什么奇迹发生。动物和人一样,喜欢在月光荧荧的时候嬉闹。老万吸烟,并不在乎一闪一亮的火头;小双捏住虎头的鼻子,虎头像鲨鱼一样张大嘴巴——正玩着,小双突然竖起了一根手指。

一种若有若无的声音,就像人蹑手蹑脚地走来,像一只皮球轻轻地在园子里跳动……我们不能抬头,老万把我们按住了。什么都看不见。这样过了几分钟,园子中央传来了吱的一声,这响声细小、瘆人,可怜巴巴。

老万呼一下坐起,接着把手里的缰绳用力一拽。那吱吱声更响更尖了。我们不顾一切地跑过去。

老天爷,大事真的发生了,一只大鹅——也许比它还要大一点——在细丝网里挣扎,发出扑棱棱的声音。它正死命撞着网扣。

老万憋着气,两肘参着挡开我们,一个人将网收紧,发狠地攥住网绠,一边跺脚威吓,一边麻利地收好,背上肩膀就走。

我们紧紧跟上。

走出园子的一刻,我回头看了看小土屋,发现后窗上有闪亮的灯光。

大家深一脚浅一脚往前走,不知走向哪里。身上汗津津,心跳不止。大家都明白,这事千万要躲开"见风倒",他如果赶上来就会拼命。

直走进一片槐林里,停在一块空地上。老万喘得像头牛,把沉沉的网包放到地上:"死沉的物件呀,咱这回逮住了你,你得老实一点——不打你不骂你,只要从实招来。"

老万这样说的时候,一直在网里挣撞的小妖怪竟然安静下来。它不声不响地伏在黑影里。我们都急坏了,还有点害怕——黑乎乎的什么都看不见。正焦急,老万让我们从林子里找来一些干树枝扎成一束,然后用打火机点亮——

它身子微微抖动,脸背向一边,不知是害怕还是害羞。它大约有九十厘米多一点,后背是灰色的,全身长了细密的绒毛,光滑极了。两条腿真像莲藕,膝盖像人一样。它在老万的拨弄下转过了身子,这让大家发出啊的一声。

这张小脸圆圆的,完全像个娃娃。大眼睛,鼓额头——就像以前在月光下看过的那样，额上是一溜整齐的刘海。小鼻子圆圆的像猫，鼻头翘起一点。眼睛是灰褐或浅蓝，艾艾怨怨地看人，一个一个看。它大概很快明白老万是说了算的人，最后只怯怯地盯住他。

"站起站起——"老万手掌往上抬着，比画着，并没有恶声恶气。

它真的慢慢站起。我可以看到它的全身了，把一声惊叫用力压住——它脖子以上是一种浅栗子色，胸部是棕色；整个肚子上部是灰白色——到了肚脐之下就转为浅蓝色了；最不可思议的是从那儿到胯部这儿，长出了一个贴紧肚皮的兜兜，就像为了装东西方便一样！它这会儿两手——准确点说是翅膀，因为展开之后是宽宽的蹼一样的东西，所以会飞——有不多不少五根手指，正紧紧捂在两腿之间……

老万扯开了它的手，我们于是不好意思地看了看。

它真是雌性，真是不出所料。

这时我们又注意到它的脚：从大趾到小趾样样都有，不同的只是长了蹼。

我们在火把熄灭前细细地看过，从心底认定这是一个小姑娘。特别不能忘记它的眼睛，那神情里有羞愧、惊惧、愤怒、哀求……

大家不再说什么。火把熄灭。心仍旧怦怦跳。接下去怎么办？黑影里没有一点声音，老万也没了主意。不远处有个老鸦啊啊一叫，好像发出了抗议。

我心里承认：这个小妖怪又可怜又可爱，很不幸的。我相信小双和虎头他们也会这样想。老万点了一支烟,提起网包。小妖怪一声咳嗽,老万就将烟熄了。我们往前,走了一会儿发觉是大海的方向,就折回了。我知道老万肯定要瞒住女老大。

此刻小土屋里的人在干什么?他知道这个夜晚自己的园子里发生了这样的大事吗?

在槐林边站了一会儿,回望着那片园子。网包里的小家伙无声无息,她大概认命了吧。我问老万到底怎么办,把她送到哪里。他只说:"跟上吧。"

一直走到离林子不远的小村尽头,在一幢小屋跟前停下。

老万叩门,原来是自己的家。大家马上想到他那个不男不女的"家口"。黑影里有个沙沙的嗓子说:"天天下半夜才回,中了魔怔啊!"从里屋随声出来一个人,手里端着一盏灯——这人果真扎了两条小辫,个子真高,差不多高出所有人一大截,干瘦。他(她)一双大眼陷在眼眶里,用力看人。我注意到他(她)的嘴唇薄薄的,毛茸茸的,心里马上做出判断:"他是个男的!"

老万对我们介绍出来的人:"这是俺老伴'山花',叫她大婶吧。"

"大婶……"我们叫着,有些不太情愿。

山花大婶急急去看网包,连连大叫:"哎哟,原来是这么个物件!吓死我了,吓死我了,这是个什么怪鸟儿?"

老万无心搭理,在屋里到处翻找,找出一个竹子做的大鸟笼——老天,这可能是全国最大的一只鸟笼了!他一边小心地将网包里的小妖怪挪进去,一边咕哝:"唉,对不起了,这儿还是窄巴了些,赶明儿给你造个大宿舍,先得委屈两天。"

她已经没有了原来那样的惊慌,小鼻子用力吸着,辨析着这里的气味。她像企鹅那样在笼内挪动,打了个小小的喷嚏。

老万嘱咐山花好好饲喂,递食时千万、千万防止她逃脱,最后加重语气说:"军令如山倒!"

山花摊着手问:"这物件吃什么?菜叶?肉包?不是兔子也不是鹅……"

"你就一样一样试着来,不能渴也不能饿,千万、千万!"老万揪揪山花的小辫,对我们做个鬼脸。

这个夜晚真像一个梦境。

我们在黎明时分散去。回到家里怎么也睡不着,睁眼闭眼都是那个被囚禁的小家伙。

醒来时已是半上午了,我匆匆赶到果园,推开小土屋的门,里面什么都没有。我找遍了半个园子,这才发现"见风倒"坐在一棵老桃树下,样子有些吓人:嘴瘪着,像是随时都要哭出来;细细的鳞脖又变成了铁青色,额头上的亮光也没了。猫和羊分坐两旁,就像他一样沮丧。我推他,他一动不动。我有些害怕了,不敢肯定他对昨晚的事情是否知晓。

我心里开始强烈挂念另一个地方,就轻手轻脚地离开了。

赶到老万家时,小双和虎头已经围在那儿了。山花大婶叼着烟,一遍遍重复说:"我家老头子去海上了。"她抽着烟,当离那个大鸟笼近了时,小家伙就咳起来。我们央求她再也别抽了,她才揉灭了烟。鸟笼里放了一些菜叶、一条小鱼,还有一小块肉。山花大婶拍拍手:"硬是不吃,荤素不进,准得饿死。"

小妖怪两手抱在胸前,头垂着,背向我们,身子有些发抖。

小双的泪水顺着鼻子流下来。虎头咬紧牙关,望向远方。小双抚摸鸟笼说:"你肯定是想园里那个人了!快吃些东西吧,我们一定喊他来……"

想不到这最后一句被闯进来的老万听到了,他断喝一声:"不能告诉'见风倒',会出大事的!他有枪!别闹出人命啊!"

"可她不吃不喝,会饿死的!"虎头怒冲冲地盯住老万。

老万蹲下咕哝:"我老伴会有法儿,她有法儿,老娘们儿家……"

他的声音低下来,有些泄气。我们都知道他在搪塞。瞧这个山花大婶鼻子像鹰,脸像獾,他(她)才是妖怪哩。

我们一致要求放她重返林子。老万拉出拼命的架势:"这事我说了算!这是一百年里也遇不到的怪事儿啊,到底怎么办还得想想哩……"

山花大婶鹰钩鼻子朝天,恶声恶气地说:"这里还是俺老头子说了算,小孩伢伢老实待着。俺老头子火了劈头一顿——"她龇着牙,竖起又黑又大的巴掌。

又是一天过去。我们已经无心上学,急得团团转,大多数时间往返在果园和小村之间。第二天大家再也挨不住了,就决定从老万家里劫走小家伙:把她营救出来!

我们瞅准了老万出门的时候闯到小院,想寻个机会。可山花大婶总是守在大鸟笼旁边,一口接一口地抽烟。我们心急火燎的。

不知是否故意，山花大婶有一次撩起衣襟，露出了红布裤带——我们都看到裤带上拴了一支粗大的铁鞭。

第三天我们在村头小路遇到了老万，他摇摇晃晃走来，还没等我们开口就坐在地上，连连呼叫："倒霉啊，倒霉啊！"

原来老万担心小妖怪死在自己手里，想不出更好的办法，就去了镇医院——他想让朋友帮忙，谁知消息很快走漏了——"这事惊动了上级，老天爷，结果派来了民兵，他们要把它火速押走……"

"押到哪里?!"虎头带着哭腔叫起来。

"一级一级往上送……"老万双手拍打地面，"那可是'见风倒'的'小爱物'啊！"

小双哭了。我心里重复着"小爱物"三个字，认定这才是它的真名儿。我与虎头对视，彼此额头上都生出了一些汗粒……一切就快来不及了。老万啊，我们恨死了你。

"这事儿晚了，因为已经报告了上级！"老万铁青着脸，腮肉一下下发颤。

我们不再缠磨，只想马上告诉"见风倒"，事到如今再也不能瞒他了。可是园子里早没人了——村里人说本来一点风都没有，可他突然口吐白沫躺在地上，就给抬到了医院。

"见风倒"刚刚苏醒过来，仰在病床上，一双圆眼看着我们……

大家来不及安慰他，也不便多说什么，很快就出来了。我们一刻不敢耽搁，要马上找到并抢回"小爱物"。我们先是打听老万那个朋友，又在一个看门老人的指点下去了镇兽医站。

不知转过了多少旮旯儿，终于在一处又脏又臭的木板棚里看到了那个大鸟笼,它这时被蒙上了一块黑布——我那会儿心怦怦跳,眼泪差点涌出来。

一个麻脸民兵持枪守在板棚旁边,一见我们出现就大声咋呼,不许靠近。

"听说它就要被送走了,让我们看看吧,看看吧。"虎头装出万分好奇的样子,边说边往前挪蹭。

麻脸叼着烟,提枪站起,朝虎头瞪眼。

虎头急得搓手,转头看着我们。天马上要黑了——天一黑,再转亮就是明天了,那时"小爱物"就得被民兵押着上路,要"一级一级往上送"……突然虎头朝鸟笼努一下嘴,一个转身就挨近了背枪的人。

虎头紧紧抱住了麻脸民兵。

这事简直让人毫无准备!两个人很快厮扭在一起:麻脸把虎头压在身子底下,虎头去咬他的手……我们惊呆了,一动不动。

那个人被咬痛了,发出一声尖利的惨叫。虎头费了好大劲儿才挣扎出来,一边躲闪挥来的枪托一边朝我们大喊。

我和小双一下醒过神来,迅速扑到板棚里,什么都不管不顾了,拖着大鸟笼就跑。

接下来连呼吸都忘记了,只是一直跑、跑……天完全黑了,有好几次险些撞在墙上。一直跑了许久,小双和我才缓口气,轮换着扛起大鸟笼。我们来到了镇边的野地里。

到处黑乎乎的。我们在一条渠边镇定了一下,找准了那个小村的方向——一直向北吧,那儿就是一片槐林。

一路不知被绊倒了多少次,脸上、胳膊上都被荆棘划破了,血和汗混在一起。再也跑不动了,我们一下子瘫坐在槐林里。第一件事就是去掀笼子上的黑布。

小双说:"'小爱物'啊,你快些走吧,你一点都别耽搁!"

我们打开大鸟笼,来不及抚摸她一下。

夜色里一点声音都没有。她好像在迟疑。这样呆了一瞬,最后无声地走了出来。但她并没有马上跳向树梢。

远处有人正咚咚跑来。小双说:"'小爱物',快跑啊,快啊,有人追来了!"

她还是一动不动。

这会儿我们听出是虎头。果然是他。虎头呼呼大喘跑过来,脸上全是血痕。但是他高兴极了。

黑影里,我们一个个去摸"小爱物",细细地摸。她一点都不害怕。她的身体就像丝绒那样润滑,暖暖和和。有那么一会儿,我觉得她的额头轻轻地抵在了我的手上,足足有一分钟。

时候到了,我们小心地退开几步……

所有人都沉默着,等待着,直到响起了噗噗声——这声音我们熟悉极了!

她只轻轻一弹,就跃到了高高的树梢上……

接下来要做的就是赶紧返回医院,可是"见风倒"已经不见了——医生说这个人跑了,谁也拦不住他。

我们匆匆去了果园。小土屋里什么都没有。在屋后那棵大李子树下,我们终于找到了他:拄着那支锈住的猎枪,头顶是猫,身边是羊。

他看清了是我们几个,嘴里发出了啊啊声,伸长两臂用力抱过来……大家久久依偎着,坐在洁白的沙地上。

月亮一点点升起来,"见风倒"的脖子挺直了,目不转睛地盯住远处一丛丛树影。

这个夜晚好静啊,大家深深地吸了一口:空气是甘甜的,那是月亮的气味,是果子留下的余香。

"噗、噗……"

小双竖起了手指。我们都在细心捕捉这无比美妙的声音。

"见风倒"缓缓站起,就像被一根线牵住一样,径直向园子深处走去了……

2013.4.5

蘑菇婆婆

在一片黑乎乎的林子深处——可能是最深处了,藏了一幢小草屋。这小屋最早不知是谁发现的,然后就有了传说。想想看,在没有人烟的地方怎么会出现这样的小屋?

铁匠铺的老人一叼上烟斗就要谈些怪事——他们开始说到这幢小屋了。

老人说,凡妖怪都要有个住的地方,在里面歇息睡觉,干一些咱们做梦都想不到的怪事和坏事。它们的屋子可能只是一个地洞、一个茅窝,但在咱看来就像一座小屋,有门有窗的。老人们说:"这是使了障眼法。"

"什么叫障眼法?"我们追问。

老人们个个知识渊博,但有时也是装样。他们一般都善于夸大和说谎,这是谁都知道的。这一次他们回答得吭吭哧哧很费劲儿,只说:"那就是——'闪化'的……"

"'闪化'又是怎么回事?"

"就是用假东西糊弄你们。"

他们越说越让人糊涂了。

不过我们由此得知海边那幢小草屋就是"闪化"出来的,里面住了一位黑黑胖胖的老婆婆,她十有八九是个妖怪。按照老人们的理论,小草屋不过是她的巢穴,比如树洞和草窝之类。

我和虎头、小双一伙仔细探究过多次,亲手摸过它黑黑的泥墙、被雨水洗白的窗子,最后认定这座小屋蛮实在的。泥墙上有小虫做的窝,有蜥蜴飞跑,它怎么会是"闪化"的?

屋里有一个大炕,上面坐了老婆婆,咕噜咕噜抽着水烟。她手里捧的黄铜水烟袋,是我们见过的最大一台抽烟的机器,整个海边一带谁都没有。老婆婆一边抽,一边用一根细钎拨弄,那上面竖着几根小烟囱似的管子,一闪一闪冒出火头和白汽。她的嘴巴包住了长长一根弯管,吸足了就眯眯眼,吐出一口浓烟。

我们趴在后窗看着。说实话,她的水烟袋最吸引人。很想进屋讨一口烟,顺便研究一下这台机器。可惜我们的胆子还没有那么大,只是藏在暗处观察。

虎头说:"妖怪一高兴就会现形——那时咱就知道它是什么变的了。"

我们既希望老婆婆能变回原样,又担心到时候给吓坏。听老人说,以前海边的林子里有个白胡子老头,常和赶海的人一起玩,那些人给他酒喝,结果这家伙一喝醉就现了原形——是一条水桶粗的大蟒蛇,不停地吐信子,当场把一旁的三个人给吓昏过去。

屋里的老婆婆抽了一会儿烟,然后就去搬动炕头的一个口袋:哗啦啦倒出一堆东西,原来全是晒干的蘑菇。她把蘑菇摊在炕上,挑出夹在其中的草梗杂物,重新装进口袋。她头枕蘑菇睡着了。

大家咂着嘴。她有那么多蘑菇,真是馋人。海边人最喜欢蘑菇了,一吃到鲜嫩的蘑菇就说:"口福,口福!"大人常对进林子玩耍的孩子说:"别光知道玩,留心捡些蘑菇来家!"话是这么说,要捡到好蘑菇谈何容易,它们早被采药和打鱼的人捡光了。

蘑菇能引出一大堆高兴事和伤心事,那不是一会儿能说得完的。有一次我正在林子里玩,玩累了就躺在柳树旁,看一只带白点的甲虫往上爬。我的目光循着它,结果就看到了一只大蘑菇——是金色鸡腿蘑!可虎头就没这么得意了,他有一次进林子,正遇上小雨蒙蒙。这样的天气蘑菇最爱溜出来——虎头一口气采了好多,可想不到中间藏下了一只毒蘑菇,结果害得他爸直翻白眼,差点搭上一条老命。

说到毒蘑菇会让人伸舌头。海边一带多么凶险的东西都有。大人们扳着指头说:"海边有三毒,毒鱼、毒蛇、毒蘑菇!"这其中最坏的要数毒蘑菇了,它千变万化,有的花枝招展,像小姑娘打着花伞站在那儿,有的笨模笨样地趴在草棵下,反正是变着法儿让人上当。吃了毒蘑菇先是呕吐,接着痛得在地上打滚,没有几个能活过来。

每年都有死于毒蘑菇的人,而死于毒鱼和毒蛇的要少得多。毒鱼的模样容易辨认:大肚子,大眼睛,背上有黄斑,一看就是怪模怪样的坏东西。毒蛇越来越少,因为鹰多了。鹰捉蛇也捉兔子,甚至捉小孩儿——有些大鹰从西面高山飞过来,它在那边是常吃小孩儿的,所以来到海边也难改恶习。要知道各地生活习俗不同,一般来说,它们在这里待上三五年才会改掉这种可怕的饮食习惯。

传说海边上有个老光棍,他吃鸡腿蘑上瘾,有一天在林子里转悠,遇到了一个大婶。这个大婶拐肘上挂了一大串金色的蘑菇,见了光棍汉就往林子深处扎。他紧紧尾随走个不停,最后在一间小柴庵跟前停住了。

大婶在灶间烧火做蘑菇汤,鲜味儿冒出来,光棍汉就在门口嚷:"馋死人了啊!"大婶招手让他进去,吃蘑菇喝汤,还留他过夜。结果光棍汉给毒昏了好几次,几天后醒来,发现自己赤身裸体睡在一个土洞前,头疼欲裂。原来大婶是林中一只大沙鼠,每年都要采一些蘑菇藏起来,为了剔掉毒蘑菇,这一次就给光棍汉每样喂了一点,只为了试试哪种有毒。大沙鼠把有毒的扔掉,没毒的才藏到洞里。就这样,光棍汉只因为贪嘴,差点被毒死。

我们一伙只要到林子里,就要转到老婆婆的小草屋那儿,伏在后窗上盯一会儿。大家迟疑着,不敢去敲老婆婆的门,因为心里没底。

我们除了上学,就是成帮成伙地在海边游荡。平时最多的还是在拉网的人那儿玩,或者跟上放蜂人和采药人走,不太敢去的地方就是密林深处。

那是黑乌乌的一片,所有吓人的大事都出在那儿,比如被毒物蜇伤,被妖怪耍弄,迷了路回不了家,这都是最常见的。

海边上最大胆的还是猎人,他们肩上扛了冒烟的家伙,身上有杀气,所有古怪的东西会躲开他们。所以只要跟上猎人去林子里窜,那大概是最保险的。可惜这些人都愿悄声不响地独自来去,最讨厌有一两个孩子跟在身后。

海滩上特别有趣的人和事也就那么多,所以只要谁有了新发现,不论是遇到一个怪人还是别的什么,就一定会尽快告诉朋友。

虎头的舅舅老歪住在河边,也是独个儿待在一幢小泥屋里。那里好玩极了,以前也是我们常去的地方,后来不小心跟他干了一架,他威胁要杀人,这才吓得大家躲开了。

虎头这些天有点忍不住,要把林子深处老婆婆的事告诉舅舅,并且尝试着恢复原来的友谊。大家都有些动心,可就是害怕。

老歪过去也是一个猎人,有一年打猎出了大事,就把枪毁了,搬出了村子,住到了远远的河边。他发誓后半生再也不摸冒烟的家伙,不伤害任何野物,只做一个采药、打鱼的人。

老歪是我们所遇到的最可怕的人,比一般的妖怪还要阴险。他长的样子也让人吓一大跳:头歪在肩膀上,看人斜着眼,像偷看似的。不过他这个姿势正好瞄准,所以枪法出名,一旦有什么东西让他瞄上,就一定跑不了。

海边人说到老歪的模样,都会讲一个故事,就是他小时候格外顽皮,常常爬到大树上面,结果有一次一个倒栽葱摔下来,脖子撞进胸膛里去了。家里大人招呼好几个壮汉,分别拉住他的头和脚硬拽,这才将一截脖子拉出来——不过从此他的头就永远歪在了肩膀上。

我们只要和老歪在一起,就会长时间盯住他的歪脖,想着那个故事。虎头对舅舅又怕又爱,警告我们小心一些,说这个人一般不火,真要火起来可不得了——有一次气着了舅舅,舅舅一定要拉着他的两条小腿把人撕劈了,是母亲好说歹说才将自己救下的。

虎头的遭遇着实吓住了我们。我们怀着探险般的心情接近他,有时会离得很近看他那双层层叠起的、淡灰色的眼珠。听村里一些大人说,长了这种眼珠的人往往活不久。我们总是寻找老歪即将死去的种种迹象。

老歪为什么扔掉了心爱的猎枪?这要讲一个长长的故事。不过老人们咋咋呼呼讲起来的时候,我们还嫌故事太短呢。

最早听这个故事也是在铁匠铺里。那是天底下最好玩的地方,有烧得通红的铁块,有叮当响的锤子,还有身上扎了油布围裙的师傅。最有意思的是来抽烟喝茶的一大帮老人——他们是海边上最能瞎吹、倚老卖老、不断说谎的家伙,是这样一帮人定期汇集到这里。

我们观察过,只要是有事没事进铁匠铺的人,个个都是瞎编故事的大王。有的人看上去老老实实,甚至是吭吭哧哧说不成一句像样的话,可是一旦打开了话匣子,一定会添枝加叶说啊说啊,骗死活人不偿命。

就是这群人，你一句我一句，扯出了一个大土匪的故事。

这个大土匪干了无数坏事和好事，不过在海边上只是个吓人的影子——因为大多数人只闻其声不见其人，都知道他有天大的本事，能飞檐走壁，力大无穷，倚仗功夫好，独来独去，大半时间住在荒野林子里。

他欺负穷人也欺负财主，那要看谁惹了他。他有枪有刀，但大多数时间只用巴掌：那只大巴掌特别有力，胳膊碗口粗，一掌就能拍死一头牛——只一掌就行，所以外号"不二掌"。也有人说他这个外号是另有出处，因为是个独臂人，只有一只巴掌。反正到底是怎么回事，现在已经无法知道得更多了。

"不二掌"住在密林里，什么都不怕，后来年纪大了，受不住海边的寒气，就想住到村子里。他看中了一个渔把头的女儿，可渔把头死也不依。"不二掌"走到拉鱼的牛车跟前，一掌就把驾辕的青牛拍死了。

"不二掌"扛着渔把头的女儿去了密林。

第二年村里民兵开始剿匪，发誓活捉"不二掌"。当时最年轻的民兵就是老歪了，枪法最好，村里人说那个"不二掌"早晚得死在老歪枪下。

剿匪的事情进行了一年多，上级督促得紧，所以海边林子里常常响起零零星星的枪声。可惜都是放了空枪，没伤到"不二掌"一根毫毛。渔把头总是对背枪进林子的民兵喊："到时候多长一只眼，千万别伤了我闺女和外孙女！"

原来那个大土匪和渔把头的女儿已经生了一个女孩。

剿匪的事到了第三年上,外村的民兵也调过来了。大家说,这一次"不二掌"活不成了。当时最担心的就是老渔把头了,他一天到晚在林子边上转悠,只想接回女儿和外孙女。天眼看要下雪了,树叶一脱就是剿匪的大好时机,因为林子里藏身难了。

就在第一场雪之后,老渔把头从林边捡到了一个小姑娘。他从她的发卡上认出,这正是女儿的东西,于是知道是自己的外孙女。老人哭了半天,问她妈怎样了。小外孙说不明白,只紧紧偎在姥爷怀里。老人知道那个大土匪的死期到了。

剿匪的民兵忙了一冬,最后传来捷报:"不二掌"被击毙了。人们都瞒住了老渔把头,只说出了半截。其实林子里的大土匪夫妇差不多是一块儿死的。

立了头功的正是年轻的老歪,因为他枪法特好,领兵的就让他将拒不投降的人击毙。

老渔把头哭成了泪人。他只哭自己的女儿。有一天深夜他找到老歪,问:"真是你结果了他?"老歪不吭一声,跪下了。

老渔把头咬碎了一颗牙,最后吐出一句:"这么点年纪就沾了血,看你怎么过这辈子!"

老歪跪着,最后才说:"你家闺女不是我打中的……"

真实的情形是:老渔把头的女儿见大土匪死了,就一头撞在了一棵大橡树上。上级负责剿匪的人来林子里看了,又在海边村子遍贴布告,上面写满了大土匪的一桩桩恶行。

开过庆功会之后,村里人就将死去的男女埋在林子里。

庆功会上老歪戴了红花,头一直歪在肩膀上,比以往任何时候歪得都厉害。

从那以后,老歪难睡一个好觉,一到半夜就做噩梦——有一个黑汉扼住了他的脖子。他每次醒后都一身冷汗,伸手去摸歪脖。天亮后他常常往林子里跑,身上背着枪,像是去林中打猎,其实是到大土匪夫妇坟前烧纸。

老歪后来成了亲。女人比他大。有她相伴,噩梦少了。

噩梦渐渐不来了,可是从林子里来了一只大黑熊。这只大黑熊在村子里无声来去,留下了清晰的足印。村里人害怕了,领头的开始商量怎样捕杀。可是由于大土匪剿过了,海边太平了,所有像样的枪支全被上级收走了,剩下的只是几支打霰弹的猎枪。村头把所有猎枪都架起来,一入夜就候在村口。

一个薄云遮月的夜晚,黑熊摇摇晃晃出现了。它一入村子就站起来走路,把所有人都吓傻了。村头不敢开口说话,持枪的人得不到命令,两手乱抖。黑熊像一个笨拙的巨人,鼻子里喷出的气息把半条街都弄臭了。它最后走到了牲口棚里才站住。

喂牲口的老人事后复述了当时的情景:黑熊在一头大犍牛跟前待了有十几分钟,然后缓缓举起巴掌,只一掌就将牛拍死了。它像什么事都没干似的,摇摇晃晃往村外走,一直消失在夜色里。

它第二次进村是个月黑天,像上次一样,同样在牲口棚前待了一会儿,然后一掌拍死了一匹马。这些牲口全是村里的宝贝,死了牲口是天大的事。

村里全力剿杀黑熊,除了把所有的猎枪架在村口,还从外村请来了最悍的猎手。黑熊又一次来了,这次还没等它迈到牲口棚前,几支枪一齐开火。

大家回忆那个夜晚的情景,一切历历在目。老人们说:"嚯咦,那家伙就像来村里走亲戚串门儿,大摇大摆的。枪响了,它只打个愣怔,然后用手把满怀的铁砂子都捋掉了,皮毛没伤。"

好几支猎枪都没挡住黑熊,村里人更加害怕了。村头去找老歪,夸他是公认的枪法第一。老歪拒绝了几次。村头沮丧极了,拿他一点办法都没有。

后来村里又试着在黑熊出没的路径上挖陷坑、下皮套,仍旧毫无用处。黑熊糟蹋了村里许多东西,拍死了所有的牲口,还毁掉了几间村舍、几株百年大树。

老人们渐渐悟出:这个黑熊不是别的什么,它只是那个大土匪转生的,这会儿是来村里复仇了。瞧它那只巴掌多厉害,简直跟大土匪一般无二啊!就这样,后来人们议论起大黑熊时,只跟它叫"不二掌"。

老歪又开始失眠了。他对女人说:那家伙早晚会找到咱家。女人安慰他,他不说什么,只是擦拭那支猎枪。

有一天半夜,老渔把头的外孙女突然失踪了。

老人找遍了村前村后,每一个巷子都寻遍了,没有一丝踪影。最后老人仰起鼻子嗅一嗅,从空气中嗅到了一股臭味,一拍膝盖说:"天哩,黑熊来过村子!"

老渔把头央求老歪说:"你只要救回我的外孙女,咱们就两清了。"

老歪没有答应也没有拒绝,只是用心准备霰弹,还制了一副皮裹腿。

就在老渔把头丢失外孙女的当月,黑熊又一次进了村子。这一次它没有去别的地方,而是直接奔向了老歪家。当时老歪正在后院劈木头,只听得前院老婆惊呼一声,就赶紧往那儿跑——他最后一眼看到的,正是黑熊朝自己女人举起了巴掌……

那个夜晚老歪不记得自己是怎么返身摸到猎枪的,只知道一连放了数枪,那个大黑家伙才摇晃着离开。

事后村头对老歪说:"错不了,那家伙真是'不二掌'。"

老歪咬咬牙:"我得再杀一遍'不二掌'了。"

老歪要去林子里了。他带足了水和干粮,打好裹腿,扎紧衣服,戴了一顶小小的翻皮帽——那是熊皮做成的。临行前他去看了老渔把头,在生病的老人床前坐了许久。

老渔把头病得非常厉害。老人盯住老歪不说话,老歪也不说。最后老歪要走了,老人才重复一遍:"找回我的外孙女吧,那样咱就两清了。"

老歪答应了老渔把头。

整个秋天再加上多半个冬天,老歪都在林子里寻找老熊。他一次也没有碰到它。就在一场雪下过不久,他踏着雪往前,发现了歪歪斜斜的大蹄印,还有一行小脚印。他心上一紧,马上想到一只老熊领着一个孩子。他急急地跑起来。

直追了半天,闻到了树隙里有一股臭味儿。他握紧了枪,猫着腰往前。

在一丛丛灌木后边,隔开疏疏密密的树木梢头,老歪看到了老熊厚实沉重的后背,它那只伸出的巨臂正牵了一个穿花棉袄的姑娘……老歪呆傻了,手里的枪举起又放下,担心霰弹伤了姑娘。

那一次他一直跟踪,想找到它的林中老巢,可惜后来搅起一阵风雪,目标还是丢失了。

老歪一连几天都在老熊出现的地方徘徊,不放过地上的任何痕迹。一天黄昏,他看到一只松鼠嘴里衔着一双冻果,蹦蹦跳跳往前。松鼠在一棵大橡树跟前停下,一个穿花棉袄的姑娘从树后绕出,伸出一只手,那只松鼠就把冻果投进她的手里。

小姑娘高高兴兴往前走。老歪暗暗跟紧。

在一丛横七竖八的躺木后面,有一个黑苍苍的洞穴,里面传出了深长的鼾声。老歪盯着小姑娘钻进了洞穴,什么都明白了。

老歪特制了一种霰弹,它们每一颗都像箭镞,带有见血封喉的剧毒。他将枪瞄准了洞穴不远处的一片树隙,准备将这里变成老熊的葬身之地。

一连两天过去了,风中只有隐隐的鼾声。第三天一早阳光射进了树隙,鼾声消失了。随着一阵啪啦啦踩断树木枝条的声音,那个大黑家伙摇晃着走出来,直走到空地中央。它在用力嗅着什么,一双巨臂抬起,摸着厚厚的胸部。

老歪扣响了扳机。

老熊胸前中了一些霰弹,它嫌痛,一下一下捋,想捋掉粘在那儿的箭镞,可是没有捋掉。它生气地看着放枪的人——老歪又扣响了第二枪。

老熊倒下了,溅起了几尺高的雪末。

就在这时候,洞穴里发出了连连惊叫,那个穿花棉袄的姑娘跑出来,一下扑到了老熊的身上。她扳它,想扶它起来,哭叫声撕心裂肺。

老歪手里的枪掉在了雪地上。

从林子里出来时冬天快要结束了。老歪第一件事就是去老渔把头家。村里人告诉他:你再也见不到他了,老渔把头在大雪落下的第二天就死去了。

这年春天老歪搬离了村子,一个人住在了河边,临走前把那支猎枪砸毁了。

虎头的记忆中,舅舅是一直待在小泥屋中的。他从来没有见过舅母,只知道她是被一个叫"不二掌"的老熊拍死的。母亲给他讲"不二掌"的故事,与村里老人说的稍有出入。母亲说熊是熊,大土匪是大土匪——而村里老人却认定,老熊与大土匪同名同姓,其实就是同一个"不二掌"。

虎头第一次领我们去找舅舅玩,我们心里已经装了这些故事。大家有多少话要问啊。可是虎头警告,说舅舅这人要多怪有多怪,惹火了他会杀人的。其实他已经杀过人了,还杀了老熊和其他一些大大小小的动物。我们全都怕他,可越是害怕就越是想挨近了看个清楚。

在一年多的时间里,河边小泥屋成了最有魔力的地方。

老歪紧贴在肩膀上的头颅像个葫芦,头发不多,下巴瘦得惊人。他一双眼睛大大的,眼神里放着毒光。去他那儿的第一天里我们就注意到了这眼睛的怪异：里面有一层层叠起的灰色瞳仁。这与我们见过的所有眼睛都不一样。

我们将老歪的眼睛告诉了村里老人。他们听了，吸一口烟相互端量，只不说话。当只剩下一个老人时，他才告诉："长了这种眼的人就快死了。""多久才能死呢？"老人磕打烟斗："快了半年，慢了一年。"说完又叮嘱我们："千万别说是听我说的呀！""为什么？""因为咒人不好。"

其实私下里都认为老歪早该死了。他们说一个人跑到荒无人烟的地方，那就是去等死："正经人，好生生的人，哪个不住在村里？"

虎头一听到舅舅要死就高兴了，说："我想看舅舅是怎样死的。"他把这句话跟母亲说了，被重重地打了一巴掌，然后就哭了。

说真的，我们后来去小泥屋，主要是想观察这个人什么时候死，其次就是吃一些不常吃到的东西。

老歪这儿总有奇奇怪怪的食物，比如腌在土缸里的野菜，还有比鸡蛋大不了多少的毛蟹和泥蛤；如果是比拇指还要小的鱼，就要放一点盐蒸了吃；野果子酒、野杏子干、核桃、薯条……他捉鱼的方法最简单省力，就是在河边吊一个网筐，里面放几块薯条和骨头，提出水面就是一些活蹦乱跳的小鱼了。如果想捉大一点的鱼，他就拎上一个旋网去河口那儿——唰一下撒开，再一点点收、收，收到怀里，准有一两条大鱼在网里乱撞。

老歪大多数时间躺在光秃秃的炕上，闭着眼不言不语。他偶尔睁开眼时，我们就会看到那双层叠的灰色眼珠，于是就想起了不久即要发生的事情——他的死——心里立刻有一阵不太好受的快活。

那时候我们再也看不到他了,这好像会让人极不高兴。

当时我们还没有发现那个小草屋,没有看到抽水烟的老婆婆。它在离这儿几里路的东边密林里。

老歪将吃不完的小鱼晒干,又糊成一些纸口袋,装成一袋一袋看着,很满意的样子。有时它拆了纸袋吃一点鱼干,嚼鱼的样子真是吓人。

我们吃鱼时,他不声不响。我们吃所有东西他都不会阻拦。虎头说:"舅舅是海边上最大方的人。"

可是有一次我们发现锅里有一碗蘑菇汤,刚要去喝,老歪就救火一般扑过来,一把夺去。他从来不给我们蘑菇吃。

野果子酒甜甜酸酸,可以当糖水喝。谁知大家有一次喝多了,都一前一后跌倒,腿不好使了。那种飘飘的感觉真是不赖,像踏在云彩上。

老歪抽烟时也要躺着,火头一明一暗,像在引逗我们询问一些秘密。我们终于忍不住了,就提起了林中的妖怪——我们问:"你这辈子见了多少妖怪?"

老歪不回答我们。

虎头和小双相互挤眼,又转向我说:"村里人说,咱长到二十多岁的时候,就不怕妖怪了。它们只欺负小孩和老头;还有,它们欺负女的。"

我说:"它们特别喜欢捉弄小孩,愿意把他们捉到林子深处,养在窝里——就像村里人养鸟一样。"

小双说:"养大了,就教他们说妖怪的话,那时我们就听不懂了——有个孩子一岁多被一只猫头鹰领走了,十岁才回村子,一到半夜就学猫头鹰叫,他妈打他,他还是叫。他吃生肉,大白天蒙头睡觉,天一黑就往外跑,两眼雪亮……"

虎头咂着嘴:"就是啊,听人说有一只老熊,一到夜间就来村里祸害人,一巴掌就能拍死一头犍牛——其实它是一个大土匪变的,是个妖怪……"

老歪慢慢从炕上坐起,不再吸烟,嘴巴死死咬住了烟斗。

虎头讲得起劲,比比画画:"老熊的巴掌就像脸盆那么大,有一次遇见了舅母……"

老歪呸一声吐了烟斗。

虎头吓得赶紧刹住话头,结结巴巴叫着"舅舅",脸色蜡黄。这样停了一会儿,虎头终于鼓足了勇气问:

"舅舅,那个大土匪是你用枪打死的吧?"

老歪嘴里呜噜了一声什么,跳下炕就摸棍子。虎头从窗上爬出,老歪追赶不休。虎头跑得飞快,老歪追不上,就抓起插在地上的一柄铁叉——它投出去虎头也就完了。

我们都屏住了呼吸。

铁叉在他肩膀上方颤了颤,终于松脱在地上。

我们长长地吐出了一口气。

老歪回头又看到了我们,再次追过来。大家啊啊叫着飞跑,往不同的方向跑。老歪也不想逮到我们,因为他贴紧在肩膀上的头

妨碍奔跑。他站了一会儿就回泥屋去了。大家从蒲草里钻出来,用手做成喇叭状,迎着泥屋一齐喊:

"老歪快死了——"

虎头和我们一起喊,脸色涨得紫红。他刚刚死里逃生。大家从此再不怀疑泥屋里的人会一气之下杀人。这个人杀性大,什么都不怕。

从小泥屋跑开之后,我们只在林子边上闲逛,不敢钻到密林深处。这样的日子实在没什么意思,却又没别的事情好做。虎头胆子最大,一度想报复舅舅,约定在某一个没有月亮的夜晚去河边,从那个小窗往里扔石头——老歪肯定会跑出来,那时我们就将他引向一条小路,那儿有提前挖好的陷坑,坑底是又臭又脏的东西。

可是这个计划并没有实施。因为虎头有一天听到母亲念叨起舅舅,说这个人多么可怜、多么可怜!母亲说着说着就流出了眼泪。虎头也就打消了捉弄舅舅的念头。

不过我们一致认为老歪是个干了许多坏事的人,他从窗上跳出来追人,那是因为被揭开了一个伤疤,痛得吓得要死呢。

铁匠铺里的老人从河边泥屋说到其他,就扯出了密林深处的秘密——那幢小草屋。

大家当时就记在心里,不声不响地离开了。我们用了三个星期天才勘查清楚,找到了那个地方。小草屋真的孤零零地矗在那儿,里面真的有个老婆婆——一般来说,如果她真的是一个妖怪,就一定是个最难对付的家伙。

找到小草屋的当天,我们就想策划一个行动,将她制伏。巨大的危险随时都能发生,正像铁匠铺的老人们说的:那些妖怪看上去人模人样的,真来了脾气,会凶得吓人。比如说老婆婆笑眯眯地走过来,说孩子来呀,让奶奶抱抱吧,然后一手逮住一个就咬,咔啦咔啦像吃生萝卜一样。

好在凶险恐怖的故事都发生在很久以前,我们并没有亲眼见过。离得最近的就是老歪杀死老熊的故事,不过得胜的还是人,而不是熊。

我们认为最需要做的,就是先弄清她是由什么妖怪"闪化"的。按老人们的说法,通常是让它们喝酒——妖怪没有大的酒量,顶多喝上二两就醉了,然后舌头大了,站也站不稳,一会儿就露出了原形。另有一个办法是烟熏,在烟火攻伐之下,它们鼻涕眼泪一大把,绷不住了,也就现形了。

野物扮成人样,主要是吃饱喝足之后才有的毛病:想玩得更有意思,和人斗心智,取一些乐子。其中最坏的家伙才会趁机害人。

我们选择烟熏法,又担心引起林火。后来都想到了老歪那儿喝不完的野果子酒。

我们鼓起勇气,提了一个大南瓜,由虎头领着找老歪来了。离小泥屋还有几百米远时,小双咕哝:"也不知他死没死。"虎头说:"谁知道呢,要不说这事得上紧做嘛。"

一声声敲门,没有回应。我把门撞开了一条缝,一眼发现老歪躺在炕上,贴在肩膀上的头颅用力翘着,一双眼睛死死盯住来人。

虎头叫着"舅舅",把南瓜放在老歪胸前。

他依旧躺着,伸手摸一摸南瓜上的花纹,没有吭声。看来他不再记恨虎头和大家了。

我们在屋里徘徊,想着野果子酒的事。那个酒坛就在屋角放着,擦得锃亮,一看就知道他时不时要吮上一口。

我蹲在酒坛跟前。小双说:"老歪叔,我们也想喝酒。"

"尝一口吧,真要喝,那得等到十八岁哩。"老歪语气还算和蔼。

虎头得到了鼓励,立刻蹦起来:"尝尝呀,就尝尝呀!"

老歪并不阻拦,瞥着我们。他那对歪脑袋上的眼睛啊,什么时候都是吓人的。我们将棕色的酒倒进一个大泥碗里,你一口我一口,一会儿就喝完了。只不出半个钟头,两腿就有了飘飘的感觉。

中午时分我们还赖着不走。午饭其实再简单没有——老歪做饭与所有人都不一样,只是抓一把小干鱼,再捏几根薯条,揪几条屋檐下的干萝卜,放进锅里一块儿蒸煮。一股诱人的味道弥漫在屋里,引得一只红翅大鸟蹲在窗前,显然是馋坏了。

虎头还不满足,提议将南瓜和蘑菇合炖:他刚从炕头拿起一小袋干蘑菇,就被老歪一把夺下,小心地掖到了被子里。

蘑菇多好啊,难怪村里老人一见它就感叹:"口福!口福!"可惜人多蘑菇少,一年里也吃不上几次。最让人不解的是那个密林深处的老婆婆,她竟然有一大口袋蘑菇,头枕蘑菇睡觉!如果不是施了魔法,想都别想!看看老歪吧,他才不过有一小袋子,还要当成宝贝一样藏到被子下。

虎头喝了酒,又胡说起来。我想这会儿应该先把门打开,这样老歪火了我们有路可逃。

"老舅,我们新发现了一个妖怪……"虎头说。

"唔?"老歪抹抹嘴,不吃东西了。

"就是的,她藏在东边那片黑乌乌的林子里,'闪化'成一个老婆婆的模样,小草屋肯定是洞穴'闪化'的……"

老歪听了低下头,重新咀嚼起来。

小双补充说:"她满屋里都是蘑菇,成了蘑菇一霸——村里老人说,以前蘑菇很多,雨后去林子,一会儿就能捡半篮子,没有篮子就用衣襟兜起来,高高兴兴往家走……有了她,蘑菇就没了。"

虎头大声应和:"这事咱得想想办法了,老舅,她肯定就是'蘑菇霸'——听人说旧社会有一种妖怪就叫'旱霸(魃)',它到了哪里,哪里就再也不下雨了!"

老歪发出咻的一声:"旧社会,不能提旧社会的!"

我明白虎头他们一提到往事,就勾起了老歪的烦恼。我望了望洞开的屋门。

老歪的眼睛转向很远的地方,或许在遥望那片密林——他肯定去过那里,因为他当猎人的日子里什么地方都窜。我小心翼翼地问:

"歪叔,你见过那个老婆婆吗?"

老歪未置可否,像是出了神。

大家你一句我一句说起了可怕的密林:"我爷爷说前些年林子里有一条碗口粗的大蛇,它长了鸡冠子,伏在暗处喘气儿,发出呋呋的声音,进林子的人还以为是刮风哩,一不小心走近了,就被它一口吸到肚里。""我奶奶说,林子里有个蜘蛛精,大得像锅盖,它追赶小孩时变成车轮子那样滚,谁也没它快,一歪倒就将小孩压住,它起身时,沙地上只剩下几根骨头……"

老歪不知听没听进耳朵里,只是伸手擦眼,抹去锃亮的泪水。不过我们知道这并不表明他心里难过,因为海边上的老年人最爱哭的——风沙把他们的眼睛磨坏了,动不动就流泪,这原本不算什么。

流泪是个让人羡慕的本事——在学校里唱忆苦歌,有许多同学和老师一开口就泪流满面了,然后校长就表扬他们。我那时多想快些流泪啊,可就是干着急,不光流不出,还想笑哩。

老歪擦过了眼就咂嘴,大概想起了蘑菇的滋味。

虎头问:"老舅,你估计那个老婆婆是什么'闪化'的?"

老歪的声音又闷又沉:"是人'闪化'的!"

"什么意思?"小双瞪着大眼。

"什么意思?哪个人不会老?海边日子过得快啊,只一闪,小姑娘就变成了老太婆……"

虎头琢磨着老歪的话,问:"海边日子比别的地方过得快?"

"快多了!这里是个古怪地方!"老歪恶狠狠地说。

我大为不解:"歪叔,这是怎么回事?"

"怎么回事?你问我,我问谁去?我这一辈子都在琢磨这个,只是弄不明白。有时候想,可能是海边风大,把日子刮跑了;也可能是野物太多,要知道一个野物一条命,哪怕是一只小虫子也是一样——它们都和人一样,有一辈子,有自己的日子……谁知道是怎么一回事?还有这么多树,树和草也有一条命,也有自己的日子……"老歪皱着眉头。

我突然觉得老歪说到了一个深奥无比的问题！原来他一个人住在小泥屋中，远离村子，一天到晚尽琢磨这样的大事！原来他不是在这里等死，而是想着海边日子为什么过得忒快——这才是顶要紧的大事啊！

虎头翻翻眼珠："真要是这样，咱们不要野物也不要林子，海边日子不就慢下来了？"

老歪猛一声呵斥："胡说！这些年村里人都这么想，一口气打死了多少野物、伐了多少林子，结果日子越过越快——我问过外地人，才知道咱这里日子比他们那儿快了十倍！看我只一眨眼，连胡子都白了，头发也没了，日子就这么快！越过越快！我说过，野物林木和人一样，也有一条命，天地万物相加就是'日子'！它们没了，日子也就没了！它们多起来，日子才会多起来，那时日子过得也就慢了！"

我们一声不吭，在心里计算——这真的是个算术问题吧。

虎头急得吭吭哧哧："那么妖怪呢？它们是最能争抢时间的吧？它们是尽干坏事的家伙！谁都想逮住妖怪……"

老歪摇头："咱这儿没有妖怪，从来没有妖怪！"

我差一点喊出来：这就不对了！所有的老人都讲过妖怪，从铁匠铺里的老人到家里的老人——外祖母就亲口讲了许多，尽管其中不乏夸张，但从根上讲它们的确是有的。大家都用怀疑的目光盯住老歪。

老歪哼一声："告诉你们吧，那都是人瞎编出来的，就为了吓唬小孩，让你们听话；也有人为了掩盖自己没本事、一辈子耍懒——

想想看,什么都赖在妖怪身上,说坏事全是它们干的!其实人这一辈子干的坏事更多,人就是最大的妖怪!"

"咱也是妖怪?"小双大笑。

老歪瞅着他:"说不准哩,别到处找妖怪了,说不定自己就是哩!"

大家一声不吭了。今天过得很怪,这小泥屋里不知为什么有些不对劲儿。到底是我们出了毛病,还是老歪出了毛病?有些奇怪,很费解,很麻烦。比如"海边日子过得快"这理儿,还是头一回听说。

不过看来一切都是真的:瞧瞧吧,只一眨眼天就半晌了,再有一会儿太阳就要落下去了,我们就得赶紧回家。海边日子过得就是快,比其他地方快多了!

时间过得太快了,我们于是不敢耽搁,只想怎样把野果子酒搞到手——对付小草屋老婆婆的事还是要办。

虎头和小双耳语了一会儿,几个人交头接耳,最后决定偷走酒坛。

老歪出门解溲的时候,有人立刻把酒坛用衣服包了,然后从窗户递出去——老歪再次返回屋里时,没有在意酒坛,也没有在意我们当中少了一个人。

大家嚷着"海边日子过得真快啊",打着哈欠,离开了小泥屋。

一出门,嗬,太阳偏西了,一些大白鸟呼啦啦从河道飞起。野物真多啊,它们此起彼伏地叫着,一刻不歇地奔波,忙自己的事情。

我们选了一个最好的日子去密林小屋。

这一天太阳很大,到处光亮充足。听老人说,阴乎乎的日子野物比人高兴,它们要躲在暗处做坏事。所以选择一个好日头,这对人是有利的。

林子里的野物果然吵得很轻。四处安静。那个小草屋默默的,独眼似的小窗瞪着我们。虎头抱着酒坛,我和小双几个一直走在虎头的左右。

我们一块儿伏在窗前往里看:大炕上没有躺着那个老婆婆,可是那只装蘑菇的大口袋还在。

虎头抚摸着酒坛,一定在打什么主意。我们推了推窗户,关得紧紧的——这样待着很危险,因为老婆婆在暗处,她如果从林子里猛地钻出来,一定会把我们逮个正着。大家都觉得应该快些散开才好。

我们在林子里游逛了一会儿,采采蘑菇、找找鸟蛋。一只很大的猫头鹰在树梢上打瞌睡,我们投石块吓唬它,它竟然一动不动。小蜥蜴唰唰乱窜,大甲虫缓缓走来。一群小鸟展着黄色、红色的翅膀掠过,后边有一只苍黑的大鸟在追赶……走过了一片柳林,一片杨树林,又跨过棘棵,钻过紫穗槐丛。每人裤角上都缀满了鬼针草。

从紫穗槐丛出来,一抬头都怔住了:一缕青烟正从树隙间袅袅升起。这太怪了!

那儿有几棵黑黑的大橡树,它们长在一片树木疏疏的沙原上,青烟就从树下冒出……我们小心地摸过去,看到一个人跪在树下,原来有人在烧纸,面向一个坟包。我们一点点凑近了,差点喊叫出来——

她正是小草屋里的老婆婆!

这儿摆了红红的果子,还有蘑菇做成的菜肴。老婆婆小心地用一根树枝拨着烧纸,再用沙子盖好。

可能是我们伫立一旁的缘故,老婆婆很快站起来。她拍打膝盖,看看我们,然后向着那片密林走去。

这儿没有墓碑。不过我突然想到了什么——这儿,这几棵大橡树下,就是老渔把头女儿女婿的墓……老天,就在这里埋着那个大土匪啊,当时他的妻子就一头撞死在这儿,在某一棵大橡树上。

我的手心里冒出了汗水。

刚刚走开的那个老婆婆是谁?难道她就是失踪多年的姑娘,是老渔把头的外孙女?这真的是大土匪夫妇留下来的唯一的孩子,是老歪答应领回的那个女孩?

我的呼吸都变得急促了。我不敢肯定事情会是这样,不过我知道:今天遇到了最要紧的一件大事。我真想马上就去追赶那个老婆婆,可就是挪不动腿。

虎头和小双他们也像我一样发呆,直盯盯望着消失在林中的老婆婆。

如果真是这样,那么老渔把头的外孙女仍然活着。多么可惜啊,那个老人生前最牵挂的就是失踪的外孙女。

她这些年是怎么活下来的?当年她真的被那只老熊收养,让它牵着手走在林子里?

一切都不敢相信。这些事太玄了,我脑子里只是闪过了这些念头,很快又否定了。

不过这只老熊是全村老人都知道的,而且有人亲眼见过它举起了复仇的巴掌。当年带领民兵追击老熊的那个村头死了,可是民兵还有活下来的。

大家从坟包前走开,没有再去那个小草屋。

夜里我对外祖母讲起了白天遇到的事情,她半天不吭声。后来她起身去窗前看了一会儿星星,叹着气说:"我见过那只老熊。"

"真的?它那么吓人?"

"真的。那天夜里它就站在这扇窗前,我吓得一动不动。它看了看就走开了。后来我才知道它在找一个人,找老歪——它摸不清那个仇人住在哪幢屋子里……"

"它真是'不二掌'转生的?"

外祖母点头:"它是找仇人来了,这个村子就是它的仇人——它把整个村子当成一个人看。熊跟人一样,有时犯糊涂,有时脑袋好使些。它那会儿气蒙了,就把整个村子恨上了,见了东西就毁,见了人就追,拍死了那么多牲口……"

"它最该拍死的就是村头,是他领人剿匪的!"我脱口而出。

外祖母压低了声音:"也许是……不过老熊最想找的还是那个人,是老歪。"

"那天夜里它站在窗前往里看,就想找老歪吧?"

"嗯。那一夜幸亏月亮好,它看清了我是个上年纪的女人。老歪媳妇年轻,穿了花袄。它犹豫了一会儿,想着是不是该给我一巴掌……"外祖母这会儿还有些庆幸。

我想着前前后后的事情,想知道一个答案,这时再也憋不住了,问:"姥姥,你说那个大土匪到底该不该杀?"

外祖母瞅我一眼,望望窗户:"谁知道呢,大概杀不杀都行吧。"

这是什么话啊!我心里失望极了。我噘着嘴,毫不掩饰心里的气愤和不平。我大声说:"那就不该杀!等想好了再杀!"

外祖母抚抚我的头:"傻孩子,那时候上级催得紧,哪有工夫想啊!如果催得不紧,大土匪也就没事了——他在海边林子里游荡了多半辈子,不是活得挺好嘛……"

外祖母尽管口气淡淡的,但我还是听出了她有一丝舍不得。我明白了,她更偏向于不杀。我又问:

"他干了多少坏事?"

"也说不上干了多少,要紧是一个人独来独往,从打仗那些年就是这样,不愿归顺。他枪法好,打外国人的时候得了两把好枪,上级看好了,非要他这两把枪不可,他舍不得,仇就结下了。太平年景一来,他还是独来独往,还是带着那两把枪。就这样,上级说剿匪,命令就下来了……"

"他欺负村里人吧?"

"没。有一年他在林边见了我,还送我一大捧好蘑菇呢,人瘦干干的,一点都不坏……"外祖母撩起衣襟擦了一下眼。

"可他不该抢人家老渔把头的女儿!"

外祖母摇摇头:"这话也得两说着,两说着……"

"什么叫'两说着'?"

"就是说那事儿还不一定哩,那事儿只有渔把头闺女自己说得清。也有人说那闺女去林子里采蘑菇,早就跟大土匪好上了。反正两人恩爱不浅,要不最后大土匪死了,她会一头撞在橡树上?死活都要跟上啊……"

"这就不能算抢!"

外祖母又摇头:"两说着。还有人说抢走是真的,不过两人后来在林子里一点一点生了情,正经是两口子了……抢是抢了。"

这真是天下最难解的事儿了。我也不知该怎样对待那个大土匪了。我趴在窗上看了许久,转身问起一个最缠人的谜团:"海边真的有妖怪?"

这一次外祖母回答得干脆利落:"有,自古至今都有。"

我琢磨着,又问:"那老熊就是一个妖怪?"

"老熊是实打实的老熊。"

"那妖怪是什么?"

"妖怪是精灵'闪化'的,它们是野物,扮成人的模样。"

"那为什么要扮成人?当个野物不也很好吗?"

外祖母拉长了脸:"看你说的!老当野物多没意思,变成人,跟人来往,逗逗玩儿多有趣啊!"

"这么说妖怪也挺可爱的。"

"本来也可爱,可惜它们没有数——到底不是人哪,有时候玩过了头,人就被伤了。人一发火,就恨它们了。要不说海边村里世世代代要打妖怪嘛。"外祖母说得在理,我听得很明白也很满意。

说实在的,我倒宁可遇到一两个妖怪——虽然多少有些害怕它们,不过凭自己的智慧和本领,一般来说还对付得了。我又想到了小草屋中的那个老婆婆,这会儿真希望她就是一个妖怪。

长长的假期又来了,这是我们一伙自由自在的好日子。不过老歪说得真对,海边日子过得太快了,每年的假期好像一眨眼就过去了。一切都得抓紧时间啊。

偷走了老歪的酒坛,让我们想起来就后怕。可是河边小泥屋总不能不去,这要想点办法才行。想来想去,还是先让虎头探听一下。

虎头去了,半天之后完好无损地回来了。他从头至尾说了怎么应付老歪,十分得意。

那天虎头一进门就喊口渴,舅舅躺在炕上不理。虎头自己找水,碰得坛坛罐罐叮当响。这时候老歪说话了:

"赶明儿把酒坛还来吧,我得用它装酒。"

虎头不敢转脸,只低头说:"酒坛是怎么回事?咦,上次来还放在这儿呢。"

老歪爬过来,揪住虎头的耳朵:"是不是你们一伙偷了去?"

虎头大呼小叫:"冤枉死人了!哪有的事!肯定是舅舅屋里来了别人——没有别人来?打鱼的、打猎的,还有采蘑菇、采药的,这些人一不小心就溜进来……"

老歪把虎头揪到炕上,然后用一根绳子拴到窗棂上,不再追问。

虎头被拴了一会儿就哭了,说:"俺妈知道了非骂你不可,你藏到河边等死,还要折磨小孩!"

老歪抡起了巴掌,不过没有落到虎头身上,只拍了一下膝盖,长叹一声。又待了一会儿,他总算解了绳子。虎头一下蹦到了地上。

老歪咕哝:"那酒我有大用啊!"

虎头暗暗发笑,心里说:"我们也有大用啊!"

接下去无论老歪说什么,虎头都拒不承认。最后老歪也将信将疑了,自语说:"谁知道哩,也许被狐狸搬了去。"

虎头听得分明,瞪大眼睛问:"狐狸?它们也喝酒?"

老歪点头:"那是自然的了,野物中就数狐狸爱喝酒,一只上年纪的狐狸得了好酒,一口气能喝下半斤,这还不讲醉的!"

虎头笑了,拍着手:"那就是它干的了!"

老歪回忆往事:"有一年上村里不少人家酿了野果子酒、瓜干酒、栗子酒,结果都被狐狸尝了个遍!狐狸毛儿沾在酒坛上,被阴阳先生发觉了……"

"什么是'阴阳先生'?"

"就是专门对付它们的人,谁家出了怪事,就得请他们来。"

"那你请个'阴阳先生'好了!"虎头喘吁吁的。

老歪摇头:"如今没有这些人了,他们死的死,没死的也洗手不干了。"

"为什么?"

"因为林子小了,野物也不多了,没有那么多作践人的家伙了——就是有,上级也不让他们干这个行当了。"

虎头立刻想到了那个老熊,就怯怯地问:"如果当年让'阴阳先生'去斗老熊,不是最简单的事吗?"

老歪一听"老熊"两个字,像被什么扎中了一样,倚在了墙上,脸色难看极了。他这样待了一刻才愤愤地说:"那可不一样!老熊是什么都不怕的!"

"如果让'阴阳先生'去对付那个老婆婆呢?"虎头胆子大起来,直盯着舅舅。

老歪转身搬弄坛坛罐罐,像没有听到一样。虎头再问,他就发出一声怒吼:"胡说!"

虎头不敢再闹下去,就寻个机会逃出泥屋。他出门时才发现,自己手里不知什么时候抓了一个纸袋子,里面装满了小干鱼。

他向我们炫耀手里的东西:"看,每次咱都不白去呀!"

我们抱上酒坛去找那个老婆婆了。

老婆婆头枕着一口袋蘑菇睡着了。她睡得真是香甜,轻轻打鼾,双手合在胸前。虎头朝屋角撇了撇嘴,大家都注意到那儿有几个坛子,就像老歪屋里一模一样。再看炕上,还放了几个小纸袋——那和老歪装小鱼的袋子一模一样。

大家正趴在窗上,屋门突然被敲响了。

我们赶紧伏下。老婆婆搓搓眼开门,进来了一个戴斗笠的男人——我们都愣住了,因为这个男人谁都见过,他就是海边看鱼铺的铺老,是给打鱼人做饭。看来铺老常来这里,他一进门二话不说,扛起那袋蘑菇就出去了。

原来小屋门前停了一辆小推车,上面装了一些东西。铺老和老婆婆从车上卸东西,再把蘑菇放上。车子吱扭扭被推走了,一眨眼就消失在林中小路上。

老婆婆反手关门,在屋里摆弄刚刚搬回的东西,很高兴的样子。

我们这才看明白,她是用蘑菇换回别的东西,吃的用的——这会儿她从一条帆布袋子中抽出一个大刀模样的东西,原来是一条大干鱼!这鱼可真够大的了,如果放到锅里煮了吃,我们一起也吃不完。她还搬出了白面和豆子,把它们一一装进不同的坛子。最后老婆婆揭开一个坛子,伸手蘸了一下含进嘴里,脸上是愉快的表情。

虎头仰起了鼻子——我们都嗅到了野果子酒的味道。

眼前这一幕太让人惊讶了。因为一激动就管不了那么多,大家跳起来,一齐去敲老婆婆的门。

"谁呀?"屋里是拖拖拉拉的脚步声。

我们七嘴八舌地回答:"喝水啊,口渴了!""来林子里玩的!""我们迷路了!"

门开了,老婆婆一见我们,啊啊两声,不过一点阻拦的意思都没有。

屋子阴阴的,但气味好闻。每个屋子的气味都不同,比如老歪的屋子,无论什么时候都有一股兔子屎味儿。这屋里好像有一点李子花的香味、一点烟叶的香味——老婆婆是个最能抽烟的主儿,瞧那个大黄铜水烟袋就搁在窗台上。

"这是个抽烟的机器吧?"小双挨近了它问。

老婆婆笑眯眯地把水烟袋挪到一边,大概怕人碰到它。

虎头尽快走到那些坛坛罐罐跟前,故意大口吸气说:"真好的野果子酒啊！我闻见了！我闻见了！"说着就去掀坛子盖——老婆婆没有拦住，酒香一下扑满了屋子。

我们一齐凑到酒坛边。老婆婆拉长了脸："小孩伢伢不能喝酒！"

小双指指虎头怀里的东西："这也是一坛酒！我们天天喝，信不？"

老婆婆将信将疑地看看虎头用衣服包裹的东西，虎头就放开来给她看。老婆婆打开盖子，哎哟一声，说："老天爷爷！"

接下去我们给她品尝了带来的酒。她咂咂嘴，点头说："一模一样！"

"什么味儿？"虎头问。

老婆婆不说什么了。我们再次劝她喝，她就喝起来，一边喝一边从旁边找出一个纸袋子，捏着小干鱼下酒。这些小干鱼我们全都认得：绝对是河边老歪那儿的！

为了让她喝得更多，我们也各自抿了一小口。老婆婆原来这么爱喝酒，真是再好不过了。虎头朝我眨眨眼："大婶好酒量啊，大婶一个人抵得上咱们大家！"老婆婆抹着嘴说：

"呔，你几个小孩伢伢算什么……"

老婆婆脸红了，鼻子上冒出了汗粒。

这样喝了一会儿，她上前揭开锅盖，我们马上闻到了一股最诱人的味道：炖蘑菇！真的，锅里是炖好的大黄蘑菇，鸡腿蘑！大家啧啧咂嘴，说只有大婶这儿才有这么好的大蘑菇！

吃了蘑菇喝了酒，大家不约而同地盯住那个大水烟袋。老婆婆高兴了,回身抓起它说:"我就抽给小孩伢伢看看!"她捏出一撮烟装到一个漏斗里,按一按、摇一摇,让我们听到了汪汪的水声,然后就点火。她厚厚的嘴唇包住那根弯管,用力一吸,咕噜声就响起来,活像老猫打鼾。

我们看得聚精会神,眼也不眨。小双说:"大婶抽得差不多了,让俺也试试吧?"

她抓紧水烟袋东躲西闪,不过是做个样子。我们把沉沉的水烟袋轮流端在手里,吸、咳,鼻涕、眼泪都出来了。

这真不是什么好东西,是个中看不中用的机器。但是眼前的老婆婆也真了不起:全村的老人都只是一杆烟锅,只有她才有这么复杂的一台机器。

看着我们流泪,玩水烟袋,老婆婆笑得开心。她的脸更红了,眉毛往上扬着,显得年纪并不大——她真的年纪不大啊。

我想起一个事情,就问:"大婶,你认得西边河岸的老歪吧?"

她脸色一沉,咬住了嘴唇。

大家全不吱声了。屋里安静下来。我有些后悔。这样许久,她要回水烟袋,长长地吸起来,只吸不吐,一会儿腮帮就鼓得老大,最后才噗一声吐出一股浓烟。我们全给罩在了烟里。

走出密林时天快黑了。一路上大家议论,认定这个老婆婆与老歪常常往来——他们之间存在交换关系,就像她与海边的铺老一样。比如她的酒、干鱼,都是用蘑菇换来的——老歪屋里从来不缺蘑菇。

这个夜晚怎么也睡不着。我在想老歪,想那只老熊,想外祖母和村里老人讲的故事。这一切太复杂太难解了,好比算术题,可能是最最难做的一道了。我想得头疼,不知怎么就睡着了——梦中出现了草屋里的老婆婆,她头枕那个装蘑菇的大口袋,胖胖的身体蠕动起来——整个人愣愣地变成了一个大蘑菇!

我吓了一头冷汗,忽地坐起。外祖母惊醒了。我说:"那个老婆婆,原来是一个蘑菇精!"

外祖母笑着拍拍我,让我躺下。她唱歌似的咕哝,催我入眠:"大蘑菇,滴溜滑,摔一跤,磕掉牙……"

整整一天,那个梦境都十分清晰,让人无法忘掉。我甚至觉得梦中出现的事儿是真的,因为海边人都知道,妖怪并不一定是动物,还有植物,比如传说中就有花精和树精,所以出了蘑菇精一点都不让人吃惊。想想看,一般人半天都采不到一个蘑菇,她屋里却堆满了,不是蘑菇精又是什么?

我把这个梦告诉了虎头,他听得并不认真。几天来他想得最多的还是老歪,皱着眉头说:

"我知道了,老歪舅舅为什么一个人离开村子。"

"为什么?"

"他是在林子里等一个人的——这人就是老婆婆。"

我将信将疑,有点不明白。不过我更相信是老熊拍死了他的老伴,他伤透了心才离开的——人最难过的时候大概也就这样吧。

虎头一脸哀愁地说:"你还记得老渔把头临死前说的那句话吧?他说只要老歪舅舅找回他的外孙女,他和这个人的深仇大恨也就'两清'了——老歪舅舅答应了他的。"

我当然记得。我这会儿佩服起虎头了,这家伙原来不是一个糊涂蛋,他能一个人琢磨出这么多事儿。我皱起了眉头,可还是想不出什么。

虎头又说:"老渔把头死了,老歪打死了老熊,可是他没找回人家的外孙女,就是说,事情还没有'两清'!舅舅对不起老渔把头,他心里难过。咱这海边上最瞧不起说话不算话的人!"

我的眼前一亮:"你是说那个老婆婆就是老渔把头失踪的外孙女?"

虎头拍拍腿:"一准是!"

"那我们问问她不就一清二楚了?"

虎头摇头:"她不会说的。她藏了一辈子,为什么要告诉咱们?"

"她快老了,这会儿大概想回自己的村子。"

虎头摇头:"咱怎么知道?也许她真的该回去了。"

我们都认定这些秘密只有老歪和老婆婆自己才知道。

月亮天,我和虎头一遍遍去林子里。过去我们才不会这样,因为白天都害怕,别说晚上了。如果遇上一个妖怪,一个伤人的野物,那就完了。我们特别怕那条吐信子的大蛇,听说它就在夜里出没。

如今有了沉重的心事,也就完全不同了。我们真的一点都不怕了。月亮在树梢上悬着,让我们和野物一起高兴。满海滩的生灵都唰唰奔跑,在林子里尽情闹腾。

一线灯光从小草屋射出,远远地诱惑我们。

我和虎头正待在黑影里,想着是否去敲老婆婆的门。

正犹豫的时候,不远处响起了啪哒啪哒的走路声,还有一声声咳嗽。我们低下身子,慢慢挪到小窗跟前——屋里的老婆婆也听到了脚步声,这会儿正从炕上爬起来,端着油灯去开门。

门开了,站在门口的人吓了我们一跳:老歪!

老歪并不准备进门,只将手里提的东西放在门口。那是一些小口袋之类,估计是吃的用的。他接过老婆婆递去的袋子,转身走了。他取走的一定是蘑菇。

整个过程只有几分钟,两个人竟然一句话都没说。

虎头一脸惊愕,回头做个手势。我们轻手轻脚地跟上了老歪。

一路上都有野物相伴,它们弄出各种响动,我们不小心踩折了树枝之类,前边的老歪并没注意。到了河边小屋,他打开门,却并不关上,只大声喊一句:

"进来吧! 两个孬货!"

我们吓得身上一抖,合不上嘴……谁想得到啊,原来老歪早就发现了有人尾随,还知道是我们两人! 这个狡猾的猎人啊,我们算是彻底服气了,垂着头一前一后进屋,就差没有举起双手了。

老歪端坐在炕上,有些气喘,生气地瞪眼。一会儿他消了气,拍拍炕,那是让我们上去。

谁也不说话。这样坐了好长时间,虎头才瓮声瓮气地说:"歪舅,俺可全看见了。"老歪的嘴绷成一条线,样子吓人。虎头又问:"你俩见面怎么一句话都不说?"老歪转过脸:

"该说的早说完了。"

"多可怜……"我想起了外祖母的话,只吐出半句就忍住了。

老歪的大手擦擦眼:"我劝她回村里住——一个女人家,半辈子孤单。她从来不应一声,不理我。"

"她恨你吗?"虎头问。

老歪脸上出了汗,只顾说下去:"她不理我。我按时送她东西,生怕她饿着渴着。其实她什么都不缺,用蘑菇换来打鱼人的东西。她从不白要我的,每次都回一袋蘑菇。她一个人住在这里,不声不响。后来我才明白,她是要干一件大事。"

"大事?什么大事?"我急了。

老歪咬咬牙:"杀了我。"

"啊!"虎头大叫一声站起。

"她要为爹妈报仇,为那只老熊报仇……这是早晚要办的,我心里清清楚楚。我知道她一定会用蘑菇毒死我,因为她是女人,万不得已才动刀枪。她一准会使上毒蘑菇。我从她手里拿回蘑菇,每一回都颤颤的,心想:这回大概就是了……"

老歪流出了眼泪,擦着,不想让我们看到,把头转到一边。可是月亮太亮了,他脸上的泪水看得很清。他说下去:"我到现在还活着,那是她手软。不过这是早晚的事儿,她不会放过我。我就在等这一天,这是理该要来的,我杀了两个'不二掌',她妈也撞树死了,我只有一条命抵上……"

老歪哭出了声音。

我和虎头对视着,又害怕又难过。谁也没法安慰他,谁能安慰一个等死的男人?

"她就是杀我三次都不为过！可她下不了手！我劝她回村,是记住了对老渔把头许下的誓言,想着'两清'。我劝她,也是催她快些动手,她只有杀了我才能安顿后半辈子,她也要'两清'啊!"

老歪脸上的泪干了,蹲在炕上。

如果不是亲眼所见,谁能想到海边上还有这样吓人的故事?我觉得头发梢都竖起来了,再不敢想"两清"这个词儿。这两个字是黑色的。

虎头大概不想让舅舅太难过,故意问起了别的:"她有那么多蘑菇,这是怎么回事?"

老歪声音低低的,像是失尽了力气:"那是她一辈子捡蘑菇,太知道它们的脾气了——她和它们是邻居……"

我对老熊的故事百思不解,尽管对外祖母和村里老人的话并不怀疑。我再次壮壮胆子,又问:

"那只老熊真是'不二掌'?"

老歪鼻子里发出吭吭声:"都这么说。不过她不是给老熊领走的,她是自己跑到林子里找爹妈的……有一天她遭了野物,这只老熊把她救下了。"

"老熊怎么会救人?"虎头问。

"老熊没了孩子,心里难过,就救下了她……"

"可怜的老熊啊!"虎头叹气。

"它的小崽是我打死的,那时剿匪杀红了眼……"老歪哽住了。

老歪这会儿肯定想起了死去的老伴。看来无论是那个村头还是其他背枪的人,每个人都犯下了不可饶恕的罪行——等到明白过来,一切都晚了。

　　这时候我在想:我们这一伙最该做的,就是劝解老婆婆,让她回村,让她放过老歪——瞧他后悔得要死,他整整哭了一个晚上……

　　离开泥屋时,天要亮了。走在路上,我和虎头都难过得不吭一声。我们都在想那个老婆婆,想那个可怕的故事。也许那个凶险的结局不会发生了——她会饶恕他……她会吗?

　　我们游游荡荡往前,没有想过回家还是去哪里,直到一抬头看见了那片密密的林子。

　　这一夜露水真盛啊!满树的水滴一碰就打湿了衣服。沙地上的小草亮晶晶的。天大亮了。

　　我和虎头在湿漉漉的地上看着,都想捡到蘑菇。湿地上最容易找到它们了。

　　正走着,虎头轻轻揪我一下。我一抬头就看到了前边——树隙里有一个人,她就是那个老婆婆!

　　瞧她正低头寻觅,一只手提起衣襟——里面是沉甸甸的大肥蘑菇……

　　我们一动不动地盯着她。

　　好大的太阳啊,太阳刺得人睁不开眼睛。

2013.4.27

卖礼数的狍子

我们三个"少年知己"在海边一带是有名的：我、虎头和小双，三个人平时总在一块儿。有一次，村里一个老人正坐着马扎吸烟，见我们仨从街上匆匆走过，就喊了一声："看吧，这是三个'少年知己'！"

我听了觉得有趣，回家就问外祖母那是什么意思。她说不是坏的意思。不过她说"知己"可不是随便就能叫的，这可不得了！再问，她说那是指两个人好到了不能再好的地步：一个不开口，另一个也能猜出他心里的事。

这真够神奇了。我问："两口子都是'知己'吗？"外祖母摇摇头："不一定，那可不一定。"我知道她想起了死去的老伴——在外祖父活着的时候，她和他常常吵嘴。

外祖母断言："真正称得上'知己'的，整个海边也找不到几对。"

看来"知己"都是成双成对的，而我们却是三个！这到底算不算呢？我问外祖母，她皱着眉头想了想，说："大概也算吧！"

我把从外祖母那儿听来的话告诉了虎头和小双，他们都很高兴。虎头说："'知己'真好玩，真是好东西啊！"小双红着脸，有点不好意思。

我们三个"知己"最爱去的地方就是铁匠铺，这里常有一些胡说八道的老头。他们十有八九是烟鬼，一边大口吸烟一边斗嘴，比着劲儿胡吹，要看看谁才是经多见广的人。如果有人说他这辈子打死了十几只狼,另一个就说他捕了二十多只狐狸、三只熊、一头豹子;有人说他年轻时候和一个狐狸精好过三年,另一个就说自己与海妖一起过日子,对方湿气太大了,结果害得自己一到下雨天关节就疼……

听铁匠铺里的老人说话,要长一只聪明的耳朵,不然就等着挨骗吧。那三个打铁的人围了油布围裙,一个拉火,一个夹出红铁,另一个就抡起锤子砸过去。那时火花四溅,怪吓人的,可就是挡不住老头子们信口胡吹。

不过这一天发生的情况有些特别。一个老头子盯着火花迸溅的铁块说:"了不得了,你们知道'二转儿'吧? 他前些年遇到的那个妖怪,如今……"

旁边的人问:"如今怎么了?"

"如今闹大了,真是了不得啊!"

"二转儿"这个人我们都认得,是本村一个猎人,四十多岁,半秃,枪法特别好,长了一双"死羊眼"——眼珠不太灵活的那种僵眼。这家伙让人一看就害怕,其实并不算坏人。

老头子们说的是前些年"二转儿"打猎遇到的一件奇事,是大家都知道的。说到那件奇事,就和一般的胡吹不同了,因为经历这事的人就在村里住着,算活生生的证据! 如今旧话重提,让人一下又想起了那件事……

那故事可真有趣极了,听上好几遍咱都不烦。

"二转儿"有一天去林子里打猎,正赶上脾气不好。海边的人都明白,人要真想发火拦也拦不住。本来谁也没惹着他,他也没遇到什么倒霉事,可就是想发一通脾气。人在这时候干什么都不顺,只想骂人打人。所以这一天"二转儿"提着枪去海边,见了野物就打,火气很大;坏处是枪法不稳,因为一生气手就抖——越打不中越生气,结果老是放空枪。

"二转儿"那天白白放跑了三只兔子、一只狐狸。他正骂自己笨、手气差,一抬头却看到了一只大动物。哎哟,真是够美的了,原来老天爷对自己不错——他两眼放光,死盯住它追赶,一双"死羊眼"有了最好的用场,半天眨都不眨。

那只大动物算得上俊美,长得灰灰白白,身上有栗子大的斑点,头仰着,比最肥的山羊还要大上一圈儿,简直肥极了。它的皮毛厚厚的,那毛儿一层层密得风都吹不动。"二转儿"看得清楚,在心里惊呼一声:"狍子!"

一点不错,这是一只狍子。他知道这次自己可没有看走眼,因为这家伙离得并不远:要么是因为太肥了跑不快,要么是故意不远不近地引逗自己。反正"二转儿"差不多看见了它那双大眼:睫毛一闪一闪,羞答答的。他在心里说:害羞嘛,一般来说就是最好的动物了,不过再好咱也要打下你呀,因为咱俩干的行当不同,你是满海滩溜达的动物,咱是专门端着枪找你的猎人——再说咱是全村最孝顺的儿郎,咱爹害了老寒腿,正等着在炕上铺一张狍子皮过冬呢。就这样想着,"二转儿"瞄准那只狍子开了第一枪。

它在枪声里跳腾了一下,前蹄一蹦后蹄一尥,一头钻进了柳树林里。

"二转儿"这回在心里叮嘱自己:不要慌,尽可能靠近了打,等它回头时,打它脑门那儿。这样它就会立马倒地,一丝皮毛都不伤。要紧的是有一张上好的狍子皮落在手里,俺爹的老寒腿等着呢。

这只狍子是个少见的调皮物件,它一蹿一蹿跨过灌木棵,有时还忙里偷闲歪头揪片树叶嚼一嚼。这家伙可真是沉得住气呀,"二转儿"追了一路,简直佩服起它了。他发现这只狍子不是一般的野物,它长得真是体面:高脖子宽肩膀,腿壮臀实,在阳光下闪闪发亮,飞速穿过绿叶时就像一股水流冲过去,发出哗啦啦的声音。

"二转儿"跑得身上汗漉漉的,只放了一枪。不是不舍得打,而是害怕放空枪。就这样追赶不停,不知不觉越过柞木林,又入了杨树林,最后钻进了杂树林子——这里针叶树和阔叶树混交生长,大白天也黑匝匝的。"二转儿"开始觉得事情有点玄了,心里再也没底了。他不停地用枪杆拨开挡路的树枝,只怕跟丢了目标。

有好几次前边不见了狍子的身影,但后来总算重新盯住了。"二转儿"汗都顾不得擦,嘴里咕哝着"老寒腿""老寒腿",用这个给自己加劲儿。突然前边闪出一片光亮,原来是林中的一块空地,空地上没有一棵树,只有密密的艾草和苫草。空地上有一幢小屋,阳光把屋顶和墙壁照得分外亮堂。那只狍子蹿到了空地中央,站了一瞬,似乎还回头看了他一眼,然后就大模大样地进了那幢小屋。

"二转儿"目不转睛地看着,心想:狍子啊,这一下你真是失算了!你跑进的不是一座藏身小屋,而是一座牢笼!

他端着枪大步跨过去,才不到五十米的距离,蹿两下就到了小屋门口。门是白木板做成的,被风雨洗得发灰。门旁有一扇小窗,是细格子的。他在门前怔了一秒,然后砰一下推开虚掩的门。

接下来发生的是天底下最怪的事情:屋里静静的没有一点声音,更没有蹿跳的狍子,只有一个土炕,炕上躺着一个六七十岁的男人,身上盖了一条素花被子。"二转儿"注意看了屋里每一处旮旯,没有一点藏匿之地。再看后墙,上面也没有窗户,它还能逃到哪里?

老人这才坐起来,搓搓眼睛看看他,请他坐下歇息,还问他渴不渴,什么事这么焦急。

"二转儿"顾不得搭理,仍旧四处瞄着,嘴里咕哝:"怪了怪了。"

老人起身到屋角的锅灶那儿,端来了一碗水。

"二转儿"这才觉得有些渴,接过来几口喝下去。他抹抹嘴,看看老人,又看看屋内,说:

"刚才,一只大狍子……"

"噢?大狍子?它在哪儿?"老人问着,脸上笑眯眯的。

"二转儿"上下打量着老人。他真想当胸揪住对方说一句:"你就是那只狍子!我这回可逮住你了!"

可是"二转儿"抬起手又放下,没敢去揪老人。

老人太和蔼了,慈眉善目。"二转儿"咬咬牙,生气地坐在炕上,抱紧了那支枪。他心里认定眼前的老人就是那只狍子变的——它走投无路了,一头扎进了护林人的空房子,然后变成一位老人躺在炕上。

"二转儿"骂了一句:"倒霉!"

老人问:"有什么不顺心的事吗?"

"二转儿"说:"就不顺心!见了狍子又不能打!"

"狍子不能打?它在哪儿?"

"二转儿"直盯住老人,差点脱口说出:"狍子就是你!"他忍了又忍,低头去看老人身后——传说凡是野物精灵变成了人形,一不小心就会闪闪烁烁露出一截尾巴。

老人站起来安慰他:"林子里的野物过自己的日子,咱过咱的日子,放它们一条生路吧,生野物的气不值得。"

"二转儿"绕到老人身后,并没发现什么异常。不过他在心里认定这位老人一定是狍子变的。只是"二转儿"不能开枪——迎着一位笑眯眯的老人开枪,无论如何他还没有这么大的胆量,也没这么狠。

就这样,他最后骂咧咧地离开了。

那个故事太有趣了,而且当事人就住在村东。我们就因为这故事,很长时间都把"二转儿"看成了一个神奇的人物。

作为一个猎人,"二转儿"这个外号是有来历的:他在一个地方打到了猎物,常常还要从原路转悠一遍,有时碰巧了会再打一只。他说那些野物和人差不多,什么地方出了事,一定要围上看的,因为不去看一看心里就发痒,就不好受。

村里老人赞扬"二转儿",说他算把野物的心事揣摩透了,真是干这行的好手。

可是如今的"二转儿"早就不打猎了,那支猎枪已经搁起来了。他这人也不像过去那么凶了,见了人和和气气的。比如这会儿,见了我们,先是摸摸小双的头,然后刮刮虎头的鼻子,最后还拍打我的肩膀。

我们听说他和林中小屋那个人——很可能是个老狍子精——已经成了最好的朋友,差不多可以说是一对"知己"了!如今他的那个"知己"可不得了,几乎成了海边上最有名望的人物……

"二转儿"说话不紧不慢,我们再三询问那个老人的事、他们后来的交往——这当中都发生了什么,他还是嗯嗯啊啊,不愿多说。虎头瓮声瓮气地问了一句:

"你爹的老寒腿好了吗?"

"二转儿"嗯嗯着,说早好了,这都亏了林中小屋的那个老人,原来老人医术蛮高的,用一种草药治好了老爹的腿。他说:"真好的老人哪……"

我们都想听到一些怪事,比如那个老人一不小心露出一截尾巴之类……没有,什么惊人的事也没有。

虎头忍不住嚷道:"那不是人,那是一只狍子!"

"二转儿"愣了一下神,看看我们,咬咬嘴唇,像是努力吞下了一个秘密似的。

小双朝我挤了一下眼:"'二转儿'叔,你跟狍子精交上了朋友,难道就不害怕吗?"

"二转儿"挠挠头,并不发火。他现在脾气真的好极了,可能是不再打枪的缘故——人是奇怪的,离什么近就学什么,离枪近了就爱发火。比如饲养棚的一个老人,看人的眼神就像牛和马;再比如养猪场的一个人,一说话咕咕咕就像猪叫……"二转儿"说:"就算是狍子吧,那也是我的朋友!他治好了我爹的病!"

大家哎哟几声,一齐盯住"二转儿"。我们央求他再讲一遍那天的故事,因为心里急于证明:那个老人确实是一只狍子精。

"二转儿"没有兴致,说反正就是那样嘛,再说还是那样儿。我问:"那么说老人肯定是狍子变的了?"

"这个……我可没说!""二转儿"为难地挠着头,狡猾地推个一干二净。

"人家都知道狍子精是你发现的。"小双说。

"我只说那一天狍子真的蹿进去了,它没有别的出口——我眼盯着它进屋,怎么会错?可我没说老人就是狍子,我俩交往两年多了,也没见什么特别——他就是实打实的人。"

"二转儿"一边解释一边点头,很有条理的样子。过去他说话愣头愣脑,发火骂人是常事。

村里人都知道,几年来他经常去海边林子里找那个老人,常常送去一些礼物,回来时带的是一些草药。就因为"二转儿"的奇遇,海边一带村子都知道有个神奇的林中老人,他们图个新奇,有事没事都往那儿跑,结果老人的名声闹得越来越大,几乎所有人都知道林子里出了一个不得了的人。

我们几个从"二转儿"这里问不出什么,最后只好带着深深的疑惑离开了。

大家都在心里认定那家伙是一只狍子。狍子精懂得许多道理,还会看病,让四周的村子个个佩服,这还不是天底下最神奇最古怪的事情?

我们三个"知己"可不信这一套,我们连学校老师的话都不听,更何况是一只狍子?

不管怎么说,我们认为最有趣的事情算是发生了。我们愁的一直是平平淡淡的日子,看看吧,平时连个好玩的地方都没有,只好一遍遍去那个铁匠铺。

我们后悔行动得有点晚,这会儿决定尽快去林中找那个来历可疑的老人,而且还要送他一点见面礼。这种礼物不可能是什么好东西,最好是让他一见就会发出尖叫的什么。比如有一次看果园的一个家伙太凶,我们就往他铺子上放了一个包花纸的盒子,里面是一只大癞蛤蟆。还有一次去海上打鱼人那儿,看鱼铺的老汉吹胡子瞪眼,我们就往他的酒瓶里放了一只死蜥蜴。

虎头把一只点心盒子装上了干牛粪,上面加一张专用的红色油光纸,再用村里代销点的纸绳捆上。

我们不怎么费力就穿过了一大片林子,在最密的杂树林子里找到了那块亮堂堂的空地。这个地方果真不错,一地艾草像剪刀裁过那么齐整,苦草为它镶了一道金边,小房子就在空地北部——倚在密挤挤的松树和槐树混生处。

一些小鸟在野桑树上蹦跳,发出细碎的声音。这会儿正是下午时分,四处静悄悄的。我们琢磨该怎样进门。

我们商量了一下,先是转到了小屋后面,因为那儿通常会观察到什么。可惜这次不行,因为这幢小屋没有后窗,"二转儿"早就告诉过嘛。我们在四周徘徊了一会儿,最后发现了一个极好的地方。

这是小屋的西边,这儿有一个小菜园,漂亮得让人傻眼。园里种了芸豆和韭菜,还有西红柿和甜瓜。可惜瓜还不熟。这个老头多会莳弄园子啊,这也不像人干的——村里人就没有一个能种出这么好的菜园。

我们吃过了西红柿,抹抹嘴去敲门了。里面有说话的声音。拥门进去,差点没让我们喊出来。

今天可真够倒霉的了!原来屋里已经有了两个人,是邻村的一位老人和他的孙子——那正是我们的死对头啊!在两年多的时间里,我们没少与这家伙干架。他是一帮坏孩子的头儿,外号叫"土驴"。"土驴"头上有几块疤,那是打架时留下来的。

"土驴"当时正坐在炕沿上老老实实听主人说话,头上的几块疤正对着我们,让我们一下就辨认出来。他听人进门不慌不忙地转头,见了我们先是一愣,然后赶紧站起来打招呼。这让人全无准备!我们三个对视着,不知怎么做才好。

最后我们还是不理"土驴",只端量主人:高高瘦瘦,不长的头发花白了,正和善地看着我们。他见我们没地方坐,就搬过几个草墩。屋里有不少这样的草墩。

"土驴"将我们三个一一介绍给主人和爷爷,说我们在同一个学校,常常在一起玩,等等。亏他说得出口,那也叫"玩"!这个"土驴"今天像换了一个人,规规矩矩,小嘴儿很甜。

他们大概已经待了很久,这会儿终于要离开了。"土驴"临走时向主人鞠了一个躬,一低头又让我看到了后脑壳上的毛旋和几块疤,心里一阵讨厌。他还想与我们三个拉手——没有办法,只好被他胡乱耸动了几下。这个下午真倒霉。

他们走了,屋里只有我们和"老狍子"——这是村里人为他取的外号。咱这会儿可要就近好好端量一番,看看他哪里像狍子。我们发现这人除了脑门上方有一撮白头发,其他还算正常。他说:以后你们就常来玩吧,这里有水,有吃的东西。他这样说时,我发现虎头赶紧将手中的"点心"往身后藏了藏。

"老狍子"从屋里找出一些杏干和地瓜糖给我们。真甜。野物变成的人就是不一样,他们总能捣鼓出一些奇奇怪怪的东西。虎头把地瓜糖嚼得咔咔响,笑着说:

"听说这林子里妖怪忒多哩!"

老人微笑着:"是吗?我多半辈子住在林子里,怎么没有见到……"

"那当然了,它们就是扮成了人的模样来迷惑我们……"虎头盯住老人。

"扮成了老头的模样吧?"老人笑出了声音。这笑声听来与村里人没什么两样,并不吓人。

我们在屋里东看西看,总想找出什么异样。野物的臊气、散落在地上的狍子毛……好像什么都没有。这儿最多的是药材,各种草梗和树根悬在屋檐下、墙上,装在筐子和罐子里。草药的气味一阵阵往鼻子里钻,让鼻子发痒。

要离开了,老人扳住我们的肩膀,说很高兴接待了三个小客人,希望多来玩,等等。

我们出门后,虎头手里还是紧紧攥住那包"点心"。钻进林子里,他就把"点心"狠狠地抛向了远处。

从小屋回来,让人回想最多的就是那个"土驴"了。这家伙有点怪。不过我们同时也发现,待在了"老狍子"身边,不光是他,好像每一个人都变得有点文绉绉的。这事让人费解,真是又古怪又别扭。

在家里,我向外祖母打听起"老狍子"。当我说到"二转儿"的奇遇,说到我们去了小屋里,她就瘪着嘴不吭声了。再问,她望着窗外说:"你给我说细发些,那个老人长了什么模样?"

我尽可能准确地描绘了一遍,特别说到他的一双眼睛:看人格外和善……

外祖母听过了叹一声:"唉,反正我也没见。这个人哪,村里人叫他'老狍子',说不定就是以前那个野人,是他又回来了……"

"一个野人?"

"过去这海滩林子里有个野人,最早给大户看林子,大户被打死了,他就一个人游荡了——你姥爷年轻时常到林子里,后来他们两人就成了一对'知己'……"

我被这故事吸引了,一下蹲在了外祖母跟前。听啊,她又一次说到了"知己"!最有意思的事儿就要亲耳听到了,接下去我一个字都不想漏掉。

"那是一个光棍汉,一辈子待在海边林子里。那时的林子可真密,一片片都被大户占了。后来大户给打死了,林子归了公家,光棍汉就成了野人。你姥爷年轻时性子野,两个野人最投脾气。他高兴了就住在那个人的草窝里,几天几夜都不回家。就这样,两个男人成了'知己',心里就再也没有家了。"外祖母说到这里抹起了眼睛,加上一句,"我恨那个人!"

我吸了一口凉气。

"那个人是你姥爷这辈子最信服的人。他们在一起说话儿,连说一个白天一个晚上都不烦,该有多少话!想想多么怪吧!家里就剩我一个女人家,让村里人笑话……我去林子里找他回来,好几回都迷了路,有一回还差点让狼吃了。那时候有狼。"

我可怜起外祖母了,心想当年有我就好了,这种事儿如果被我遇到,我一定要帮外祖母揪回外祖父的!

"到后来风声紧了,村里人就打死了大户,然后又抓野人。民兵把那个人绑在树上打,打、打得浑身是血……"

"为什么?"

"就因为他为大户看林子,是大户的人,还是一个野人。村里人逼他说林子里的事,他就是不吭一声。后来他跑了,跑得没有踪影了。你姥爷难过死了,你想想,'知己'没了,他会不难受?从那儿起他就得了病,躺在炕上起不来,才一年多点就死了……"

外祖母又开始擦眼睛。

我不知该怎样安慰她。她抱抱我,说:"你姥爷多可怜……就这么着,那个人没了,你姥爷也没了。前些年'二转儿'遇到了一个孤老头,说是狍子精变的,我就想起了那个人。"

我这一夜好久都没睡着,总是想怎样做成一件大事:为死去的外祖父找到他的"知己"!后来好不容易睡着了,梦中一会儿是蹿蹿跳跳的狍子精,一会儿是与它嬉闹的外祖父……醒来已经是满窗霞光了,我赖在炕上不起来,仍然在想外祖父。听过了外祖母的一番话,我现在越来越觉得"知己"是了不起的两个字,我和虎头、小双这三个人或许还配不上呢。

在铁匠铺里,老人们照旧吹牛。这一天下着小雨,一个老头子看着门外的雨,说到了他的一桩奇遇:就是这么一个雨天,他去赶海,结果在雾气里被一个老娘们儿领走了。两个人在一个空空的鱼铺里过了一夜,醒来才发觉浑身腥气——原来那女人是一个海猪变的!"她长得不错,有两颗不大的獠牙,一边一个。"老头子扒开自己的嘴,比画着。

大伙都笑。打铁的老汉停了锤子。

我们最想引他多说一点,特别是说说老狍子的事。几个老人不停地抽烟,接上那人的话茬你一句我一句说起来,很快说到了老狍子。

"那家伙不得了,海边人迷上了他,有事没事都往林子里跑——有的找他瞧病,有的听他拉呱儿,去的时候还要带上礼物。这会儿他屋里的东西一辈子都吃不完了……"

"学校的先生去讨教,村头儿也去,连打鱼和打猎的都去。什么孩子不听话了、儿女不孝顺了,都要找他调教一番。他们说这个人最懂'礼数',他按自己的那一套调教别人,就能赚来一些吃喝。瞧瞧吧,天底下还有这样的好事,什么都不干,只靠耍嘴皮子就吃香的喝辣的,等于卖'礼数'过日子……"

虎头问:"'礼数'是什么?"

一时谁也回答不出。有个老人说:"大概就是'礼貌'吧!"另一个老人眯着眼想了一会儿,摇摇头:

"'礼貌'是看上去的模样,'礼数'是做出这些模样的方法,也就是规定——干什么都得有规定,'礼貌'也是一样。"

大家琢磨着,连连点头。说这话的叫"二锅腰",是全村最有心眼、最能辩论的老人。

我看看虎头和小双,发现他们都目不转睛地看着"二锅腰"。我承认,今天听到了很有意思的谈话——原来老人们除了吹牛,有时也能说出一些好词儿,像"知己""礼数"之类,也只有他们才说得出。

"听说只要常去找那个家伙调教一番,火暴脾气也能变得和和气气,调皮孩子也会懂事。海边上最能干架的人、害胃病的人、胡串门子的人,都被他治好了大半……要不人家说,送上些东西也值。"

"太值哩。听说东村里有个孩子考上了大学,学一门忒大的学问,叫'哲学儿',结果不到两年就把头累坏了……"

小双笑了,瞥瞥我。

"那孩子睡不着觉也吃不下饭,脸色像菜叶,只好回家来歇着。他爹没辙了,领孩子去找那家伙,天天去,几个月过去了,咦,你猜怎么?孩子的头还真好了,又返回大学去了。了不得,这些事都是真的,有名有姓……"

"二锅腰"哼一声,不以为然:"恐怕是喝汤药才好的吧!"

"喝他熬的汤药,还听他拉呱儿,一老一少躺在沙滩上,看星星瞅月亮,去河边听鱼打呼噜……"

"二锅腰"吐一口:"呸!鱼还会打呼噜?"

"怪就怪在这里,什么耳朵!海涨潮,天刮风,鸟唱歌,狸子哭,成天听这些。这孩子学来不少'礼数',再也不怕那忒大的学问了,头也就给治好了……"

我看看"二锅腰",知道他仍不服气,只是一时找不到什么话反驳而已。

听着老人们的谈话,虎头再也忍不住,就说起了"土驴":"真是怪啊,那家伙平时最爱干架了,有一次我们按住他数过,全身有二十四个疤!不过如今也变得懂礼貌了,还会鞠躬握手呢……"

铁匠铺里响起一片啧啧声。

"二锅腰"站起来,把烟锅插到后脖那儿,早不耐烦了。

有人提议说:"'二锅腰',找个日子去会会那个人吧,看看他到底是怎么一回事。"

"会会吧!单是讲'礼数',论嘴上功夫,你'二锅腰'也不是一盏省油的灯!""谁懂的'礼数'多,那还要另说着哩……"老人们举着烟锅,一齐鼓励。

"二锅腰"鼓着嘴巴,没说什么就离开了。

那天我们三个一致认为,"二锅腰"心里憋足了一股劲,他一定要去那幢小屋的——一场"礼数"大赛就要发生了,到时候谁错过了这个机会,可就太亏了。我们明白,到了那一天,铁匠铺里的老人全都会去观战,恐怕人多得连那幢小屋都坐不下呢。

从那天起,我们都留意老人们的一举一动,最想知道"二锅腰"什么时候去林中小屋。

我回家对外祖母说起了即将发生的事情,她苦笑说:"他们男人哪,就是互不服气——还比谁更懂'礼数'呢,其实不服气就是不懂'礼数'!"

我有点赞同外祖母的话,不过我还是对胜负很感兴趣。我问:"你说'二锅腰'能胜吗?"

"他嘴头子倒是厉害。前些年时兴开辩论会,有一个文化人在台上讲,他在台下辩,使劲仰起头——就这么把那个人给辩下了台……"

我看外祖母弓着腰学他,笑了。我喜欢能辩论的人,我喜欢"二锅腰"。我对虎头、小双说出了自己的预测:获胜的准是"二锅腰"。

一连多少天过去,"二锅腰"再也没有去铁匠铺。大家认为他一直闷在家里,大约是在琢磨事情,这和打仗前准备子弹、修筑工事是一样的。

我们三个又去了林中小屋,目的是观察动静,想更多地弄明白这个怪人。我们这天在小屋里总想搞出点什么名堂,比如大声喊叫、骂人、互相斗嘴,要看看这位老人能拿我们怎么办。可奇怪的是,我们从迈进小屋的一刻就有点缩手缩脚,什么也干不成。

我们待了很长一段时间,有些无聊。不知是不是故意的,虎头屁股那儿竟然发出了声音——机会终于来了,我们一齐拍手、大笑大叫,看看虎头又看看老人。

老人看着大家,目光里全是喜爱。他等着我们安静下来——这时有一只彩色的大鸟飞在了窗前,探头探脑往里看着,老人就向它打个手势。那大鸟啄了一下窗棂,离开了。

"这是一只花斑啄木鸟,多好看,真是捉虫的能手。它有三个孩子。"老人指指窗外,"它们有一岁了,不常在一起,这和我们人不一样。"

我们听得入迷。老人伏在窗前看着远处。柞树和榆树的叶子闪着不同的绿色,在阳光下分成一层一层,轻轻摇动,像微风下的浪涌。

正在这会儿,虎头的屁股又产生了那种声音。我和小双爆发出一阵大笑。

老人转身对虎头说:"这就是一个问题了……"他抚着虎头肩膀离开一点,小声询问着什么,然后在虎头的胳膊和手上按着。虎头脸色红红的,说:"好了好了。"

我们离开时,老人送给一些果子,那是从园里刚刚摘下的。

一路上三个人都不太说话,说不上高兴还是不高兴。有些遗憾,就像有劲没处使的那种感觉。小双问虎头:"你那会儿是故意的吧?"虎头摇头。

走到半路,我们竟然遇到了"土驴"。他正兴冲冲穿过一片柳棵,大概又要去那个小屋吧,这会儿看到了我们,立刻站住了。他又来了那一套,和蔼地打起了招呼。

虎头木着脸凑上去,挡住他,回头朝我们挤挤眼。

"土驴"问:"怎么了?"

虎头挠挠头,慢腾腾地说:"我们想打你一顿。"

"土驴"退开一步:"为什么?"

"为什么?"虎头皱着眉头,问我和小双。

小双咬咬嘴唇:"去年夏天,不,秋天,你踢过我这儿——"他指了一下两腿中间。

"那会踢死人的!"虎头两眼马上放出凶光,猛一下按住了"土驴",嘴里发出嗯嗯的屏气声。

虎头将膝盖压在"土驴"的肚子上。可是他并没有一丝反抗,也没有多少愤怒,只仰脸看着,像是很不理解的样子。

虎头火气更大了,骂道:"妈的,你以为懂了不少'礼数'?以为自己了不起了?那也得挨我两拳!"说着不轻不重给了他两下。

"土驴"没有还手,也没有躲闪,直等虎头结束了,这才爬起来。他扑打了一下衣服上的草梗和沙砾,看看我们说:

"……咱们再也别打架了,大家成为好朋友,在一起玩多好啊!我们为什么总要打架呢?让咱们从今天起和好吧!"

他认真地盯住我们,看来真的期待一个回答、一个决定。

虎头仰脸看天,翻着白眼。

"我过去犯了很多错儿,但我再也不会那样了。你们原谅我吧……真的,好吗?"

"土驴"往前走了一步。

虎头撇撇嘴巴:"是吗?你玩这一套还真不错。不过你可别忘了自己的名儿,你叫'土驴'!"

我们走开了。接下去的一路还是不太说话。刚刚收拾了一顿老对手,可还是高兴不起来。我甚至认为刚才一点都不痛快,倒好像是"土驴"占了上风。

"这小子学得文绉绉的,这可怎么办?这真是愁死活人了!"虎头咬咬牙,很烦恼的样子。

小双也唉声叹气,像是遭受了极大的挫折。

我们都发现,那个林中小屋似乎产生了深深的诱惑——这诱惑几乎是对所有人的。大家都知道那个老人在海边一带名声大极了:只要谁家孩子不听话,家里大人就把他送到那里去;谁家的儿女顶撞长辈,也要把他送到那个地方去。

就像一种传染病似的,海边一带村子都变得有些不一样了——人变得安静了、和气了、斯斯文文了,不再有大喊大叫的火暴脾气了。

去林中小屋的人大多不会空手,他们随身总要带上一些吃的用的,返回时带走药材和蘑菇之类。

铁匠铺里的老人羡慕极了,拍着腿议论:"咱就没长这么一张巧嘴啊,要不咱这辈子享大福了,好东西吃不完!""咱不能去啊,咱没有那么多东西啊!""你们打铁的该去一次,带一副马蹄掌给他镶到脚上!"

大伙哄笑起来。这些天"二锅腰"一直没有出现,大家从心里惦记他。谁都知道比赛"礼数"的事迟早都要发生的,两人之间必有一战。他们说到这里摩拳擦掌,有的还放下烟锅,离开座位比画起来:立马步,打拳,再踢一下腿。

由于"二转儿"爹的老寒腿治好了,不再蜷在炕上,有时也会到铁匠铺里来。大家一见他就要说起那只被追赶的狍子,七嘴八舌,故意埋怨"二转儿":

"你儿子不孝啊,和野物好上了,不能打些荤腥给你吃,看你瘦的……"

老人拍拍腿:"儿子找人治好了我的腿。"

"那还不够好。换了我,就坐在炕上喝肉汤。"

老人摇头:"野物活着也不易,打它做甚?"

"你是替野物说话啊。告诉你吧,那个老狍子精迷惑了你儿子,说不定有一天会派上大用场。"

老人眯着眼:"派甚用场?"

"取他做药材啊!"

老人慌了:"看说的,吓死人哪!吓坏我了,老哥几个再也别说了……"

几个老头子笑起来。

"取他做药材"这一句让人心惊肉跳,尽管我压根就不信——这会儿那个人又说了:

"你儿子'二转儿'打死了多少野物,它们与他结下了深仇,等着报仇呢。'老狍子'先是把他迷住,日后做成药材,用来给野物治病,听说专治寒咳。'老狍子'歹毒啊!"

"二转儿"爹听不下去,大概也有些害怕,站起来出门去了。大家愣了一下,一齐喊他,他只不回头。

那个老人这才发觉自己玩笑开大了,紧紧地闭上了嘴巴。

不过我们知道,海边上那些害人的妖怪多极了,有各种吓人的说法,老人也不是凭空编造。传说中有些妖怪的嘴巴是很馋的,它们专门引逗小孩儿,寻个机会就吃了——一时吃不完的还要藏起来。

我曾经问过外祖母,她也说这种事儿是有的,不过都发生在旧社会,如今没了。"为什么就没了?""林子稀了,妖怪害怕了,再不就是变成了人形,再也变不回去了……"

最后一句让我怔了半天。想想看,妖怪变不回去了,就要一直当人,这对它们来说大概也会不高兴吧?比如一只兔子、一只獾,凭一时高兴变成了人,结果再也变不回原形了,只得这样了,一辈子就要像人一样规规矩矩,这对它们来说真是倒霉啊!

我心里也为它们难过了。一只大鱼精在海里想怎么游就怎么游,变成人就得一直待在岸上!一只狐狸精变成大姑娘,从此就得为村里人当媳妇,洗衣做饭忙个不停,有点空闲还得去林子里采蘑菇!

"大概那些野物都不喜欢新社会。"我说。

外祖母四下看了看,差点掩上我的嘴巴。她小声说:"千万不要出门讲这样的话,千万……野物也有自己的难处,它们如今日子不好过了,林子一天比一天小,只能马马虎虎做个人了。"

我想起了林中小屋里的那个老人,说:"它们就是变成了人,也不喜欢到村子里住,还要待在林子里,那才是它们自己的地方。"

外祖母说:"一点不错,就是这样。"

我把铁匠铺里的议论告诉了她,说人们对林中小屋那个老人的羡慕和嫉恨:"他们说那个人真的是一只狍子精变的,如今老了,不能在林子里跳蹿了,就靠村里人送一些东西供养……"

外祖母叹息:"老人哪,不易啊!我这些天老做你姥爷的梦,梦见他和那个'知己'在一块儿玩,高兴着呢。他骑在老狍子背上跑啊跑啊,一转眼没了踪影;一会儿两个人又在屋里喝酒下棋……"

"'老狍子'知道那个'知己'——我姥爷如今不在了吗?"

"他肯定知道。我琢磨他是想你姥爷,这才从老林子里面出来,住到了离村子近一点的小屋里。"

外祖母脸上有两行泪水,亮亮的。

我伏在她肩上,说:"姥姥,你去看看他吧,我和你一起!"

外祖母擦擦眼:"我不认识他,他也不是人,是狍子精,是你姥爷的'知己'。"

我知道外祖母不愿和那个人见面。老人的心思啊,我们无论如何也琢磨不透。

我和虎头、小双一直盼着"二锅腰"去那个林中小屋。说真的,我们从心里希望"二锅腰"能胜。如果那个"老狍子"占了上风,也就等于让一只野物骑在了全村人的头上。大概这也是铁匠铺里所有老人的想法吧。

不过我们三个私下里讨论这个问题时,都认为"二锅腰"会遇到一个可怕的对手。想想看,那个精灵的本事多大,竟然能从头到脚改变了火暴脾气的"二转儿",让他扔下了手里的枪,就连奇坏的"土驴"也变成了另一种人!更不要说那桩怪事——邻村的一个孩子在大学里被大学问累坏了,结果真的让他给治好了……

虎头说:"这回比的是谁更懂'礼数',就看'二锅腰'怎么赢他吧!"

小双说:"海边上各种怪事和道理太多了,这怎么说得完呢?谁知道那个人突然端出什么新'礼数'啊!"

虎头说:"咱该告诉'二锅腰',到了那一天,不能总等老狍子问,而是要先出招儿——要难住那家伙才行!"

这话太有道理了。我们三个忍不住,就去找"二锅腰"了。

第一次进老人小院让我们吃了一惊。小院不大,有猫有狗,还有五只鸡、六只兔子、一头小猪。小猪是粉色的,一见来人就哼哼着上前,高高兴兴卷动着小尾巴,领客人去见"二锅腰"了。

"二锅腰"不太友好地在炕上接见来客。他鼻梁上架了眼镜,手里捧了一本老书,头上还戴一顶针织小帽,显得怪模怪样的。我们相互瞥瞥,都不说话。老人果然在认真备战,那书肯定是有关"礼数"的学问了。不过我们还是第一次见他戴这样的小帽。

虎头将我们的来意说出。"二锅腰"紧绷着嘴,没有立即表示赞同。不过他放了书摘了眼镜,又像平时一样了。

我好奇地看着那顶小帽,忍不住问:"天又不冷,为什么戴这个呀?"

老人哼哼着:"这个、这个得戴呀,想大事时要收住脑子。"

多么有趣。看吧,最古怪最有趣的事都发生在老人这里。我说:"你去林子时我们也要跟上,一块儿给你助阵!"

虎头和小双连连附和。"二锅腰"却眯上眼,拉着长腔:"对长辈说话不能'你、你',这不合'礼数'。"

我们给卡住了。看来"礼数"真要使用起来,也怪麻烦的。

"二锅腰"又说:"就说进门吧,一伙儿就这么直通通地闯进来?"

"小猪领进来的呀,再说还要怎样?"虎头有些烦。

"二锅腰"垂着眼皮:"得先敲门,屋里主人请进才能进;进来了,先要鞠躬问好……"

"这多麻烦,这也太耽误事儿了!"虎头对我和小双撇撇嘴。

"我再年轻一些,就得下炕迎接你们仨。如今这么大年纪了,就在炕上对付几个小崽儿得了……"说着去摸烟锅。

小双歪头听着,摆摆手:"你叫我们'小崽儿',这恐怕也不合'礼数'吧?"

"二锅腰"放下烟锅,想了想说:"正经讲是不合的。不过本村孩子,心里亲才这样叫嘛……嗯嗯,是这样。"

他不愿多说,闭口不提迎战林中老人的事儿。不过越是这样,越是让人觉得他心里很看重那件事情。

告别老人的时候,我们真的鞠了一躬,然后才退出屋子。"二锅腰"高兴得眼都眯上了。可是我们却很不情愿,刚出了院门,虎头就说:

"真别扭啊!别扭死了!"

小双说:"主要是不习惯。如果全村都这样讲'礼数',倒也没有什么。"

虎头说:"别人知道我们鞠躬非笑掉大牙不可——这都是那个老狍子惹出的祸,等找个机会咱去把他的裤子偷了来,他没裤子穿了,大概就不再讲什么'礼数'了!"

大家笑了一通。

我们有时间就往林子里跑。因为一方面对那个小屋里的老人好奇,一方面也想为"二锅腰"侦察一番。

老人倒也真的欢迎我们到来,脸上总是笑着。他留我们吃饭,做了最可口的饭菜。所有吃的东西都是海边上才有的,什么蘑菇和槐花、苦菜等。他做的槐花饼香极了,这和村里人的做法完全不一样——在白木案板上揉面、撒盐、浇油,一层层叠起,擀成圆圆一片,再一次撒盐、浇油、叠起……我们几个在旁边探头探脑地看着,窗外的小鸟也在看。

嘴里嚼着香喷喷的槐花饼,什么烦恼全忘了。说心里话,我们还是喜欢这个"老狍子",瞧他和和气气从不训人,还有这么多好吃的东西。那些干鱼和米面什么的全是四周村子送来的,因为他不光给人治病,还教人许多"礼数",屋里这些好东西就等于酬劳了。

我们有时碰巧能在一旁把整个"交易"看下来,十分好奇。

有一天我们正在屋里玩着,外面就来了一个吓人的老渔把头。老汉手里提了一条大鲅鱼,进门时骂咧咧的。"老狍子"让座倒茶,照例和和气气。

老渔把头对我们瞧都不瞧一眼,只朝"老狍子"咋咋呼呼地说话。"老狍子"待他话一停,就指指我们三个,一一介绍了一番。老渔把头鼻子里哼了一声,还是没有正眼瞧我们。

原来海边上刚刚发生了一场打斗,起因是男人们正光着屁股拉网,买鱼的女人就来了,她们一见就和他们对骂,骂不过又叫来自家男人,结果双方打起来,越打越凶。

"有好几个腿都打瘸了,不能上船也不能拉网!你看,光屁股拉网是咱的老辈规矩,这怨得谁?我跟几个村头吵起来,还差点动手……"老渔把头气得大口喘气。

"老狍子"笑吟吟的,等老渔把头喝了几口水,就说:"老弟别急,先消消气……记得有一年海边上为抢渔网,几个村子打起了群架,死了两个,伤了十几个,成了多大的案子……"

"那事有二十年了。"老渔把头说。

"你看,打群架会出人命!想想看,海边上有橹有槁,有抓钩、棍子、砍刀,人急了抓起来就抡!最要紧的还是别让他们动手,要想办法先拦住这些人,好生劝解,然后赔个不是……"

老渔把头听到最后一句不高兴了:"是她们跑来看的,让我们赔不是?"

"你老哥就让着女人吧,她们害羞……"

"真害羞就别往海边跑!"

"她们要买鱼嘛……""老狍子"笑着。

"买鱼?让男人来买不行吗?"

"也许男人忙着下田没工夫。老弟,以后就让拉鱼的穿上裤子吧,这样会省去不少麻烦。老规矩也该改一改了,那时候林子密,如今就不行了,从老远就看得一清二楚……"

老渔把头不吭声了。

"老狍子"又说:"也该让村头叮嘱自己村的女人,再不能随便乱闯的,女人家该小心一些才好。"

老渔把头的气消了,伸手去抓桌上的果子吃。

我和虎头、小双都听明白了:女人不乱跑、男人穿裤子,这都是今后需要遵循的海边"礼数"。不过我们在河边洗澡时,上了岸还要光着屁股呢,这大概也不合"礼数"吧。

还有一天,我们几个去看"老狍子",正好碰到一件吓人的事:一个老人揪来了自己的儿子,推进小屋,三句话没说就打了儿子几个耳光。"老狍子"费力拉开他们,一声声劝解老人。老人指指儿子:"你让他说!你让他说!"

儿子拔腿就跑,"老狍子"却拦住了他。

老人拍着腿喊:"昨个晚上……"

刚喊了半截,"老狍子"就打断了老人的话。他好像突然想起了什么,转向我们三个说:今天能不能帮帮忙,到园子里摘些豆角、去林子里采些蘑菇?

我们只得答应。摘豆角毫不费劲儿,采蘑菇却花了一个多小时。我们进屋时发现爷儿俩已经和好了:儿子低着头,老人看着他,脸上没有一丝恼怒。他们又待了一会儿就要走了,站起来时,老人指指"老狍子"对儿子说:"还不谢谢大叔!"

儿子朝"老狍子"鞠躬,说了一大堆感谢的话。

他们离去时,"老狍子"一定让他们带上一些豆角和蘑菇,那正是我们采回来的。

事后我们都有些纳闷,想不出那天"老狍子"用什么办法说服了暴跳如雷的父亲。不过有一点想明白了:老人让我们出门帮他干活,那是故意要将我们引开。"他大概不想让咱们听。"小双说。

"为什么呀?"虎头问。

小双想想说:"可能不合'礼数'吧。"

反正从听到的传说到亲眼所见,都说明这个"老狍子"真的是有一套古怪办法的家伙。他好像从来都没有发过火,遇事也不太着急。我们私下里想过许多对付他的方法，奇怪的是到头来一件都没有做成。不过虎头提出的那个计划我们却没有放弃，那就是找个机会偷走他的裤子。

一个人没了裤子，还怎么再讲"礼数"？这事想一想都蛮好玩的。

就在我们琢磨怎样实现那个计划的时候，最有趣的事情发生了：有人发现"二锅腰"大步出门了，而且戴着那个小帽。他一直走进了铁匠铺里。

这是小双发现的。我们几个于是也跟了去。

在铁匠铺里，"二锅腰"透露说，就在这几天，反正要选个好日子，咱要去会会那个"野物"了。这当然是指林中小屋的老人。大家马上兴奋起来。

老人们纷纷表示要亲眼见证那个时刻，要去助威。三个打铁的师傅也当即决定：届时一定要封火。是啊，那当然是比打铁更重要也更有意义的事情。

铁匠铺里的所有老人都想一吐怨气。一个不知从哪儿来的野人成了让四周村子佩服的人物，凡事都要向他讨教，这算什么！这简直是大伙的屈辱！而且这个野人来路可疑，好吃懒做，没有什么正经营生，就靠两片嘴皮子吃香喝辣——最不能容忍的是，他极有可能连人都不是，而是一个老狍子精。

"'二转儿'，我来问你，你那天看准了是一只老狍子进了屋子？"一位白须老人见了"二转儿"，再次追问。

"二转儿"眨着眼，大概想不明白，这事儿已经问了几年、问了上百遍。

老人转脸看着四周说:"看看,'二转儿'是那家伙的'知己',也还是不敢替他打掩护,不敢说那不是一只野物。"

"二转儿"分辩说:"我可没说他是野物……"

老人不高兴了,手里的拐杖使劲捣地:"那你追了一路老狍子,它哪去了?你说清楚!"

"……""二转儿"不再搭腔。

"哼,你知道哩,它就躺在小屋大炕上打鼾哩!你是个有血性的人,就该嘎勾一枪打下它哩,给老爹做一床狍皮大褥子!你呀,白当了一回孝顺的儿郎……"

我们看着老人和"二转儿"斗嘴,觉得好玩极了。

等啊等啊,那个好日子终于来了。

这是个大晴天,北风凉飕飕的,是最适合出门的日子。上午九点多钟,先是虎头跑来告诉这个消息,接着小双也来了。外祖母手打眼罩望望大街,说:"真是他们……"

我们一看街上的老人,就知道铁匠铺今天封火了。走在最前头的是"二锅腰",他还戴着那顶针织小帽;他的身后是手提马扎的六七位老人;三个铁匠师傅都来了。

我们等他们走远了才出门——故意让老人们先走一会儿,因为咱一撒丫子就是一阵风,钻林子踏小路,肯定会赶在他们前边。

"老狍子"见了我们,还像过去一样笑吟吟的,用毛巾帮大家揩汗。他对即将到来的事情竟然毫无察觉——当然不会知道了,所以没有一点准备;而对手却一连多少天偷偷积攒力气,戴小帽看老书,这毕竟不太公平。

我心里有些替"老狍子"打抱不平,后悔没有提前向他透露一点口风。我看看虎头和小双,肯定这两位想的和我一样,知己嘛。

我端量着屋里,担心一会儿能否坐下那么多人。

老人端来一个柳条筐,里面是一些地瓜糖。我们各抓一把咔咔嚼着,有点忐忑不安。

一群鸟儿慌乱地飞到空地上,又从窗前掠过。那些提马扎的老人就要出现了。

鸟儿刚刚飞走三五分钟,屋前空地上走来一个戴小帽的老人;另一些人像胆小怕事似的,观望了几秒钟才接连钻出林子。

我们转脸去看"老狍子":他站在窗前看着那伙人,脸上好像有一丝迷惑,但很快就高高兴兴地出门迎接去了。

他大多不认识这些上年纪的客人,但高兴却是真的。他请大家进屋,脚步轻快地在前边引路。这些人没一个搭腔,只转头四下瞧着,其中一个说:"嗬,藏在这么一个好地方!"

"二锅腰"进屋后看到我们三个,有点吃惊。我们故意大嚼地瓜糖馋他们。"老狍子"忙着烧茶端杯,发现屋里坐不下这么多人,就建议到屋外的大树下,然后搬出一张白木桌。

桌上,一个大茶壶吐着热气。大家各自捧着自己的杯子,只不说话。"老狍子"说茶不够好、欢迎老哥们来这儿,等等……"二锅腰"先不吱声,最后终于开场了,挺直了脖子问:

"村里人弄丢了一只野物,今个想来这里找一找,不知老哥见过它没?"

"老狍子"停下添水:"野物?怎么弄丢了?"

"那物件,嘿呀,像鹿又像老羊,追了半天,往你这方宝地来了,一钻进屋里就没了踪影。你老哥帮帮忙吧……"

"二锅腰"用力掩着嘲弄的神气,我们都看得清楚。

"老狍子"脸上一直微笑,好像听明白了什么,说:"野物本来就是林子里的,它们把这里当成家,当成自己的村子。人进了它们的村子,还要打它们。老哥,野物难过啊!"

"如果野物成了精,变成了人就不难过了,骗吃骗喝,不打铁不种地,也不用去村里开会,多自在……""二锅腰"哑哑小小的烟袋嘴,一边说一边瞥"老狍子"。

"真有这样聪明的野物?我在林子里住了多半辈子都没遇见,老哥多指教——它在哪里?"

"我要知道还能老远的往这里跑?俺老哥几个老眼昏花,一睁眼看见它站在跟前。再一睁眼你猜咋了?它又变成了人,正给大伙儿端茶倒水哩……"

"二锅腰"的话刚落地,几个老人一齐大笑起来。

"老狍子"也笑了:"老哥在说我吧?也对,咱这辈子真的跟一只野物差不多,没家没业,半辈子被追来赶去……"

"二锅腰"眯起眼:"谁敢追你老哥?朝你开家伙?那不要出人命啊!呼噌一枪把你老哥放挺了,谁敢哪?老天爷,谁把海边上最懂'礼数'的人打死了,那要天打五雷轰啊,是吧是吧?"

所有人都抽出嘴里的烟锅应和:"那是!""那还用说!""那不得了!"

"二锅腰"伸出手比画着:"你老哥学问大了,咱今个就请教一个!比如说有一个行孝的儿郎,他爹得了老寒腿,急着用狍子皮做一床褥子,他哩,反倒跟老狍子精串通一气,最后还成了'知己'——这样的儿郎该怎么办哩?"

大家都盯住小屋的主人。

"也许这聪明的儿郎有更好的办法吧,不伤野物的性命,还能治好他爹的老寒腿。""老狍子"说。

"二锅腰"歪歪头,拍拍小帽:"愿听听老哥的妙招!"

"好医生比狍子皮更管事儿。伤害性命是最不好的。"

"二锅腰"转头对身边的老人们说:"听听,这老哥说儿郎他爹的老寒腿还比不过一只野物的性命!"

"老狍子"点头:"是啊,老寒腿只是疼;杀了野物,那是让它死——林子里就再也没有它了……"

"人的性命和野物的性命一般重?"

"在人看来自己的性命重,在野物看来正好相反。为什么一方非要夺去另一方的性命不可?那儿郎没有这么凶狠的心,我就要夸这儿郎了……"

"老狍子"不急不缓地说着。我不知不觉地点着头,从心里认为他说得对。

"二锅腰"有些不耐烦了,又问:"打鱼的人不穿裤子,这个对吗?"

"不穿裤子干活,一般来说是不应该的。"

"东村里有个公爹,一巴掌打在儿媳脸上,这个对吗?"

"老狙子"吃惊地看着"二锅腰":"这不对,这太粗暴了。不过到底为了什么,老哥还得从头说细发一些……"

"二锅腰"不接话茬儿,只顾说下去:"也有对儿媳特好的,西村里有个老公爹,日子久了不见儿媳,见了面还要握手呢,这个对吗?"

"老狙子"摇头:"这样做多余了,是不对的。"

几个老头子笑掉了烟锅,伸手去地上捡。

"二锅腰"又问:"城里女人光着膀子上台演戏,啊啊大唱,这个对吗?"

"这个不对。"

"有人杀狗开烧锅,这个对吗?"

"这个不对——所有去吃烧锅的人也不对。"

虎头听了忍不住,骂起了杀狗的人。我和小双也一起骂。

"老狙子"转向我们:"骂人也不对。"

"二锅腰"愤愤的,站起又坐下,搓着膝盖说:"你让孩子见了老师和长辈要鞠躬,这也忒麻烦了,这不是给村里添乱吗?"

"老狙子"笑了:"老哥,讲礼貌不能嫌麻烦,一个人从小对人无礼,一辈子就会无礼。如果大家都无礼,整个村子就乱了,这样的日子过起来更麻烦,因为无礼的日子不是人的日子。"

"那你说咱一辈子也没鞠几个躬,就不算人了?就成了野物?""二锅腰"瞪大了眼,唇上仅有的几根胡子也翘起来。

"不,讲'礼数'不光是鞠躬,还有好多呢,不过是守规矩。其实不光是人,野物、林子、海和山,星星、月亮、日头,刮风下雨,涨潮退潮,这些都按自己的规矩、自己的样子来过……""老狍子"说。

"二锅腰"磕了烟锅:"蒙人吧,扯远了!"

"老哥,真的,人也要按自己的样子来过,要不怎么叫人呢?""老狍子"说。

所有老人都吸着烟,好像在琢磨这话对不对。"二锅腰"哼了几声,问:

"人家学问大了!我来请教,什么叫'来过'?"

"'来过',哦,就是过一辈子的意思。"

"二锅腰"转脸看看一旁的人,冷笑道:"怎么还不是一辈子!守规矩?村头还打人呢,民兵还抓人呢,二十年前还饿死不少人呢,好人还得进大狱呢,咱又有什么办法?这日子还不是照样过下来?"

"老狍子"拍打膝盖:"老哥啊,这就是海边上的大苦大难了,你说这应该是人过的日子?"

老人们一齐咂嘴、吐烟,说:"真不是人过的日子!""罪遭大了,不敢想!""老天爷啊,别再让咱过那样的日子了,快放咱一马吧……"

"二锅腰"不再吭声,像是头痒,伸出两手转动着小帽,自言自语:"人懂的'礼数'再多也得好好干活,不能好吃懒做,拿'礼数'换东西,这算什么……"

"老狍子"放下手里的杯子,直眼看着"二锅腰"。

大家一声不响,呼吸放得轻轻的。我发现虎头和小双一动不动地看着"老狍子"。我相信在场的每一个人都知道"二锅腰"在说谁,这一招够狠了。

"老狍子"怔了一小会儿,终于再次微笑了,说:"老哥说得好啊!老哥一定是说我吧!你这是对我最好的提醒……世上只有'礼数'是不能买卖的,它本来就放在那儿,它是咱大家的,咱们不过是一块儿去找它嘛!"

"那你又是怎么干的?""二锅腰"紧追不放。

"老狍子"害羞似的低下头,看看自己满是老茧和疤痕的大手——我们好像第一次注意到他长了这样一双丑陋变形的手——又望望远处:"我讨过饭,当过护林人,拉过网,一辈子在海边上过日子。我垦荒种吃的东西,采果子和蘑菇,还学着为人瞧病。海边乡亲送我东西,我也送他们东西。他们感激我,我更感激他们……"

我听得明白,知道每一句都是真的。我特别注意到他说自己当过护林人,马上想起了外祖母的话,想到了外祖父一直到死都在想念的那个人,他就是失踪的林中野人,那个"知己"……我的心怦怦跳。我用力忍住了什么。

"人家是行医哩!""人家自己种吃的东西!""你对我好,我对你好,真是这样哩!"老人们议论着、感叹着,磕烟装烟。

"二锅腰"皱着眉,显然在打新的主意。这样一会儿,他再次挺起脖子问:"你一个人在林子里游荡了一辈子,不合群儿,无儿无女——古人说'不孝有三,无后为大',你这样干对吗?"

我看看虎头和小双,一块儿愣住了。"二锅腰"这会儿才记起看过的老书,一开口文绉绉吓人。他幸亏没戴眼镜,如果那样"老狗子"更要吃亏了。

"老狍子"又在一片沉默中应招了。他可能真的作难了,再不就是想起了难受的事,咬咬嘴唇,长时间看着自己的手、四周的林子。

"二锅腰"露出了笑容,说:"不用不好意思,有话你就直说吧!"

"那好吧。""老狍子"轻轻咳一声,"我这人喜欢一个人待在海边林子里,不过我没有做对不起村里人的事情,这是真的。人的性格各种各样,比如野物,有的喜欢独往独来,有的总是成群结伙,说到对父母尽孝,真让我难过……我从小就没爹没娘,是个孤儿……"

大家不作声了。一会儿有人叹气,小声咕哝着:"人家没有对不起村子,可村子呢?那时想方设法折磨老林子里的人,就差没把他们当成野物全打死……"

有人说:"就是嘛,人家住惯了林子,喜欢一个人,这也没有什么不对。"

"老狍子"满脸感动,说:"是啊,这没有什么不对。"

"二锅腰"嫌热一样活动了一下,揪下头上的小帽,闭上了眼睛:"'老狍子',今个比赛'礼数',就算你赢了。嗯,你赢了……"

"瞧老哥说的,咱不过是一块儿议论怎样过日子,哪里是什么比赛啊!'礼数'不能用来买卖,也不能用来比赛啊!""老狍子"这次笑出了声音。

大家开始交谈,大口抽烟,喝水,抓地瓜糖吃。我心里明白:这场关于"礼数"的较量总算结束了。我小声对虎头和小双说:"'老狗子'赢了……尽管他说这种事儿不能比赛。"

回家后,我将林中小屋发生的事从头至尾说给外祖母听,说得很详细。我说:"我们大概真的为外祖父找到了'知己'——小屋里的老人就是!"

"那你们不觉得他是一只老狍子精了?"

"嗯,他就是人,不过一辈子待在海边上……"

"如果你外祖父的'知己'就是一只老狍子呢?"外祖母看着我。

我发现她一脸认真,不像是玩笑。

外祖母长时间望着窗子,长叹一声:"就算真的是一只老狍子,他们也还是'知己'呀!人为什么就不能和野物成为'知己'呢?"

真是的!我怎么就没有想到这一点?在这海边上,人并不一定都比野物更好、更适合当"知己"的!想到这里,我问外祖母:

"你还恨着那个小屋里的老人吗?你说他引得外祖父老往林子里跑,害得你半辈子孤单。"

外祖母抹抹眼睛:"谁知道呢?我也不知道——他是老伴的'知己'啊……"

我和虎头、小双在一起,长时间讨论着"知己"——我们都认为这是人世间最古怪、最宝贵的东西。我详细说了外祖父生前的"知己",那个林子里的男人,两个人好了一辈子——后来一个失踪了,另一个就难过得躺在炕上,不久就死了……

"啊,他们才是'知己',比起他们,咱仨差多了!"小双说。

虎头没有吭声,但心里一定会同意小双的话。

我想说:严格讲,我们还够不上"知己"。但我没有说出来,以免让他们伤心。可我心里明白,我们当中的一个失踪了,另外两个大概不会躺在炕上死去的。

这一天我们走在大街上,一连见到三个老人,都向他们鞠了躬。老人们个个愉快,说:"好孩子,真不孬,真有'礼数'啊!"他们多半天可能都会高高兴兴的。

当我们遇到"二锅腰"时,也给他鞠了一躬。他立刻说:"啧啧,好好跟'老狍子'学吧,学得'礼数'周全!"

不巧的是我们鞠躬时被其他孩子见了,他们就笑、跺脚,还给我们取了个外号:"磕头虫"。

有一次外村的孩子见了虎头,问:"听说你们村出了三个'磕头虫'?"虎头差点跟他们干起架来。

"二转儿"爹听说铁匠铺的老人去海边比赛"礼数","二锅腰"以他家做例,说儿子和老狍子精串通一气,是个不孝的儿郎,等等,十分不快。

他和儿子有一天到了铁匠铺,面对一些老人使劲拍打自己的腿,说:"谁比我的腿更硬朗?没有狍子皮,老寒腿不是照样好了?"说着转向"二锅腰","最想要狍子皮的是你,看看自己的腰吧!"

"二锅腰"阴着脸摆手:"我这是三十年的老腰,铺什么皮都没用……"

大家一阵哄笑。

笑过之后又议论起林中小屋那个人,"二锅腰"说:"'二转儿'啊,幸亏你枪法不准哩,你要打得准,就多了一张狍子皮,少了一个好老人!"

"你认准他就是狍子精了?"一个老人问。

"二锅腰"咧咧嘴,做出吓人的模样说:"咱海边这林子里什么精灵都有,狐狸精、老狼精,还有从海里爬上来的老龟精,这在旧社会一点都不稀罕……"

一个老人接上说:"那倒也是,那时候林子密,谁要半夜进了林子,不死也得脱层皮。林子里鬼哭狼嚎,听一听头发梢都竖起来。新社会英明啊,说一声伐林,林子就稀了,野物精灵就没了。再加上村村民兵都厉害,说开火就开火,它们都开溜了……"

虎头听得出神,问"开溜"是什么意思。

"'开溜'就是撒丫子,一口气跑没了影……"老人得意地哈哈大笑,抽烟、磕烟斗,说下去,"上级为什么命令那些待在老林子里的人归村?为什么?我考考你们仨'知己'。"

我们都答不上来。

"那是知道他们跟野物有一手,暗中有勾连哩!有的直接就是妖物变的,要不怎么就不敢到村子里住?把他们绑在树上打、打,打得皮开肉绽,是妖物也就露出了原形……"

说话的老人突然不吱声了。这样静了一会儿,有人指指他说:"记起来了,你那时候是民兵头儿,捆人、打人可不少哩!"

那个老人挠挠脖子,说:"咱不过是执行命令,上级发令,咱背上枪就走……"

"二锅腰"端量说话的人,这时冷冷地问:"那我问你,当年捆打的那拨人里,有这个'老狍子'没有?"

"这个嘛,日子久了我也记不清……"

"你照实了说!""二锅腰"口气生硬。

"我说不好。反正那家伙是给大户看林子的,大户灭了,他还赖在林子里,村里还能饶了他?打,往死里打,真打死了,就变成鬼给大户看林子去吧……"

这个老人说话咬着牙,发出了咯咯声,有些吓人。我这会儿想起了外祖母讲的故事,狠狠盯着眼前这个老人:说不定他就是折磨外祖父"知己"的人!我握紧了拳头,手心里全是汗。

"二锅腰"鼻子里发出吭吭声,幸灾乐祸地说:"可惜你们这些民兵都不是那人对手!人家全身都是本领,听说会'缩骨法'——半夜一抖瑟,身子缩成小孩儿似的,绳子也就松脱了——有这事不?"

那个老人点头又摇头:"反正是半夜逃了。这家伙能躲过枪子儿,能潜水,能在树梢上跳,能一口气游进深海……就这么着,他算逃过了一命。"

"二锅腰"满意地笑了。

"那家伙,在树上是鹰,在水里是鱼,在草棵子里是豹,谁也逮他不住。上级没法了,就架起了转盘子机关枪,说他从海里爬上来就成了特务,打死活该!幸亏他再没出现,机关枪也就撤了……"

那天从铁匠铺出来,我们三个好长时间没有说话。他们老人年轻时候经历的事儿也太吓人了!我们都在想"老狷子",猜他是不是那个逃跑的护林人。如果是,他多么了不起,又多么可怜哪!

天底下最迷人的地方就是那个林中小屋了。我们一有空闲就往那里跑。老人能做出最好的吃物,还有长满瓜果的园子。我们和他待在一块儿,常常忘了"礼数",只想逗他玩。他的故事可真多,什么海里、河里,还有林子深处的怪事,三天三夜也讲不完。

虎头说:"让我猜猜你最喜欢的野物是什么吧?"

老人眨着眼:"是什么?"

"是狍子……"

老人笑得眉毛都抖:"嗯,让你猜中了!那动物长得才叫俊气哩!可惜咱这林子里一只都没有了。"

小双急急插嘴:"还有,'二转儿'没有打中它嘛!"

"可它受了惊吓,变成了人,再也不敢变回原形了——它害怕猎人……"

我说:"'二转儿'不当猎人了,村里再没有猎人了。"

老人摇头:"只要有了狍子,猎人就会有的——说不定你们仨长大了,哪一个还会当猎人呢!"

我们都不高兴了,一齐说:我们绝不当狠心的猎人!

"真的?"他看着我们,"那我就变回狍子给你们看看!"说着真的伏下了身子,在小屋前的草地上一纵一纵跑起来——三两下纵到树下,伸出左脚猛蹬一下树干,就消失在灌木和艾草中……

"老狍子!老狍子!"我们焦急地喊着、张望着,一点影子都没有;我们正想追过去,他却从小屋后边绕出来——如果不是亲眼看见,无论如何也不会相信他能这么快地腾挪,真像一只狍子!

老人学过狍子窜跑,停下来却没有大口喘气,脸上也没有汗粒,还像过去一样微笑着。

我们也学他那样伏身蹿、纵,一会儿就累得呼呼大喘。老人摇头,指着虎头说:"你的尾巴一摇一摇像朵花,猎人正好向它瞄准。"

虎头说:"我哪里摇尾巴了?"老人拍拍他的屁股——虎头的屁股撅得很高,在草棵里肯定是显赫的目标。

我们玩了许久才停下,准备吃饭了。

这一餐是三四种野果做成的馅饼,它们都采自林子。有一种豆粒那么大的蘑菇拌了酱,又装在白面做成的小口袋里蒸熟。地瓜饼、花生包子、甜玉米糕,所有吃物都摆在树下,引来六七只大鸟蹲在旁边。我们轮流扔食物给它们。

有一只像狗那么大的动物出现在林边,向这边望着。老人扬手招呼一声:"二妞,过来不?"那只动物歪头哼一声,走开了。老人说:

"这是一只狐狸,她一见了生人就不好意思。"

半下午时分,圆圆的肚子瘪下去一点,好舒服。我们四个人躺在炕上,仰脸看着屋顶。虎头瞅瞅小双和我,露出肚子,认为自己的肚脐长得最好。他转身揪老人的衣服,老人掩了一下。虎头说:

"俺偏要看嘛!"

老人叹一声,只好由虎头去看。虎头一低头就嚷叫起来。我们这才发现,老人肚子上有几道长长的伤疤,有的已经变了颜色……"妈呀,吓人!这是怎么回事?"

老人不答。

小双说:"我猜,肯定是被林子里的野物咬的。"

老人摇头:"野物没有在我身上留下一个疤痕。"

"真的?为什么?"

"因为野物是我朋友……这些伤疤全是人留下的。"

我们不再吱声。我猜大家都在想铁匠铺里听到的故事。错不了,肯定是那些民兵将他捆在树上折磨成这样的。多么可怕的往事啊,老人不愿说它们,揪揪衣襟盖住了肚子。

他一一赞美了我们的肚脐,说:"记住,不要让这里受伤。"

"这里受伤会很疼——最疼了是吧?"虎头问。

老人闭上眼,点点头。

时间过得真快,天暗下来了。如果再不回家,天一黑就无法穿过林子了。我们三个商量了一下,横横心留下来——就留下过夜又怎么?顶多第二天让家里人训斥一顿。

老人仿佛忘记了让我们回家的事,等他想要催促,发现天色已经太晚了。他咕哝着:"家里人会牵挂,会焦急",却不再赶我们离开——咱是客人,主人硬要赶客人走,那是不合"礼数"的。

一轮红红的月亮闪烁在林隙里。看着月亮,听着各种动物的叫声,多么高兴。艾草这时候气味真大,老野鸡呛得一声连一声地叫。不知是谁从炕上跳起来,喊着:"去海上啊!去河边啊!"

我们真的出门了。老人走在前边,我们三个就小声议论:"瞧他像不像只老狗子?""脖子真长!""一大步一大步地跨,就像!"

月亮一点点升高了,变得洁白。野鸡的叫声一点点稀了。野兔唰唰飞跑。虎头窜到最前边,两手撑地走几步,又连翻几个筋斗。小双摘来一些野果,分塞到我们嘴里。正这会儿老人止住了步子,定定地望向一个方向。

在一层月光下方,有几点淡淡的火焰在一片矮树梢上闪烁,伴着若有若无的人声……我们看了一会儿才明白,那个方向有一些拉网的人。

"大叔,您过去也做过拉网人吧?"我问。

他点点头,转脸向我:"就叫'老狍子'好了,我喜欢这名儿。"

谁也没有当面这样喊啊。"'老狍子'……"虎头试着叫了一声,老人高兴了。他大步走在前头,大声喊着:

"哦哟,兔子伙计、狐狸滑头、老笨獾、大刺猬球,你们听着,咱'老狍子'领着三只小狍子出来了……"

这样喊过之后,足足有十几分钟是静静的,好像整个海滩林子都在听、在想。过了一会儿,突然从林子深处传来一阵哗哗声,接着就是各种野物的喧闹,好像它们在哈哈大笑,在打尖尖的口哨,还在装模作样地泣哭、撒娇……我们第一次在夜晚走这么远,这会儿都呆呆地站住了。

"这些家伙在向我们打招呼呢……""老狍子"说。

"原来有这么多野物啊,它们平时都藏起来,黑影里这么欢哩!"虎头兴奋地拍手。

又走了一会儿,我们都听到了水声。离河不远了。真的,一阵水腥气飘过来,伴着几声蛙鸣,还有咕咕的水泡声——那是大鱼在吐水。疏疏的柳棵后面,月光把大片苇草都照亮了,河岸近处的沙子白白的。

"老狍子"带头脱衣服,脱得只剩下一条短裤。我们一脱裤子就什么都没有了。衣服撂在白沙上,嗵嗵跳下水。"老狍子"悄没声地钻进水里,像一条大鱼,只一闪就不见了。又待了一小会儿,他在我们脚下钻出来,撸一下满脸水花说:

"这儿是一条浅沙水汊,别往那边去,那边是泥底,水深,藏了潭子。"

原来他这么快就勘察了一遍。他的水性要多好有多好,也许比鱼一点都不差。他让我们三个伏在他背上,直驮进一两百米的芦苇夹道里,再从另一边游回来。

我们仰躺在热乎乎的沙子上,看一天星星。这儿的星星比村子里的大。"'老狍子',告诉我们哪颗是北斗,好吗?"小双说。

"老狍子"坐起来,指点说:"看那个勺子七星、那勺柄最后的两颗……嗯,循着它往前五拃那么远,找到一颗星了吧?它就是北斗!"

我们轻轻呼吸着,看着北斗。这是第一回认识它啊,原来它就在那儿!

"七颗勺星、对面那五颗大星,它们都绕着北斗转……今天是阴历十五,今晚和明晚才有这么大的月亮。这几天的海潮也大。看到东南上来那颗大星了吧?咱这儿叫它'大猫'——待一会儿还有一颗大星出来,叫'二猫';第三颗叫'三猫',那颗大星出来天就要亮了。海边人说:'大猫出,二猫蹿,三猫出来亮了天……'"

我们听得出神。"老狍子"知道得可真多!"'老狍子',一直是这样吗?这都是一定的吗?"虎头问着。

"老狍子"点头:"一定的。太阳、月亮、星星,还有北斗、海潮,这些一直是这样,都按时来来去去,从来不会骗我们的。"

"它们可真不赖,真了不起!"小双说。

我一直没有作声。我在想村里的人。我觉得村里一些人太差劲了,他们屠杀动物,说谎,干了多少坏事。我永远不会忘记外祖母讲的"知己"——一个是外祖父,另一个就在眼前。但我忍住了,我没有说出外祖父。

虎头看看小双和我,又端量老人,问:"'老狍子',听说你没上学,一辈子都在林子里蹿,怎么就知道这么多?"

"老狍子"摇头:"我知道得太少了。我不过是怕迷路才找北斗,还要看星星估计时间,因为那时候人稀林子密……"

虎头恍然大悟的样子,拍着腿:"明白了,你是跟林子、星星和野物它们学来这些本事! 那些'礼数'也是跟它们学来的! 怪不得'二锅腰'要败在你手下呀……"

"老狍子"欣喜地看着虎头,最后板着脸更正:"不,孩子,'礼数'不是用来比赛的,它就放在那儿,是原来就有的,咱们不过是一起去找到它。"

我明白了一点点。我记得那天在小屋前面的大树下,他也对"二锅腰"说过同样的话。我实在忍不住了,问道:

"'老狍子'大叔,我知道你就是那个大户人家的护林人,村里人打死了大户以后,你就逃了……"

虎头和小双一声不响。

老人看着一天星斗,不吱声,伸手抚摸着我的头。我们都在等待一个肯定的回答。

"逃得再远也要回来……我又回来了……"

虎头和小双发出了啊的一声。

我又问:"可是那一天,跟上'二锅腰'来小屋的那帮老人中,就有捆你打你的那个民兵头儿——你肯定认出了他……"

老人沉默一会儿,点点头。

"你该找他算账啊！这个大坏蛋！"虎头大叫。

老人摇头："都成了老人，都是过去的事了……"

"可是那个家伙最坏最狠了……"小双愤愤的。

今夜真静。月亮更高了。这会儿屏住呼吸，能听到海潮的声音：就像在耳边不停地咕哝。可是到了大风天，这海潮会大得吓人。老人这时欠欠身，伸手指指东南边一颗大星说："看，'大猫'！"

啊，它来了，悄悄来了，没有像猫那样喵喵叫。我们凝神看着，觉得这颗星真俊——天上的星像人，有的严肃，有的和蔼；有的高声大嗓的，有的小嗓小声，很害羞的样子……这时候我在想：是否该问问他"知己"的事？

正这样想着，小双突然问了一句："'老狍子'懂得太多了，你能告诉我们什么是'知己'吗？"

老人像被蜇了一下，身子一颤。他看着小双，不答。

"有人说我们三个就是'知己'！"虎头补充说。

老人咬着嘴唇，大概在用心想着什么。他终于回答了，声音低低的："怎么说呢？'知己'就是两颗心挨在一起，一颗心想什么，另一颗心也知道……"

我听出老人的声音好像哽住了，脸转向了一边。我敢肯定，他这会儿想到了我的外祖父。

"'老狍子'，我们三个也想和你成为'知己'，你要我们吗？"小双好像鼓足了勇气，字字清晰地说。

老人笑了，笑得泪水都流出来。他把我们三个搂在一起："嗯嗯，要、要……"

我清楚地看到，"老狍子"的泪水一直顺着鼻子淌下来。我的手又碰到了他一身的疤痕，就仔细瞧起来：天哪，他周身上下，到处都是深深浅浅的伤痕。

我们三个难过极了。谁都想得出，"老狍子"一辈子受了多少折磨……我这会儿想到了一个重要的问题，小声问道：

"你最喜欢的动物是狍子，如果你真的能变成一只动物，真的是一个精灵，你会变成狍子吗？"

小双和虎头也觉得这个问题最有趣，直着眼看他。

老人看看月亮，想了想说："会的。等海边上再也没有猎人的时候，就让我变成一只狍子吧！"

我们都在想象那是什么情景。一只俊美的狍子在树间草地奔跑，我们紧紧跟上……正在出神，虎头咦了一声——大家这才发现，老人不知什么时候离开了。

"'老狍子'！'老狍子'——"我们叫着。

也许是太恍惚，是幻觉，我那会儿真的看到一只高大的动物，就像一只大鹿，在前边的苇丛和柳棵间一纵而过，搅起一阵大大的涟漪……

"你们看到了吗？看到了吗？"我问他们两人。

"你看！你看……""你看啊……"

他们惊得张大嘴巴，伸出了手指。

起风了。一片片影子摇动不息。那片涟漪搅得更大了……

2013.6.28；9.3

镶牙馆美谈

在我们村当个聪明人可不容易。因为这里的聪明人太多了,半个村子都是这种人。谁聪明看得出,谁傻也看得出:两眼发呆的,嘴巴流哈喇子的。不过聪明人和傻瓜都可以装。装傻瓜的是聪明人,装聪明人的是傻瓜。

"咱村有三个聪明孩子……"有一段这成了村里老人的口头禅,他们一遍遍说个没完,结果不仅村里人知道,还传到了外村。

所谓的"三个聪明孩子"就是我、虎头和小双。

我们一开始很得意,后来又不安起来。因为总是有人盯着、防着,想干点什么就难了。我们商量了一下,决定从这个春天开始试着装傻——扮成呆头呆脑的样子,就像刚刚睡醒似的。

结果很快就收到了很好的效果。村里老人有些失望了,他们说:"这三个机灵鬼蔫了,大概整天胡窜,累坏了。""有的孩子越长越傻,这叫'没有后长'。""谁知道哩,也许被林子里的野物给调理了,好生生的孩子变得迷迷瞪瞪了……"

最后一种说法怪吓人的。那种事真要发生在我们身上可就惨了!因为海边人都知道野物的厉害,村里人常被它们捉弄:它们一直是全村的对头,相互斗着心眼,斗了几十年、上百年。

说到人与野物的斗争,故事多得说不完。以前村里人斗不过精灵,尽管舞刀弄枪,还找来懂法术的阴阳先生,最后还是抵不过它们。近几十年里使用了另一种方法:砍林子。老人们说这一招够狠,因为野物再狡猾,也总得有住的地方吧?林子一天比一天稀疏,看它们怎么办。

野物们被逼急了,窜到村子里咬牲口、伤人,有的村里人得了怪病,尽说胡话,分明是被它们给捉弄了。这都是老人常常讲起的一些事情。

话扯得太远,还是回到我们装傻的事儿上来吧。经过一段时间的伪装,让我们吃了不少的苦头,也总算明白了聪明人装傻有多么难!不过有辛苦就有收获,我们反而借机探知了更多的秘密。比如对人的判断吧,一切更加简单明了:上眼皮沉的人心眼多,脖子后边长厚肉的人朋友多,有一双大门牙的人运气好,罗锅口才好,豪爽的人小心眼多,耳垂上有一道坚纹的人和善……

随着了解的秘密越来越多,我们渐渐盯上了一个人,他才是一个大秘密的主角:藏在离村子稍远一点的地方,暗中真有一手。

他是什么人?藏在了哪里?

这个人所有的故事都与海边林子里的野物有关……最让我们兴奋不已的是,再有不久咱就能亲眼见一下这个人了,因为他老了,就要搬回村里住了。

他叫"伍伯",就出生在这个村子里。因为他常年不回村子,所以年轻人大多没有见过。只有上年纪的老人还记得他,说到他穿开裆裤的模样,还说从下边伸手摸过他。这人是个孤儿,很小就被镇上人领走了,而且学了一门了不起的手艺。

"你们猜猜,如今咱海边这一带谁最有钱?伍伯!他的钱比旧社会的大地主还多,比全村人加起来还多!"老人们议论着,"那当然是靠手艺……"

伍伯的手艺是镶牙。

海边方圆几十里,只镇子上有一个镶牙馆。那种地方很怪,听起来叮叮当当的。村里人有各种毛病,可就是牙齿好。个别没牙的老人说:"咱不镶牙,伍伯想挣咱的钱就难了!"他们没牙也嚼得动东西,为了证明,就张开大嘴扔进一块地瓜糖,咔啦咔啦嚼起来。

村里只有一个老人去过镶牙馆,回来后镶了一颗金牙。他说这是伍伯送他的,"不用花钱,人家有的是金子……"

海边人牙好,主要是因为他们吃的东西软,比如地瓜和鱼,还有稀粥,都不费牙。那个去镶牙馆的人回来说:"伍伯真忙啊,穿着白大褂,一边与人拉呱一边干活,人来人往可真不少……"

可是走在村镇的大街上,人们张开嘴巴,就是看不见几个镶过牙的人。这事儿怪了,伍伯天天镶牙,都镶到谁的嘴里去了?

可见所有的秘密全在嘴巴里了。只要闭紧嘴巴,这些秘密就永远也解不开了。那些老人说事儿故意吐半截留半截……

据说伍伯脖子后边长了一块厚肉,所以人缘好。其实比人缘更好的,还是他的野物缘。镶牙馆是镇子上一个不错的去处,人们都愿意去坐一坐,天南海北扯一会儿。去的时候要在兜里装上地瓜糖,咔啦咔啦嚼着,等于宣告自己有一口好牙。伍伯讨厌嚼地瓜糖的声音,说:"咱这种小地方不懂事,在那些大城市,牙再好也要镶上金银。"

伍伯时常诱惑镇上人镶牙,最后总算把一部分人说动了心。镶过牙的人愿意笑,一笑就露出了金色的门牙。他们对人更和蔼了。"人哪,牙硬心就软,牙软心就硬。"伍伯发明了这样一句名言。

因为只有一个镶牙馆,来找伍伯看牙的就不光是人了。林子里的野物也有牙齿的问题。它们吃东西杂,下口狠,所以年纪不大就把一口牙给搞坏了。至于说那些年老的动物,几乎都没有一口好牙。

野物们暗地里来镶牙馆的事,几十年里都是一个秘密。这秘密到底是怎么透出来的,还得问伍伯,因为说到底还是出自他的嘴巴:酒是开口的钥匙,他喝了酒什么都说。镇上当年酒水奇缺,差不多是禁用品,有劲的白酒谁也喝不到,顶多能喝上一些自酿的土酒。

只要嚼着地瓜糖喝下半罐土酒,伍伯的话就多了。他说自己这辈子最凶险的一个经历,就是给一只老狼镶牙。

那只老狼统领河东荒原,所有野物都归它管制。它胃口好,脾气坏,牙渐渐不行了,一吃东西就发火:咧着一张大嘴,露出一口残牙。年轻的小狼只好去海边捡回被海浪打昏的小鱼给它吃。鱼肉不硬,可是有一股腥气,它吃得呕吐。

这只老狼叫"兴儿"。有一个叫"瓦儿"的母狐是它的朋友。"瓦儿"住在密林的另一边,偶尔来这里找"兴儿"。当年它们都年轻,身上的毛儿闪闪发亮,在一场大战中相遇了。狐狸们巧用计谋,头一局胜了。但是到了第二局,狐狸们因为高兴喝了酒,头脑发昏忘了计谋,就被"兴儿"的队伍打败了。被俘的"瓦儿"瞪着一双水灵灵的大眼睛,希望能活下来。

"兴儿"是天下最冷酷的公狼,对战败的对手从不留情。那些日子"兴儿"生了股癣,要不停地挠,"瓦儿"也就有了活下来的机会。它算半个医生，认得十几种草药，就给"兴儿"治好了股癣。"瓦儿"用药酒迷住了"兴儿"，让它喝得上瘾。

枯水季节一来，"瓦儿"就带着酒来看望"兴儿"了。老狼诉说牙齿的痛苦，"瓦儿"就张大嘴巴，露出一口亮晶晶的新牙。

原来"瓦儿"早就被一口坏牙折磨过了。那时它常常变成姑娘去镇子上，于是就找到了一家镶牙馆，结识了穿白大褂的伍伯。

"瓦儿"扮成的姑娘二十出头，张着嘴让伍伯看牙。伍伯说："老天，这么点年纪就长出这么一口坏牙？这是我遇到的头一份！""瓦儿"说这都是嗜酒惹下的祸，说着献上一坛药酒。

伍伯从那时起变成了酒鬼，离了酒就像丢了魂，走路摇摇晃晃。不过他镶牙的手艺谁也比不上，又快又好，至于痛不痛，那要看喝没喝酒。他喝足了酒，动作就格外轻巧麻利，连一边看他干活的人都觉得是一种享受。他们说伍伯手脚真快，比比画画就把事情办好了，瞧一个个心满意足，咧着一张大嘴走了。

"瓦儿"要镶金门牙、银臼齿，这让伍伯作难了。镶牙馆穷得叮当响，哪有金子银子。"瓦儿"说这事好办，几天后就送来一小口袋金银。结果"瓦儿"镶了一口漂亮的牙齿，剩下的金银还足够用在好几张嘴上。

趁着夜深人静的时候，"瓦儿"把"兴儿"领到镶牙馆。老狼扮成一个老渔翁的样子，吃鱼吃得浑身腥气，所以伍伯一点都不怀疑。老狼戴了斗笠，穿了蓑衣，伸出舌头。这舌头太长了，还发出哈哒哈哒的声音，吓得伍伯停住了手里的器械。那时"瓦儿"就劝伍伯喝酒，不停地喝。

几天以后,伍伯给老狼镶了金光闪闪的牙齿。正在他高高兴兴端起酒罐时,老狼火了。原来老狼一照镜子发现了金牙,气得龇牙瞪眼,变回一张毫不掩饰的狼脸。伍伯酒罐掉在地上,人也昏了。他半晌醒来定了定神,看到生气的老渔翁坐在椅子上,等着重新镶牙。"瓦儿"笑着对他说:

"我家老头子想镶一副铁牙。"

伍伯这里什么都缺,就是不缺铁。他很快给老狼镶了一副铁牙,并且按对方要求,每一颗牙都磨得尖尖的。老狼从椅子上下来,抓住伍伯说:"你帮人帮到底,正好我也饿了,就拿你试试牙吧!"说着张开大嘴就咬。

那会儿幸亏伍伯刚喝了半罐酒,手脚灵活,飞快一闪,只被咬去半个耳朵。血顺着脖子往下流,血腥味儿让老狼狠劲更大了,两只眼变成了杏红色。这时全要倚仗母狐"瓦儿"了,它让伍伯躲在身后,大把大把往狼嘴里扔地瓜糖。"兴儿"咔嚓咔嚓咬着,随口吐在地上,好不容易才安静下来。

那个夜晚伍伯吓得要死,而后只想一件事:是否逃离镶牙馆?难就难在全镇只有他一个镶牙师傅,那样也就关门大吉了。当他表示要洗手不干了时,所有老人都生气了,问他缺酒还是缺地瓜糖。再说即便不干了,也要先带出一个徒弟啊。

伍伯收下了一个徒弟,准备随时抽身。

"瓦儿"成了镶金牙的大婶,时不时就来镇子上,在镶牙馆一坐半天,等着所有人走光。人们知道这个女人与伍伯有厚谊,她带来了醇酒,劲道大、香气浓,两人会一直喝到半夜。第二天,剩下的酒底还能醉倒一个老人。

大婶到了半夜就露出一截火红的尾巴。半醉半醒的伍伯捋着这条长尾问:"长这么个东西不是多余吗?"大婶说:"这你就不懂了,它不光好看,用处也大。咱用它说悄悄话,传递口信——不瞒你说,如果咱对村子恼恨了,就用它扫打一块白石头,扫到啪啪冒火星子,大火就燃起来了。"

伍伯最想念的还是金子,因为近来要求镶这种牙的人多起来,他们大半都是有钱人、当官的。"瓦儿"大婶吐露了一个秘密:海边上金子不缺,不过人要找它就难了。这是个细发活儿,人的手脚太大太粗。它藏在河滩的沙子里,要扒拉起来得有十足的耐心,还要有一副小巧的蹄爪。"干这个'兴儿'它们不行,俺们也不行。什么老獾、大熊、猞猁,全都不是这块材料。"

"那你上次不是带来一小口袋?"

"瓦儿"笑了:"最会干这活儿的是兔子。它们那一对小蹄爪啊,灵巧得啊,在沙子上唰唰一阵扒拉,一颗金粒就找到了,不过它们噙在嘴里玩一会儿就扔了……"

"扔了?"伍伯惊了。

"就是扔了。它们瞪着一双兔子眼,哪里懂得金子的贵重,只认得嫩草好吃。"

"上回的金子就是它们找到的?"

"那是当然了!兔子一群群多的是,海滩上没有哪个家族比它们子女更多,因为它们吃物充足,嫩草到处都是。俺和'兴儿'就不行了,是天天要开大荤的,除了肉什么都不吃!要不说兔子总躲着咱,它们和咱在一块儿,一会儿就给咽下肚了……"

"那还为你们找金子?"

"逼它们干!先不杀它们,让它们的小蹄爪派上用场。咱先糊弄它们,说小兔宝宝好好干活吧,找来金子就饶了你。就这么着,它们在沙子上一阵忙活,一颗金粒就扒拉出来了。有一大群小兔子干这个呢,你想想这事儿还难?"

伍伯恍然大悟了,拍拍手:"那你们就不要杀它们了,让它们帮忙找金子!"

"瓦儿"肚子痛一样哼哼着:"谁说不是啊!可是我们这一大家子吃什么?还有'兴儿'那一大家子吃什么?"

"难道没有别的好吃?鱼虾、刺猬、獾和猞猁……"

"瓦儿"摇头:"海里东西腥死了。刺猬扎嘴,獾会钻洞,猞猁要逮住一个难上难——那家伙个头不大,忒凶。还是兔子肉好吃,连老兔子肉都是嫩的,吃起来有一丝甜味,用来下酒最好!"

伍伯在心里为兔子们难过,也为不能到手的金子着急。他发现"瓦儿"说着说着口水就流下来了。

"前一段老狼'兴儿'牙坏了,就没心思逮兔子了。如今好了,你给它镶了铁牙,那些兔子挨上它的嘴就像遇见了大剪刀,齐茬儿给剪成了两半。要不说咱这一帮子,到了一口牙坏了那天就什么都完了。说起来你不信,'兴儿'那一帮原来的头儿是它亲叔,叫'黑脸',领这群狼崽儿打遍河东,谁都不是对手。后来'黑脸'的牙坏了,没本事了,'兴儿'就把它咬死了,成了这一群狼的头儿……"

伍伯听得一身冷汗。他嘴里咕哝:"狼就是狼!它咬死自家亲叔!"如今他最后悔的事情,就是为这家伙镶了一口铁牙。完了,兔子们遭了殃,金子的事也泡了汤。不过他还有一线希望,就是让这个"瓦儿"大婶帮忙。

"瓦儿"抹着嘴:"说到底俺这一伙是吃不了多少的,要紧是'兴儿'那一伙。它如今有了铁牙就威风了,一吆喝谁都得听,连老熊都不能打瞌睡了。过去老熊才不买'兴儿'的账,过狼群的时候照样打鼾。有一回老熊采了一坨野蜜,'兴儿'见了馋得流口水,想讨来指顶那么大舔一舔,刚伸爪子就被老熊掴了一巴掌。它还不得挨着?如今不行了,老熊躲着它,猞猁见了吓得撒尿。都是因为铁牙。不瞒你说,有了铁牙,我这个大恩人它也不放在眼里……"

"瓦儿"骂着老狼,把一根红尾巴收到屁股下坐了。

伍伯很长时间不再吭声,心里想的全是牙的问题。

"就因为我是女的,容颜比什么都重要,要不早就求你为我改成铁牙了。我照照镜子,一见这几颗大金牙就高兴。我舍不得呀……""瓦儿"叹气,拍腿,把粗尾巴抽出来摇动着。

伍伯这才发现,这个母狐的一双眼睛真好看。他劝它再喝几碗,知道它醉透了,说出的事情会更多。果然,连饮几碗,母狐的话想挡都挡不住:

"我这么大岁数了,也不能光吃兔子啊,实话告诉你吧,咱每次来镇上都要随手抓几只鸡回去。镇上的鸡比不上小村的肥,可这是黑皮黑骨的乌鸡,有大滋补的……再讲一个真事,这事儿'兴儿'听了就睡不安稳了,那就是'老筋'回来了——它回来了……"

"'老筋'是谁?"

"你真不知道？你一天到晚待在这个拾掇牙的地方，连'老筋'都不知道？它就是有名的兔王啊！满海滩没有不知道'老筋'的，连刺猬和地老鼠都知道——顺便说说，地老鼠的肉也怪嫩的，就是个头太小了，还不够两口嚼的……'老筋'的辈分比我和'兴儿'都大，原先是和'黑脸'作对的。有了它，一群兔子就不服我们管了，它们的鬼点子全使出来，吃荤的这伙儿都得傻眼。当初就是让'老筋'使了个计谋，把'黑脸'的牙整残了……"

伍伯听得出神，问："到底是什么计谋？"

"'老筋'设法把一根大铁钉包在一块肉里，'黑脸'正好饿得急，咔嚓一声咬上去，好生生的两颗尖牙就齐根儿断了……它就是这么倒霉的。不过'老筋'后来为救怀孕的母兔也受了重伤，断了一条后腿，然后就拐着去了河西。一年过去了，都以为'老筋'死了。'兴儿'就盼着它死，因为它是狼群的对头——说起来你不信，这个兔王千变万化，连老鹰拿它都没办法……"

伍伯终于听明白了。他心里有了一个强烈的愿望，就是设法结识那个兔王。可是他一点主意都没有。这样想了一会儿，他自言自语起来："就不知兔王的牙怎样了，照理说这把年纪……"

"瓦儿"哈哈大笑："好不了，我敢说好不了！"

"为什么？"

"俗话说'义不生财，善不领兵'，这个兔王太仁义了，平时只让下边一群小兔吃嫩草，它自己嚼些老草梗子，一口一口吞下全不在乎。你想想它的牙还会好？好不了。我扳扳手指算了一下，它在'黑脸'活着的时候已经两岁了，如今少说也有四岁半了，算是一只正经的老兔子了,牙口嘛,想好也好不到哪里去……"

伍伯打断它的唠叨:"那你不能把它领到镶牙馆里?"

母狐笑得全身抖:"我要能让它听我的,直接就把它当成下酒菜了。这好比让猫给你捎鱼来,找错帮手了!"

伍伯不吭声了。他在想办法,想得头痛。最后母狐"瓦儿"抓鸡去了,他还在想办法。

这些日子里不断有当官的和有钱人来镶牙馆,进门时撂下一盒烟或一瓶酒,然后就打着手语,指指自己的门牙。伍伯明白又是要镶金牙。他抽了人家的烟,喝了人家的酒,事情却无法办成。最后他不得不对那些人说:

"这事儿或者拖下去,或者自己带金子来。"

拥有金子的人到底是少数。有个肥头大耳的家伙带来一个铜纽扣,说是老辈打大户分的浮财。伍伯那个高兴,因为一个金纽扣至少能做成六个门牙。可惜后来完全不是那么回事:金纽扣是假的,只在上面镀了一层金。

"瓦儿"大婶把伍伯当成了最好的酒友,每个月都携酒来,同时传递一些林子里的消息:"了不得啊,'老筋'领着那帮兔子兵,挖了一道道战壕暗道,'兴儿'再想逮它们就难了。不光这样,'老筋'还训练了一队骑兵,举着令旗,让老狼的队伍天天倒霉……"

母狐详细解释了"老筋"的战法:兔子们骑在一匹匹看不见的战马上,叫"草上飞",一眨眼就没了踪影。它们在马上射箭、挥刀,挨近了就腿蹬牙咬——"兔子的两个大门牙你是知道的,又硬又狠,咬上谁也受不了。结果老狼一伙不光吃不到兔子肉,还给弄得少皮无毛。老狼的好日子给'老筋'搅了。"

"那老狼它们会败下来吗?"

"到底是镶了铁牙,败难胜也难——要紧是吃不到兔子肚子饿,饿急了就来对付我们狐狸。这个不得好死的'兴儿',有一回还对我龇起了铁牙……"母狐说到这里抹了抹泪眼。

伍伯盘算着,心想机会来了。他摸了摸脖颈后面的厚肉,转着眼珠说:"我们镇上人不愿对你们野物的事情插嘴,不过看在老朋友的分上,我还是要进一言了。"

"那你就说呗。"

"依我看,你们狐狸还有鸡吃,用不着见了兔子就急眼。不如暗里找找'老筋',给老狼它们一个眼色看看。要不日子久了,你这一伙早晚得输给'兴儿'。别忘了'黑脸'是怎么死的,那可是它亲叔。"

母狐"瓦儿"半晌没有吭声,后来问:"怎么找那个兔王?这种事儿太别扭,它会起疑心的……"

伍伯指指嘴巴:"就从牙上说起,估计兔王也到了换牙的时候了。"

母狐点头,灌下一大口酒,高兴地摸了一下伍伯脖子上的厚肉。她对这块软软的肉坨十分喜欢。

大约在他们分手一个星期之后,好消息传来了。母狐"瓦儿"急匆匆走进镶牙馆,当时天还没黑,她对几个嚼着地瓜糖的老人挥挥手说:

"天不早了,快回家喝玉米粥吧,这里又不是你们的家。"

老人们抱怨几句就走了。他们刚刚离开,"瓦儿"就眉开眼笑地告诉伍伯:"事儿有个八成了!"

"那快说说看!"

"是这么着,有一天我逮住个小兔子,一吓唬它,它就说了不少兔王的事。原来不出咱们所料,那个'老筋'早就是一口破牙了,简直被折磨坏了!特别是前几天跟老狼一战,打得惨哪!最后的近身格斗非要张口去咬不可,'老筋'是口口都空——没有办法,两个大门牙掉了一个半……"

伍伯听得傻眼,忍不住喊:"快领它来,快领它来!"

"瓦儿"抿一下嘴:"要不说事儿快成了嘛。我给小兔子说了镇上镶牙馆的事,还扒着嘴让它看了金牙,因为凡事儿都得有根有据的……小兔子回去一五一十说了,那个'老筋'疑心忒大。好几天过去了,它又派一个心腹来探听虚实,是个老兔子,还伸出脏爪子来扒老娘的嘴……我估计快了。"

在一个小雨蒙蒙的夜里,一件了不起的大事发生了。事后伍伯说,天下雨是个兆头,那是老天爷被即将发生的事儿感动得哭了!看看吧,好像咱只是给一只野物镶了一对门牙,其实哩,是在改变整个荒原的历史……

那个夜晚母狐抖着一身湿毛,领着白眉白须的老兔子往镇上小步快颠。在马上进入巷口的时候,它们一前一后都变成了人形。那会儿母狐对兔王说:"快变吧,打扮得人模人样,这叫'入乡随俗',咱一副毛疵淋拉的样子,镇上人见了会吓个半死!"

兔王"老筋"扮成了一个慈眉善目的长者,穿了深黄色的坎肩,上边还挂了一块怀表,美中不足的是耳朵比常人大了三倍。他一开口带有明显的海滩口音,嗓子发沙。他坐在手术椅上时,多少露出了害怕的样子。伍伯心想,原来再大的英雄也害怕咱这把镶牙钳啊。

兔王一张嘴,让伍伯又一次大吃一惊。这和当年"瓦儿""兴儿"一样,进一步让他明白:原来野物嘴巴里面的痛苦一点都不比人少,只不过它们的忍耐力是人的十倍!瞧这个名震四方的兔王吧,一颗门牙齐根断掉,另一颗门牙剩了一半——而且不是横断,是竖劈!想一下嚼东西时会有多疼……他心里生出了双倍的怜惜。

几乎没怎么犹豫,也不再商量,伍伯当即决定给"老筋"镶一副铁牙,而且也要磨成尖的!

就这样,兔王"老筋"有了一对锋利的铁牙。从今以后这只威风凛凛的兔王该是怎样勇猛无敌!那个夜晚它不知该怎样感谢镶牙馆的主人,只紧紧拉着伍伯的手。

还是母狐"瓦儿"脑子转得快,它在一边快言快语说:"老兔子王不用这么多礼道了,干脆、爽快,咱是明人不说暗话,你就让小的们多扒拉些金子来吧,这种东西在你们那儿是小事,到了镇子上用处就大了……"

兔王不信,眨巴着大眼:"是吗?不会吧?这种兔子屎一样的东西也会有大用?"

伍伯一个劲点头:"就是!就是!金子嘛,在俺看来是最好的东西,什么都能买来,它能使鬼推磨,能镶在嘴里——不过只舍得用来镶门牙,让人一张嘴就看得见……"

就这样,无论是兔王还是伍伯的镶牙馆,崭新的一页翻开了……这是伟大的一天。

整个伍伯和镶牙馆的故事讲到这里,大半秘密也就开始露底了。为了进一步追究,把事情一点点弄个清细,我们三个可费了不少脑筋,动了无数的心眼。

我和虎头长得憨实,平时扮傻还马马虎虎;小双白生生的,一副机灵鬼的样子,让他装傻就难了。不过我们总算应付下来,让凡事就爱炫耀的老人们讲啊讲啊,把几十年间海边上的爱恨情仇全讲出来了!他们的毛病是夸张,把事情原来的样子夸大出四五倍——我们为了准确,一般要将他们说出的事情除以四或五,这样也就离原来差不多了。

比如他们说十几年前海边那场大火整整烧了半个多月,一直烧光了河东岸。那些不会泅水过河的动物有的烧死,有的就蹿到村里,把庄稼和牲畜糟蹋个精光。真实的情况是,大火虽然源于一只母狐在白石头上扫动尾巴,但那火势并没有那么大,只燃了三天就被一场大雨浇灭了。

大火之后村里人去海边,捡到了一些烧死的野物。他们把这些半熟的肉再加一遍火,就成了香喷喷的美味。想不到在享受野味的时候,奇迹发生了:从野物的嘴里发现了假牙!镶牙材料用了骨和瓷,还有金和银——这让村里人感叹不已,说了不得啊,瞧人家野物凡事都要先走一步,竟然比咱村里人还讲究……

整个故事的线索从那场大火中显露无遗,追溯起来却省了不少劲儿。以前关于伍伯发财、暗中与野物精灵有勾连的传闻,都是猜测;而这一次从野物口中发现了各种材料做成的假牙,算是有了确凿的物证。事情很快就要大白于天下了。

要知道在整个海边一带,只有镇子上才有镶牙馆啊。

的确如此,海边人真的没有镶牙的习惯。他们万事不求人,全靠自己,牙齿也是一样——镶过的牙又叫"义齿",听一听就不顺气。他们说算了吧,咱不要外来的假牙跑到咱嘴里"行义",还是自己凑合着嚼吧,只要能咬得动地瓜糖就行。

牙齿究竟如何,在海边上一直是以能否咬得动地瓜糖为标准的,说到谁的牙口不好,常问一句:"咬得动地瓜糖吗?"

就因为伍伯与野物的交往,特别是与兔王的深情厚谊,使他自己成了一个超级富翁。兔王一声令下,小兔子们就伏到河滩上扒拉爪子——一双双小爪子飞快扒动,一颗颗金粒儿也就找到了。它们把金粒装到小皮口袋里,然后找个伸手不见五指的夜晚送到镶牙馆。

这样做的结果是,一方面伍伯成了挥金如土的大富豪;另一方面也助长了镇子上的奢靡之风:许多有钱人和当官的都镶了金牙。镇上召开骡马大会时,有头有脸的人一张嘴巴就放出刺眼的光芒……后来上边终于恼了,发布了一道命令:不准在同一张嘴里镶两颗以上的金牙。

从此用在嘴巴里的金子就少了一半,伍伯于是积攒了更多的金子。

这单单是从财富方面来看,其实更大的改变还在政治和军事方面。要知道自从那只老狼镶了铁牙之后,战事就急转直下了。兔子们被杀得极惨,差不多沦落到任人宰割的地步。兔王还没有从河西返回,群龙无首,惨上加惨。老狼领着狼群包抄迂回,一连打了几个大仗。

在兔王"老筋"返回河东荒原的前夕,兔子们跌到了命运的最低谷。它们成群被俘,狼群吃物丰盛,一只只皮毛发亮,膘肥体壮。因为猎物实在多得吃不了,狼群就把俘来的兔子圈养起来,让其繁殖,不再经过酷烈的战争也可以衣食无忧。

兔王"老筋"从河西归来之初,经历了最为艰难的日子。它设法救出囚禁的兔子,组织转移,有两次差点被俘。它把队伍带到一片棘丛遍地的沙窝里,在这儿休养生息。狼群没法钻进尖尖的棘刺下边,就连空中俯冲下来的老鹰也无计可施。这次休整训练提高了战斗力,也使队伍获得了喘息的机会。也就在这个时期,"老筋"开始计划组建一支骑兵。

它最大的痛苦是被残牙折磨。当时这还算一个秘密,兔群对兔王嘴巴里的疾患闭口不提,因为一旦走漏了消息,一定会让内部沮丧,令敌营士气大涨。相反兔王为了表示自己牙口强健,常常要忍住疼痛,当众咀嚼一些榆树枝条。

兔王为组建骑兵耗尽心血。它让一批批正当英年的兔子骑上战马,腰挎"鬼针箭"。海滩上到处都是长叶草、苦草和莎草,兔子四蹄一挨草芒,就像滑雪板落到了雪上一样。四蹄巧借草芒的弹力往前飞纵,胯下就有了一匹无形的战马,名字就叫"草上飞"。鬼针草上结出的鬼针做成箭镞,变成一支支利器。骑兵们一色扎了桑皮护腰,挎了毒木弯刀。

艰苦的训练一直进行了三个月,一支铁军的模样开始出现。兔王"老筋"举起令旗,队伍唰唰开拔。在出征的头一天它们就打败了一只老鹰。那家伙像一朵乌云一样飘动,最后从空中俯冲下来——兔王看得清楚,一挥令旗,几只兔子四下腾空,纷纷射出箭镞,老鹰一头栽在了棘棵上,扎得嘎嘎大叫,翎子飞散。

尽管战事有了起色,老狼"兴儿"还是占有明显的优势。"老筋"嚼不动草叶,兔子们不得不为它寻找嫩嫩的野芹和苦蒿。它半夜里呻吟,为自己的一口残牙哀叹。

母狐"瓦儿"就在这时候出现了。这是命运的转机。

海边莽林无边无际,生活了万千野物,它们在这里一辈辈繁衍,筑巢求生,过着村里人不曾知晓的生活。野物中最大的家族是兔子,最苦的家族也是兔子。它们被压在了最底层,从来不得翻身,受尽了盘剥捉弄。林野里最悍最恶的一伙还是狼族,这一族从"黑脸"为王的前三代就开始称霸河东荒原。

那时的兔王"老筋"还是一只稚嫩的兔子,像别的兔子一样被圈养在一块方圆两公里的草地上。类似的草地还有许多,分别由几个小狼王看管。所有的兔子脖颈上都要戴一个木牌,上面写了出生年月和性别。它们除了没白没黑地为狼王掏土,就是等待屠宰——说不定哪一天就从兔群中彻底消失。

狼王在海边上没有更大的敌手,衣食无忧,只想着怎样享受。它们要修筑从未有过的地下宫殿,要将所有狼穴用地道连成一体,还要堆一座高大的"号月台"——每到满月之夜,狼王就要率领几个小王登台号叫。那时凄惨的狼嚎震动四野,所有野物都吓得战战兢兢。

林子里最有计谋的是狐狸,它们的心计从不用来帮助弱小,而是想方设法占些便宜。狐狸与狼族明争暗斗,还时不时地联手。狐狸们最擅长的一手就是取悦和迷惑村里人,对年老的男人格外有办法。它们装成笑模笑样的女人奉承男人,见了上年纪的白胡子老人就夸他长寿。它们博得了村里人的信任,骗来一些烧酒,还借他们的手除掉荒原上的对手。

野物中最有力气的是老熊。这笨乎乎的家伙就像修炼成仙的高人,凡事不管,春天采野蜜,冬天舔巴掌,一副悠闲自在的模样。它们在狼獾交战时站在高处观战,对战局不置一词。当兔群被凶残的狼王率众围剿时,老熊却忙着寻找一种"酒花"——这是开白花的水边植物,有大大的苞朵,花儿凋谢后朵蒂里有甜丝丝的水。这种水含有酒液成分,老熊连饮七个苞朵,两腿就变得轻快起来,然后就手舞足蹈了。

老熊打破沉默的时刻,一定是痛饮苞朵之后。它拍着肥肥的巴掌,放开天下数一数二的破嗓子唱个不停,令人听了哭笑不得。它唱自己的青春岁月,唱二舅的孩子满月时有多么胖,唱蚂蚁打架,唱一棵老树倒下来蜂群四散,唱天下最好是野蜜……老熊是整个海滩上最快活、最没有正义感的家伙。它倚仗自己的强壮,谁都不放在眼里。它欺负兔子,但从来不惹狼群。兔子有一次实在忍无可忍,就向它举起了手中的箭,它却挺起肚子,拍拍胸膛说:"来,往这儿扎!"

獾因为受尽了狼群的欺辱,一度想和兔子联合。它诉说了无数狼群的恶习、家族黑幕、不可告人的种种勾当,让兔子十分惊讶。獾指着自己的花脸说:"看到了吧?这张脸是祖祖辈辈都有的,多么好看和气派!就因为狼王看中了,非要我把这张脸给它不可——我们獾永远都不会不要脸,当然要拒绝了!可它多么凶残,说起来你不信,狼王竟然动手来揭我的脸!太疼了,当它揪住我的皮毛时,我疼得吱哇大叫,它一害怕手就松了,我这才逃了一命!"

獾领着兔子到水边照着一张花脸。兔子怎么也看不出这张脸美在哪里。獾指指水中的兔子说:"看到了吧?咱俩一比你就知道了,你们兔子的脸膛太窄了!这么窄的脸膛,如果让村里会看相的见了,他肯定会说你'没福'!"

兔子忍住了心里的不快,没有说什么。獾把老狼们诅咒了一番,说:"怪了,我喜欢小狼。它们身上有一股奶香味儿,像村里人养的小猪一样,胖乎乎的,只知道玩。可凶狠的老狼就是它们长成的啊,你说这怎么办?"

兔子思考了一下说:"远离所有的狼吧,从小狼开始远离!"

刺猬仿佛待在另一个世界里,它们比较安静,不太介入野物间的纷争。狼虽然凶残,但见了刺猬只是观望一会儿,抿着嘴唇不敢下口。小狼没有经历事情,下口去咬刺猬,马上嗷嗷大叫着跳开,一下下用前爪扒拉受伤的嘴巴,并声声埋怨大狼。大狼其实是故意如此:让小狼在痛苦中学得聪明一些。

刺猬忙忙碌碌地采野果,找一些杂七杂八的东西吃,见了兔子就称兄道弟。兔子与它们分享野果,但共同语言不多。兔子看好了它们的一身利箭，极想让它们加入自己的阵营，刺猬拒绝了。最后兔子发现刺猬一年里会脱掉几根尖刺，就捡回去做成锋利的箭头。在几次战斗中，兔子从这种最新的武器上获得了明显的益处。

兔子为了得到刺猬的支援，就加深友谊，千方百计帮助它们。兔子得知刺猬的天敌是黄鼠狼，就对它们说："原来我们有共同的敌人哪，那黄鼠狼其实就是一种小型的狼。"刺猬听了咬牙切齿。因为它们对这种小狼恨到了骨髓，却没有一点办法。黄鼠狼见了刺猬，并不下口，而是对准它施放一股恶臭的气体。刺猬在这种气体中忍不了三分钟，个个都要举手投降：仰翻身体高举双手，露出柔软的腹部……

刺猬因为对黄鼠狼的仇恨，连带恨上了所有的狼。它们为此召开了一次全族大会，控诉狼的恶行，并且请来兔子讲话。兔子的血泪史让所有刺猬义愤填膺，它们决心不再做谦谦君子。会上当场有许多刺猬献出了身上的几支箭镞，最后竟然捆成了两大束，由兔子担走了。

斑鸠和野鸽子最恨豹猫、猞猁和鹰，它们最想找的就是与自己同样不幸的家族——联手抵抗，哪怕是凑在一起吐吐怨气也好。先是找到了鼹鼠，这种身个矮小的生灵眼神不好，个个都有怕光和短视的遗传疾病。这类顽症使它们成为最容易受到伤害的对象。一只半大的鼹鼠刚刚洗过了沙浴，穿着一身鲜亮的皮袍从门口走出来，就被顺路经过的豹猫掳走了。鹰要对付鼹鼠更为凶狠，它倚仗一双超强的眼睛，从几百米的高处就盯牢了猎物，下冲出击时好比黑色的闪电。

斑鸠和野鸽子找到鼹鼠商量事情,鼹鼠却疑虑重重。它的眼睛不好,鼻子嗅来嗅去从不停歇,早就闻到了羽毛的气味——这种味道在海边湿润的风里格外刺鼻,让它胆战心惊。那些短耳鸮、草鸮,更不要说大小鹰隼了,都散发着这样的气味。它将自己埋在沙子里,小心地听着斑鸠和野鸽子的倾诉。对方诅咒的全是鼹鼠的死敌,可就是没法让它从沙子里出来。

在曲折无比的地下建筑里,鼹鼠们感到幸福和骄傲。它们议论地说:"咱的地宫比老熊的长一千倍,比兔子的长一万倍,比狼的豪华宫殿也不差——不,咱比它的复杂多了,简直就是一座迷宫。"有一次鼹鼠不小心将自己的地道与狼的巢穴挖通了,吓得差一点昏过去。狼那一刻被惊扰了,跳起来就追,结果因为鼹鼠的地道太窄而碰了一鼻子灰。事后鼹鼠庆幸地说:"这就是地道尺寸不一样的好处啊!就像他们人间的火车轨道,听说有的国家窄,有的国家宽,一个国家的火车想开进另一个国家,那就难了……"

兔子的地道与鼹鼠们的偶尔连通,双方一点都不害怕。鼹鼠说:"别看它们个子大,受的欺负比咱们还多。狼和狐狸,还有鹰和猞猁,哪个家族不杀它们?"由于兔子身上没有羽毛的气味,这让鼹鼠们觉得心里踏实。它们和兔子共同语言多极了。说到前不久来示好的斑鸠和野鸽子,鼹鼠还是心有余悸。兔子惊讶了,对它们喊道:"天哪,海边上还有比它们更好的鸟儿?再说它们飞得高,歇息在大树上,只要不会爬树,再凶的食肉兽都不怕!你们,还有我们,都是在地上掘穴安身,咱们居住的地方实在太低洼了,咱们多么需要站得高看得远的朋友啊!那时候敌人来了,朋友们会更早地看到,它们大喊几声,我们赶紧钻洞也就得救了!"

鼹鼠说:像自己这样弱小可怜,对那些能够高高飞在空中的野物们有什么用呢?兔子用一对前爪捧起鼹鼠的小脸,越端量越喜爱,忍不住亲了一口说:"话可不能这么讲啊!要讲在沙土里行走的本领、地下侦察的机灵,全海滩上谁又比得上你们?一旦大仗打起来,空中、地下,到处都需要战士啊,你们就早些加入进来吧……"

"我们加入哪里?怎么加入?"鼹鼠听了兔子的话,有些吃惊。

兔子害怕暴露了秘密,赶紧掩了一下门牙,说:"反正就是这样,你们到时候什么都会明白的……"

这时候未来的兔王"老筋"已经开始长大。它生就了是个举旗的命——在一片狼王圈起的草地上,未来的兔王暗中联合起几个伙伴,挖通一条地道,在一个月朗星稀的夜晚逃了出去。它们在棘棵密布的河口一带藏身,从头谋划起反抗狼王的大业。所有跟在身边的兔子都怀上了一个使命,被兔王分派到了四面八方——有的重新潜回狼营,有的去找其他野物。那些收集刺猬箭镞、寻找老獾、说服鼹鼠的兔子,都是未来的兔王派出的,它们做的每一件事,都是那个计谋的一部分。

河东荒原上的大起义就要开始了。这时新的狼王"黑脸"正在最好的年华,它的躯体比前一个狼王更大更强健,吼叫声更加低沉浑厚,随时都会成为整个荒原的号角,成为征伐和死亡的声音。所有的荒原野物在这种吼叫中都不敢大口呼吸,只有未来的兔王把这声音当成仇恨的催促。

年轻的兔王最需要做的就是营救所有被圈养的兔群,它们被分割围堵在十几个草场里,分属于一些残暴的小狼王。在春天到来之前,趁着兔子体内一冬积攒的油脂还没有耗光,狼群总是大开杀戒。到了春草即将发芽的破冰期,除了怀孕的母兔,几乎没有一只成年兔子可以幸免于难。

时间不能停留,也不能等候。在未来的兔王听来,午夜的海潮就像催征的鼓点。它把制订的计划反复推敲,不漏掉任何细小的环节。为成功实现十几个草场的同步逃亡,就需要沙锥鸟的准确传令、斑鸠和野鸽子的空中警戒、鼹鼠的地下侦探、狗獾的连夜挖掘。特别是刺猬供给的大批箭镞,不仅要数量多,而且要足够坚硬。

所有派出联络的信使都奔跑在途中,各种准备都在加紧进行。当四处携来的情报汇集一起之后,艰巨的分析和判断就落在了未来的兔王身上。这时它胸前的毛色已开始由浅变深,一对门牙更加坚硬。它望着月亮往上升腾,计算着什么时候才是发布起义令的最佳时机。

未来的兔王开始武装自己:前臂戴上用马兰叶做成的护腕,胸部捆紧了贝壳磨制的护心镜,腰背上是用老榆皮编成的披甲。它的这副模样令所有的兔子信心倍增,个个都在武装自己。

夜深人静,皓月当空,兔王独自走在荒原上,昂着头,用两爪一遍遍扒拉着两撇长须——这是它利用数胡须的方法来运算,记清十几个草场兔子的数量、狼群的数量,还有逃亡路线的里程和速度……一切都牢牢记在了心里,只等那个大潮涨起的月夜了。

那样的夜晚狼王就要登上号月台,所有的小狼王都要跟随在"黑脸"身边,各个草场的戒备是最松弛的。

时间飞快流逝,不再驻留和等待,一切行动必须加紧。负责与獾联系的兔子报告"老筋":獾们掏土的速度远不够快,而且有的洞穴显然挖偏了。这些獾干活时嬉闹打趣,说一些风凉话,还对兔子们的命运不抱希望,说:"'命里八尺,难求一丈',这都是命啊!俗话还说'鱼吃虾,虾吃沙',狼还能不吃兔子?"

这些话引起了"老筋"的忧虑。它担心大事毁在獾的身上。对此它早有警觉,所以在起义令发出的具体时间、当晚的一些细节上,都没有向那个獾头儿透露——对方曾经问起,它只推说大海潮汐是最难以推算的,所以一切也就没有确定。

"老筋"决定亲自找獾头儿一次。它对獾头儿历数狼王一伙的恶行,说到这次行动对整个兔子家族是多么生死攸关、对河东荒原上所有生灵的意义。獾头儿眯着眼睛,搓揉一下花脸说:"这些不是说过多少遍了嘛。我只问你,起义成了之后,你们兔子能把老松林一带的洞穴让出一些吗?"

"老筋"对獾头儿在这个时刻的贪欲又惊又气。不过它忍了又忍,最后还是点头答应了。可是獾头儿从一旁拿出一块陈旧的瓦片,指指上面的一些记号说:"空口无凭,你来刻一下吧。"没有办法,兔王捏起对方递来的一根粗长的铁钉,用力在瓦片上划了一下。

兔王似乎看到了那根铁钉的用处,当即提出留下来做个纪念,獾头儿忍痛同意了。

这就是发生在起义令发出前的一个插曲。

在海潮涨起的那个夜晚,未来的兔王以自己超人的计算能力,几乎一丝不差地算出了高潮的顶点、月亮最圆最亮的顶点。它在相差不到十分钟的时间,提前将大起义的命令告诉了十八只机敏的沙锥鸟,并在它们出发的同时,召集起身边所有率兵的兔子将领。

月亮通明的河口棘窝滩上,一杆柳叶编成、镶了枫叶红边的义旗高高地树了起来。

整支队伍挎刀携箭,跨上"草上飞"战马,向着月亮升起的方向一阵疾驰。这个夜晚静极了,万物屏息,只听着飞速出征的兔子部队的唰唰声。骑兵的后边是步兵,步兵的上方、前方,分别是凌空翱翔的斑鸠和野鸽子。

那个夜晚一切都按计划进行,有条不紊,分毫不乱。小沙锥不辱使命,以飞翔拍动和落地疾跑的双重本领,凭借鼹鼠们提前挖好的地下通道,迅速进入狼群圈起的草场,把命令一一送达。

在狼王第一声凄凉悲惨的长嚎中,十几个草场一齐突围,开始了兔群逃亡的第一步。由于掏土獾的懈怠失职,有四五条大通道届时却未能畅通,尽管临时由兔群奋力开掘,还是在狼群的追堵中造成了极大的损失,伤亡数目惊心。可是既然逃亡已经开始,起义的大旗在风中舞动,一切也就无法停下。

狼王的嚎声变得更加凄厉,节奏明显改变。这是死亡降临的信号,每一次信号落在草地上,都有一只狼衔起来,带着双倍的凶残扑向逃亡的兔子。

狼王"黑脸"从号月台上下来,气得两眼发花,它抬头寻找那杆飘舞的义旗,发现这旗帜一会儿在树梢上,一会儿在云彩上,上下左右地晃动和游走。斑鸠和野鸽子在远处发出庆幸的叫声,鼹鼠们纷纷从地道里探头观望。有一只獾带着满脸沙土往前逃窜,被"黑脸"一把抓住。

獾哀哭着求饶,说今晚的一切都与它的家族无关,它正想找狼王报告一个突发事件呢。它说这是有组织有计划有预谋的一次起义——"大起义,叫河东荒原大起义,领头的就是'老筋',那是一只诡计多端的青年雄兔,眼睛是栗子色的,后腿偏长……"

"你怎么知道得这么细发?难道参与了谋划不成?""黑脸"的尖牙露出了半截。

獾差一点瘫在地上,摆着一对前爪说:"这都是北风告诉我的!夜里刮北风,北风里就有这些消息……"

狼王牙齿咬响了,琢磨着怎么处置这只獾。

獾闭上眼说:"我知道自己要被大王冤杀了,就是明天下一场大雨也洗不净我的冤屈。不过我死到临头了还是要帮大王一次——领您去追那些该死的逃兔,我知道它们为什么耽搁了,这会儿还挤在一条条大通道里……"

狼王吆喝一声,几只狼赶过来。狼王让它们随上引路的獾急急追赶。

大约有三个草场里的五十多只兔子困在几条通道里。这些通道在半路卡住,兔子们后撤已经来不及,只好奋力打通,就这样丧失了宝贵的逃亡时间。

狼嚎紧逼，月亮开始偏向西方。惨烈的打斗腾起一片沙尘，把洁白的月亮染成了血色。"老筋"指挥骑兵分波次进攻，从"草上飞"战马上射出的箭镞密集如雨。中箭的狼群声声哀号，捂着眼窝在地上滚动。

那几条卡住的通道还未挖通。最后，绝望的兔子们不得不冒死后撤——从此开始的每一步都伴随着鲜血和死亡。它们与嗜血成性的恶狼搏杀求生，赤手空拳，用蹄爪和牙齿杀出一条血路。它们最有力的一对门牙多么显赫，荒原上所有野物生灵都说："多好多漂亮的一对门牙啊，瞧人家兔子是怎么生出来的啊！"可是这些生灵全都没有想过：这对门牙只是用来截断草茎的，从来不是为了杀戮和战斗的。在这最后的生死之搏中，鲜血把白色的门牙染红了，由于它生来就不是尖利的，也就无法咬穿恶狼的筋脉。

战斗从午夜到凌晨，逃亡的兔群被恶狼追逐、分割、围歼，伤亡实在太惨重了。如果不是要舍弃一切救出陷入重围的兔子，"老筋"的队伍绝不会被冲散。骑兵落马，箭镞坠地，最后只好化整为零，向河口一带撤离。

未来的兔王在最危急的时刻也没有放下义旗。它看着染血的义旗，默默吐出一句誓言：复仇才刚刚开始。

老熊摇摇晃晃地走出巢穴，喷着鼻子说："今夜好大的血腥味儿呀！今夜吵个要死，发生了什么大事？"

一只老鹰观战一夜，这时蹲在大树半腰对老熊说："您老只知道呼呼大睡，告诉您吧，兔子今夜发动了荒原大起义！"

老熊搓搓眼："咦？还有这事儿？吃草的兔子？不能吧？它们

干这事儿能成?"

"不会成的。"老鹰抿抿嘴,搔一下发痒的腋下,"狼王多凶多猛,个个尖牙龇着。荒原上还有比兔子再无能再弱小的?起义的事儿依我看还是早早收场的好……"

老熊打个哈欠,看看天色,又要返回洞穴了,嘴里哼唱着:"我一觉睡到大天明,昏昏沉沉睡不醒。好可怜的小兔子,安分守己行不行?你心里就是不明白,从来压在最底层……"

斑鸠和野鸽子把老熊和鹰的对话听得一清二楚,就把这些话告诉了"老筋"。未来的兔王问它们:"起义失败了吗?"

斑鸠看看野鸽子,说:"我看是失败了……"

野鸽子说:"我看是失败了一半……"

未来的兔王问四周负伤的骑兵:"我们失败了吗?"

骑兵们看看在风中吹动的义旗说:"我们刚刚从战场上下来,这不过是第一仗!"

未来的兔王点点头:"这不过是第一仗!可是这一仗多么惨烈啊……我们被出卖了,我们杀死了敌人,我们牺牲得太多……可是起义开始了,只要开始就不会停止!"

昏暗的月色下,几只小鼹鼠浑身颤抖地凑近,小心地问未来的兔王:"我们、我们的起义失败了吗?"

未来的兔王抱起它们,拂去黑袍上的沙粒,安慰说:"没有。我们只是遭到了很大的挫折……"

"什么叫'挫折'?"

"哦,这是书上的一个词儿……怎么说呢?就好比在地下挖洞,遇到了一块很大的石头……"

鼹鼠点点头:"明白了,咱明白了……"

关于兔王指挥的这场起义、起义的第一次血战,是很久以后才从荒原上传出来的。其中的一些细节,镶牙馆主人伍伯好不容易才弄个清楚。因为人世间与野物间的情形差异甚大,有时再好的耳朵也听不明白。

身经百战的兔王"老筋"回首往事,语气沉沉地讲给事事好奇的镶牙馆主人听,母狐"瓦儿"就在一旁补充说明。

"瓦儿"说:"我那时年轻,只知道臭美,不太关心世上你争我夺的事儿,不过多多少少也听说了一些。'黑脸'狼王实在不是个东西……"兔王不得不纠正母狐说:"这不是什么'你争我夺',是生存还是死亡,是自由!"

母狐点头:"对,是'指甲油',我那时候最喜欢'指甲油'了……"

兔王叹息一声,不再理会。它继续讲下去,讲最艰难的训练、扩兵、联合、周旋。"我们一年里大约要转移十三次营地。怀孕的母兔也得跟上队伍,有时就在急行军途中生下小兔。十几天没吃一顿饱饭是常事,战士们瘦得皮包骨头。除了狼群的围堵,还要提妨鹰隼和豹猫、猞猁它们,连黄鼠狼也开始落井下石……"

母狐转动着喝空的酒瓶对伍伯说:"咱实打实地说,死伤的兔子狐狸是不吃的。那时肥鸡还吃不完呢,捉一头小猪,几天的好饭就有了。"

"老筋"眯眯眼,好像极不愿诉说那些痛苦的往事。它对伍伯的探问充耳不闻,思绪已经飘到了远方。

"喂喂,老伙计瞌睡了?你醒一醒……"伍伯摇晃着"老筋",伸手去撑它的眼皮,看到了很大的眼白。母狐在一旁发笑。它从柜子里摸到了酒罐,直接饮了起来。它开始醉了。醉酒的母狐终于再次露出了尾巴,并且炫耀地放在手里把玩。伍伯知道,每到了这个时候,母狐也就打开了话匣子,胡言乱语,什么秘密都不会留在肚子里。

"河东荒原上最坏的是獾,它们偷偷摸摸干坏事,坏名声也就不如狼那么大。其实狼是明着坏,那还算敢作敢为哩。狐狸也吃了一些兔子和鸡,主要是吃鸡,你知道鸡肉的滋味,这个就不要我来多说了。咱吃了村里人的鸡,偷了他们的酒,可也没有白吃白拿。咱姊妹几个高兴了就变成大脸儿闺女,去给村里人当几回媳妇,把他们哄那个高兴。南面村里着实有几个好后生,大眼生生的。我就是那时学会了一句歌儿,咱唱你听听:'要嫁就嫁好儿郎,好呀么好儿郎……'"

母狐"瓦儿"提着酒罐在屋里拧动,拖着一条粗尾,让伍伯发笑。不过他最想听的还是后来的战事。他不得不启发它:"说说'老筋'的腿是怎么折的吧——你上次提过这个茬儿……"

"俗话说'人为财死,鸟为食亡',吃物在俺们这儿可算天大的事。为争一口吃食就得豁上命,别的都是小事。你听到鸟啊兽啊高兴得唱小曲儿了,那一准是吃饱了撑的。本来狼群的日子还算好过,兔子多得不得了,吃不了的就养在草场里——'黑脸'狼王是个中兴的狼主,它为王的几年修地宫、筑号月台,还搞起了大规模的养殖业,就是养兔子……"

伍伯愤愤地插言:"兔子成了盘中餐,还是奴隶!"

"一点儿不假。狼王让它们挖土,一天一夜要挖十个土方,累死的就直接赏给小狼吃。那真是太惨了,要不说兔王要举义旗!河东荒原大起义是哪一年?这我得扒拉胡须算一算了。嗯,不多不少三年半了。自从这一年开始,狼王'黑脸'的安稳日子也就过完了,每个月带领小狼王登上号月台的兴头也没了,只想着打仗。这几年'老筋'已经成了名副其实的兔王,计谋比俺狐狸都多,骑兵步兵训练得呱呱叫!到处都有它们的盟友,刺猬、鹌鹑、斑鸠和野鸽子,更不要说地下的鼹鼠了,全都结成了一伙。'老筋'这家伙人缘好,想想吧,连我都团结过去了,我这辈子服过谁?"

伍伯小声说:"你还曾经是狼王'兴儿'的朋友呢,你就别吹大话了,道德品质方面不算你的强项吧。"

母狐理一理咽部说下去:"不管怎么说,到头来还是我把老兔王领到了镶牙馆里……它年轻时候那对门牙真是没说的,又白又大,亮晶晶的,连我这么正派的人都想亲手摸一摸。我知道这对门牙狼王有多嫉妒,它做梦都想弄了来。不过它那几颗尖牙歪里八叉长在嘴里,丑是丑了点,用来撕咬打仗倒是最好的武器。荒原上的鹿和山羊个子倒也不小,它们见了狼都赶紧尥蹄子。兔王大起义给所有受欺负的野物都壮了胆,它们合起伙儿对付狼群。有一个时期狼群真的没有像样的东西吃,猫头鹰就高价向它们出售死老鼠,水獭钓了臭鱼也送给它们。也就是那一段时间,兔王将一根又粗又长的铁钉藏在一块肉里,把狼王'黑脸'的两颗尖牙给弄折了!那时候我还不知道有个镶牙馆哩,知道了也不会领它来,一句话,算狼王活该倒霉!"

母狐"瓦儿"讨好地看着打瞌睡的兔王,再次去摇晃它,它没有睁眼。

其实兔王并没有把母狐的聒噪挡在耳外,只是随着它的叙说,脑海里泛起过往的一幕幕场景。一切就在眼前,血腥和硝烟的气味掺在一起,正从鼻孔前边阵阵飘过……

兔王"老筋"永远感激那些忍辱负重的刺猬。它们贡献出身上的尖刺,供兔子们制作利箭。这种硬如钢铁的刺芒蘸上有毒的桃柳汁,成了狼的克星。连中数箭的恶狼会在地上滚动不停,难忍痛痒,直到把一身的皮毛磨光,裸死在棘棵下边。

老獾在第一次起义受挫后迟迟不敢露面,却在兔王一次胜仗的休整期前来拜访了。它从衣兜里取出当年兔王划下刻痕的那块瓦片,笑吟吟地说:"大王该不会忘记这个契约了吧?"

一句话问得兔王怒从心起。那时的兔王血气方刚,一把拽过瓦片扔在地上,踏了几脚。它怒斥老獾部下的背信弃义,历数一个个倒在血泊中的战士……老獾吓得歪倒一旁,直等兔王火过了才嘻着脸上前,说:"还有这等事情?待我查出叛徒,亲手喂它几口毒酒,打发它上西天去!"

在荒原上,老獾酿造毒酒是最有名的。这是它的家族传下的秘方。据说毒酒以河豚胆、蜥蜴眼和桃柳叶为主料,再掺上苦杏仁、枯井底下的鹅卵石、姜石、巴豆叶子为配料,在瓦罐里煎熬三个时辰,等月亮落下去的时候开始勾兑。全部的秘密都在勾兑的过程中。

荒原上都知道曾经有过一场毒酒宴：老獾家族要复仇，就借请客之机，将仇人的一大家子请来。那是一个初秋，酒宴摆在了一棵大合欢树下。在知了一声声的鸣叫中，仇人一家喝足了毒酒，结果在归途中一命归西。

老獾说过了"毒酒"二字有些后悔，掩掩嘴巴说："其实嘛，用毒酒这种事儿已经有十来年不干了——那不磊落。要分个胜负就该像大王一样，真刀真枪战场上见，就像歌里唱的，'好男儿血染疆场'，你说是吧？不过话是这样讲，我总想着摆一场当年那样的酒宴，请来狼王'黑脸'，还有那些小狼王，哥儿几个好好喝上一杯……"

兔王不想听下去，只说了一句："那是你的方法，你们老獾家族最擅长这种黑影里的事情。"

兔王除了深深感谢刺猬，还有在战斗中同仇敌忾的另一些朋友，尤其难忘那些沉默的鼹鼠。它们曾是多么弱小的生灵，几乎惧怕所有飞禽和四蹄动物。可是在兔王为生存而投入的激战中，鼹鼠为了获取情报、给传令的沙锥鸟打通地道，日夜开掘不息。据不完全统计，它们一年里新挖的地道总里程已达四百二十四公里。几乎没有一座狼穴不被鼹鼠凿破，也没有一条狼道能够隐蔽。那一张张精准细致的敌方工事图绘在白杨叶子上，总是及时地送抵兔王的指挥部。

兔王在战斗间隙里看过那些浑身硝烟的鼹鼠——由于它们个子矮小，在穿梭忙碌时往往不被注意，见了兔子将军并拢双脚打一个敬礼,对方却没有察觉。为此兔王严厉地批评过自己的将领。有一个尾巴被咬掉一截的兔子刚刚升任将军,左臂上开始佩戴一片五角枫叶。它高傲地看着搬运给养的鼹鼠,对鼹鼠们高高举起的粉色巴掌——庄严的军礼——没有反应。这个场景让兔王看在眼里,它上前一步代这个将军还礼,然后轻轻扯下了将军左臂的五角枫叶。

那个夜晚在忙碌异常的指挥帐中,被揪掉枫叶的兔子将军哭哭啼啼,兔王的目光始终没有从地图上移开。当旁边的抽泣声停息时,兔王命令卫兵扛来一捆纱布、一箱小小的皮手套,交给断了一截尾巴的将军说:"你今夜先给鼹鼠们换药包扎、发放这些用品,任务完成后再来我这儿。"

兔子将军去了鼹鼠那儿,发现三分之二的鼹鼠都磨伤了前爪——粉红色的小翻掌有的裂了,露出了嫩肉。它为它们清洗伤口,包扎,最后各留下一双小皮手套……这些一一做过之后,差不多花掉了一个通宵。

断尾巴兔子回到了指挥帐篷里,面色凝重,不再泣哭。兔王把五角枫叶再次佩到了它的左臂上,拍拍它的肩膀说:"归队吧,战士们正在等着自己的将军。"

冬天是所有兔子的休眠期。这个冬天格外寒冷,它们不得不将御寒的地洞挖得更深。除了值勤兵不时地从棘丛中探出身子,这个荒原的一角到处都是沉寂的。

兔王一连两个冬天没有休眠了,它正为春天必将来临的一场鏖战做着周密的准备。午夜不眠时,它总是细细捕捉咔咔作响的河冰——这声音预示着春天的脚步。当河冰的响声越来越密,春天也就近在眼前了。

兔子们结束了酣睡,紧接而来的就是准备给养、打造兵器、军训和一系列烦琐事务。母兔将在春草发芽的当月产下儿女,每年的这个季节都是最危险、最忙乱,同时又是最关键的时段。狼群已经等待了一个冬天,它们把围歼兔子的大好时机选在了初春。

新草萌发之后,青生生的气息让兔子们垂涎欲滴。它们嚼过刚刚发芽的柳叶和槐叶,还有泛绿的苦菜和荠菜,总是兴奋得跳腾一阵。最能吸引它们、让它们迷醉难忘的美味是白毛花——花苞在开春时会悄悄伸出地表,娇嫩的花丝就藏在里边。那花苞甘甜鲜嫩,只要吃上一口就再也不忘。

母兔分娩前后最需要白毛花苞,只要吃上几次,它就毛色鲜亮,奶水充足。生出的小兔子最好的食物也是白毛花苞——那时母兔们会冒着各种危险为孩子寻找花苞,手把手地教它们怎样采摘,因为稍一用力花苞就会断在沙土里,那就要从头掘起了。

不仅是兔子对白毛花苞入迷,即便是海边村子也莫不如此。每到了春天,村里的孩子们就不顾遭到恶狼袭击的凶险,一群群来到海滩上——他们伏在沙土上,用冬天皲裂的小手小心地扒开一层沙子,让花苞露出尖尖角,然后一点一点往上揪拉,嘴里轻轻叫着:"迪——咕——老——"白毛花苞就随着这呼唤声一丝丝出来了。他们几乎一刻不停地塞到嘴里,咀嚼美味,咽下肚里。

村里人对白毛花苞只叫"迪咕老"——那是采摘时花苞白毛花发出的声音,只有将耳朵贴在地面才会听到,孩子们那会儿就模仿这声音叫着。

兔子们学村里孩子的叫法,也只叫白毛花苞为"迪咕老"了——它们喊着:"春天快来吧!咱又能吃到'迪咕老'了!"

白毛花就长在林间空地上,它们稀稀疏疏,东一点西一点,在那儿发出诱惑。最大的一块白毛花长在河东岸的榆林边上,每到春天,那儿都成为兔子们的惦念之地。

关于"迪咕老",痛苦与欢乐的记忆搅在一起,是兔子们永远都不会忘记的。它们的一双前爪无比灵巧,能够以最快的速度把花苞摘下,然后庄严地捧到嘴边。村里的孩子们在这方面远不是兔子的对手,他们远远地跑来,伏到沙土旁,往往发现一株株花苞都被采过了,于是就吐出一句:"兔子!"

兔子们盯着"迪咕老",狼群们盯着兔子。

这一年春天已经有了新的狼王,它就是杀死叔父的"兴儿"。这只狼王肩部宽大,稍短的后腿总是弓着,像是随时都要发起偷袭。它极大的凶残与无比的忍耐得到了很好的结合,轻易不会率领狼群出击。从当上狼王的第一天开始,它就表现出与"黑脸"迥然不同的风格。它鄙视前任狼王引以为傲的"号月台",并且放弃了豪华的地宫,住在一个简陋的巢穴里。

经过长时间的内部整饬,"兴儿"除掉了几个傲横的小狼王,而后就全力对付那个可怕的对手"老筋"了。

"兴儿"将这只兔王的族谱仔细研究过,对左右咕哝说:"不过是一只卑贱的草兔罢了,没有什么高贵的血统。"它开始策划一个阴险的谋略。那片最大的白毛花是无法躲开的诱饵——它问身边的小狼王:"如果你是一只兔子,这个春天你最想干的事情是什么?"

小狼王说:"当然是吃到白毛花苞了,吃得越多越好。"

狼王又问:"你如果是兔王,准备怎么干呢?"

小狼王眨眨眼,这次没有马上回答,它想了想说:"大概是保卫那片白毛花苞吧。"

狼王笑了:"幸亏兔王没有你这样傻。它保卫得了吗?如果我是兔王,就会让每一只兔子都远远躲着那片最大的花苞地……"

狼王迅速做出部署:让一只小狼王率狼群去花苞地巡逻,并且要大声嚎唱。其余的小狼王随它隐伏在林子深处,没有指令不准出击。

兔王"老筋"听到的全是类似的消息:新狼王对花苞地严密防守。"老筋"在白天和夜晚几次就近观察,发现奔窜在花苞地上的都是相同的一小支狼群,领头的是那只尖尾巴小王。

斑鸠和野鸽子从空中看得更为清楚,它们告诉:频频现身花苞地的不过是五只灰狼。它们也说出了自己的疑惑——近来林子里安静到了极点,好像一丝风都没有。林隙里星星点点的白毛花苞开始钻出地表,多么胖嫩的花苞啊……

兔子们实在无法忍受。每年春天都是这样,肚子里的小馋虫蠕动不停,它们每一次都向它屈服。"如果不吃一口'迪咕老',很快就开出了白毛花,这个春天也就完了。"兔子们嚷叫着,故意让兔王听到。

兔王的禁令只要不取消,所有的兔子就不准到林间寻找"迪咕老"。不仅如此，营地还要即刻北移，移到河口棘丛那儿——每年春季都要如期举行的大采摘必须全部停止。

严厉的命令是悄悄下达的。一切都在有条不紊地进行，营地最后的撤出期限是午夜之前。可惜就在这个节骨眼上，几只母兔偷偷溜出营地，到林子里采"迪咕老"去了——"咱只采上一点儿也好，咱只采一小把就回！"它们这样对同伴说。

兔王"老筋"一边让骑兵保护营地按计划转移，一边指派得力的战士去林中找回它们。可是时间过去了半个小时，一点声息都没有。兔王有一种不祥的预感，不再耽搁，亲自率领几个强悍的卫士追出营帐。

当它踏上月光荧荧的林地时，心里倏地闪过一个念头：也许这是一个错误。但这并没有让它停下脚步。它知道绝不能扔下这几只母兔，它们再有几天就要生育了。

一场可怕的遭遇战就这样发生了。原来狼王"兴儿"正在心灰意冷的时刻，突然得到了让它兴奋的消息：采摘"迪咕老"的母兔出现了！它让咬牙窃喜的几个小狼王忍住，等待更多的猎物——后来果然又有几只兔子进了林子，这是前来搜寻的雄兔。

狼王"兴儿"带领狼群冲了过去。

如果不是兔王"老筋"和卫士刚好赶来，狼王的伏击一定会速战速决。这场肉搏太可怕了，尽管狼王"兴儿"一伙被后来加入的卫士们打个措手不及，但毕竟势力悬殊。

经过殊死搏斗，兔王"老筋"身边只剩下三个卫士，其余或战死，或正掩护母兔们撤离。它明白此刻的坚持意味着什么，只要多一分缠斗,母兔们也就多了一分逃生的机会。狼王"兴儿"见到了兔王"老筋",两眼火红,喊叫:"就是它了,这回要逮活的,死的不要!谁逮住了它,我就把它的两颗门牙扳下来送给谁!"

兔王和三个卫士被逼到几棵大橡树之间。一个卫士跌下了战马,"草上飞"扬头嘶鸣。"兴儿"在兔王弯腰救起卫士的时候,瞅准一个空隙猛扑过去,狠狠咬住了它的后腿。血立刻染透了一片栗色毛皮。兔王从狼牙的战栗中奋力挣出伤腿,狠狠一踹,"草上飞"在橡树之间飞纵而去……

这就是兔王后腿伤折的前前后后。

从那个春天开始,兔王的队伍走入了大起义之后的又一个艰难期。兔王泅到西岸,队伍不得不化整为零。在很长一段时间里,东岸荒原上只有分散抵抗的零星战斗。

老熊许久没有观阵了,它见了老獾就问:"也许我年纪大眼花了,怎么看不见兔子们打旗了?"老獾一边躲闪着对方高大的身躯,一边答道:"没了,散伙了,星星点点了……"

关于兔王败北的消息传遍了荒原。最难过的是一群鼹鼠,它们晃动着矮小的身子,抹着眼泪,哽咽得说不出话。刺猬拍打着一对小巴掌,连连惊呼:"天哪!天哪!"斑鸠和野鸽子一连几个小时蹲在树杈上,一腔悲伤都咽进了肚里。

狼王"兴儿"开始狂欢,在荒原上摆起了流水筵,让所有野物都停下来痛饮。除了猞猁、豹猫一类路过时顺手抓走一些吃物,其他四蹄动物只远远嗅着酒菜的气味。由于彻夜长饮,狼王的牙齿开始松动——只是它一时还全无察觉。

不久之后,就是狼王身披蓑衣去镇上镶牙馆的日子了。

那个时期的伍伯糊里糊涂犯了一个大错,一生追悔不及。他越来越多地沉迷在酒里,想把所有不快的事情都忘掉。母狐"瓦儿"总是在黄昏之前来到镶牙馆,与伍伯一起喝个大醉。这期间母狐偶尔领来一些镶牙的野物,伍伯照例收下它们的礼物。不过他吸取了以前的教训,总要揣摩一番再开始干活。

他给猞猁和豹猫镶的是铅牙,给老鹰镶的是锡牙,给老熊镶的是铜牙,给黄鼠狼镶的是木头牙,给毒蛇镶的是草牙。他在黄昏时分与母狐碰一下酒杯说:

"铅、锡这类材料是软的,顶多使上一次就钝了。铜牙结实一点,可是比不上铁牙。"

母狐夸他有心眼,心地好,还说如果自己再年轻几岁,一定会给他当老婆,帮他好好打理这个镶牙馆,不管他愿意还是不愿意。

伍伯连连摆手:"我独身惯了,再说人畜不通婚。"

母狐说:"我可不管你愿意还是不愿意……"

关于伍伯独身的事,村里老人有各种猜测,大致的意见是:他年轻的时候太穷了,娶不起媳妇;中年以后钱又太多了,不适合娶媳妇。

"为什么钱多就不能娶媳妇?"小双当时实在忍不住,还是问了一句。

老人挥动烟斗,像要赶走眼前的飞虫:"那时媳妇满眼里都是钱了,不再有男人。"

这是十分难懂的话。只有在这样深奥的道理面前,我们三个才会承认自己的愚钝。不过我们未来总会搞明白的。现在最要紧的是打听那个伍伯的事情——所有村里人都听说了一件大事,这事让他们兴奋得夜里睡不着。

说实话,我们也因为这消息十来天睡不好觉了,激动得发抖呢。

那个消息说,伍伯在镶牙馆里熬了一辈子,终于熬到了一个坎上。原来镇上有个规定,凡是到了年龄都要退休,也就是俗话说的"告老还乡"。这个传奇人物马上就要回到村里居住了。

"他在村里还有老屋,他这人闲不住,要在那儿开个镶牙馆。那也好,咱也让他看看这口老牙——不过咱是不会镶牙的,咱还嚼得动地瓜糖。"说这话的老人随手抓起一块地瓜糖扔到没牙的嘴里,咔嚓咔嚓嚼了起来。

我们终于找到了那幢十分老旧的房子:三大间,黑瓦砖墙,窗户上全是蜘蛛网。这房子大概有一百年了吧,随时都能塌掉。房子在村北头,离开了最热闹的大街。屋里黑洞洞的,什么都看不见。

十几天过去了,有人打开了那幢老房子的门,开始打扫、垒台子。这使我们明白:伍伯真的要落叶归根了,就在我们眼皮底下开一间镶牙馆!老天爷,这是多大的事儿呀!虎头和小双激动得脸都红了,说:"真想不到!不过他一来,它们都会跟了来……"

我的呼吸都停止了。我怎么就没想到这一层?那些野物精灵暗里还会来镶牙的,不过那时它们都要闪化成人形,不会拖着尾巴进村。还有那个伍伯最拉得来的老朋友,就是那个叫"瓦儿"的母狐,它一喝就醉,一醉就要露出尾巴!

我们三个长时间守在老房子跟前,看着忙忙碌碌的几个人。这些人是村头儿派来的。他们抬来家具和一些杂七杂八,谁也不理。

虎头对小双和我小声说:"伍伯住下以后,就会把所有的金子全搬了来……很多金子!"

我们从来没有见过金子。我问:"金子是什么模样?"小双说:"听说比铜还要黄,对了,就像兔子屎差不多……"虎头点头:"对,就是它的颜色,听说闻一闻也是那种味儿……"

我们都知道伍伯的金子是靠手艺换来的——明着挣工资,暗里从兔子那儿收金子。收来的是一小粒一小粒,他再铸成一个个大金锭,外边糊上泥巴。

荒原上的兔子太多了,论数量是狼的一千倍!兔王从河西回来的日子,就是狼王倒霉的开始!再后来兔王镶了锋利的铁牙,狼群的末日也就降临了。

兔王明白,要武装一支铁军,就得给更多的兔子镶上铁牙!这是多么伟大的计划啊!它携着一小口袋金子一次次去镶牙馆,伍伯最后终于被打动了。他当然想要更多的金子,只是不敢让一群兔子跑到镇上,那样事情非败露不可……最后他决定自己到荒原上去。不过事情难就难在镶牙的器械太多,这些全要一块儿带去。

兔王为了遮人耳目,也为了让伍伯高兴,就让几个精灵抬来一个轿子,把伍伯和随身的东西一起装进轿子。一顶小轿子颤颤悠悠地出了镇子,路边人羡慕极了,说:"看人家镶牙师傅,坐着轿子旅游去了!"

伍伯苦干几天几夜,给一大群兔子挨个镶了锋利的铁牙。

狼群一场连着一场战败。可是狼王为保住自己的王位,迟迟不答应给另一些狼镶上铁牙。最后的决战就要到了,狼王明白家族的生死存亡,一切都取决于牙齿。它实在迫不得已,最后狠了狠心,要求伍伯给每一只小狼王镶一对铁牙!

伍伯答应了。但他一连几夜不睡,偷偷熔化铅、锡,浇铸出一支支牙齿——狼王只见这些尖牙亮锃锃的,压根就分不清铅、锡和铁的区别。

结果所有的小狼王都镶上了铅牙和锡牙。近身肉搏之中,这样的牙齿不堪一击。

几场战役之后,狼群彻底失败。狼王"兴儿"带领伤残落魄的家族,一路向东,向着苍苍茫茫的远方逃去。身后这片家族故地再也不属于它们,它们在这里没有留下一兵一卒……

这就是有关牙齿的秘密,一个天大的秘密。

"为什么如今的海滩上再没有一只狼了?只要弄通了镶牙馆的秘密,那就一清二楚了。没有狼了,孩子们要去海滩上采'迪咕老',再也不用提心吊胆了——兔子也舒心了,怀孕的母兔不是嘴馋吗?那就尽吃!咱的大海滩无边无沿,'迪咕老'有的是,吃也吃不完!"老人们大声说。

可是我们觉得最大的秘密还是镶牙馆的主人,是伍伯本人。我们一门心思等着他的到来,并且为这个有名的酒鬼准备了一大罐烈酒。

我们相约:见到伍伯的那一天,谁都不要显得什么都知道的样子,而是要尽可能地装傻,就像村里出了三个懵懂的孩子,他们简直什么都不明白。

等啊等啊,伍伯就是没有出现。我们急坏了,相信村里人也是一样。那些手提长杆烟斗的老人已经来转过几次了。几天后传来的消息是:镇上人对伍伯的徒弟还是不太放心,他们一再地挽留镶牙老师傅,没完没了地请他喝酒。

大家都认为问题还是出在酒上,因为都知道那是一个嗜酒如命的人,大概醉得把回家的事儿忘了。老人们还说出了另外一个担心:"他这把年纪,又喝了酒,还不把牙全镶歪了啊!"

就像演一场大戏,主角儿迟迟不出场,急死人。我们发现老房子前越来越多地出现了一些形迹可疑的人,这些人有男有女,有老有少,都是一些生人。他们在房子前后徘徊,盯一眼门上的大锁,最后很不情愿地离开了。

虎头和小双认为这些人当中,少不了会有几个野物精灵。为了验证我们的判断,有一次我们悄悄尾随一个人,果然看到他小步出了街巷,然后一直向北,消失在林子里……

我们共同的结论是,即便是伍伯回来了,镶牙馆开张了,开始的一两个月也没有我们站立的地方。这座老房子在很长一个时期会是各色人物,包括野物大聚会的地方。

大约又是一个星期过去了,我们再次去那个老房子是一个晚上:屋里灯火辉煌,笑声朗朗!隔着窗户望了望,只见屋里坐了五六个本村的老人,还有几个不认识的男女。我们当然最急着寻找伍伯了,一个一个端量,最后认定那位坐在炕上的老人就是。

这人有六七十岁,花白短发,长脸膛,高鼻梁,眼窝很深,眼睛大半时间眯着。他的个子可真高,因为那双支在炕上的腿怎么看都别扭:太长了。还有他垂在身侧的手,每一只都比常人大一倍。这双手一点都看不出灵巧。

我们尽管觉得这个老人与满屋的人都不一样,但还是有些失望。他如果再古怪一些就好了,比如长得像人与野物之间的模样,大概也就合情合理了。

这个晚上我们站在窗外,想待到老人们一一离去,可惜没有成功。屋里的老人个个都是熬夜的好手,他们就是不走。伍伯不时抬起那双大手比画一下,但听不到在说什么。

大白天里该是镶牙馆上班的时间了,可是这里更加无精打采。来的人不多,主人醒来也晚,醒来后还要到灶间吃东西,然后才趿拉着鞋子到中间屋——这儿才是工作间,是最有趣的地方。

我们从窗户外边将工作间看得十分仔细,所以当终于有机会破门而入时,对一切也就不再惊奇了。这里和镇上那个有名的镶牙馆一样吗?我们不敢确定。因为这里的各种器械多到五花八门,但绝算不上精巧。我们原来渴望看到一些古怪到极点的仪器,好像这里全都没有。

一张木头台子、一个大水池子,还有一张能转动的破椅子——它唯一令人吃惊的是能半躺、能转动。台子上有几个生锈的铁盒,里面是钩子、镊子、小镜子之类。只有刺鼻的药水味儿让人不敢大意。我们东看西看,最后在角落里发现了一个铁架子,它能屈能伸,轻轻拉一下,尖尖的一端就对准了我们的嘴巴。

镶牙的人不多,村里人不愧有个好牙齿的名声,几乎没有一个是来干这个的,只是进来看看新奇和玩。只有个别的生人才会镶牙,这时伍伯就唉声叹气穿上白大褂,拉上帘子干活。帘子里传出滋滋啦啦的声音,还有满意的哼哼声。

如果老屋里一整天不来人,我们就高兴了。那一大罐酒终于有机会献上,伍伯两眼立刻放出光来,笑眯眯地看着我们。他揭开盖子直接喝了一口,喉结儿上下移动,连连夸赞。大概他很快就醉了,因为他表现出从未有过的愉快模样。

我们想谈谈兔王与狼王的交战,谈谈金子,谈谈所有的野物。可是不知该从哪里说起。虎头坐到椅子上躺了,张嘴让他看看什么时候可以镶牙。他扒拉了一会儿,说:"像兔子牙似的!"我们这才注意到虎头的门牙很大。虎头大笑:

"你给兔子镶过牙啊?"

伍伯的手停了一下,然后很快舞动起来,嗓门大极了:"咱什么牙都镶过!咱干这个一辈子了,什么牙都敢镶!哈哈……"

"我想镶一对金牙,金光闪闪的那种……"小双说。

他沉下脸:"那不行。那太贵了,也不好看——村里人不能镶那个。"

"可是以前就有人镶过……"虎头说。

伍伯摇着头:"那是旧社会的事儿了。新社会,如今,不再时兴那种牙了——又费钱又不硬朗,嚼地瓜糖都不好使。"

"那镶什么牙啊?"虎头认真了。

"铁牙就行,合金的,一般是这样。"他肯定地说。

我们都笑了。我们都享受了兔子的待遇！可是我们并不会在野外撕咬的。我们不过是逗他玩,可能一辈子都不会镶牙,就像村里老人一样,到八十岁还能咔嚓咔嚓嚼地瓜糖……我们这样想着就掏出一把,大声嚼了起来。

伍伯说:"好牙,真是好牙……"

因为与老人熟了,他又喝过了酒,所以我们后来就试着摸了一下他后脖子上的肉坨,他没有反对。我们开始随意翻找。金子在哪儿？如果是糊了泥巴的金锭,我们也不会被骗。可是好像没有那种东西。

那一大罐酒让老人喝了三天。他喝过了酒就兴高采烈,抚摸我们的头,夸道:"真是好孩子啊,镇上就没有这么好的小孩！"

第三天晚上没有一位老人来镶牙馆,我们就怂恿伍伯喝了更多的酒,让他的话变得更多。虎头和小双朝我挤眼,然后我们三个就一问一答,尽说些野物精灵,还问伍伯:"如果我们是林子里的野物,牙齿坏了,给你钱,你能给我们镶牙吗？"

老人点点头,严肃地说:"那还用说？干手艺的人不能挑肥拣瘦,只要找到咱的,全都一个样！"

"可是野物咬人哪！它们那会儿疼了、急了,会从椅子上跳起来咬人哪！"虎头设想着那些危险的场景。

伍伯摇摇头:"这不碍事。遇到獾哪熊啊这一类,先给它嘴里放个嘴撑子,然后放心干活就是。"

我们哈哈大笑。笑过了小双又说:"兔子急了也会咬人的……

还有,你说鼹鼠这种小东西也镶过牙吗?"

"给它镶牙,那得有最好的眼神才行!反正我现在是不行了,我那徒弟还差不多。它们的小牙像高粱粒儿那么大,一颗一颗又白又亮。刺猬扎手,给它们镶牙,那得戴上一副皮手套。鸟儿也能镶牙,有一种大鸟个头不小,一张嘴里只有两颗牙,上边一颗,下边一颗。狐狸来镶牙是假,逗你玩才是真,它们一坐到椅子上就笑,笑个不停……"

我们一开始听得入迷,后来又一齐大笑起来。伍伯醉得走路一晃一晃,这会儿学着各种动物的样子,向我们做鬼脸,发出吓唬的声音。

小双这时又想到一个重要的问题,就问:"野物精灵像人一样,镶牙交钱吗?"

"那可不一定。它们的钱和咱们人的可不一样。老熊给一块鹅卵石,狐狸给一个鸡头,獾给一根野鸡翎子。要数兔子出手最大方了,它给的是一粒金子!"

我们全都瞪大了眼睛。虎头问:"金子?快让我们瞧瞧!"

伍伯眯眯眼:"早花光了!我这人喝了一辈子酒,挣的金子都用来打酒了!"

我们一阵失望。

不过这个夜晚过得超级愉快。好像不费吹灰之力就探来了这么多秘密。这可能是村里老人从来没有听说的。这可不是传说,而是当事人直接向我们讲述的!老天爷,原来所有野物精灵都是真的,它们的那些事也全都是真的……

几天后,瞅个没人的晚上,我们再次进了镶牙馆。本来想好好玩一个夜晚,想不到一件大事就在眼皮底下发生了!

那会儿我们摇晃着空空的酒罐,正在惋惜,有人就敲门了。进来的是一个大婶:涂了口红,五十多岁,擦了粉,大花衣服,提了一个草编篮子。她一进来伍伯的眼睛就放光,说:"啊!啊!你来了……"

大婶冲我们笑笑,一屁股坐在炕上。她把篮子打开,取出一罐酒、一些炒花生和豆腐干。

我们对视着,一声不吭。

伍伯走路像跳舞一样,好像没喝就醉了。他飞快取来两个杯子,塞给那个大婶一个,然后就扳开酒罐……浓烈的酒香一下散了满屋。

他们捏着小菜喝酒,一会儿碰一下杯子,又说又笑,就像屋里再也没有别人似的。喝了一会儿,伍伯的脸红了,笑得也更响了。我们却转到大婶后边,想看到一条尾巴。暂时没有。

我们相互使个眼色,就溜出了镶牙馆。

我们静静地候在街口那儿。时间过得太慢,直到月亮爬上屋檐,镶牙馆的门还没有响。等下去吧。大约又过了半个钟头,有了脚步声,我们一抬头就看到了——正是那个大婶,手里提着那个篮子往这边走来。

她出了街口,一直往前。

我们小心再小心地跟上去,盯紧了月光下的身影。夜色渐深,但总能看清她飘飘的脚步。显然她是喝多了。

她一直走了两里多路，然后倚在一棵大槐树上，把鞋子脱下来磕打两下，重新穿上……她改变方向往北了，那儿是茫茫海滩啊！那个方向再也没有村庄，只有荒原。

随着树木变得浓密，她的身影一次次隐没。最后我们看她闪了一下，就再也不见了影子……

月亮真亮啊。可是我们弄丢了目标。但不知为什么，我们今夜并不怎么沮丧。

月亮好像十分和蔼，这会儿正笑眯眯地看着我们……

2013.7.9

千里寻芳邻

听我讲讲春兰和球球的故事吧。春兰是一头粉色的小猪，球球是一只狸猫。它们是一对挚友……

它们都是雌性，几乎是一块儿出现在村里的，这在当时可算一件最有意思的事。我和虎头、小双三个常常觉得没意思，因为总是听村里老人讲林子和海里的妖怪，可惜谁也没有见过它们。

当我们这样抱怨时，老人们就说：那是因为现在海边的林子稀了，到处都是人，妖怪们没法藏身，只好溜得远远的。他们尽讲一些让人头发梢竖起的事情，听了又害怕又生疑。其中一个故事说了大约有一百遍，全村大概没有一个人不知道。

说的是一个林中妖怪，那家伙是从海里爬上来的，有一身难闻的腥气。"嚯咦,腥啊!离咱一二里路就闻得见。它先是吃光了满林子的野物小崽,又来村里捉小孩儿了……"

"为什么捉小孩儿?"我们在一旁听,小双愤愤地问。

"小孩儿肉嫩——主要是。"老人挥挥手里的烟锅,"上年纪的人都抽烟,身上有一股烟油味儿,妖怪最厌气这个。"

虎头瞪起大眼:"我爸我妈都不抽烟!"

"反正只要有小孩儿,它是不会吃大人的。"老人的样子有点幸灾乐祸。

我们那会儿觉得当一个孩子可真倒霉啊!不过一切还好,那都是许久以前的事了,是"旧社会"才有的。那时候什么怪事都会发生,随便拿出一件都能把人吓死。可是如果我们能一块儿对付那个海里爬上来的妖怪,那该是怎样的惊险。有一次我对外祖母说:

"我喜欢'旧社会'。"

外祖母被这句话吓着了。她揪揪我的耳朵,让我答应再也不说这样的话。我答应了。

就在这一天,虎头对我和小双炫耀他们家生了四只小猪,比画着:"全是粉色的,会咕咕叫了,我爸不让告诉你俩……"

连这样的事都瞒着我们,真是小气!再说我家和他家多好啊,两家只隔了一道墙,学校的老校长就说,"这是书上讲的'芳邻'"——怎么能这样对待"芳邻"?

虎头说他早就想告诉,可是他爸怕我们这一伙儿会惊吓到它们,说等小猪长大些再说……

我和小双可等不及,马上就去了虎头家。

小院里有一股猪粪的臭味,洒满了阳光,喜洋洋的。巧的是大人们都不在,我们可以尽情地玩耍。一群麻雀起起落落,伴随着响成一串的咕咕声。我觉得没有什么比小猪的叫声更好听的了。

我们伏在猪栏上看着。四只小猪挤在母亲怀里,后蹄用力蹬动,使劲拱着乳房。"谁拱得有劲儿,谁吃的奶就最多。"虎头说。

母猪侧躺,尽力伸开四蹄,仰着脖子哼哼。

我们看了一会儿干脆跳到了栏内,一个一个摸热馒头一样的小猪头颅,捏它们小小的蹄子。这当中最小的那只,屁股上有指甲那么大的胎记——当我捏弄它时,它就停止了吸吮,回头深深地看我一眼。

它长了金色的眼睫毛、一双瞳仁乌黑的大眼睛。

我后来怎么也没法忘记它的眼神、它回头看我的样子……这些日子里我大约每天至少要去看小猪一次,而且每次都会带上一把嫩草、一捧橡子。

小猪们个个油光水滑,干净得没有一丝灰气,浑身奶香。虎头母亲一只一只抱起它们,就像抱小孩儿一样:头朝上搂在怀里,拍打着、晃动着。她为它们一一取了名字,最小的那只叫"春兰"。

小猪们经常到院子里玩。它们最爱玩的一个游戏就是按身高排成一行,依次将前蹄搭在前一个屁股上,连成一条长龙跑动。这时候春兰总是排在最后,当我们为它们鼓掌时,它就回头看我们一眼。

也就在这些日子里,一只狸花猫来到了我们家——它只有两个月大。外祖母说:它是从林子里跑出来的,一直跑到我们的小院里,然后就不走了,"仰脸叫,蹬腿。我抱起它,它一会儿就打起了呼噜……"

因为它跑起来很像一只皮球在滚动,外祖母就为它取名"球球"。

我们去看小猪时,就抱上了球球。我对它说:"去吧去吧,去看看'芳邻'!"

后来球球就独自去虎头家的小院了。大家发现球球和春兰待在一起的时间越来越长,它们一块儿嬉戏,或者一声不响地卧在一旁。春兰比其他三只小猪要小许多,以至于和球球的身个差不多。

春兰也来我们家了。外祖母有一天蹑手蹑脚地走近了球球的窝,退开一步说:"它们搂在一起睡呢。"

因为球球和春兰一整天都待在一起,常常耽误了吃奶,虎头父亲有些不高兴了。他对外祖母说:"都怨你们家这只猫,看看春兰这一点儿……"

外祖母说:"可是春兰不瘦啊,我们按时喂它呢。"说着从一旁拿出一只带奶嘴的瓶子。

虎头父亲不接茬儿,硬是把春兰抱回家去。

春兰离开后,球球会低一声高一声地叫。我抱着球球去虎头家,正在吃奶的春兰一见球球就不顾一切地跑过来……春兰的小尾巴不停地甩动,嘴里咕咕叫着,把球球引到那只刚刚吐出的乳头旁。球球试着吮一下,退到一旁。

为了阻止春兰和球球在一起,虎头父亲就在栅栏上面罩了一面网,把几只小猪隔在里边。

球球只好长时间蹲在院墙上,从高处看着栅栏里的春兰。有一次虎头母亲实在看不下去,就把球球从院墙上抱下来,直接塞到栅栏里去了。

外祖母见到虎头爸就说:"你这人心硬!没有你这样的人!"

虎头爸最后妥协了,挠着头发说:"那就让它们玩吧……不过春兰要按时回来吃奶;再就是,不能在那边过夜。"

从这天开始春兰就自由了,它总是到这边来找球球。只是到了每天上午和下午一段时间,虎头母亲要过来将它抱走——用一块旧毯子包住它,只露出头部。

外祖母有一次看着她的背影说:"春兰真的不长身个了,一直这么大——这不应该,猪总得比猫大啊。"

我听出外祖母有些怜惜和担心。其实我和虎头、小双早就看出春兰不再长大了。不过我们一点都不沮丧。

虎头有一天沉着脸说:"我爸说顶多再有一个月,小猪就该'出圈'了!"

"'出圈'是怎么回事?"我问。

"就是被人买走……"

我明白,到了那一天买猪人就会来到这儿,将哭喊不停的小猪捆住后腿,装到麻袋里背走——母猪疯了一样在栅栏里边叫,用头嘭嘭撞墙……

虎头咬着嘴唇:"春兰大概不会有人买,它太小了。"

这是我们唯一感到安慰的方面。

虎头又说:"我爸找兽医看过了,说春兰没什么病,可就是长不大——我们要再等一等……"

可怕的一天到底来了。那时我们都待在隔壁这一边,听着邻院小猪们的哭喊,心都碎了……虎头红着眼睛,一声不吭。外祖母不停地抚摸他的头发。

球球在传来的哭喊声中惶恐不安,蹿上墙头又跳下来,然后伏在窝里。天黑了,一切都消失了、平静了……球球还是伏在窝里。春兰过来了,它浑身发抖,一声不吭地挨着球球躺下。

半个钟头之后,虎头父亲也来了。他无心说话,只是在球球窝旁蹲了一会儿,伸手拉出春兰,抱了起来。

"你就让它们多待一会儿吧……"外祖母说。

"先回它妈那儿吧。"虎头父亲的鼻子像塞住了一样,瓮声瓮气的。

他抱走了春兰。我们在黑影里坐了很久。虎头说:"我妈大概在哭……"说过之后,也回家去了。

这个夜晚球球来到我的枕旁,依偎着,睡不着。窗外的星星一闪一闪,像要说点什么。我抚摸它,自语着:"它们不知去了哪里……"

球球也许听得懂我的话。看着它夜色里闪闪的眸子,真想问一句——你从哪里来?你的父母又是谁?

它的鼻子紧紧抵在我的脸上,呼吸阵阵急促。

这一夜怎么也无法入睡。

在海边的另一个村子里,住了一位孤独的老太太。老太太的男人从年轻时就去了战场,再也没有回来。从那时起她就一个人生活了。有一天老太太在街头捡回了一只流浪猫。自从有了这只小猫,老人再也不孤独了。这里的冬天多么冷啊,屋里没有炉火,小猫和老人彼此就成了对方的炉火。

遇到老人之前,这只小女猫一天到晚在街上溜达,一连几天吃不到东西。有一次她饿昏了,几个孩子正要把她当成一只死猫扔到一条脏水沟里,被老人拦住了。

老人为她洗去了一身脏物,喂她米汤,嚼了花生给她吃,还去河里逮泥鳅。只半年的工夫,她就长成了一只漂亮的花猫。

她走在街上、树林里,总有一些雄猫过来搭讪,夸她皮毛好亮、眼睛好大——"你的眼睛啊,就跟天空一个颜色!"一只英俊的雄猫声音好甜,让她羞得低头。回家后,她一想到那只雄猫,心就怦怦乱跳。

有一个夜晚她再次来到杨树下,正巧看到有两只猫缓缓地走来。一只雄猫发出了甜美的声音,又是他!她的一颗心又怦怦乱跳了。可是对方这会儿正在对另一只女猫重复过去的话:"你的眼睛啊,就跟天空一个颜色……"

春天来了,她长得更高了,毛色鲜亮。老太太抚摸着她:"你多么俊啊,你是咱家最俊的姑娘……"

就在这年春天,她爱上了一只流浪猫。这只猫比她见过的所有雄性成年猫都要瘦削,然而却异常勇武和有力。流浪猫在海边林子里长大,敢于和最凶的豹猫打架。她和他在村子里过了几天,分别时流浪猫要将她领回林子,她犹豫了。

她舍不得老太太,不敢想老人再次变得孤身一人。她苦苦劝说流浪猫留下来,就在老人这儿安家,这儿又温暖又安全,是天底下最好的地方。

那只男猫在老人的小院里又待了一个星期,可最终还要回到林子里——半夜流浪男猫总要跳起来,一动不动地望向北方,那是林子的方向。那儿隐隐传来野物的叫声,还有箭镞穿过林梢的声音。

第八天上,男猫要回林子里了,行前告诉:他还会回来。

他们分别了。她将男猫送到村边,在一个麦草垛旁,他们久久地依偎,月光映着她的一汪泪水。她一直看着男猫走向远方,消失在一片茫野里。

漫长的思念开始了。她最初什么也不想吃。老人将她抱在怀里,拍打着,咕哝:"孩子,他是男人。男人都有自己的事情,他们要做自己的事情……"

老人嚼了她最爱吃的花生米,她只是舔一舔。

一个多月过去了,那只流浪猫仅回来一次。她惊讶地发现这只男猫更瘦了,脸上还多了一道伤疤。对方告诉她海边林子里正进行一场激烈的战斗——一只海里爬上来的巨妖凶悍残暴极了,不知多少幼小的生灵惨遭杀戮。土狼和猞猁叛了,狐狸是奸细,豹猫是帮凶。最后只有弱者聚在一起,奋起保卫自己的家园——如果这场战争失败了,我们将失去所有的后代,失去整片林子……

她怕极了,为那万千幼小的生灵,也为这只男猫的命运担心。

她再次哀求对方留下来、留下来……男猫给它擦去泪水，问："你要我做个胆小鬼，做个逃兵吗？"

她不知该怎样回答。

"我率领了一支队伍，所有的战士都在等我，我必须回去。等到胜利那一天吧，一定会有那一天的……如果到了秋天我还没有回来，那就……"

她赶紧去掩男猫的嘴巴。男猫把她的手挪开，捧住她的脸说："你听着，我说的全是实情。好好待在老人身边吧……"

流浪猫走了。

她开始了焦灼的等待。秋天就要到了。她看着自己隆起的腹部，大声发问："天哪，我该怎么办？"

就在这个秋天里，她生下了一只猫，也是女猫，这就是未来的球球。可是那只流浪猫一直没有归来。

球球刚满一个月，已经能走远路了，她对孩子说："走吧，我们进林子找你爸去。"

老人看出了她要领孩子远行，苦苦地阻拦，不让她去那个兵荒马乱的地方。她大致能明白他在说什么，知道老人的大意是：女人不是男人，女人就得在家里等，等到最后。

她依偎着老人，喵喵叫着，不知老人能否听得懂自己的话："我等不下去，我一定得去林子里，是死是活都得要一个确信。我还会回来的……"

她离开了。

这片茫茫无边的林子啊，不知梦见了多少次的地方，原来这么荒凉。球球到了黑乎乎的密林深处，听到老野鸡凄厉的叫声，吓得紧贴在母亲身上，一动不敢动。她一路都在讲那只流浪猫，孩子勇敢的父亲，说："孩子，像你爸那样，什么都不要怕。"

走啊走啊，她向一只鹌鹑打听："看到一个瘦高个子、脸上有道伤疤的男猫了吗？"鹌鹑说："没有，你往北走吧，男的都在北边打仗。"她又走了一程，问一只红脚隼："看到一只特别勇敢的男猫了吧？"红脚隼说："仗打得多凶啊，他不是牺牲了，就是转移到河西了……"

从秋天寻到冬天，还是没有踪影。她不敢想男猫已经牺牲。"你爸转战河西了。"她对球球说。

铺满冬雪的林子里行进艰难，找不到一点吃的东西。当西北风刮起来的时候，搅得高高的雪雾随时都会把她们母子埋掉。她不得不放弃这段行程，要等到春天再次上路。

在那个村子里，老太太盼啊盼啊，最终也没有等到她和球球归来。老人就在这个冬天离开了。

她和球球回到村子，只看到一间空空的小屋，门上挂了一把大锁，院里是一人多高的荒草。

她们最后找到了村外的一座坟丘。

整个冬天，她和孩子就徘徊在那个小院和坟包之间。

春天来了，冰凌化了，她和球球又一次上路了。经历过一次次磨难，她差不多像一只老猫了，步履艰难，再也走不快了。

直到春天快要结束时，她们娘儿俩才算走到了河岸。这儿没有桥，只有一只瘸腿老獾在摆渡。她打听起那只勇敢的男猫，老獾

告诉她:

"我用这只小船送他两次过河!最后一次他像我一样,一条腿折了。他已经是个将军了,身上有好几处负伤……"

老獾说不出瘸腿将军是死是活,只说他要在,也一定是转战河西了。当老獾听说母女俩要过河时,吓得叫起来:"这可不行!河西的林子比这边密上十倍,去不得!"老獾说如果自己让母女俩上了船,那就等于害了她们。

可她绝不放弃河西之行。最后她和老獾商定:让她独自过河吧,孩子留下。老獾答应了。她流着泪做最后的叮嘱:"看在孩子爸爸的分上,你照料孩子一段时间吧。如果我回不来了,你就把她送给村里人,要找一个最好的老太太,这样我也就放心了……"

瘸腿老獾忍住眼泪说:"我一定按你说的做!一定!"

这个故事的结尾让人悲伤——老獾和球球一直在河的东岸苦等,直到最后,直到绝望……

隔壁小院里只有春兰这一只小猪了。时间一天天过去,她的身个仍旧没有变化,只是胖胖的,再也没有奶腥气了。她常常被家里人抱在怀里,而且可以随便上炕。"我从来没见过这么干净的小猪,香喷喷的。"虎头妈抱着她过来串门,一只手总是捏弄着她的蹄爪。

春兰只要落地,第一件事就是去看球球。如果球球不在,她就会发出咕咕的叫声,然后四处寻觅。他们在一起时格外高兴,相互做一些让对方愉快的事情,还在耳边咕咕哝哝。谁都不怀疑他们之间可以顺畅地交流。

球球和春兰有时要避开我们所有的人,在房前屋后溜达一会儿。黄昏时分,他们常常要一块儿走向村边的沙土路,然后再折向杨树路——肯定是在散步。在我们的印象中,只有学校的老校长才会这样散步:缓缓地走到村边沙土路,然后再折向杨树路。

他们有时走得很远,一直向北,走进林子里。

有一次他们很晚才归来:春兰嘴里叼了一朵大蘑菇,直接交给了外祖母。"原来他们采蘑菇去了,不过千万要注意安全——林子里有妖怪的。"外祖母说。

外祖母那天晚上就用他们采来的蘑菇做了一大碗汤。这是我吃到的最鲜美的汤。

由于我们的坚持,虎头父亲终于允许春兰在球球窝里过夜了。我注意过,他们蜷在一起时,有一多半时间是相互搂抱的,就这样进入了梦乡。早晨,第一缕霞光照在小院里,他们总是最先跑出来迎接,全身都给染成了彩色。

这一夜我把他们抱到了炕上。我和他们整夜相挨,听着他们的呼吸声,嗅着他们的体香——球球身上有一种菊芋花的香气,而春兰是一股淡淡的槐花香……

春天终于来了。这是一个多么好的季节,槐花开得扑鼻香,林子唰一下变绿了。可做梦也想不到的是,就是这么好的一个季节,竟会发生一件可怕的事情——我远在城里的舅母来了,光是她的模样就吓人一跳!

虎头和小双吃惊地问:"你怎么会有这么吓人的舅母?"我没有回答,我也不知道为什么。

刚刚春天呢,她就穿了短裙。她的嘴、眼皮、手指甲,随处都涂了颜色。她走在街上,所有老人吓得都不敢吸烟了。我想他们一定疑惑:这是不是一个女妖爬上了岸?

其实她不光不吃人,而且对人还忒好,一见面就亲我的脑壳,亲外祖母,亲所有家里的人,还亲球球——她的眼睛久久不离球球,大呼小叫地说:"天哪!"

她说一辈子都没见过这么好的猫:"美极了!小天使!天哪……"

舅母是出差路过这儿。她只住两天就要走了,离开前哭哭啼啼,最后对外祖母提出了一个可怕的要求:

带走球球!

还没等外祖母表态,我立刻嚷道:"不行!不能……就不能!"

舅母在我的喊叫声里掩了一下嘴,后退了一步。她看看球球,又看看外祖母。

一阵沉默之后,舅母垂下了眼睛。这会儿我才发现她长得挺好看的——眼睫毛真长。她哼哼唧唧,细声细气地说:"我太喜欢她了……要不这么着,我先养她一年半载的,等孩子放假就去城里,再把球球捎回来……这样还不行吗?"

说实话,我不知该怎么回答了。我最后将求助的目光盯住外祖母——我可不想与球球分开那么久;还有,我想到了春兰……

外祖母摸摸我的脑壳说:"舅母这么久没来了,就听她的吧!

再说不过是一年半载的,你到时候去抱她回来。"

我问:"春兰怎么办?还有春兰……"

外祖母笑了:"哦,真是的,她们是一对儿……这样吧,今晚让她们睡在一起,明天……"

舅母如释重负,马上过来拥住我说:"好孩子,这样总可以了吧?你也该进城看看了……"她放下我又抱球球,还狠狠地亲了亲球球。

就这样,球球在这个春天离开了我。

虎头和小双后来狠狠地责备我,说那个舅母是个"女妖":"她长了血红的嘴……"我为舅母辩护:"那是擦了一种胭脂……"

最让人难受的是春兰——她真的病了。她每天都来我们的小院徘徊,可是谁都不理。过去我们一喊"春兰"两个字,她立刻卷动尾巴,昂起头来。现在她总是低头嗅着,寻找球球的痕迹。有一天她躺在了球球的窝里,再也不想出来。

虎头父亲费了很大力气才把春兰哄出窝来,搓着手对外祖母说:"你们家球球害苦了我们家春兰!"

这样过去了一个多月,春兰瘦成了一把骨头。她只吃很少的一点东西,走路摇摇晃晃。外祖母不时送去好吃的给她,她嗅一嗅,还是不吃。后来她只躺在自己的小院里,不再来我们家。外祖母说:"春兰伤透了心……"

倒霉的春天过去了,接着就是秋天。这会儿苹果熟了,瓜也甜了,最好的季节也就到了。这是我和虎头、小双大显身手的时候,也是看瓜的老人最头疼的时候。每年的这个季节我们都要弄出一些故事。比如上一年,一个看瓜的老人睡着了,醒来发现不仅丢了许多瓜,还被人连同看瓜的铺子一起抬到了一个水塘中央。村里人都说这事就是我们仨干的——怎么可能呢?我们仨可抬不动老人和铺子。

可是因为球球的离开,我们在这个秋天都变得不那么起劲了。虎头和小双鼓励我说:"快些去城里吧!你可真沉得住气啊!"

我开始认真地思考去城里的事情了。我找来一张地图,仔细研究了许久,将所经路线和主要地名——记下,这才知道舅母出差的小城离我们的村子只有二十华里——从那儿乘汽车到另一个小城,需要走五十华里,然后再坐上火车,可以直接去她的大城。

从我们村子到那个大城,一共是一千一百另十四华里。

我对外祖母说出这个计划,并跟她索要路费——这后一条是不得不做的,因为我多年来积攒的钱共有六元八角五分——虽然也算一笔了不起的积蓄了,但既舍不得用,又担心满足不了这次远行的花销。

外祖母说路费不成问题,但时间有问题。"你该在放寒假的时候再去啊!"

我心里焦急,可是无言以对。她说的当然有道理。我思念球球并且担心她的孤单,因为我不相信她会喜欢那个大城,也不相信她会忘了我们大家——特别是"芳邻"家的春兰。

在等待的日子里,我把许多时间消磨在春兰那儿。我像抱球球一样抱着她。我们面对面看着,彼此熟悉眼中的一切。我不得不说:春兰憔悴了。

秋天越来越深入了。树叶扑扑下落时,我再也忍不住了。眼看秋天就要过去了,可是离寒假还远得很呢!我又一次跟外祖母提出去大城的事,外祖母先是不吭一声,后来横了横心说:"去吧!"

　　她半夜都没有睡,忙着包裹一些东西,零零碎碎整了一大包。她叮嘱我见了舅舅和舅母怎样说、送他们什么礼物,等等。她特别将路费包好了放在桌上,才回屋里睡觉。

　　我却一夜没有睡好,脑子里全是球球,还朦朦胧胧梦见了一只男猫———一身戎装,腰上是皮带,皮带上拴了长刀和枪。这是我想象的那个林中英雄,球球的父亲……天亮了,我搓着眼睛去看窗外的天色,刚一抬头就被吓了一跳。

　　一个翻毛疵疵的什么怪物,隔着窗户向我吼叫。我几乎闻见了它身上逼人的臭气。我有些慌,急急寻找什么,想在这个怪物打破窗子的一刻用来防身。我摸到了一根棍子。

　　窗外的怪物不停地扑打窗子——越扑打越无力,最后竟然摇晃了一下,从窗台上跌落下去。

　　我赶紧奔出屋子,手里紧攥那根棍子。

　　一只通身糊满脏泥、挂带了碎屑的怪物倒在那儿。它显然快死了,已经奄奄一息了。

　　我嫌脏,不愿靠得更近,就用棍子拨弄了一下——只正眼瞧了一下,我就啪的一声扔了棍子,喊起来:"球球!球球!"

　　我一连喊了好几声。外祖母被惊醒了,披上衣服跑出来……这时我已经不顾一切地抱起了球球。

　　她在我怀里一点点睁开了眼睛。"这是怎么了?这真是她?

我看看!"外祖母到我怀里扒拉一下,马上叫道:"可不就是嘛!是球球啊,老天爷,她是怎么回到这儿的? 老天爷,这是做梦吧孩子?"

当然不是做梦! 我和外祖母越来越明白:这可一点都不是做梦……

球球真的回来了——本来我黎明就要启程,可她还是赶在了我的前头……接下来我设法清洗她浑身的泥巴和脏物,可是太难了。她瘦得只剩下皮和骨头……

球球勉强喝过了一点汤汁,舔了舔我和外祖母的手,昏睡过去了。她整整睡了两天两夜。

夜里我紧紧搂住她,泪水在眼眶中旋转。我一遍遍梳理她的毛发,小声地询问——不,球球,你别开口,别说一句话。你还有许多时间,那时你再讲城里的事情吧,讲这一千多里的奔波……

球球不喜欢城里的一切,从人的眼神到四周的气味。可是她没法选择。舅母的胭脂那么刺鼻,她偏要时不时地抱紧她亲吻。球球对这样的人无法拒绝,只有苦苦忍受。除了女人,还有一个两岁多的男孩,他常常像提一条布袋一样随意抓起她,有时还像背一条布袋那样将她扔上肩头。

女人亲吻她的额头、嘴巴,咕哝说:"都说猫儿嘴里有细菌,我就不怕! 这么白的小牙啊,哪有什么细菌! 啧啧哑哑!"女人亲过了,满意地抿抿嘴。女人不知道,这样做过之后,球球总要躲到一个角落里吐一下。

城里到处都是飞扬的灰尘,人的眼睛看不见,球球却能看得一清二楚:它们在空中、屋里,在所有的地方悬浮、游荡,谁都没法避开。而在那个海边就不是这样。她躺在飞扬的灰尘中想着心事,不让泪水滴下来。

女人几天之后宣布:"'球球',这名字太土气了,从今以后改改吧,就叫'玛丽'!"她将这两个字写下来给旁边人看,却直接唤她'麦累'——一开始球球不解,后来才知道这在外国人那儿就是这样叫的。

"麦累",球球就是不答应。"麦累",球球还是不答应。"坏了,这小家伙看不住自己的名儿!"女人嚷着,揪揪她的耳朵说:"你要像看住自己的东西一样,看住自己的名儿!"

球球讨厌这个洋名儿,但心里还是承认:这两个字连在一起是有道理的。在海边小村,无论是种麦子、割麦子还是打麦子,都累极了。所以,大概,连城里女人也知道——"麦累"!

女人从外面捎回一盒罐头,喊着"'麦累麦累'",打开给她吃。一些小豆子一样的东西。她嚼了嚼,真不难吃——不,好吃极了。她的眼窝发热。她想到了春兰。以前她吃到好东西,总会留一些给春兰。

夜里,她想着和春兰一起讲故事的情景——她们望着一天星星,说啊说啊,有时会说到天明……而在这里,窗外几乎看不到一颗像样的星星,它们都模模糊糊的,沾满了灰尘。

凌晨时分好像听到了春兰的声音。她搓一下眼睛跳起来,什么都没有。她再也睡不着了。窗外传来无数嘈杂,这大概是飞扬的灰尘在叫唤,它无处不在、无时不在。刚来时她要用两手堵住耳朵,后来才发现这有多么傻——嘈杂声无论是白天还是晚上,永远不会停止。

"听说你是乡下来的,你叫'麦累'?"邻居家的一只白色雄猫在凉台隔壁问她。

"我叫'球球'。"她回答。

"那种土名儿就算了。你知道我叫什么吗?我叫'乔治'!"雄猫闭闭左眼,又做出一个飞吻的动作。

她赶紧缩回身子,一颗心怦怦急跳。她小声叫着:"天哪,这儿可没有'芳邻',这儿只有花花公子!"本来她最喜欢的就是凉台了,可是从今以后它要远远地躲开那儿。

女人一家上班时就把她锁在屋里,这等于关进了一座监狱。她无法将自己的抗议告诉他们,就趁开门时猛地闯到屋外,顺着楼梯往下疾跑——他们慌了,喊着"'麦累'、麦累'"。她故意不理,心里说:"还不到时候呢,离收麦子还早着哩,喊什么'麦累'!"

她跑到楼下,在楼前空地上大口呼吸。他们随后就冲下来,一把抱起她。男人和女人一块儿轻轻拍打她、抚摸她,说:"还好,没有跑远。'麦累',你如果找不到家就糟了,那就变成野猫了啊……"

她有许多时间想念春兰,想念那三个少年,想念老奶奶。她一有机会就挣脱,就下楼。这是她鼓起勇气的一次次抗议。她这样做终于见效了,男人对女人说:"她大概野惯了,总关在屋里不好——以后带出来散步吧?"

女的摇动耳环,皱着眉头说:"好吧!"说完又抱起她,用下颌按在她的额头上说:"'麦累',你只要听话,别乱跑,我就带你去见客人、参加宴会!你听到了吗?"

她能明白大致的意思。她盼着到更多的地方,只要别被关在这个倒霉的监狱里就好。

在家里,那个小男孩胡乱拽她、捏她,还摸来摸去。她的胸部被他无数次按住,被搔弄。她想呼喊,想回击,但男人和女人就在一旁,她不得不忍住。

有一次小男孩又在耍弄她,而这会儿正好没有大人在场,她就抡起巴掌,左右开弓,狠狠地抽了他几个耳光。

小男孩哇哇大哭,男人女人一齐跑过来。男孩指着她喊:"'麦累',她抽我耳光!"

球球目不斜视端坐一旁,对一切充耳不闻。

小男孩还在喊。他们终于不耐烦了,说:"不会吧,人家'麦累'好端端的。"

从那以后,小男孩总是躲着球球了。她昂首阔步从他跟前走过时,他就缩一下身子,生怕挡住她的去路。

球球最高兴的就是跟这一家人出门散步。那一般是晚饭后的一段时间。走出一条巷子就是宽宽的马路和人行道,再走一会儿就是一条水渠——沿着渠岸可以去一个小广场,那儿总是有许多熟人,他们说话时,球球就能独自玩耍了。

她在这儿认识了三五只猫、一只兔子,还有一只喜鹊、一群麻雀。有一只母猫穿了奇怪的背心,而且是用紫花布做成的,沿后背那儿有一溜扣子。这是她所见过的最奇特的装束了,她当时差点失声叫出来。那只母猫叫"棉棉",看看她说:"一看就知道你是新来的,乡下的吧?进城结婚吗?哦,有机会让你见见我家先生……"

喜鹊有点瘦,羽毛灰暗。球球在海边见过多少喜鹊啊,它们个个胖得像圆球,一身羽毛黑白分明,就像刚刚洗过澡一样!

球球特别不能容忍的是这群麻雀:浑身脏黑就像刚从烟囱里钻出来一样!而她印象中的海边麻雀,一个个清纯洁净!她忍不住对它们说:"你们长了翅膀,能飞多高多远啊!怎么不一口气飞到海边林子里去?"

那群麻雀互相看着,叽叽笑。一只最脏的老麻雀呵斥它们,说:"离她远些,一个傻瓜!"

那只兔子对球球表现了最大的友善。它向她讲了自己的主人有多么仁慈,说:"别人家都把兔子杀了吃,他们不,他们把我当宠物养起来,就像对待你们一样!"

球球说:"本来就不该杀!那些人多么狠!兔子和猫就该一样……"

兔子立刻抱起双手作揖:"多谢了姊妹,要知道我们出身不好啊,就是该杀的命。不过听了你这一席话,俺死也知足了!"

除了散步,一家人真的信守诺言,带她串门去了。她先后到过不同的家里,认识了十几个猫和人,还有狗。那些一天到晚关在家里的狗,见了来客兴奋得乱跳——有一只母狗第一次见她,就悄悄伏在她耳边说:"我爱死你了!"

她赶紧躲开了,回头看它,见它的眼睛湿润着,拉出长长的舌头,口水哗哗流着。她吓坏了,终于明白:这是一条有病的狗。

吃饭时,女人时不时将几块肉递给她,说:"吃吧,这是猪肉,好香呢!"

球球紧闭双眼,尽快地跑开。她极力忘却刚才闻到的香味,在心里呼叫:"多么可怕啊!天哪,让我一辈子别再听到看到吧……"

深夜,她一遍又一遍呼喊春兰的名字,鼻孔那儿一阵阵飘过她的气味——那是一种菊芋花的香气,是由不久前的奶香变成的。她一想起春兰蜷成一圈的尾巴、圆滚滚的屁股,心里就有一种亲昵感。她无数次端详过这一家人,特别是那个小男孩,进一步确凿无疑地认定:他全身无论哪里,没有一处比得上春兰!就说这屁股吧,那真是相差十万八千里!

球球每夜小声呼叫春兰的名字睡去,在梦中一起玩耍。她无数次梦到她们在散步:从沙土路折向杨树路……那些美好的夜晚啊,她们常常搂抱着睡去,有时半夜醒来还要说点什么。多么有趣的春兰,她记得黑影里那一对闪闪的眸子,那一次次交谈——

春兰说:"我亲你的时候,总也亲不准确。"

"为什么?"

"因为你的嘴是三瓣的,要分三次亲才好。"

球球说:"你的平顶鼻梁太高,它也蛮碍事的。"

这有趣的交谈时断时续。月光从窗棂透过来,照着她俩。球球端量春兰的睡态,发现她金色的睫毛上挂了几颗泪滴。

球球知道春兰一定想起了被抓走的哥哥姐姐。她伸出巴掌擦拭着春兰的脸颊。

"再讲一遍那次你和妈妈——你们去林子里寻找爸爸的故事吧!"春兰说。

球球看着窗外一天的星星。它从来没有见过爸爸,只听妈妈和老獾叔说过,知道那场大起义,知道父亲是一位将军……

"将军!起义!"

球球重复着这两个响亮的词儿,从头讲述了那场战争,最后说:

"那个海妖再也不会来了,它被爸爸他们杀死了!"

春兰说:"有人就像海妖一样坏!"

"他们抓走了你的哥哥姐姐,等他们长大了,就会杀害它们……"球球的嗓子哑下来。

"幸亏我没有长大——我害怕长大!我在心里说:千万别让我长大吧……球球。"春兰说着说着,喘息突然急促起来。她的声音低下来:"我要告诉你一个秘密,一个天大的秘密。"

球球期待着,呼吸变得轻轻的。

"我害怕长大,就别让我长大吧!我就这样说啊说啊,终于被过路的一个巫婆听到了。这个巫婆认识所有的妖怪,她自己差不多也算一个妖怪,不过是一个好妖怪,因为她愿意帮助小孩儿。那天夜里她就给了我一粒'小人丸',从此我就再也长不大了……"

"啊?那个巫婆在哪儿?"球球吃惊地叫起来。

"她总是在大家都睡着的时候才溜进村子。那天她听了我的话,伏在栅栏上悄声问:'谁还吃药丸?'哥哥姐姐吓得蒙住头,说'不吃不吃'……"

"怪不得啊!原来是这样!真想不到啊……那些所有长不大的人,肯定都讨到了巫婆的一粒药丸——她什么时候再来?"

"她说十年才转到村子里一次。你想想世界多大啊,她要一个村一个村转……"

球球永远忘不了那个夜晚,忘不了那个隐秘的故事,这会儿似乎又一次听到了春兰的喘息声。"巫婆啊,今夜你又在哪里转悠?你大概知道,所有的孩子都希望长大,可又害怕长大……"

球球枕着自己的两爪睡着了,睡前一直念着春兰的名字,想着那片无边的林子、村子和小巷,鼻孔里一阵阵飘过熟悉的气味,那是玉米缨和花生苗、西瓜和三个少年的头发,再加上春兰蹄爪、葡萄、大雨后杨树下的蘑菇……这一切混合一起的气味。就是这气味让她睫毛沾泪,让她一次次默念:

"春兰,还有海边的一切,我今生就是跑上千里万里,也要找到你们,紧紧挨着你们……"

梦中常常是一场无边的跋涉,终点就是大海,是那个巷子和青色的院墙……晨光虽然抹不掉甜甜的梦境,可是漫长的一天又开始了。

白天是她最痛苦的时候。她需要等待太阳一点点落下,等待自己的夜晚。

这天晚上,女人和男人终于抱着球球去参加宴会了。

他们行前给她梳头,打理周身,还用香水往她身上喷洒……球球怎么也想不到宴会竟是这样可怕。

"球球,这是晚宴,瞧多隆重啊,你要好生待着。"女人把球球拢在身侧,一下一下抚摸。

参加宴会的人都兴高采烈,他们围紧了一个有转盘的圆桌,身体往前倾着。

一道连一道菜端上来,全是宰杀的生灵。那些除了毛的鸡和肉块球球看都不敢看。当然,鱼是真正的美味,可是因为和猪肉摆在一块儿,她差点呕吐出来!

宴会大约进行到一半的时候,一个戴了足有一尺高的白帽子的男人过来喊:"噢,一道大菜——"

所有人都拍手,将身体离开桌子一点,屏住呼吸等待。球球也像他们那样,不由自主地缩了一下,紧贴在女人腿侧。她发现女人的鼻子在加紧抽动,两眼比刚才更亮——只要有好吃的美味,这个女人总是这样一副神气。

逼人的香气瞬间弥漫开来,还有滋滋啦啦的溅油声……进来两个人,他们抬着一个很大的木头托盘,上面又是一个大瓷盘,四周堆放了翠绿的菜叶,菜叶中间伏卧了一只动物,通身金黄锃亮,就像镀了一层金……大家发出欢呼声,还有零零星星的拍掌声。

球球这会儿终于看清了:一只小猪,很小很小,就像春兰那么大!

"烤乳猪,又酥又脆……来,麦累,吃烤乳猪!"女人的眼盯在桌子上,右手拢紧球球。球球身上的毛发全都耸起,发出一声恐惧的尖叫,只一下就挣出,从女人耳朵上方嗖一下蹿开。

她头也不回地冲出房间,从一些匆忙的腿脚中间钻过。

她自己都不知怎么找到了楼梯,一连跳下好几层,出了大门,站到了灯光闪烁的大街上。

她的头嗡嗡响,全身发抖,不知自己这会儿站在哪里、要去哪里。她试着往前移动,躲过几辆汽车,挪蹭到路边大树下。在一片阴影里,她好不容易才镇定下来。

老天,要不是亲眼见到,她无论如何也不会相信天底下还有这样残忍的事情——将一只正在吃奶的小猪烤熟烤焦,然后端上桌子。"妖怪……"她的脑海里突然蹦出这两个字,吓得身上一抖。

"我不能和妖怪待在一起,我不敢和他们住在一块儿……"她呻吟着,却不知该往哪里走。

今夜她终于明白了,那个在村边转悠的巫婆再也救不了春兰了,她兜售的"小人丸"如今已经毫无用处——城里人吃起了烤乳猪……而这些小猪肯定就是从乡下弄来的。

球球的眼睛被泪水糊上了。她一次又一次擦着眼睛,以便看清脚下的路径。这会儿她只有一个愿望,就是奔向东方,奔向大海——那儿有一片林子,有个村庄,有家,有芳邻,有老奶奶和春兰……

她一分钟都不想耽搁。可就在迈出第一步的时候,她怔住了:我怎么逃出这片又高又大、无边无际的水泥莽林?怎么找到回家的路?她只记得自己被装在一个笼子里,转车再转车,最后钻入一条巨大的铁蟒蛇肚子里——这家伙一路上不停地咳嗽,发出呜呜的叫声,走走停停,最后才来到了这里。它的名字叫"火车"。

她首先要寻找那条大蟒蛇爬过的痕迹。

球球设法找到了散步时路过的水渠。在渠边黑影里,有一对正在亲热的猫。她实在太急切了,不得不冒昧地向他们打听:"哪儿才能找到那条大蟒蛇,最大最大的蟒蛇?"

他们极其不快,烦烦地说:"找大蟒蛇?你不想活了吗?"

"哦,是这样,它的名儿叫'火车',呜呜——"她学它的喊声。

"那得到火车站去!笨蛋,还大蟒蛇哩……"

男猫往一个方向指了指,然后拉着女猫钻到了黑影深处。

球球谢一声,快步离开。她对自己的方位感极为自信,只要瞄准了一个方向,无论怎样都不会迷失。接下去她一口气穿越了三条大街。路灯刺得她睁不开眼睛。有几个头戴针织小帽的孩子滑着旱冰鞋追过来,她毫不费力就摆脱了他们。不过这也提醒她必须改变行进路线:钻入昏暗的小巷。

已经是深夜了,小巷里的人家都睡着了。这儿的楼房渐渐低下来,不过是一两层的建筑,甚至还有在海边村子才能看到的那种小房子。她对小房子有一种说不出的亲近感,有时忍不住要停下来多看两眼。有一次她正往小院栅栏里边瞥,一只黑猫就抖着腰过来了。他端量着问:"谁家闺女?"她不答。对方理理胡须:"反正不是这条街上的……"他挤挤眼,抿抿嘴。她退开一步,跑了。

那只黑猫一直在后边追,气喘吁吁地嚷叫:"我是巡警,你给我站住!我要开枪了,我有枪……"

当后边的喊叫消失时,她才停下来,发现全身都汗湿了。

前边有一丛地肤草,她一阵高兴,就快步挨近了。想不到草丛里躺了一只刺猬,见了她扑棱一下坐起来,当看清了是她,就咕哝一句:"我还以为是黄鼠狼呢。"然后又重新躺下。

她坐在旁边。刺猬说:"我昨个吃多了,肚子胀。"球球伸手给它揉了揉肚子,他十分满意。后来他又坐起来,说:"我的眼花了,不过还能看清你的脸,怪俊的。小姐这是往哪去?"她说要找一条大蟒蛇,"呜呜——"她学了一遍它的声音。

刺猬说:"知道知道,那是火车,就像一串躺倒的房子,有门有窗。不过没有主人领着,你一个女孩子家是乘不上火车的。"

"我不过是想找它停歇的地方,您知道吧?"

刺猬点头:"有一年我在车站旁边上过一回当哩,一个刚下火车的家伙,是个蹲在主人背上的八哥,卖给我一副眼镜,是鸡蛋壳做的,一碰就碎了……"

球球笑起来。刺猬骂着那只八哥,指了指火车站的方向。她向老刺猬鞠了一躬,匆匆走开了。

四周的高楼越来越少。天上的星星开始变多。她极力回忆刚进这座大城的情形——女人当时用一件花衣服罩在笼子上,只偶尔掀开看看。她是借着一闪一闪的缝隙观察外面的,记得有一道又一道灰色的高墙、一些又一些车辆……

"呜——呜——"听听,真是那家伙在叫啊!球球兴奋得全身抖了一下,一抬头正好看到了东方的鱼肚白。啊,天就要亮了!新的一天就这样开始了……

那条大蟒蛇和它的痕迹终于看到了:一道道锃亮的铁轨伸开,伸向远处;大蟒蛇吐了几口白汽,像是累坏了,躺在那儿一动不动。

她从它的肚子底下钻过,想看清是不是原来那一条——没有一排躺倒的房子,也没有门窗,而是一厢连一厢的黑煤屑。

她沿着闪亮的铁轨向东,向着那片鱼肚白跑去。

渐渐,这无数的铁轨只剩下了两条,一直钻出城市,穿过两旁低矮的房子,进入了无边的原野。球球明白了,只要沿着这条大蟒蛇爬行的痕迹往前,就会奔向故乡。

她一刻不停地向前,飞动四蹄。这期间又有一条大蟒蛇驰过,她赶紧伏在一旁的草木下边。大蟒蛇的喘息声巨大,震得大地抖动。她怎么也想不出人是如何降服了大蟒蛇的,还为它取名"火车"——大蟒蛇能看得住自己的名儿吗?

太阳升到树梢了,球球这才发现自己全身没了一点力气,一步也跑不动了。她从来没有一口气赶这么远的路,所以并不知道力气使尽了会是这样。她又饥又渴,一点一点爬下铁轨慢坡,想找一口水喝。

太阳烤得四处发烫,她不得不钻入一片阴湿的灌木丛中。刚刚站稳,搓一下眼睛,这才发现面前站了一个戴黑呢帽的老太婆,正冲自己笑呢!她差一点吓得喊出来:这老太婆只有一尺多高,一张脸圆圆的。

"好俊的猫儿,大婶吓着你了?"老太太一边说一边提着裤子,原来刚刚在解溲。

一股尿骚味儿顶鼻子。球球皱皱眉头,躲开一点。老太太一笑就露出黑黑的牙齿,有一股烟味儿。"你是急着赶路累坏了吧?走长路可不能急,你得学大婶,走一站算一站,边走边玩,走到哪儿都是家……"老太婆说着掏出一杆小烟斗,吱吱抽起来。

球球躲着烟味,心想:这是个真正的妖怪吧!人没有长这么小的。正这样想时老太婆又说了:"我也是出来看看,想搭个便车,算了,都是拉煤的——我这人娇气,不坐货车,要坐就坐客车。等下一班吧,你要不嫌弃就进我家歇会儿?"球球迟疑着,对方却前边走了。她只好跟上。穿过一小片灌木丛,出现了一条干涸的水渠。渠岸土坡上有一株不大的合欢树,树下有一间小小的草棚,门板被雨洗白了。老太婆推开门说:"我在这儿刚住了半年,一座旧房子,是从一只老狐狸那里买来的,她跟儿子进城住了……"

小草棚里的整洁让球球吃了一惊。这儿从睡觉的地铺到锅灶、桌子、水罐和米缸,应有尽有。她有点喜欢这个地方了。老太婆倒了一碗水,取来一块窝窝,她就低头吃起来。

"看把闺女饿的!可怜人哪!我要是没有猜错,你一准是从城里跑出来的,那儿有杀猫的人——从南边来了一拨人,他们吃猫肉……"

"不会吧?还有这样的人?"球球声音都发颤了。

老太太把黑呢帽推了推,露出一绺白发:"大婶是走南闯北的人,从东海到西海,从城里到乡下,见得多了。唉,再转悠几年就该歇着了……"

球球听到"东海",眼睛一亮:"大婶是说那片老林子?还有海边小村?"

"那当然了。我老家就是那里……"

球球哭起来。老太婆拍打着安慰,说好闺女见了大婶什么都不用怕了,有什么冤情从头吐出来好了。

球球在她的拍打抚摸下一边哭一边说,当发现真的将一切都吐个精光时,立刻有些后悔了。她擦擦泪眼退开一步,警觉地看着老人。

老太婆磕打着黑牙:"闺女别怕,你算是遇见好人了。告诉你吧,我就是到处转悠的那个老巫婆,到处卖'小人丸'的人啊!你想看看?"说着一手插到贴身的口袋里,掏出了三两颗。

球球看看掌心里的棕色药丸,更加害怕了。

"春兰幸亏吃了我的药丸,要不早就被人捉走了,再长大些咔嚓一刀,端上餐桌了。你不来一颗?"

"我不,我不!大婶,这药丸如今没有用了,城里人现在吃烤乳猪了……"球球又哭了。

老太婆绷紧了嘴唇,骂了一句:"那是城里,这吃法传到乡下至少还得几年,春兰没事。"

"大婶肯定?"

"肯定……闺女,要不是急着赶路,大婶真想留下你做个宠物。唉,兵荒马乱的,你往东这一路可得小心,能搭便车最好,不能就离开一点火车道,铁路两旁没吃没喝,什么坏人都有……"老太婆说着躺下来,伸开两条短腿。

球球看着她,再也忍不住,问:"大婶,你长这么小,我还以为是个……妖怪……"

老太婆笑得咯咯响,笑过了沉着脸说:"海边上出了个专吃小孩儿的海妖,我后妈个子忒矮,她怕我长大了,妖怪把她当成小孩儿吃了,就给我喂了一颗'小人丸'。"

"可妖怪还是没有吃你呀!"

"妖怪打了败仗,在林子里受了重伤,捂着肚子往海边跑,一头钻到海里死了……幸亏林子里有一场'大起义',那仗打得啊,从冬天打到春天,再打到秋天,直到妖怪死在了海里,半边海都让血染红了……"

球球一边听一边流泪。她这时在想妈妈,想从没见过面的起义英雄——父亲。她擦干眼泪,一句话也没说。

"我从后妈那儿讨来药方,四处游荡。我常帮那些不想长大的孩子,还有野物。海边村子叫我老巫婆,生怕被我下了药。我知道孩子比大人好,这人世间多一个孩子就多一份好,闺女,等你想明白了那天,就找大婶要一粒药丸吧!"

球球在巫婆的小屋里睡了一个香甜的觉。她实在太累了。启程前老太婆叮嘱再三,说这是一条长路,说不定要走半辈子呢!你要悠着点儿,小心点儿——"路上还有人贩子呢,他们好言好语哄着你,一绳子捆了卖到山区,那时想回故乡就难上难了……"

分别时,老太婆用满是烟味的嘴亲了她的额头、腮部,最后捧住她的脸犹豫再三,还是重重地亲了一下她的嘴,然后恶狠狠地说一句:"三瓣小嘴儿!"

球球牢牢记住搭车的方法:先找到大蟒蛇歇脚的地方,然后想办法蹿上车厢,得是一辆货车。找啊找啊,一连找了三个歇脚地,还是没成:一条大蟒蛇坐满了人,另一辆停都没停。

天越来越晚,球球心急火燎,最后放开步子奔跑起来。她最相信的还是自己的四条腿,最难忘的还是跟随母亲的日子——从春天走到夏天、秋天,直到白雪皑皑的冬天。"妈妈啊,孩子也开始了一条长路,我不会为你丢脸的,也不会为爸爸丢脸……"

漆黑的夜色里,铁路两旁有萤火虫在游动。一只黑翅鸟一口吞下它们,又烫得呸一声吐掉。有几只发亮的眼睛伏在路基上,让球球害怕。她不知道这是什么、会不会突然蹿起。正这时不远处传来了打斗声,接着一声凄厉的尖叫……她蹑手蹑脚退开、退开,然后转身就跑。

她在离铁路几百米远的泥路上站住了。估计了一下,它与铁路是大致平行的,也就是说只要沿着它走,方向就不会有错。

小路时宽时窄,两旁长满了苇草和荆条、黑乌乌的蓼科植物。小水湾在夜色里映着星星,这让她想起了故乡。这样的夜晚春兰一定不会早睡,她会两手扳住栅栏望着天空,数星星,想心事。

"我的'芳邻'!我们有多少话要说啊!我们分开太久了!我看到了多少城里事情,到时要从头讲给你听……"球球在心里默念,一声声叫着春兰。

水湾中的莎草不停地摇动,一只大癞蛤蟆久久地盯过来,盯得她脸上刺疼。这种身上长疙瘩的大蛤蟆双目火红,盯过来是很疼的。她知道自己如果是一只小飞蛾,就会落到他的嘴里。她说:"咱好不好别这样死盯着看?"

大癞蛤蟆闭了闭眼,咕哝:"不过是看看。听口音,是外地的?"

她不愿和他多说,嗯了一声就走开了。身后传来大癞蛤蟆的声音:"这一带闹劫匪,你不如绕个远道……"

她不相信它有什么好话,没有理睬。有好几次想转到铁路上,因为又听到了那条大蟒蛇的咳嗽声。可她害怕路旁那些蓝幽幽的眼睛,最后还是忍住了。

前边是一个小村,只有二十几户人家,街道弯弯的。还没有进村,她就听到了驴叫羊喊,还有狗和猫的声音。有一只狗在狂追花猫,就因为那只花猫在树上偷看了他撒尿。狗的骂声好粗鲁啊。球球想看大马的样子——她已经许久没有抚摸大马绸缎一样光滑的皮肤了。她小时候曾经趴在一匹大马背上睡着了。她觉得没有一种生灵比大马更俊、眼睛更好看……为了赶路,她还是绕开了小村。

前边出现了山的轮廓,不高,但一直起起伏伏,绵延很远。她知道那条大蟒蛇是穿过小山向前的。时间不早了,走到小山那儿就该好好睡一觉了。

小山光秃秃的,没有土也没有树。站在小山上往南望,更远的地方开始长出黑魆魆的东西。脚下是被水冲得光秃秃的山石,走在上面热乎乎的。她躺下试了试,觉得很舒服。可她还是警觉起来,知道应该找个更隐蔽的地方。她转了一会儿,最后找到了一个小石坑,里面有一些积下的草屑。

睡梦中有一个妖怪蹲在旁边看她。她太困了,不理睬噩梦。可后来那妖怪伸手抓她了,她疼得尖叫一声,从石坑里跳起来——天哪,原来这不是梦,真的有几只野物蹲在一旁,其中一只正按住了她。

这是几只肮脏丑陋的野山猫,年纪比她大不了多少。它们的气味真难闻,那是一年不洗澡才有的骚膻气。她要侧身躲开,可是那个黑脸家伙狠揪一下说:"到了咱的地盘,还要小姐脾气?"

几只脏猫一齐笑了。它们对视着,又看黑脸,问:"捆上?送给大王?"黑脸说:"不用捆,她跑不了!"

它们上前扭住她,任她挣扎呼叫,全不应声。黑脸在前边,一伙儿走得急促,兴冲冲的。黑脸自言自语:"这么俊的妞儿,哪里找去?大王啊,大王啊,俺哥儿几个巡山遇上的……"

大约走了半个钟头,进入了山草蓬蓬的南部。这里的山隙又深又险,树木也多起来。猫头鹰一声声喊叫:"又一个,又一个,妙妙妙!"球球恨死了这叫声,抬头看它石头一样压在树杈上,正睁一只眼闭一只眼呢。

在一个宽敞的石洞入口,一溜儿站着几只雄猫,目光阴阴的。他们耳朵尖上全都有一撮长毛,这就是野山猫。球球知道这种猫身体细韧,敢跟猞猁对阵,一旦进了海边林子,一般的猫都不是他们的对手。她心里恐惧起来。

山洞里铺了厚厚的黄毛栌叶子。一只大山猫倚在一个草垫上,睁开一只眼瞥瞥,马上将双眼睁大了。

"大王,北山搜来的,您就近了瞧,多年没见的大圆脸蝴蝶纹花猫!正是大王喜欢的……"黑脸讨好地说着,凑近了大山猫的耳朵。

两只山猫举着火把挨近一些。大山猫走下草垫,围着球球转了两圈,问:"多大年纪了?"

球球看都不看他一眼。

大山猫笑了，身子哆嗦一下，胡子翘起来，对左右说："纳了！"

四周一片欢呼。

球球忍不住问："什么是'纳了'？"

黑脸嬉笑着拍手："真傻！就是娶了你——你眼看就是大王的人了，哎哟，以后千万对弟兄们多帮衬……"

大山猫吩咐左右："这事办体面些，学学村里人，按一整套礼法来，加紧置办去！"

黑脸说："这事大王放心吧，咱要抬大轿、开大宴，把亲朋好友全请来，喝个通宵大亮，再让小黄雀来唱小曲儿，还有一群吹鼓手……"

球球骂黑脸，痛斥大山猫，几个脏脏的家伙就上来捂她的嘴，扭住她。黑脸说："骂吧，一般都这样。等进了新房，小脸儿被红布蒙起来，那时就该忿了……"

球球欲哭无泪。她极力使自己安定下来，想着解脱的办法。她在心里呼叫："妈妈啊，孩儿一不小心掉进了魔窟，如果逃不脱，也就死在这里了。俺最不放心、最不甘心的是这条长路才走了一点儿……"

她最后不再泣哭，只用心想主意。后来她装出一副逆来顺受的样子，对大山猫说："实在没法就'纳了'吧，不过入洞房前你得按老家风俗，让俺自己待上三天三夜。"大山猫说："我一天都等不及了哩，你看看自己那张小脸吧，这么俊的模样也敢长出来！也罢，只好依你！"

大山猫的喽啰忙碌起来。山洞四周全插上了树枝，树枝上挂了雄野鸡的五彩长尾。一些灯笼花悬在山洞两旁,为了吉庆,还将一只黄鼠狼尾巴吊在洞口。几只母山猫为新娘准备嫁妆,它们用马兰草编了一套拖地长裙,用黑心菊做了饰边。雄山猫在扎制花轿,并且选了四只一般高的壮腿山猫当了轿夫。

准备婚宴的山猫最累:采来蛆蛹、金龟子、蚯蚓、屎壳郎、马粪虫,还要为一道大菜四处打猎,弄来十二只麻雀。麻雀是宴席的主菜,每桌仅放一只。

请柬写在橡树叶上,上面画了一只麻雀头,以便吸引嘴馋的朋友。请柬已经分别送达了狐狸、猞猁、土獾和小豪猪。

在忙着这一切的同时,球球给送到了一个戒备森严的地方。这是一处不大的洞穴,三面峭壁,由几个力大无比的雄山猫把守,他们个个手持狼牙棒。另一面正临一个黑色水潭,看一眼都要头晕。

球球要在这里独自待上三天三夜———一切希望都在这段时间里了!她知道如果不能从这里逃脱,那么也许只有一死。

她可不想死。她知道死是很疼的,比让刺猬扎十次嘴巴还要疼,她最不愿做的事就是死。可是只要一想到再也见不到海边的林子,不能和老奶奶、三个少年,特别是邻居家的春兰在一起,那简直比死还要难过。

三天两夜的煎熬之后,最后一夜就来临了。这一夜多么可怕。风呼呼吹,猫头鹰哈哈笑,老山猫在洞口叹气,搓手,不停地咕哝:"急,急,越是喜事越是急!"它走开后已经是下半夜了,球球盯着天上的星星,泪水早已干涸。一道流星划过,这让她想到了飞翔——

如果自己是一只鸟儿,这会儿就能凌空飞去……

她在洞口徘徊。那几只山猫胡子抖动,手里晃着狼牙棒,分明是威吓。她在黑色水潭边站了一会儿,不敢探头去看。她记得妈妈在河边时告诉:咱们是怕水的,咱们得躲着水。她闭上眼睛,却看到那个矮矮的巫婆站在水中央,正向她招手:"跳下来吧,只有这一条路了,过了这个时辰全完了!"

她睁开眼,巫婆没有了。她再次闭上眼,又看到了那个矮矮的身影。

球球两眼闭紧,在心里默念一声"妈妈",纵身扑到了水潭里——身后立刻响起一片呼喊:"不得了,新娘跳水了……"

她往水底沉、沉,咬住牙关不喘气,只飞快挪动四爪。一群小鱼围着她,其中一条喊着:"一、二——起!"它们想一齐动手把她举起来,让她吸气。可是她太沉了,他们累得满头大汗也无济于事,只好放弃。小鱼们急得哭了。

正这会儿一个黑影离近了,原来是一只斗笠那么大的乌龟。他将她驮了起来。球球一出水面就大口呼吸,泪水哗哗流下。她这才看清岸上一群打着火把的山猫,他们跺着脚喊叫……乌龟不吭一声往前划,水流就像滑滑的丝绸一样在他身旁卷动。球球紧紧地伏在背上,两手抱住他的脖子。她从他颈上的无数深皱判断,这只乌龟一定是位百岁老者了。

在水潭的另一岸,球球跳下来。她找不到语言感谢,只默默抱着老者。这样有好一会儿,她和他才分开。

她不停地回头,想看到救命的老者:什么都没有,只有静静的水潭。

球球不得不绕很远的路,转过这些可怕的山包。当她再次靠近那个高耸的铁道时,太阳已经很高了。正好有一条大蟒蛇嘶叫着驰过。她趴在路基旁,想数一数它密密的、圆圆的蹄爪,很难。

她决心搭上便车,尽管有些害怕……

她一步也不再离开铁路,往前寻找大蟒蛇的歇息地。她知道那个地方有大牌子,有灯,还有一幢小屋。找到之后,她就悄悄隐在了一丛荻草旁。

大蟒蛇来了又走:有的向西,那是相反的方向;有的是客车,不适合搭乘……等啊等啊,一直挨到了半下午时分,才等来又一条大蟒蛇。它是拉货的,往东,上面一个人都没有……它渐渐驶近了歇息地,可是并没有停下来!它懒洋洋的,好像困极了、饿极了。不过它看起来并不想停下来。

球球因为焦急,双爪飞快挠动,把面前的沙子都扬起来了。大蟒蛇离她只有几米远了,又看到它密密的、圆圆的蹄爪了。她大眼圆睁,瞅准一个空隙,使出全身力气往上一纵——她想双手抓住车厢连接处的铁链,可惜右手被什么嘭地打中,整个身子震得一阵剧痛。她左手抓紧了铁链,吊在半空,随时都能给甩下来。

她咬着牙,两腿蹬动,想撑住车厢。最后一次成功了,她在稳住身体的一瞬,右手飞快地攥住了铁链……

车厢中的煤粉有一股难闻的硫黄味儿,可她什么都不顾了,快速扒出一个小窝,蜷起身子就睡着了。她已经没有了一点力气。

凌晨三四点钟,游动的耗子把她惊醒了。一只母耗子领着孩子在煤粉里扒拉着,显然是饿了。球球记起自己三天三夜再加一个白天,一点食物都没进。她舔舔嘴唇,想逮住一只近在咫尺的耗子——可是当她看清了三只稚嫩的小耗子、他们满脸忧愁的母亲,就再也没了捕食的冲动。

耗子们离开了。球球被饥饿阵阵催逼。她相信黎明前再不吃一口东西,就撑不下去了。她颤颤地站起——这么长的一条大蟒蛇,一定会有什么地方藏了水和食物吧。

球球搜寻着,从一个车厢转到另一个车厢。到处都是黑色的粉面和石块,再不就是木材和钢铁。快寻到尽头了,她看到前边的一个车厢透出一线光亮。离近些,她马上闻到了一股诱人的香气。循着气味找过去,终于看到:一个小伙子,是个络腮胡子,正在吃一碗热腾腾的面条。

她馋坏了,目不转睛地盯住。她与那儿隔开了一个铁制的板壁,板壁上有一扇玻璃窗,还有一个小门。原来这是有顶盖的、小屋似的车厢。

球球趴在那儿,直看着那个络腮胡子把面条吃完,把空碗丢在桌上。还好,里面还有一点汤。她想:哪怕让我喝一口汤,只一口……正这样想着,那个小伙子真的开门出来,站在车厢连接处撒尿。

球球一点点溜下车厢,挨近了那扇小门,倏一下钻入那个溢满香气的小屋……她想用几秒钟的时间完成这次偷食,可惜还是晚了一点——那个小伙子返身跨进来,随手就把小门带严了。

她和他对视着。他笑了,哼哼两声,去摸一旁的胶皮雨衣。她知道他想逮住自己。这会儿她才发现,整个的小屋只有三四平方米,几乎没有躲闪的地方。胶皮雨衣撑开了,络腮胡子一手插进一只袖子里,让它像一面网一样,很容易就罩住了球球。他按住、收紧,哈哈笑了,说:"一只猫,一只猫!"

络腮胡子用雨衣包紧了,只让她露出一个头,然后刮她的鼻子,捏她的嘴巴。她几次给弄疼了,但忍住没有叫。这样玩了一会儿,络腮胡子竟然找出一根电缆线,将她包在雨衣里捆了又捆,扔到了一个角落里。臭胶皮味儿呛鼻子,她大口呼吸,呻吟起来。可是那个络腮胡子就像没有听见一样。

一会儿有人敲门,进来的是一位穿制服的姑娘——球球刚看清她的一双大眼睛,就放声叫唤起来。姑娘一愣,低头看到了,问:这是怎么回事?络腮胡子将球球的头扒拉出来。姑娘喜欢得拍手:"给我吧,胡子!"胡子哼哼着,盯着她:"让我亲一下才行。"姑娘恼了。胡子哼哼着:"那就五块钱卖给你。""太贵了!""那就三块!"姑娘犹豫了一下,掏出了三块钱。

姑娘把球球抱到了另一个小屋似的车厢,并且马上给她洗去了一身脏土。真是舒服极了。她叫着,对方看了看,大概明白她饿了,就去找来饼干和水……她吃得太急了,几次噎出眼泪。喝足吃饱,她舔着姑娘的手,依偎着她,表达了无限的感激。

姑娘捧着她的脸,轻轻亲吻她的鼻子,问:"你叫什么?怎么来到了车上?好宝贝,你就像个孩子——"说到这儿姑娘四下看了看,脸色红红的。姑娘抱紧她,脸庞久久地贴着她的额头,随着车子摇晃。她又一次舔了姑娘的手——这会儿姑娘再次四下里看了看,有些急躁地搂紧了她。

球球小心翼翼地挨着姑娘隆起的乳房,直到香甜地睡着了。

太阳升起,早晨来到了。球球睁开眼,发现姑娘已经伏在桌上睡去了。当她转过脸时,立刻吓了一跳:一只铁笼放在一旁。她的心慌慌跳起来,明白了——当火车抵达终点时,姑娘就会用这个铁笼装了她,携到家里。

球球看着熟睡的姑娘,轻轻吻了吻她的衣襟。她知道自己必须逃离。可她有些说不出的留恋。她在心里说:"我爱你,我爱你——可我还要赶路,到一个非去不可的地方,那儿才是我的家……"

球球将小门推啊推啊,总算推开一道缝隙。她试了试,勉强可以挤出身子——她再次回过头,咬了咬姑娘的衣襟,狠狠咬几下。她又跳到桌上,看着姑娘的刘海、那夹出的一长溜眼睫毛,舔了舔衣袖。她挤出了小门,奋力跳下了大蟒蛇……

太阳火辣辣的,她钻入了一片柳棵之中。

这是一片疏疏的柳林,让她看了心里发热,因为像极了东部海边的某片林子。每到了夏天,这些树上就会有知了鸣叫。她真想在这儿玩一天,可惜行程紧迫,她一点都不敢耽搁。她想算出剩余的里程,结果很难。她只记得进城时和那个女人坐在大蟒蛇上,摇摇晃晃了半夜,再加一个白天才抵达。而她从搭上便车到这会儿,加起来也有一天的时间了——如果客车和货车跑得一样快,那么这儿就离故乡不远了……她扳着胡须计数(这是家族算账法),当她算出已经跑了这么远的路时,高兴得差点喊出声来。

球球瞄了瞄东方几缕白云,再次飞起四蹄。一些小蚂蚱被惊得四散奔逃,连连惊呼:"从哪儿来的大花猫啊,蹿得好快啊!"她一离开疏疏的柳林,马上就有些燥热了。但她一直记着老巫婆的叮嘱:"除非是搭便车,一定要离铁路远些。"她只好再次绕路,往南,找一条与铁路平行的小路。

大地多么干旱,到处都是裂缝。前边横了一条小河,河心是焦干的。她踏着干硬的黑泥过河,好几次蹄爪夹在了裂隙里。这儿偶尔会有几条小干鱼。小干鱼像木片一样没滋没味,但总算可以充饥。她想起了车上姑娘,姑娘甜甜的饼干和水,小声说:"这世上真有好人哪!而且长得多俊!你让我想起了妈妈……我一定给春兰讲你,讲你长长的眼睫毛,你身上好闻的气味。不过你醒来不见了我,一定会难过的……"

靠近河岸有一湾黑水,尽管腥气刺鼻,她还是忍着喝了几口。就在她擦着嘴巴准备离去时,一条黄色的水蛇唰一下飞起——它快如闪电,长长的毒牙张开着——她低头躲闪,跌入了水中。那一瞬她以为这次真的完了,因为黑如墨汁的水底有个洞穴,她马上给吸了进去。

她屏住呼吸,紧闭嘴巴,在泥沙浊水中翻滚。不知过了多久,眼前一阵发亮,这才发现自己钻出了那湾黑水——原来一条暗渠正把黑水吸出来,引向稍远一点,那边有人车水浇地——刚才她正好给吸到了暗渠中。

一身的污泥将她包裹起来,不过总算逃过了一劫。太阳一晒,全身又痒又疼,就像镶了一层铁壳。接上又遇到一处浅浅的水湾,她试着洗刷,结果全身的干泥已经结成硬块,怎么也除不掉。那些站在高处的麻雀,还有花斑、啄木鸟见了她,一块儿叽叽喳喳地议论:"多么丑啊!咱头一回见这么丑的猫!""是猫吗?也许是没长大的土狼吧?"

球球忍受着侮辱,不答一言。她只想赶路。

可怕的夜来临了。因为刚刚有过一阵急蹿,不知怎么来到了一片低洼地里。这里同样干涸,长满了枝叶枯黄的蓼科植物。她凭经验知道,这样的地方往往是危机四伏的险地,恨不能马上逃出这片洼地。前边有一道高耸的黑影,那儿应该是高地的边缘。她加紧了脚步。

眼看就要攀向高地了,凶险却在迅速逼近:四五只野狗发现了她,立刻发出了一阵低嚎。它们一会儿聚拢一会儿分开,从不同的方向围过来。球球拼命蹿跑,她已经看得见那道土崖、土崖上的豁口了。

几只野狗也冲向土崖的豁口。

最后的时刻来临了:两只野狗跃向豁口上方,另外三只从左右包抄过来。她找不到逃路,一头钻到崖边的一丛苇蒲中……

正在这时,崖底探出了一张黄色的毛脸,他飞快地四下一瞥,一把拽住了她。

她连惊呼一声都没来得及,就给拽到了洞里。那一瞬间她心里只有一个念头:一切就这样结束了!那是一种不可抗拒的力量,她给猛地拽入,抛到了一边——她回头时,看到了一个笨拙的背影,那家伙正搬起一块块石头塞着洞口,动作缓慢有力。

洞口被塞住了。那家伙拍打着两爪土末走过来。球球这才看清是一只胖胖的雄性黄狸鼠,身个比自己还大,很壮。她狂跳的心终于放缓了。

"我在洞口费好大劲才看出是一只猫!嗯,放心吧,他们拿咱一点办法都没有……"他的声音粗粗的。

"幸亏你救了我,黄狸鼠大叔!"她给它鞠了一躬。

黄狸鼠两只前爪提在胸前,说:"我还没那么大年纪吧?你叫我哥吧。"

"哥……我、我这一路可真倒霉啊!"

"只要活着就不能说倒霉。年纪不算大,别说这么丧气的话。"黄狸鼠不时瞥她一眼,端坐着,有些气喘。

她发现这个洞穴凉丝丝的,里面也宽敞。洞里铺了细沙,还有一个草窝铺。一些嫩嫩的根茎、草籽,整整齐齐地码在一个高台上。

黄狸鼠让她吃些东西,她就勉强嚼了一点草籽。

黄狸鼠咕哝说:"一会儿就得上路了,上了路咱就再也见不着了。你知道我对你有怎样的大恩吗?"

球球低下头说:"救命大恩!"

黄狸鼠飞快地搓手,然后再次把手拢在胸前说:"就是,这是世上最大的恩情了!这样的恩情你不报答,心里也不舒服;我没得到报答,心里更不舒服。怎么办才好呢?"

球球遇到了一个最大的难题,皱着眉头问:"真的!我该怎么报答你啊?"

黄狸鼠理理胡须,叹息:"你留下来做我的媳妇也不为过,可我不喜欢女的;说到钱财吧,我也不缺。唉,你是没法报答了。就让咱俩心里难过去——没法儿,一会儿你就得赶路了,再也见不着了,这就是咱俩的命……"

球球默默地流下两行泪水,为不能报答,也为即将来临的分别而泣哭。

时间过去了许久,外边太平了。黄狸鼠叹着气挪开土块和石头,眼前一下豁亮了。球球迎着刺眼的光亮钻出洞子,然后回过身——黄狸鼠只露出一个头,朝她挥挥手说:"走吧!赶路吧!"

她深深地鞠了一个躬,闭眼转身——那一瞬她突然想回去拥抱一下黄狸鼠,给他一个亲吻——可是已经晚了,黄狸鼠缩进了洞子,正搬起土块堵塞洞口……

余下的路程不远了。球球凭嗅觉也闻得到故乡的气息。这是一种玉米缨和花生苗、西瓜和三个少年头发的气味,再加上春兰蹄爪、葡萄、大雨后杨树下的蘑菇……一切混合的气味。只要这种气息变浓了,故乡也就逼近了。

球球在这种气息中什么都不怕,无论怎样都幸福。她再次抻理胡须,计算剩下的路程。

她首先找到大蟒蛇启程的小城,然后再绕开,去西边的另一座小城——看到小城的轮廓了,她惊喜得赶紧掩上嘴巴……她一想到不久即将看到的一切,泪水就糊上了眼睛。

她害怕越来越浓的气息把自己包得太紧,害怕昏头昏脑忘了一切,特意坐下来,扳着手指念出一个个名字:女人、男人、乔治、老刺猬、巫婆、大山猫、络腮胡、姑娘、水蛇、黄狸鼠。这里面多好多坏的家伙都有啊。每念出一个名字,她的脑海里就出现一个脸庞……最后想到的是自己曾经有过的怪名:麦累!

她惊异地叫着那个怪名,就像喊一个与自己毫不相干的家伙。她肯定看不住这个名儿!她为这两个字笑得肚子疼……

从最后一座小城绕开,就看到大片的平原、平原上那一个个村庄了。海风把北边林子里所有的声音都吹过来,她只要侧耳去听,就分得清野鸡、鹌鹑、喜鹊、黄雀、鸽子、斑鸠、杜鹃、黑枕黄鹂。松树和槐树在风中悄悄说话,白杨树对合欢树讲昨夜的雨、雨后的蘑菇。

一只青蛙箭一般射出紫穗槐棵,然后呆呆地望着球球,吓得后退两步说:"你是什么动物啊?"

"我是猫。我的名字叫'球球',就住在海边村子里,俺有一个'芳邻'——最好的朋友——叫'春兰'。你听我口音耳熟吧?"

青蛙一边转身一边说:"哪有这样吓人的猫?不过你说话倒也耳熟。丑死了,我都不敢看……"

球球的心沉了一下,腿变得石头一样沉。如果这儿有一湾水就好了,可以照一下自己的容颜。眼下这副模样可不敢去见春兰,那会把她吓个半死。"球球啊,你从被叫作麦累的那天起,一天好日子都没过。不过你总算回来了,总算越走越近了。"她仰头向着大海的方向呼叫:"妈妈,我又回到海边了……"

剩下的路程有二十华里,要穿越大片的玉米地、地瓜地和花生地,还要绕开四座村庄。她一刻也不想停,恨不得一步迈上自己的村巷。真是太急切了,从太阳初升到日落黄昏,几乎没有一刻止步。当四野没有一丝光亮,进入真正的黑夜时,她才发现独自站在了故乡的茫茫荒野上。四周闪动的是大大小小的眼睛,它们都是这片野地的生灵。

她的步子慢下来。她不记得除了跟在妈妈身边,曾经独自到荒野上来过。夜色里有咻咻的笑声,有咕咕的叫声,他们在暗处看着、议论着。突然听到了狐狸的声音,他们在说她:"我估计这不是好吃的东西……"

她吓得身上一抖,撒开腿就窜。她身后是一片惊叫:"看,比獾快,比兔子也不差,可能是一种咱们不认识的动物……"

球球不管不顾一阵逃窜,一口气跑出了五里多地。她再也跑不动了,眼前是一棵合欢树,她想攀上去歇息一会儿,结果费尽力气才爬上去。她在一丛树杈间睡着了。

刚刚睡去,就有一只周身火红的怪物在摇动树干,伸出了长长的舌头——她吓得大叫一声醒来,发现是一个噩梦。起风了,合欢树在风中摇摆。

她再也不想睡了——谁知道下树比上树还要难,她几乎是一寸一寸往下挪,最后还是重重地跌在地上。

余下的十华里走得难极了。她一瘸一拐走过了一片庄稼地、一片灌木丛,绕过了最后一座村庄。村边有断断续续的狗吠声,她抬头望了望,继续赶路。天上的星星开始稀疏,清晰的鸡鸣在前边响起。

那是从自己村子传过来的!她迎着雄鸡的呼叫,脚步马上加快了。

就在黎明来临的一刻,球球真的迈入了自己的街巷。她踏入街巷的一刻险些倒地不起。她咬紧牙关,盯住了那座小院、那道灰色的屋檐……

球球归来的第五天,虎头和小双得知了消息。他们赶到小院时有些怯生生的,手里提的礼物进门时掉在地上——那是球球最爱吃的鱼丸和地瓜糊糊。

球球正在我的臂弯里打盹,听到脚步声立刻睁开了大眼。她看着看着,呼叫一声跳下去,紧紧地挨住虎头和小双。他们一起抱住她,三张脸贴在了一块儿……

紧随虎头和小双身后的是虎头的父亲和母亲——虎头母亲怀中是春兰,春兰像过去那样,被一块旧毯子包裹着,只露出一个头。

虎头父亲啊了一声,指指球球,惊得说不出话。虎头妈正想解开那块毯子,春兰先自挣了出来……

球球和春兰对视着,相隔一米多远,一动不动。

外祖母使个眼色,领我们退到了屋里。大家从窗户上看着院里的这对伙伴。

她们挨到了一起,拥抱着不再分开。太阳照亮了小院,球球和春兰周身都亮闪闪的。

春兰叫着,挪动了一下脚步,一直走向院门。球球紧随上去。

整整一天,球球和春兰都在一起。

黄昏时分,她们像过去那样走出巷子,往北,缓缓地走着——先是踏向了村边的沙土路,然后又折向东,拐向了杨树路。

我们一直望着她们。小双说:"看吧,只有校长才像她们这样散步哩……"

是的,校长常常在黄昏时分转到这儿,先踏上沙土路,然后再拐向杨树路。

2013.7.18

鸽子的结局

我和弟弟有过一个好朋友,他就是荒原人肖贵京。

肖贵京是个四十多岁的汉子。那时候,有人在离我们家不远的地方开垦了一块葡萄园。葡萄结出来的那年,园子当中就垒起了一个平顶小泥屋。荒原人肖贵京就住在里面。

肖贵京有一支很长的土枪。那时候我和弟弟常去找他玩。他对我们很好。我们觉得他是世界上最好的一个陌生人了。他不仅给我们葡萄吃,还在夏天点上篝火引来知了,用油煎了给我们吃。那种香脆的滋味让人久久不忘。

有一天他的脸色突然变了,阴沉着,见了我们也不爱搭理。

我问:"肖叔叔,你怎么啦?"

他不作声。弟弟问他也不作声。他在门槛上坐了一会儿,又站起来。我想,一定是发生了什么事。后来我们就不问了。又停了一会儿,他主动告诉我们:

"昨个晚上,我在屋顶睡觉,看见了一个女鬼。"

"什么?"我们都愣了,喊起来。

谁都知道鬼是很吓人的,也知道那是一般人绝不可能碰上的事。肖贵京真的遇上了,这让人觉得无比恐惧又无比诱惑。我们详细询问起来。他告诉我们:为了能把葡萄园全都看在眼里,就要在屋顶摊开行李睡觉,天冷了再回到屋里。夜里他总是睡一会儿就睁开眼睛,四下里瞄一遍。他的枪一直放在行李旁边,担心火药被露水打湿,总是用被子盖住。他说:

"我晚上被冻醒了,起来看星星,估摸是半夜。这时候突然听见了嚯嚯啦啦的哭声。往北一望,见一个头发披散的人,穿一身白衣服,一边哭一边跑。她好像往大海那边跑。她一直背对着我,越跑越远。"

我说:"那你怎么不开枪?"

他摇头:"鬼是打不得的。再说我的枪也打不到那么远。这个鬼,我想是海里淹死的。你们不知道,有一年一艘客船从大连往龙口开,是个冬天,船在半路炸了。成百的人都掉到海里,一挨上浮冰就冻得不会动了……第二天好多人去赶海,看到海潮推上来很多死人,就把他们埋了。从那以后,每到半夜什么声音都有。有哭有笑,有男有女……"

天哪,肖贵京的话多么吓人啊!

我们不敢看他。又停了一会儿,他说:"这个女鬼以后还会来的。"

我和弟弟十分好奇,尽管害怕,还是想和他一块儿过夜。

到了晚上,我们像过去一样点亮篝火,把小铁锅用油擦得锃亮。弟弟往葡萄架旁的杨树上摔石头土块儿,树叶哗哗一响,上面的知了迎着火光就扑下来。

我们还一块儿享用他打来的一些猎物,那是野兔之类。他煮了一锅肉汤。吃过了晚饭,我们就踏着木梯到屋顶上去。肖贵京让我们分开躺,因为三个人在一处会把屋梁压折。屋顶颤颤悠悠的,真的随时有倒塌的危险。

我们等啊等啊,露水把头发全弄湿了。没有一点儿奇怪的迹象,只有天空传来的大雁咕嘎咕嘎的声音。猫头鹰在远处叫着,报来不祥的音讯。天上的星星一齐瞪大眼睛。

肖贵京把枪搂在怀里,枪口直指北方。

这一夜就这样过去了。

第二天晚上我们还是爬上屋顶,结果仍旧没有什么事情发生。肖贵京怀疑那个女鬼是怕我和弟弟。他若有所思地拍着脑袋说:

"嗯,可能是这样,你们两个火气太旺。要知道,阴间的东西最害怕阳气足的人。你俩在这儿,她也就不敢出来了。你们明天晚上不要来了,我自己等等看。"

第三个夜晚,我和弟弟没有去小屋,可是悄悄藏在了葡萄架下。我们暗中看着他踏着木梯上了屋顶,像打伏击一样搂着枪趴在那儿。我们一声不吭。有好几次我嗓子痒得难受,好不容易才把咳嗽忍住。到了深夜两点左右,屋顶上趴着的身影突然动了一下,接着我们都看见了他的枪口在慢慢移动。我们屏住呼吸,知道他在瞄准。可是这枪筒往上扬着、扬着,最后竟然朝着天空放了一枪。好大的声音啊。我们大叫一声从葡萄架下蹦出来:

"怎么啦?怎么啦?"

肖贵京不作声，从木梯上抱着枪下来，怕冷似的抄着手说："她又出来了。你们什么时候来的？没听到哭声吗？"

我们都说："没有。"

"我打了一枪，她一下就没了影儿。哎呀，这荒滩上什么事儿都有……"

我和弟弟对视着，半晌没有说话。

从那以后，我们再也不敢独自到荒滩上走了。不过我们有时还真想去碰见那个女鬼。我们不知道那时候她会怎样。她会说话吗？

有一段时间我们打着可怕的主意，故意在近一点的荒滩上游荡。我想，我是不会怕她的。她会和我们和平共处，说不定还会告诉我们那次大船怎样出事……

这一年冬天雪特别大，前一场雪还没有化掉，后一场雪又来了。新雪覆盖旧雪，天冷得要命。荒原人肖贵京没有离开小土屋，他是个单身汉，没有别的地方可去。他在屋里支起一口小铁锅煮东西吃，吃饱了就出来给葡萄培点土，做一些可做可不做的小事，剩下的时间就藏在小屋里。他常常在雪地里踏上一行脚印，提回一串猎物。他把土炕烧得滚烫，煮着肉汤。由于他夏秋时节种了一些白菜萝卜，所以整整一个冬天都有吃的东西。

有一天我们三个在园里玩，一走近小土屋就看到屋顶上落了一只鸽子。肖贵京立刻蹲下，示意我们不要出声。

我看着那只鸽子，觉得它漂亮极了。它也许是因为孤独才到我们这儿来的吧。反正它一点都不怕我们，大大方方看着我们三个人。

正这会儿,肖贵京轻轻扬起了枪口。我在关键时刻飞快推了一下——扳机扣响了。由于是霰弹,所以尽管打偏了,那只鸽子还是受了伤。它没有落下来,歪歪斜斜地飞着……

"追!快追!它飞不远,它伤着了!"

他领着我们跑,绕过几行葡萄架。那个鸽子还在艰难地飞着,看来它伤得不轻。它飞得很慢,飞一会儿就落在雪地上,等我们跑近了再飞。有好几次肖贵京都想开枪,可总嫌离得太远。我们在鸽子停留的地方看到了血红的雪。鸽子的血像人血一样。

谢天谢地,鸽子离我们越来越远了。它飞到了一片槐林里。

肖贵京骂着往回走去。我们随他来到小土屋里。他的脸一直阴沉着,我们就离开了。

当我们穿过葡萄园时,积雪已经把裤脚弄湿了。弟弟走了一会儿,突然站住了。他建议我们去把那只鸽子找回来:

"它流了那么多血,这会儿肯定飞不动了。我们去槐林吧。"

我们掉转方向,向那片槐林走去。

一路不知跌了多少跤,浑身都被雪粉糊住。那片槐林里有好多灌木和草棵,被大雪覆盖了,常常把我们绊倒。有一次我倒下去,手上扎了酸枣棵的尖刺,鲜血一下染红了一小片雪,就像鸽子的血一样……

这片槐林并不大,我们仔仔细细从树上和树下找。槐树上结着雪块,风一摇就落下来,掉进我们的衣领里,把我们冰得直抖。

不知找了多长时间,弟弟首先发现了那只鸽子——它偎在一个大树墩跟前，那儿有一团干草。

弟弟一边小心翼翼地接近，一边脱下上衣——当离鸽子还有一米多远的时候，他猛地把衣服往上一撂，盖住了鸽子。我也跑过去。我们俩按住衣襟，从下面摸出鸽子。当我们把它取出来时，手上已经沾满了鲜血。

它原来伤了翅膀。我们小心地用衣服将它裹好，摸了摸它小小的额头，安慰着它，然后往家里跑去。

回家后我们马上给它抹上红药水，还包扎了一下。妈妈把它的羽毛剪去一点，说："这样它就飞不走了。等养好了伤再说。"

我们每天都要给它上药，喂它高粱和玉米。大约二十天过去了，鸽子的伤长好了。它的食量也增加了，吃得胖胖的。我们全家都高兴极了，连父亲脸上也绽出了笑容，还要抚摸一下鸽子润滑的羽毛。母亲和我们谈得最多的就是这只鸽子。它好像很懂事，在屋里一边走一边咕咕咕咕地叫，还时不时地在我们脚边偎一会儿。我和弟弟轮流把它捧在手里，揣在怀里。弟弟还让鸽子的嘴巴对在自己脸上，亲它的额头。

它的翅膀长得像过去一样，又开始拍打起来。它还会飞上天的。

我们给鸽子在屋檐下垒了一个窝，里面铺上了弟弟的一块花手绢。鸽子第一次试飞，打了一个旋儿就落在了院子里。后来它离开我们屋子，在四周盘旋一圈，然后再飞回自己的窝里。

我们有了一只自己的鸽子，这真了不起啊。

我们又到那个葡萄园里去了。肖贵京长时间没有看到我们，似乎有些寂寞,他问我们做什么了。我们搪塞着,隐瞒了鸽子的事。我们突然想起了女鬼,问他怎样了。

"没有了,再也没有了。天冷了,我也不能天天上屋顶。"

好不容易盼来了夏天。这时候我们的鸽子可以飞到很远的地方去了,但总是能按时飞回来。可是有一次它四天没有回巢,母亲急了。我和弟弟简直绝望了。

第五天半夜我被什么惊醒了,爬起来一看,见父亲从窗户上探出身子,划亮了火柴去照屋檐下的鸽子窝。里面还是空空的。我听见了一声叹息。这是父亲第一次和我们一同忧虑。

第六天鸽子回来了。我们全家像过节一样长时间看着它。我们想把它抱到怀里抚摸,可它怎么也不肯。

夏天的夜晚是葡萄园最好玩的时候,我们和肖贵京一块儿爬到土屋顶上,望着无边的夜色。肖贵京怀着永远不会消退的兴致,等待那个女鬼。

他有一次笑嘻嘻地说了一句话,让我吃惊:"如果是个男鬼,我早就不理了。"

我当时没听明白是怎么回事,可就是忘不掉。

那个女鬼当时只留给他一个背影,如果她转过脸来呢?她长得好看吗?她是一个女鬼,但能不能再变回平常的人呢?她善良吗?这一切都无法回答。

肖贵京问我们:"你们两个敢到海滩上去,敢在那儿玩到很晚吗?"

我们互相看看:"怎么不敢?我们就玩到很晚,玩上一个通宵。

我们在月亮底下能跑老远老远,穿过大片林子,跑到海滩跟前……"

肖贵京摇摇头:"你们不怕遇上她吗?"

我说:"不怕。"

虽然这样说,但知道是说了假话。我们自从知道了女鬼,就再也没有跑到荒原深处,没有在夜间跑到海滩那儿。

这个夜晚肖贵京的话很多。他告诉我们:护秋的光棍汉里,就有人常年在野地里睡觉,最后还交往了女鬼。"她们当中还真有好的。她们可不像传说的那样拉着长舌头,也是人,和人一样;只不过她们在夜间活动,不在白天活动。有些光棍汉就和女鬼住在小屋子、草铺子里,到了夜间和她过日子,到了白天就一个人孤单。"

我们听得直冒冷汗。他又说了一句:

"那不也挺好的吗?"

我这才明白,原来他有自己的打算。怪不得他总要在屋顶上伏着。这会儿我觉得女鬼不那么可怕了。他说:女鬼和人不同,她能变成各种各样的东西,比如说一只麻雀、一只老鸦、一只大雁……

我和弟弟脱口而出:"会不会变成一只鸽子?"

肖贵京的脸一下变色了——他大概想起了那个在大雪天被打伤的鸽子——是啊,那么孤孤单单的一只鸽子,单独落在这个小屋上,难道是偶然的吗?这会不会是她变的呢?肖贵京的手在左胸脯上抖抖地摸索,掏出了烟锅。我们看到有好长时间,他的神色都有点恍惚。

从此以后,我们心中也装了一个疑团。从葡萄园里出来,回到家里再看那只鸽子,怎么看怎么觉得它怪异。我和弟弟下决心不把这个秘密告诉妈妈,担心她会害怕。半夜里,我们常常爬起来,去听窗外鸽子窝里的声音。鸽子熟睡着,没有任何响动。到了早晨,它蹲在窝外,挺着鼓鼓的胸脯。它的胸部可爱极了。我们老想用手在它那儿拍打几下。那个饱满的耸起的胸部啊,只有鸽子才长得出……我想不出有哪种动物比鸽子更美丽。

它跟我们一家人相处得那么好。但是它很少落到我们身上,让我们捧在手上抚摸着亲昵。它总是远远地给我们一个微笑,在小院里盘旋一圈,飞起来。

转眼又是一个冬天来到了。我们还是常到葡萄园的小土屋里去。肖贵京不停地在屋里奔忙着,一会儿做一点红薯吃,一会儿又炖好了什么野味。

有一天我和弟弟走到那儿,老远就喊起了他。往常他总要应答着出来,可是这一回任我们喊着,就是没有应声。我们觉得奇怪。门虚掩着,我们用肩膀把门碰开,一下子呆住了:肖贵京抱着枪,跪在小屋的中间,面前是一只血淋淋的鸽子。

"啊!"

我和弟弟一齐喊叫了一声。我们想起了自己的鸽子。弟弟俯下身,扒开鸽子左边的翅膀,接着尖叫一声。我也看清了,那里有一个疤痕!不错,这是我们的鸽子啊。我指着肖贵京大喊:

"你!你打死了她!你……"

弟弟用拳头猛击他的胸脯,骂着,甚至踢他的手。奇怪的是肖

贵京抱着枪,仍然跪在那儿,一声不吭。这样待了一会儿,他喃喃着:

"我、我不知是怎么了,听到外面有声音,走出屋子,一看是它,落在屋顶……我就……不,"他说着又否认起来,"我的手按在扳机上,只是想吓唬它。我实在不想打下它。我不想打下它。我知道它不是一般的鸽子,不是。我心里明白是她变的……可是我手一抖,扳机就响了。我敢发誓,这不是我扣响的——我的手还没挨上,它就响了……我的手指到现在还没挨上扳机啊!我发誓……"

"胡扯!骗子!胡扯!"弟弟骂起来,满脸泪花。

我把鸽子捧起来,挨上胸口。它的血顺着衣服滴下来。

黄昏时候,我们三个在葡萄园里走着,找了个最好的地方把鸽子埋掉了。我们给它立了个小小的坟尖。

从那儿以后,我觉得这片无边无际的原野上少了一个灵魂。从此我们的荒原就变成没有魂灵的、死寂的一片了。

我们的荒原将慢慢地死去,这一天已经不远了。

1990.2

2013.2 订

穿　越

一

完全是一次偶然、一次即兴、一次冒失,我们几个人干了一件很可怕的事。

学校大门前不远有一道一尺多宽的石砌引水道。水道从东向西,一直流到了远处的一条小河里,是排脏水用的。那时我们并不认为水有多脏,只觉得这条常年不息的潺潺流水很好玩。后来煤矿开工了,由于要建煤场、堆积矸石,施工的人就把石砌的水道用水泥板盖上。这样,我们学校前面的一段水道还可以看见水流,再往西就消失在煤场和矸石山下面,成了一条漫长的地下水道。

有一天傍晚我们几个放学回家,背着书包走到水道旁时,一个同学指着它说:

"敢不敢从这里钻进去,再从那一边钻出来?"

我说:"这有什么不敢!"

其他人一齐响应。不知是谁,带头跳进了水道,我们也就排成一行,四肢伏地,像穿山甲那样在黑洞里往前移动。

窄窄的地下水道刚刚能容下一个人的身体,我们进去了才知道多么艰难:既无法回头,也不能抬头,只能一点一点往前挪动。头顶的水泥板有的断裂了,往下弓着,遇到这样的地方就要使劲贴紧地面才能钻过去。爬行了半个多小时,一直都在黑暗中,没有一点儿亮光。我们开始后悔、害怕和沮丧。如果从这里退回去,那将有更大的困难:后退比前进要难上许多倍。

我的脖子疼得要命,很想抬头喘一口气,蹲下来歇一会儿。可是没法抬头,更不容蹲下,想喘一口清新的空气更是不可能,越是往里越是臭气熏天——这里简直没有空气。我的头一阵胀痛,在心里诅咒那个提议者。但我已经没有力气骂出来,只有屏气往前挪动。

前边有一个人,我问他看没看到光亮。他喘着说,没有。我这才想起从学校到河岸不知有多远呢!也就是说,我们以这样的速度,很可能要爬上多半天。天哪,这将是一次多么可怕的穿越!

然而反悔已经太晚,没有办法,只得往前。脚下和手下有时能触到尖的瓷片玻璃之类,被割伤是难免的。没有一个人叫苦,没有一个人喊疼。好几次实在忍不住,要昂头伸展一下脖颈,却被碰起一个大包。即便这样也没有人喊出来。这时候人人心上都压了一个沉重的问号:前边怎样?什么时候才能出去?每个人都被恐惧和忧虑攫住了。

假使前边有一块水泥板塌下来,我们的通路被半腰卡住,那将怎样?那就不管愿意不愿意,花上双倍的力气倒爬回去,说不定刚爬了半截就力气使尽,然后——憋死。

我听到有人轻轻抽泣。不知是谁喊:"不准哭!"抽泣声收了回去。

我这时想起了母亲,想起了我们的小泥屋。母亲在等我回去呢。太阳一定早就落山了,全家人都在盼着,可就是不知道我们正在一条最黑最长的地洞里蠕动。

太累了,而且嗓子紧得喘不过气来。我们爬行的速度越来越慢了。更可怕的是伸手不见五指的水道里偶尔有什么——是滑溜溜的东西蹿过——我的脑际闪过一道影子,立刻想到了蛇。我的心咚咚跳起来。这时候如果有一条蛇从腹下钻过,那该多么可怕。不知怎么,我总觉得有一条蛇或更多的蛇,挤成一团,在水道的某个角落里。

我把呼吸放得轻轻的,生怕惊动了蛇。我的头顶到了前边的同学,他身上的热气驱除了我的恐惧。我一伸腿又碰到了后边的同学,他的一声哎哟也让我壮胆。

前前后后的同学,他们在想什么?

我手脚麻木,已经完全是机械地挪动了。谁也不知爬到了哪里、前边还有多远。但我清清楚楚知道的,就是身上有一座煤山或矸石山。大山的重量压在我们之上。我们头顶只有一片薄薄的屏障,我们随时都会被压得粉碎。

就在我紧紧咬着牙关的时候,身后的一个同学突然哇的一声大哭起来。他的声音好像某种信号,让我不再移动。前边的同学也停住了。哇哇的哭声令人揪心。在这令人绝望的地下,他哭着。没有人阻止他,因为谁都想这样哭。我把牙齿咬出了声音,流出了泪水——好在黑暗里只听见声音,看不见泪水。

哭声持续着。它的停止就像开始一样突然,一点声音都没有了。

大家又开始爬行。可是并没有移动多远,前面的同学竟然不动了。我推他,没有反应。我的脑子嗡嗡响。如果前边的同学昏过去,那就糟透了。我一遍遍地推、喊,他总算动了一下。

没有办法,等待吧。不知停了多长时间,前边的人才往前挪动了几寸。接下去他的动作慢极了,简直是一寸寸地往前移——当他终于挪开了一段,我才明白,原来那里有一个半塌的关卡,上面巨大的煤矸石压下来,水道只剩下了很小的一点空隙——他刚才正在用尽一切办法通过——把淤积的泥沙和瓷片一点点扒开,扑下身子往前挪动、挣扎,这才挣出了这个半死的狭口。轮到我了,又是一场拼争,手、膝盖和脊背全都刺破了。

二

从那个最狭窄最艰难的地方钻出后,我加快动作,想追上前面的同学。没有一点声音,听不见声息,他离得远了。这给了我勇气和力量。我用拐肘贴住地上尖利利的瓷片,不再惧怕。我不担心后面的人,知道他们无论怎样都得对付这个关卡,因为没有任何退路。果然,后边的几个人也像我一样,他们全都过来了。

终于听到了前边的声音,我追上了他。我们用咳嗽声保持联系,传递鼓励。

又爬了一会儿,听到了后边传来的吭吭声。喷气、咳嗽、大口喘息,响成一片。没有一个人甘于落后,没有一个人被遗落在黑暗中。

接下去不知通过了多少险恶关口,有几次真的令人绝望——前面的人几乎停止了一切动作,一动不动。我害怕极了,不得不大声问:

"怎……样?"

没有回答。我等待着,一分一秒地等下去。我希望他只是在积蓄力气——我们不至于就昏死在这儿吧,不至于那么悲惨,我才十一岁,最大的也不过十二岁……

是的,前边的同学又一次动起来。他原来真的在等待自己的力气一点点恢复……挪动一寸、两寸,闯过又一个危险的死卡。

我不知吸进了多少浊气,两眼差不多能盯穿黑暗。我麻木的头撞到水泥顶板时,已经不再觉得疼痛了。不知流了多少血,相信每一个人的手上、额头和后背,都有数不清的伤痕。可是这些全都不算什么,没有一个人会在乎这些。

当然是他——前边的同学最早发现了那个像豆子一样大的光亮。那是我们的出口,我们的希望!尽管那儿离得还十分遥远,但已经让人激动得哭出来,让人张大嘴巴啊啊叫。

又用了一个多小时,我们一个个钻出了水道。

眼前是平静的小河,它向大海流着。在这条河流面前,我们这一帮满脸污垢、浑身泥臭、身上挂满了血口的可怜虫,一声不吭地呆坐了一会儿。

河水平稳地流去,水面上映出了黑色的天空和灿烂的星月。

我们几个一句话也不说,相互都没有看一眼。一会儿响起扑通一声,是一条鱼打破了静谧。没有风,河岸的芦苇一动不动,也没有一只野物出没和鸣叫。我们望望天空,月亮是那么亮,四周的星星像火把一样排成一串,剧烈燃烧。我好像生下来第一次看到这么明亮的星星和月亮,看到银河里那些剧烈燃烧的火焰。

我们在河岸上站成一溜,默不作声。这样足有十几分钟,才不约而同地沿着河堤向南走去。我们要沿着河堤一直走上很远,踏上归途。

这就是那次可怕的穿越。

1990.3
2013.2 订

孤　旅

我遥遥注视着他。在公开场合,我从来不提他的名字。有人或许认为我忽略了这个人,或者在用沉默表示冷淡。其实恰恰相反,他是每一个敏感的人都不可能忽略的重要存在。我之所以这么谨慎、小心翼翼,只是唯恐由于自己的草率和慌促而伤害什么。我不惧怕,不惧怕任何东西。但是,我惧怕在悄悄接近某种神圣时,不经意地将什么损伤。

他在我的视野范围内活动着。我完全可以理解这个人。对他的失误,我非常痛心。但那毕竟只是失误而已。在我眼里不可能有完美的事物,因为经历了无数次失望之后,我认为世上不存在什么完美。

他肆无忌惮地活动着,渴望建功立业。他眉骨高耸、目光犀利,像一切暴烈的、雄心勃勃的人一样,藏起的是女性一般的温柔。渴望征服,渴望把标枪投到最远的角落里的那样一种欲望,燃烧得他口干舌燥。他的嘴唇暴着白皮,额头刻上了深深的横纹。他像我一样对世界充满怀疑。巨大的警觉和感知力使他看上去既迟钝,又无比聪颖。他是个女性喜欢的角色,因为他干净利落地杀掉了自己身上的女儿气。他是个男子汉。像任何人一样,他伪装自己。我甚至有点喜欢这种伪装。那是我可以理解的一部分。

我遥遥注视,表现了一生中少有的冷静和平淡。火热的情怀已属于昨天,更火热的情怀大概属于未来。我在这二者之间摇摆。这就像我黎明时分的一次次远行,奔向的是火红的东方,可是当太阳旋转到头顶的时候,它又要向西,然后在背后熄灭。那两种天色是相同的,却又有着相反的性质。

我很清楚自己的处境。我蹲在一个地方,窥视着一切可能的机会,像一个贪婪的人准备攫取。但是任何一个了解我的人都会发现,我的攫取和机会,远不是世俗意义的。我在跋涉中需要一个真正的伙伴,这个伙伴要像我一样冷漠,也像我一样火热。他的咒骂使敌人胆寒,他的热情让火焰褪色。我们只以信念互相鼓舞。我们可能一辈子也说不了几句话,但这交流是最信得过的,最可靠的,并且是以世人感到陌生的方式进行的。

我有时候甚至怀疑自己:所有的行为,目的只有一个,就是寻找一个同行者。

我不止一次地怀疑自己的判断:这个人出现了吗?他已经从地平线上跃出来了吗?不错,我已经看到,他可信地迈起雄性的步伐,一路生风,向着一个既定的荒漠奔去。我甚至看见他脚蹬一双粗糙的牛皮鞋,为了结实,上面打了铁扣。这样的一双大脚,这样一双结实的皮靴,我相信可以踢碎恶狼的脑壳。他健步如飞,身背行囊。当他渴了,就从肩上的水壶吮一口,然后继续赶路。

我在估摸他的意志和体力的同时,也在判断自己。我像审视对方一样审视自己,包括我的灵魂、意志、精神和肉体。我的一切都必须是够格的,不然,所有的选择和期盼就一钱不值,被人嘲笑。我宁可做一个软弱的懦夫,也不愿做一个可笑的人。我不渴望漂亮的口碑,但渴望真正的勇气。也就是出于这些艰难的,然而是严格选择的意愿,我才像一个狩猎者,蹲在一个寂寥的地方,让树叶遮盖着,从绿色的空隙里窥视外面这个世界。

小时候曾有过狩猎的经历。那时候的原野比现在大多了,神秘多了。那里面藏着我们所需要的一切。它所能给予我们的是无穷无尽的恩赐。我们没有力量把它搞明白,只知道带有某种克制的索取。

那一天我跟上一个老人往丛林里走。老人打着麻布裹腿,戴着一顶蓝色的长舌护帽。为了抵御寒风,他还戴了一副风镜。我什么也没拿,好像此行的任务就是观战。当然,必要的时候我会帮老人一把。他让我跟在身边。

老人这次要打一个大的猎物。他走了一会儿,指着一条光洁的小径说:"到了,这就是畜道。"他告诉我,畜生有一个奇怪的禀性,它们在荒野上赶路时,总要沿着一条相同的路线移动。久而久之就踩出这样一条细细的小路。这种小径一般人是看不出来的。在我眼里,这个小径只像荒野中扔下的一线麻秆,弯弯曲曲;又像蛇蜕,淹没在草丛中。

老猎人选择了一个隐蔽所,我们伏在那儿。这一天是西风,而畜道就在我们西边,老人说风可以把我们的气味吹跑,而猎物总是顺风而来,所以它闻不到我们的气味。

我们在一个老橡树遮掩下的沙丘上卧倒。老人的枪已经上好弹药。沙丘上垫了一截树根,枪口指向前方。我们等待着。那真是让人心烦的等待。老人不愿说话。难挨的沉默笼罩着我们,还有焦渴。我们忘了带水和吃食。

眼看一只兔子从远处跑来,老人表情淡漠。

大约又过了一个小时,一只草獾一颠一颠过来了。这只草獾真肥,皮毛闪着光泽。特别使我动心的是它的两个耳朵,一动一动引诱我们。

老人还是一声不吭。

我们挨过了半天,没有等到一个满意的猎物。

老人掮上枪,背上空囊,领我离开了原野。

这一场等待让人难忘。二十多年过去了,我还记得那个场面。奇怪的是,我常常觉得自己就处在这种等待之中。不过我等待的不是猎物。虽然有相同的期待和感觉,但目的却不一样。我等待什么?我等待的是一次成功吗?一次巨大的满足吗?不知道。我久久的追寻越来越模糊,越来越难以捉摸了。

今天我终于明白了这种等待意味着什么。原来我在等待一个旅伴。

很偶然,他出现在了身边。那天大雨。看,他就坐在几尺远的地方,轻轻呷着一杯柠檬水。我也喝着饮料,但很少望过去。不错,我们彼此都认识,打个招呼,然后各忙各的。

他喝了一杯柠檬水,又从柜台上抓起什么嚼着,从包里掏出眼镜,像个老学者那样戴上,用食指顶一顶镜梁,然后凑近柜台,看起了饮料瓶上的商标。我觉得这像是做戏,是一种掩饰。我也站起来,几乎和他背对,与一个服务员谈话。我们在谈一些任何人听了都会感到无聊的话。他也好像故意要在这间屋子逗留一会儿,因为外面雨停了,他仍然没有走的意思。后来他摘下眼镜,又坐在桌子旁。他看看自己的手,再次在挎包里摸着。他摸出一片鱼干,撕成细条,一条一条塞到嘴里。我也像他一样,坐在另一张桌子旁。这样我可以从侧面看到他的脸。我点起一支烟。很长时间,我已经不往肺里吸烟了。浓烟只在我的喉咙那儿打个旋,就急匆匆喷出来。但我戒不掉它。香烟可以使人获得某种安慰,使人镇静,掩饰心绪。

我吸着烟,烟雾把我和他隔得好像更远了。透过烟雾,我不时地看他一眼。几次涌起一阵冲动,想站起来握一下他的手。他的年纪比我大。不错,许多人都介绍过他,但我宁可相信自己的感觉。我也知道他的一些经历,不过没有得到他的亲口验证。

他跟我来自完全不同的方向。可是我感到他那么熟悉。这当然是一个厉害角色。他不仅使我理解,而且使我钦佩。我送给他的目光里掺和了少有的信任。我们的相同之处,就是那种极度的敏感。他似乎被我的目光击中了,猛地转脸盯住我。这目光告诉我,马上就要开始一场深谈。我们要一下缩短两百年的距离。我的心被重重地击了一下,以至于全身战栗,站起来。一个声音在告诉我:

"不,还为时过早。你不能像小伙子一样急躁。你不是跟一个老人打过猎吗？要像老人那样沉着,超乎寻常地忍耐。"

我慢慢坐下了。

他也许在想类似的问题。我发现他的目光渐渐淡下来,慢慢垂落,从我的眼睛往下,划了一道圆弧,落在面前的桌子上。他研究起桌面的木纹。

这就是那次相遇。

这种机会对我们并不稀缺,因为他和他的朋友经常在一起,而我的朋友又是他朋友的朋友。

朋友们不经意的一句话会提到他,但我不置一词。他们实在不了解,像我这样一个爽快的人,会藏下了深深的孤独。

我的孤独没人知道。我只希望以后少一些失望。就这样小心翼翼,这样踌躇。我不愿直接道破心中的秘密。当朋友们很随便地说到他的名字时,我从不迎合。很长一段时间里,我一直保持沉默。我是一个尖刻的、喜欢批评别人的人。但我绝少谈论他。我有意无意地感觉到,他似乎也在回避什么。这好比在一片宽阔的土地上,有两个渴望友谊的孤旅人相逢,勒马驻足,欲言又止。他们不愿冒险。

这真像一场探险。人要经过半生的跋涉,才有这样的警醒和谨慎。

我知道自己不是越来越冷漠,而是越来越热情了。那种炽烈的火焰烧得我不得安生,使我急于去寻找,去交谈,去把一颗心灵献给另一颗心灵。但是与此同时,那种火焰也把我烤得愈加成熟了。

我懂得什么才是最值得珍惜的,它似乎并不亚于生命。我激动而庄严地审视自己。

我在安静的时候,常常小声说出自己的一个预测。我的期待将不会落空。我在期待一个奇迹,它像日出般辉煌。我发现自己所盼望的这个奇迹,只是一个梦幻中的梦幻,是海市蜃楼。然而我期待一只神奇的手,把这幅虚幻的景象移植到真实的土地上来。这种移植似乎是不可能的。可是近来我却分明感觉到了它,它就近在咫尺。

一种无法压抑的欣喜,一种奢望,就要变为现实的预感,使我痴癫。我周身滚烫,在焦躁不安中尝试着。一种生命的青春正在悄悄恢复。我很想把这个判断告诉身边的朋友,但后来还是忍住了。因为我觉得没有一个人,除他之外,没有一个人能够理解,理解这种狂喜和幸福。

又是一个机会。我在一个热闹场合中遇到了他。他的装束变了,穿着笔挺的西服,系了讲究的领带。我也比过去讲究多了。我们相视而笑,彼此靠近一步,握手。

我们的问候很平常,无论是他还是我,都会感到这问候没有什么特别。我们匆匆分开了,尽可能远地在厅堂的两端坐下。我们再也没有互相注视。然而他却长久地占据了我的心胸。有一种力量在彼此吸引。如果我们再次靠近,也许要一起迈出这个厅堂,走到外面,去呼吸一口全新的空气。那时候我们会像害了热病似的,不能抑制自己的兴奋,谈上一个又一个通宵;当我们疲累的时候,就稍稍恢复一点力气,然后接上再谈。我们讨论的将是千百年来的智者一直没有中断的话题。

我的思路渐渐被沸腾的人声给弄得模糊了。

那一天人们散开的时候,我旁若无人地走出大厅,头也不回地往自己的住处走去。

我认为那个时刻还没有到来。我还需要做自己的事情,一如既往地工作,并且仍旧遥遥注视那个方向。我会像过去那样对其不置一词,首先不会赞扬,当然更不会责备。我甚至可以把关于他的记录收在手边,看也不看,去感受里面的脉动,血流在字里行间滚烫地奔涌,时不时溅到手上。但我默不作声。

一种从未有过的吸引,使我动心。我相信这是一个了不起的发现和设计。这种遥遥相对的时间也许极长,也许伴随了人的整个下半生。我相信,当我们决心走到一起,决心抛弃这种拘谨,将所有疑惑的云彩从瞳孔里抹掉的时候,死亡之期也就来到了。那时候我们将带着一个梦想,一个欣慰的笑容,长眠于地下。

1990.4

2013.2 订

羞　愧

放寒假这一天下了一场大雪,是一年来最大的雪。下午时分雪停了,老师说:

"大家今天顺路去开一个批判会,散会后各自回家。"

我们都有些伤感。当时都十六七岁,已经很懂些事情。同宿舍的同学都不愿分手,大家捆着行李,磨磨蹭蹭。我们同宿舍的都是校宣传队的。当时为了活动方便,学校特意把我们安排在一块儿。大家都成了好朋友。

临走的时候我忍不住,还是去了一趟女生宿舍——

她在打行李。她穿了一件暗绿色的条绒大衣,背向着我。她的两条辫子可真长……我从窗外望着,刚要拍打一下玻璃,就听到有人走来了。我赶紧离去。

同宿舍的同学已经把自行车推出来,上边都绑着行李。因为那个会场离我的家只有一华里,所以大家约好,散会之后到我家吃饭,然后就在那里分手。

宿舍最后只剩下我一个人。我扫着撒在地上的干草,把废纸杂物归到一处。我把行李重新弄了一遍,想把它包得方方正正。

天阴得厉害,雪继续下,所以屋内很暗。

有人敲门,我的心怦怦直跳:"谁呀?"

"有人吗?"

我呜呜两声,想去开门,门却被推开了。她站在门口。她的背后是雪亮的原野。我像被钉住了一样。

"我就要走了,他们先走了一步,都去开会了……"我咕哝着。

她走进来,两手插在衣兜里,将门碰合了。

我觉得脸庞一阵发烫。我不知怎么和她挨到了一起。我们紧紧拥着。我伏在她的脖子那儿说着什么,到底说了什么自己都听不清……

她一声不吭,只轻轻地、怕烫似的吻着我的腮部。她的胸脯抵在我身上,真热啊。她的下巴在我肩胛那儿触碰着。

我想推开她一点,看看她。可她紧抵着我的胸部。这样待了一会儿,几乎再没说什么,她就挣脱起来。我紧紧抱住她。她把脸扭过去,喘息着推我。我松开了。

她走到门口,打开门,又一次回头看看我,走了。

我在铺上坐了一会儿。这个奇怪的有些闷热的雪天啊……我在想第一次见她的情景,从头想。

那是刚入学不久的一天,学校要成立宣传队,正物色人选。我因为会拉手风琴,被第一批选中。有个同学在我耳边说:"想看看最漂亮的女主角吗?"我瞥他一眼,没有说话——这个最爱开玩笑的家伙,可能在说一句反话吧。不过我还是跟他去了。

她在乒乓球室里打球。我推开门,看到了球桌两边各站了一位女同学。其中一位个子挺高的姑娘很出眼,不过她更像个运动员。

"瞧见了吧?就是她。"他小声说。

她在专注打球呢……不过她会演节目吗?我觉得她傲慢、安静,连笑一下都不会。

可事情偏偏出乎预料,后来就像男同学说的那样,她果然是我们宣传队里最棒的女主角。我常常为她伴奏——奇怪的是我们几乎没怎么说话。

有一次宣传队去一个海边军队驻地慰问演出。我们都骑了自行车,带了自己的乐器。少数女同学坐在男同学的车后座上。

我真希望后座上有一个人——当然是她。可她被一个吹笛子的细高个子同学带走了。

那场节目演到一半就下起雨来。由于戏台是露天的,所以不得不停止演出。台上台下都有些乱。首长喊着,老师抱歉地握住首长的手。

同学们匆匆骑车上路,护住自己的乐器。

慌乱中我急急骑上车子,但刚驶出一小段路,才发现自己成了最后一个。这时候我看到了什么?就在前边一点,我们的女主角在慢慢走着——原来带她的那个男同学已经先一步逃掉了!

她走得很慢,似乎并不怕雨。

我赶紧停车。她好像什么都没想,只一下就跃上了车子。

雨不紧不慢地下着,我们两人的衣服都被打湿了。她抱着我的手风琴,像抱一个小娃娃。路上我几乎没有说话。后来雨下得更大了。路两旁的玉米缨被雨击打着,散发出甜丝丝的味道。穿过玉米田,就是一片片的花生田。花生棵在雨地里也散发出清香的气息。路上一个人也没有。那些性急的同学早就蹿远了。

多么好啊,茫茫雨夜里只有我们两个人,一辆破旧的自行车吱嘎吱嘎响着,代替了我们说话。雨越下越大了。我们的车子倒是越来越慢。我没有力气了吗?不。我一下一下蹬着,有意让这段路程变得更长。我想和她多待一会儿——谁知道呢,也许什么都没有想过。

那天晚上,我们就这样默默地回到了学校。心里热乎乎的。回到宿舍时,同学们已经换掉了湿衣服,用毛巾擦着头发。大家看我淋得这么重,都有些不解。他们谁也不知道我今晚有多高兴。我和颜悦色地跟所有同学说话,并不急着换下衣服。

那真是永远难忘的一个夜晚。

从那个夜晚之后,我和她好像彼此都藏起了一点秘密。只要我们两个在一起的时候,空气似乎就变化了,我们都有些莫名其妙的拘谨——怎样才能大大方方地说说笑笑?我想她也在克服着什么,在努力吧。

努力的结果就是那样——我们渐渐好起来了⋯⋯

自行车碾着雪地,发出滋滋的声音。同学们都向二十里之外的那个会场进发了。我走得很慢,咀嚼着满满的幸福。在这个雪天,在这个温暖洁净的雪天,我的脑海里只被一个人占据着。

天真的不冷,我裸露在棉衣外边的皮肤红扑扑、热乎乎的。我想:如果一个人能把巨大的幸福和不安同时藏在心里的话,他可真有点了不起。我自己就是这样的一个人。

我从头想着在一起的时刻:不知为什么,她从来没有问过我是从哪儿来的,我的出生地,我的一切。当然我也不曾问她。我藏起了心中的许多秘密,它们是羞于道人的。那是我藏在心中的羞愧,还有惧怕。惧怕什么?是的,那是关于我的家,关于令人沮丧的父亲……

深深的惧怕在深夜里包围着我,让我全身战栗。我唯恐失去什么。我一定藏下它们,直到未来,直到谁也无法预见的那个时刻的到来。到了那时候,但愿一切恐惧都消逝得无影无踪。

自行车碾着一片广袤的雪野,我正向着那个方向移动。我一点点接近那个地方——那儿离我的家不远了,我们今天开会的地方就在西边一华里远,那儿有一个广场、一座高台。

不知今天的批判会是怎样的,也不知谁又要倒霉了。多少人喜欢开这样的会啊,他们就像过节。可是对另一些人来说就是最大的灾难:被批斗者和他的家人,他们将痛不欲生。我同情那些倒霉的人,可是我也厌恶那些被押上台子的人——他们猥琐、丑陋,让人不能容忍,不敢去看。

不知不觉驶过了二十多里的路程,开会的地方到了。喧闹声已经越来越大了。

这儿有一个很大的台子,这些年来一直是最热闹的地方:演戏,开忆苦会、誓师会、批斗会。这里有永远开不完的会,总是聚集起一片黑压压的人。

呼叫声让空气发紧。白雪不见了,雪粉被踏成了黑色的脏水。人们都仰起脸倾听、观望。我把自行车推到一个高处,想望见台上的人。口号声此起彼伏,叫骂声、噼噼啪啪的踢打声,都搅在了一起。我望不到台子,就向一个高坡攀去——那儿离台子稍远,没有多少人,所以一定能看清台子。

好不容易把车子推上去,立住,然后转身……我马上打了个愣怔,好像被谁迎面捣了一拳,疼痛使我的脸抽搐了一下。我赶紧揩了揩脸……再次凝神去看。

我看得十分清楚:台子上有个男人被五花大绑,因为绳子勒得太紧,他的头差不多要弯到了膝盖上。两边押着他的人一次次拽起他的头发,想让他抬头示众。他弓腰的样子让我有点揪心。他是……是他!

有人这会儿猛地把他的头发拽住。他的脸再一次仰起来。我看到了一张被仇恨和绝望扭曲的脸——父亲的脸。

脚下的泥土仿佛在移动,我被一点点悬到了半空。喉咙里有什么热辣辣的东西在燃烧。全身发木、刺痛。我低下头又抬起,想回避,更想紧紧盯住。

那个人抽打父亲的嘴巴,用膝盖狠力顶他弯曲的脊背。旁边的人在呼喊,在催促,在咒骂。他们想让父亲讲点什么——他最后费力地抬起头,看看雪地上的人群,看看天边的云彩。他眼睛发亮,寒风里好像有什么顺着皱纹流下来。他说话了。我清晰地听到了他那异地口音。这声音在大雪天显得那么怪异。

在我们这儿没有谁这样说话。我觉得这种口音难听到了极点。这声音应该永远从这世界上剔出去,永远也不要出现。

他终于说完了,说得很艰难。台下有人哈哈大笑,有人仍然咒骂,更多的人伸出拳头,迎着他的方向捣着,狠狠地捣。我在心里庆幸,他毕竟站在台上,如果他这时候下来,一定会死在无数的拳头之下,给捣成烂泥。还好,台上的人不过给了他几个耳光,然后把他往一边狠狠一推……

我推上自行车,一步步离开了会场。脑子里一片空白,就像白色的雪地,什么都没有。

回到家里,我一下伏在了炕上。

母亲站在院子里,倾听远处的喧闹,脸色苍白。她像没有看到我,一直站在雪地上。

我伏在炕上,睡着了一样。不知过了多久,有一只手在推我。我抬起头,这才想起了离开学校时的约定——眼前是我们同宿舍的一个同学,他应约到我们家来了。其他的同学呢?我不敢去问。是的,他们当中有人认识我的父亲——他们大概直接从会场走掉了。他们一定吓极了、害怕极了。

我紧紧握着他的手,这是唯一的手。

这个可怕的寒假,第一天就是这样度过的。

夜里很晚父亲才回来。他身上到处是伤,是被绳索勒下的印痕。妈妈扶他到另一间屋里去了。一会儿传来了哎哟哎哟的声音,母亲在为父亲擦拭伤口。

我这时候才开始想一个人——想她。

她不认识父亲,可是有的同学一定会告诉她一切。真可怕。

无法入睡。盼着天明。真想即刻找到她,告诉那个台上的人,大声说出:那是我的父亲!可我不知道今天或以后该不该去找她……也许她什么都不知道,一切都平平常常的,不过是开了一个批斗会——所有的批斗会都是这样的。

我相信她有一个幸福的家庭,要不才不会长这么可爱,一双眼睛也不会这样黑、这样清澈。人的眼睛可以告诉一切。记得有一次她说过我:

"你的眼睛沉沉的……"

"是吗?怎么了?"

"沉沉的。"

是啊,她说得真对。我自己明白这眼睛里沉淀了多少可怕的东西——而她的眼睛里溢满了欢乐。

我盼望有一天,我会把心中的一切都毫无保留地告诉她,特别是——羞愧……我为什么羞愧?为父亲?

大约是下半夜,我推开了门。父亲听见了,惊恐地问:"谁?"我没有回答,只悄悄地出门。我向着漫天雪野走去。

我漫无目的地走着。静极了。大雪把一切都覆盖了,大自然的所有声音都被厚厚的绵软的雪吸走了。我滋滋地踏着雪,一直向北。十几里之外就是海岸线了。脚下的雪好厚。下雪的时候没有风,所以雪粉把大地盖得匀匀的。头顶露出了星星和月亮。回头看着一串脚印,像一个个戳在地上的黑洞。

不知走了多远,我听见了海浪的声音:"哗……哗……"

没有风,所以这海浪像一只温柔的手,一下下抚摸着沙岸。我蹲下来,双手捧着脸颊。

不知过了多久,一个黑影向这边移动。我一点都不害怕。更近了,是一条狗。它为什么在这个时刻出现?它又是谁家的?这些全都来不及想一下,它就来到了我的跟前。它像找到了一个老熟人,身子一蜷就偎在了我的膝旁。

我把它的脸捧起,端详着。

它一声不吭。我们的脸贴在了一块儿。

就这样依偎着,蹲在雪地里,看着哗哗的海浪。

再有一会儿天就该亮了。它看看东方,又看看我。我将它拥得更紧了。它的身上可真热。

1990.4
2013.2 订

何时消逝的怪影

很小的时候,我害怕夜晚,害怕睡觉。每天一到了那个时刻就开始恐惧。因为只要躺在炕上,一安静下来就会听到屋里有嘁嘁喳喳的声音:屋梁上、角落里、随处的暗影里,都会出现一些动物的形影。它们个个都是彩色的,模样怪异而友善。它们面孔清晰,有的长了胡须,有的没长;有的有翅膀,有的没有。总之全都是没有见过的奇怪动物。

我如果睁大眼睛,这些怪影不是消逝了,而是更清楚了。它们是真实存在的,而绝不是幻觉。它们实实在在地在屋梁上、在角落里跳荡,无论有没有翅膀都会飞翔,会在空气中浮游或跳跃。它们很容易就弹起来,一下骑上屋梁,或贴紧在天花板上,有的甚至用胳膊或小小的蹄爪随便搭在什么地方,就可以悬停下来。它们好像没有一点重量。

我心里清清楚楚地知道,它们不会加害于我。可我还是害怕。它们好像在笑,在呼喊什么,相互打趣,个个都很快乐。令我感到惊异的是,家里人对它们的存在毫无察觉,谁也没有提起过。

渐渐地我开始相信,这一切只有我一个能够看见。我至少是现在、当下,可以看见这个世界上的一些特殊生命。这些生命有它们的存在方式,这是隐秘,是我自己的秘密。

那时候只要不瞌睡,我就会用大半夜时间和这些怪影互相盯视、逗弄、玩耍,既惊吓又兴冲冲的。它们大多数时间悬在屋顶、隐在角落,一块儿对付我一个人,只有个别时候互相挑逗和打闹,发出那种咿咿咕咕的怪声。那声音有的嘶哑,有的尖厉。当它们稍稍安静下来的时候,就不约而同地把目光聚集到我身上,这时我就赶紧用被子裹住头,或钻进被子。有的怪影会跳下来,伏在我的枕边,或干脆把被子扯开一角,想钻到被子里。

有时候我实在气愤,就鼓起勇气,撩开被子,睁大眼睛死死盯住它们。当我这样挑战时,它们就会躲开一点,或远远离开,再次缩到屋梁或角落里去。

许多时候怒目盯视还是不能逼退它们,我就使劲咳嗽一声。它们最怕声音,怕各种声音,一听到声音就吓得远远的。但我总不能一直咳下去,于是那些怪影还是会从屋角、从四周试探着走出来,开始新一轮的围拢和挑逗。

我没有把这些秘密告诉父母,也没有告诉任何人。为什么会这样守秘,没有向家里人求助?我也不知道。但的确如此,我只把它们当成了自己独有的秘密,好像与之有过一个契约:相互保守夜间的隐秘。

很多年之后,关于它们的记忆、那些夜晚,不是变得越来越淡弱、模糊,而是越来越清晰。人到中年之后,已经积累了相当多的阅历，对事物似乎有了更多的辨析力，可唯独无法解释小时候的这段经历。我至今没有把这些情形告诉任何人。因为我知道它们真的不是幻觉，一点都不是。我曾经看得清清楚楚，那时所有的恐惧、好奇和苦恼，还在眼前。

那些怪影没有给我造成什么损害，只是使我惶恐不安和格外兴奋。后来不知从什么时候起，一切突然不见了。我再也看不到那些彩色的怪影了。它们消失了。

这种突兀的变故没有使我感到庆幸，而更多的是遗憾，是寂寞带来的另一种不安。我甚至认为怪影不再光顾，并不是一个好的征兆。我有时想：完了，它们离开了，这大概是某个人生阶段的结束，这到底意味着什么，还要等等看。

但显而易见，这是一场很大的人生变故。

对我来说这或者事出有因。比如那些怪影是一些奇特的生命，它们可能只对真正的少年感兴趣，当一个人开始长大，不算少年了，它们也就觉得无趣了。这等于说自己变得令它们失望了，不好玩了，它们不愿意和我在一起了。

这样想一想真是沮丧。

如果是另一个原因，比如我自身丧失了某种能力，那就更悲哀了。我后来推断：一个人是有各种能力的，随着年龄的增长，有的能力得到了加强和发展，而有的能力却在退化，直到最后消失。比如说人的眼睛，这是感知世界的一个最大窗口，而这个大窗口又是由许多小窗口组成的。人生的不同阶段一定会有一些小窗口打开或者关闭。

每有一扇小窗口关闭,就会有一部分东西再也看不见。不过那些东西仍然存在,只是我们看不见了。

那些夜晚跳动的彩色怪影,它们也许从来就没有离去。谁敢说它们不是照旧跳动在四周呢?只是我自己失去了那种能力:一扇小小的窗口关上了。

后一种想法给我带来了极大的苦恼,因为它牵扯到一个非常严肃的大问题。我可不愿接受某些神经医学的分析和推导,比如说用幻觉来解释这一类现象。他们可能说我那时候幼小、衰弱的神经受到了某种刺激,于是就怎样了,等等。我自己明白这不是事实。我那时一切正常,没有任何问题。

我当时很健康,比现在健康。回忆那些场景,每个细节都极为清晰。我的判断簇簇如新。我对事物具备正常的观察、判别和推导的能力。我这里是指面对那些彩色怪影的情状。我想说,它们绝不是某种刺激下的产物,而是实际存在的。

当时我早就到了摒弃玩具的年龄了,比如说手摇鼓、小铃铛、能发音的泥老虎等等。但由于我不能总是用咳嗽来驱赶那些跳动的怪影,所以就将一些能发声的玩具放在枕边。这样会方便许多:当那些怪影一齐围过来时,我就可以摇一下小铃铛,或者把那个泥老虎按一下,让它发出咕的一声。一有声音,那些身轻如燕的怪影就一齐弹跳,四散奔逃。

我不再借助于那些玩具,到现在已经有几十年了。我那时可不是一个糊糊涂涂、幼稚可笑的娃娃。我说过,那时候记忆清晰、观察准确,具有相应的分析能力。

但可惜的是，我没能准确记住那些彩色怪影究竟是何时消逝的。好像它们是不知不觉间没了，不再出现了。

如果能够记住更准确的时间，那么就可以推断一个人会在多大的年纪里丧失某种能力：那扇至关重要的小窗户关闭了，而且很可能是永远不再开启。

我敢肯定地说，那些怪影是活泼顽皮的生命。它们跟我达成了默契。大概我在它们眼里是有趣的、可以一起玩耍的。而它们在我眼里，是同周围所有人，无论是大人还是小孩都完全不同的。它们无论在外形上有多大的差异，内心和禀性却是一样的，那就是格外的天真、幽默，最愿意搞恶作剧了。当然，它们也让人害怕，不过没有任何恶意。它们带给我的不安和恐惧也许是因为它们不知道、不明白自己的行为将造成什么后果。它们只一门心思嬉戏，做得有点过分。

今天回忆这一切，觉得令自己安慰的是：我们之间达成了很好的默契。我好像在严守秘密，满足于这种夜晚的对峙和游戏。我无论怎样害怕，都没有把它们告诉家里人。也许正是因为我的忠诚，它们才那样喜欢我、围拢我。

我那时成了一个心怀秘密的人，只在安静的时候一人享用这秘密。这样的人生多么奇妙。

现在想，如果一个人能够抓住每一个阶段，不漏过其中的任何一个环节，牢牢地抓住它，抓住那个"当时"，不让那些发现和见证溜走，我们将获得多少弥足珍贵的、神奇的知识。

其他人是不是也有过类似的经历？他们也像我一样守口

如瓶?

我期待回答和交流。

1990.6
2013.2 订

植物的印象

有一次,我在一片树林里玩。走着走着,来到了一片荻草地。我发现这里有扑打的痕迹:好多荻草被压倒了,水汁充盈的草秆被打折了、揉烂了。再往前走,又发现了一片被扑打和压伏的荻草,草叶上还沾了血滴。我辨认着,在血滴旁边看到了撕下的布绺和头发。地上全是杂乱的脚印。我一阵惊悸:这里肯定发生了什么事情。

周围很静,荻草默默的。我觉得它们都睁大了惊恐的眼睛看着我,向我诉说,可惜我听不懂。

我胆战心惊地离开了那片荻草地,惶惶地跑开了。那时我十几岁。很长时间过去了,我总觉得荻草在告诉我一个故事。我甚至在想——一个女人正在荻草间做什么,突然被一个脸上长了黑斑的男人扑倒在地,他扯她的头发,撕她的衣服。女人喊起来,男人就去堵她的嘴,她咬他的手……

这是荻草告诉我的。因为我只要坐下来,闭上眼睛,那个厮打的场景就会出现。可是只一会儿,它就像淡云一样飘走了,脑海里又剩下一片蓝色的、明净的天空。

晚上我常做一些奇奇怪怪的梦,但梦中没有出现厮打的场景,也没有荻草。

两三天后,我再次去寻那个地方。费了好大劲儿才找到,可是眼前的情景让我更加惊讶:好大一片荻草,连同那些扑打的痕迹都没有了,有谁把它们齐茬儿割了,远处的荻草和植物却完好无损。

怎么有人专门割掉这片留下了痕迹的荻草呢?这会儿我好像听到了各种植物的哭泣和吵闹。它们抱怨:有人由于害怕这些默默的目击者,害怕它们有一天会抖搂出事情的真相,就把它们除掉了。这大概不是想象和夸张,因为事情是实实在在发生过的——就在几天前,我的脚下还有血迹、发丝,还有一片被踩躏的荻草,可现在竟然光光的了。

荻草到了秋末就不再重新发芽了,这一代荻草的生命也就完结了,它们所看见的一切也许要告诉自己的下一代。

那个做下了坏事而又被荻草们看在眼里的人是谁呢?

后来我长大了,仍然没法忘记少年时代的那片荻草。我那时被一种恐惧和忧愤攫住了,急于弄清发生的事情。从那以后,我总认为植物有自己的眼睛、感觉,有自己的印象和记忆,它们的沉默意味深长。比如说一棵杨树,它死去后根部还会发出小树,这些小树能否记住上一代杨树所看到的事情?它听过并且又会把这些故事讲给再下一代吗?我相信树和人一样,它们心中多少都保留了一些老祖父的故事吧。

我记得屋子东边渠岸上有一些碧绿的蓖麻,它们高大茂密,轻轻一戳,茎叶就能流出清泪。那时候我有了什么不愉快的事情,就要到蓖麻林里躲一会儿。我和那些高大的蓖麻已经配合得相当默契了。当母亲喊我的时候,我让它们不要吱声,蓖麻就将呼吸放得轻轻的。我看到了它们的眼睛,那眼睛也是绿色的,眼珠乌黑乌黑,像蓖麻籽一样。我在水渠里洗澡,爬上岸的时候,不愿光光的身子让蓖麻看见,就赶紧穿上衣服。

我觉得槐树的眼睛是褐色的,它们的瞳仁像豆粒一样圆圆的、黄黄的;合欢树的眼睛是紫色的,瞳仁是黑的;千层菊的眼睛是红色的,瞳仁是绿色的。它们的脾气也不一样,蓖麻比较随和,大大咧咧,天真无邪;橡树是一个寡言少语的人,它一旦对谁有了坏的印象,再也不会改变,橡树多少有一点古怪心计,是惹不得的;千层菊像一个姑娘那么温顺,可是有时候太娇气了;杨树性格刚直,多少有点倔强,像个男子汉,它永远也不会衰老,永远都是二十岁的脾气;合欢树婆婆妈妈的,不太讲究穿戴,是个好心的大婶,谁都想从它那里讨到吃物,它只是温笑,并不多言。

所有这些植物的记忆中,都有关于人的故事。我知道母亲、父亲、我和弟弟,一举一动都被它们看在眼里,记在心里。

当母亲一个人偷偷流泪的时候,我听见蓖麻林里也传来了嘀嘀嗒嗒的声音。还有屋子西边的杨树,它们的个子高,从远处就能看到我们的小屋,它们也像我们一样悲伤。父亲一直把暴烈的性情收敛起来,到了晚年再也憋不住了,有一天早晨像山洪一样暴发了。我知道这是长久淤积的结果。父亲狂怒了,小屋差一点被掀翻。这时我看见屋旁的合欢树不停地抖动,它被这个男人的暴怒吓坏了。

多少年后,当我们的小屋不复存在的时候,我总想去寻找一些旧日的踪迹。当我看到那棵合欢树的时候,奇怪的是首先就看到了它的眼睛。它还记得父亲的那次发怒:在它的印象中,这座小屋里的所有人,特别是这个勤劳的男人总是一声不吭。那一次它真是出乎意料。

我们小屋后面有一排榆树,它们总是面色苍苍,对什么事都无动于衷。我原以为它们是最没有血性的一种植物,后来才知道错了。那排榆树被拉电缆的煤矿工人砍得残缺不全,它们竟然没有反抗。在归来之后,我才知道它们曾把电缆一次次扯断……它们看到了小屋里发生的所有事情,如今正在度过凄凉的晚年,拖着残肢。

老榆树讲出了淤积在心中的话:水渠旁的那片槐树竟然把长长的根须伸到它们脚下,争抢本来就少得可怜的一点淡水;屋角那棵枣树竟然伸出长长的刺针去伤它们的孩子;小屋里的主人有一次把一盆热水从后窗泼出去,经过一个夏天,它们的烫伤还没有康复……

我抚摸着老黑榆,感到它们在战栗。几十年过去了,我不知多少次来到这片原野,看着这里的千疮百孔、坑坑洼洼。茂长的野草和灰黄的建筑一块儿生长,破烂不堪。我努力从残留的一切中追忆过去,寻觅往昔的一切。

有一天黄昏我一直往北,走向了一条小径。我看见了几棵很老的杨树,心里一动:这不是那片荻草被割掉的地方吗?荻草有很深的根脉,它可以在地下繁衍。我细细寻找起来,在杨树的另一面,终于看到了一大片荻草。当时正是秋天,它们长得浓旺而茁壮,好像要故意保留一段不死的记忆。

我在注视它们的时候,听到荻草后面有唰啦唰啦的声音。一个人走过来了,是一个非常老的男人,腰佝偻着,背着粪筐,拿一把镰刀,吭哧吭哧踏倒了荻草。我像被什么撞了一下,一阵疼痛。我定神一看,首先看到了这个衰老的男人脸上有一块黑斑。我瞅他,他也看我。我们对视了一会儿,他摇摇晃晃走开了。

好像有一个声音在心里响起来:"就是他!就是他!"

他是什么人?他怎么到这儿来了?我明明白白看到那片荻草一齐伸长了手指,向那个老人指去。很多年前看到的那片被压倒的荻草、血迹和头发,一切都回到了心头……这片荻草在做证,在复述上一代的记忆。我跑了两步,想追上那个男人……整个一天都怏怏不快,心情沉重。

后来我有机会到离矿区不远的那个小村去,随口打听那个脸上有黑斑的老人。

有人问:"你说的是不是老冒?"

我说:"他脸上有块黑斑。"

"是啊,那家伙七十多了,是吧?"

"对,腰弓得厉害。"

被问的人拍拍腿:"错不了,就是老冒。那个家伙早年不务正业,前几年才从监狱里放出来。"

"他做了什么事情?"

"欺侮孤儿寡母……反正,被抓起来了。"

"他在哪里干了坏事?野外?"

"不知道啦,反正是做了缺德事,给抓起来了。"

一切似乎全明白了。我拖着沉重的腿走到那片荻草旁。它们用欣慰的目光盯住我。我揉揉眼睛,抚摸着它们。

是的,所有植物都有一颗心灵,它们比人更执拗,也更正直。它们会长久地保留起自己的情感,以待有机会倾诉出来。它们善恶分明,有着经久不变的道德观。我们的一举一动都在它们的注视之下,所以我们真的应该谨慎。我们应该好好地约束自己。它们已经看得太多,知道得太多。我想这一点也许自己早有预感,尽管还没有来得及弄清这一切——想到这里心中猛然一动,明白了人们那么疯狂地砍伐森林、铲除草地,原来是有原因的。

原来我们所做的,跟那个脸上有黑斑的老人一样:掩盖自己的恶行,毁掉植物的记忆。

可是这真的做不到。荻草有着几十年、几百年地下繁衍的能力,所有植物都有一颗不死的心。它们一有机会就要发芽,就要诉说,就要睁大眼睛,就要抖搂记忆。

那一次故地之行是永难忘怀的。我回到城里,常常想起什么——也许是有意的呼应和佐证,冥冥中有什么在帮我,有一天我随便翻起一张报纸,竟然就读到了这样的一篇报道:

植物也有血型。人的血液有 A、B、O、AB 四种,这是众所周知的。但植物也有血型,一位科学研究所的研究员考察了五百多种植物的果实和种子,通过实验证明了植物的血型。研究发现,山茶等六十种植物属于 O 型，珊瑚树等二十四种为 B 型，丹枫叶为 AB 型。科学家认为，某些植物的血液是由红色、不太透明的黏性液体所组成，正是液体里的糖蛋白决定了血型。糖蛋白是一类含糖的结合蛋白，血型标志着某种植物的调控信号。植物的血型物质除了充当能量的贮藏库以外，还担负着保护植物体的任务……

我当时惊呆了。我看着那篇报道，心里毫无置疑。即便不看这篇报道，我也会得出与之相似的结论。总之我更加确认了植物有自己的记忆和印象，有自己的脾气。比如我是 A 型，急躁易怒，激情很容易就喷涌出来。A 型植物也会有这些特性。我想了很多，甚至又一次重温了自小到大跟植物相处的许多细节。我甚至在想有没有做下什么令人难堪的、丑陋的事情，我在植物面前代表同类演出了什么卑劣的闹剧。我想着，脸上一阵阵发烧。

我在荒野做过不甚体面的事情，比如和朋友们在丛林里欺负过一个动物。那时候我们真的有点冷酷。可是我们得意忘形的时候，就是没有想到身边有一些永恒的目光在注视，它们已经悄悄地把一切记录在案。我想当有机会和当年的那些目击者见面的时候，再一次回到原野的时候，我会一一搜集它们的印象，倾听它们的诉说。

那种忏悔的心情一直持续了很长时间。那天我无心做什么，在屋里走来走去。后来我到凉台上，给正在枯萎的几棵树草浇水。可是它们活不久了。它们在这座城市里已经忍耐得够久了，在做最后的挣扎和喘息。我抚摸着它们的叶子，小心地拭去灰尘。我似乎听到了它们感激的、微弱的声音。它们死去的时候会留下这样一种印象:一个无可奈何的男人在和它们一块儿呻吟,试图挽救它们的生命,可是他失败了。

　　所有类似的努力都会失败吗?我们到原野上去问一问那些数不清的植物,问它们看到了什么,心中沉淀了什么,有着怎样珍贵的经验,回答肯定会有的,但问题是怎样与它们心心相印,能够交流,能够听懂它们的语言。我们会做到吗?

　　我想,这正是问题的关键。

1990.6

2013.2 订

山 药 架

怎么种山药？大概没有几个人会知道。有人以为种山药嘛，就是把种子播到地里，然后就能生出那种圆圆的、长长的块茎了。实际上根本不是。

我熟悉它的全过程：先要在地里挖一条二尺多宽、五六尺深的沟，然后用掺了松土的杂肥把沟填平。山药就种在这条沟里，它日后会一点点长大，沟多深，块茎就能扎下多深。

山药不是用种子播下的，而是把收获的山药最上一截——像刺猬长鼻子模样的那一段扳下来，放在地窖里藏好，只待来年春天栽到地上。

父亲每年都要种山药。他的山药长得好极了，我从来没有见到比父亲种的山药更粗更长、更漂亮更好吃的了。

那时候我们家在离大海不远的一片荒原上，四周是树林，是一片片看不到边的茅草和灌木。我们家就在大片的树林中间。

不知为什么，我们没有住在林子外边的村庄里，而是独自定居在林中。原来我们一家是从远处的小城搬到这儿的，当地人给了我们家很小的一块沙地。

我们就靠这块沙地上长出的东西填饱肚子。

父亲为了让这块洁白的沙地能长出东西,就从河里挖来黏黏的淤泥掺进沙子里。他多么爱这片土地,它不大,可是却费去了他无数的心血。他像绣花一样,蹲在地上一针一针刺绣着,终于把它弄得漂亮极了。

父亲母亲一有空闲就站在门前看这片美丽的土地。它好像缺点什么。有一天父亲说:"该给它扎一道篱笆。哦,有了,我弄弄看。"

不久父亲就搭起了山药架:它搭在这片土地的四周,这样就给它镶了一道绿色的栅栏。我们可以在栅栏里任意种植,种粮食,种我们需要的其他作物。

到了收山药的时候,父亲就拿出一把长长的木铲。这里必须仔细说一下这把木铲了——它是用很硬的橡木做成的,有十五厘米宽、二尺多长。它像一把长刀,又像一把宝剑。父亲将它打磨得光滑无比。看得出,父亲多么喜欢他的这件武器。他用它轻轻剖开土沟,小心地剥掉山药根茎四周的泥土,把它们一只一只分离出来,嘴里发出嗯嗯声——那是安慰掘出来的山药。他的脸上一直是笑吟吟的,做得特别用心,所有山药的皮都不曾碰破一点。

直到现在,我只要一想起山药,就要想到父亲那把特别的大木铲。

做活时,母亲和我就跟在父亲后边看着,好像他能从深深的土里挖出其他宝贝一样。

山药架在秋天里长得绿油油的,阳光在黑色的叶子上闪亮。叶片上慢慢会生出一些圆圆的褐色颗粒,有人从架子旁边走过,会顺手取一粒填到嘴里,嚼一嚼咽下去,说:"真甜。"这就是山药豆。

我和林子外边来的几个小伙伴喜欢在山药架里爬来爬去,等于是钻进了一条绿色的地道。这是不能被父亲看到的。我们如果不小心把山药蔓子挣断,把刚刚生成的山药豆碰掉,就会惹父亲生气。但他那会儿只是木着脸不吭一声,并不对我们发脾气。

母亲说父亲的脾气以前大极了,现在变好了而已。他四十多岁才来到这片荒原上,刚来的时候脾气大得吓人。母亲说父亲是荒原上最有脾气和力气的人,简直什么都不怕。

但随着时间的延续,他的脾气和力气都一点点变小了。母亲说,这个地方很怪,什么人来到这里都要服气——不服也得服——他心气再高,也将很快被这荒原、被这无边的土地给销蚀掉了。

那座遥远的城市留在了父亲的记忆里。父亲从此只属于这片丛林和草地。他把妻子儿女都带来到这片草地上了,并且一辈一辈都要扎根在这里了。我不知道自己有幸还是不幸,反正我成了荒原之子。

我会牢记我们那块小小的土地,牢记围在四周的山药架,当然还有荒原上的一切。

夜晚,父亲还没有回来。林子外边的村子时不时地将他喊走。他们粗暴极了,有时就像对待一个动物一样,只差没有用绳子捆上他了。母亲牵着我的手走出来。我们坐在山药架旁,望着星星。那是秋天,露水很凉,四周一片黢黑,天空中星星闪亮。丛林中,野物的叫声微弱而又神秘。我知道在荒原的另一边,有大大小小的村落——我们为什么不能住到那些村落里,却又要受他们的役使?这是我永远也搞不明白的。母亲说:

"说来话长。我们只配住在荒原上。"

"我们为什么不能住在城里?"

"我们也不配住在城里。"

我忍着,最后还是大胆问了一句:"我们是罪人吗?"

母亲没有回答。

我心里清楚,父亲是一个非常倔强的人。我觉得这世上再也没有比他更倔强的人了。我从来没有发现他那样的人:倔强,但是却要尽可能地对所有人和颜悦色。母亲说:

"他过去可不是这样。"

母亲说他把粗暴深深地藏起来了。她正为这个担心:粗暴在心里会闷成一种严重的病。我和母亲倒真想让父亲粗暴起来,哪怕对我们——可他差不多总是笑着……

父亲不在的时候,我和母亲寂寞极了。我们不知干些什么才好。父亲被喊走的时间越来越多了,为了不使这片地荒芜,我和母亲就蹲在那儿忙着。我们手中做下的活儿比父亲差上百倍。他有一双人人称奇的手:开出了这片土地,植下了树木。屋子西边栽了一棵桃树,北边栽了杏树和一排榆树。这就是我们荒原的家,这儿真好。

这里有好多故事,有的故事属于全家的,有的故事只是我的,是我的梦。那时候我常常做梦,而且永远不会把梦境告诉别人。

我曾经梦见和一个小姑娘一块儿种山药:我们种出的山药是银色的,又长又亮,闪着光芒。我们种了那么多,堆积起来比我们家的房子还高。我们用山药盖了一座小屋,我和她待在里面。我们每天都吃山药,藏着不出来,把父亲和母亲急坏了。

我清清楚楚记得那个姑娘的样子:个子高高的,脸色有点发黄,一双很大的眼睛,穿着半新的衣服,头发很长。她的眼窝有点深。我在梦中吻了她,幸福得哭了。

我到现在也不知道,第一次遇到她为什么是一场梦境,而且有趣的是和山药连在一起。

更奇怪的是后来,就是那场美梦之后的一天早晨,我从地边经过,觉得山药架好像被一阵风给推动了,剧烈地摇晃着。我觉得奇怪,就趴下身子望着——山药架深处真的藏了一位姑娘!她真的像梦中人的样子,脸色有些黄,有些瘦,高高的个子,大眼睛,眼窝有点深,头发很长……我的心扑扑跳。

她在里面喊:"不要看我!不要看我!"

我站起来。一会儿她从架子里钻出来,头上粘了好多山药叶。我没问她什么。我想她一定是到架子里找山药豆吃了。我说:

"我知道你是哪里的。"

"你不知道。"

"你肯定是不远处那个村子里的。"

她笑着摇头,告诉我是北边不远处一个小学校的。她的年龄可能比我大一点。我再也没有忘记她。

她走了以后我才有些后悔:不知道那个小学校在哪里。我该去找她玩啊。后来我常在丛林间游荡着,只想找到那所学校。

有一天晚上我又梦见了她:在一片云彩一样的山药架中间站着,向我微笑,身后是青色瓦顶的一排小房子,那就是她的小学校了。

醒来格外惆怅。

有一天父亲担了一担山药,让我和他一块儿。他说要送给一个食堂。父亲担着山药走在前边,我一直跟着。我们大约穿过了十几里林地,就听到了一阵钟声。父亲说:"快到了。"

前边是一片橡树,一片柳树。穿过柳林看到了一排排杨树、合欢树和一些叫不上名字的树。青色屋顶的小房子真的出现了,和梦中的一模一样。我的心跳加快了。

父亲一个人找那个食堂去了。我看到一群群学生在跑动,眼睛在他们中间急急寻找。这样找了很久,直到一个钟头过去。食堂师傅用围裙揩着手送父亲出来。父亲像鞠躬又像哈腰,向他告别。父亲转脸找我。我故意躲开。

就在我失望的时候,她出现了。她是从最角落的那个房子走出来的。

我挨近了她,说:"是你……"

她怔住了,盯着我。我离她更近地站着。她好像不认识我。

我说:"山药架……"

她两道眉毛一动,笑了。

这时候父亲发现了我,喊了一声。我只好离开了。

秋天啊,每个秋天都是我们的节日。黄昏的光色里,我又看到父亲擦拭那个橡木铲了,嘴里叼着烟斗。

母亲微笑着看父亲。

父亲跪在松泥上,踌躇一下,把木铲掘下去。一只山药由于父亲的孟浪被拦腰劈断。父亲捧住白生生的山药,害怕地看一眼母亲。

我盼着收获之后,跟上父亲再去那个学校。

可惜刚刚收获了一半,父亲又被村里人叫走了。来人声色俱厉,口气生硬,不容商量。他被押到丛林的另一边,到很远很远的地方去。像过去一样,许多天都没有一点消息。回家时,他的肩头带着擦伤,一看就知道做过沉重的劳动。有一次,我还看到他后背有伤,像是鞭痕。

我尖叫一声,他转过脸,用温和的目光制止我。

他终于再次担上山药去那个小学校了。我跟上他,步子沉极了。在那里,我再也没有看到那个脸色黄黄的姑娘。

入冬后,我们要准备春天的事情。父亲让我和母亲跟他干活:小心地把山药的尖顶扳下来,装满一个筐子,然后藏到又黑又深的地窖里。他走在深处,举着蜡烛嚷一句:

"多么潮湿,多么黑……"

这些山药的尖芽只有藏在地窖里,才能躲过最寒冷的海边的冬天。

我跟父亲走在里边,像探险似的。这里多么有趣和神秘。无论多么冷的天气,地窖里都温暖如春。父亲手中的蜡烛不停地闪跳……

父亲有一次在地窖里抽烟,讲了一个陷阱的故事。他说,他本来在那个城市里生活得好好的,可是遇到了母亲——她住在另一座城市里,那是一座海滨小城。后来他们就在小城里定居了。他说:

"谁知道这是一个陷阱呢。"

"什么是陷阱?"我问父亲。

"那座小城,还有……"

我后来问母亲陷阱的事,她哭了。她一句话也没有说。

我永远都忘不了"陷阱"两个字。父亲明确说出的一个"陷阱"是小城,那么另一个呢?爱情吗?我吓了一跳。不过我似乎明白,父亲爱母亲才来到了这座海滨小城——人为了爱情可以舍弃所有,哪怕真的有那样一个"陷阱",也会直接走过去的。

那个青色屋顶的小学校一直吸引着我。我有一次偷偷跑进了丛林,想去找它。可是我迷路了,整整转了多半天才回到家里——父亲和母亲吓坏了,一次次叮嘱我:再也不要一个人到林子深处!

这天夜里我做了一个吓人的梦:跑啊跑啊,一直迎着那片青色屋顶跑去……好不容易到了跟前,可横在眼前的是一片废墟!到处断墙残壁,蜥蜴在瓦砾间奔走。太阳快要落山了,废墟在霞光里发出阴暗的颜色。土坯和砖瓦的碎块像被火焰烤红了一样,摸一下滚烫滚烫。

我盯着眼前的一切,久久不忍离去。我在等待她的出现,她一定会再次从这儿走出来。

我不知等了多久,一点影子都没有。

我只好离开。但我没有回家,只在丛林里不停地奔走。我似乎觉得,她就在前方某个无法测知的地方等我,我只要寻找,就会找到。

走啊走啊,从黑夜走到黎明,然后又是一个黄昏……我终于看到了她,她原来一直站在那儿。我毫不犹豫地上前,牵上她的手说:"走吧,山药架下的姑娘!"

她惊讶地看着我,像看一个陌生人。她咕哝着:"你还记得啊,你还没有忘记……"

我怎么会忘记呢?

1991.4

2013.2 订

夫人送我三个碟子

我们这伙人当中,有人提议到查理夫人家里看看。他按照东方习俗,认为到主人家里看看,是一种很友好的举动。查理夫人有些慌张。她对一个蓝眼睛中年男人说着什么,两只手提在胸前,活动得很快,使人想起小猫的两只前爪。可我们没有多想什么,就坚持去了。

我们去时,每个人至少要带一件礼物。带什么呢?有人向我提议,向同行的一位姑娘借几个景泰蓝戒指,一种很美丽但不怎么值钱的东西。我把戒指装在一个小盒里。

查理夫人算得上有名的富翁,那是非常讲究的一个世家。据说查理夫人小时候也很苦,直到五十岁上还在操劳,后来才继承了一大笔遗产。如今她已经七十多岁了,但显得很年轻,以我们东方人的眼光来判断,她不过四五十岁。我觉得她至少能活一百多岁。她没有男人,自己拥有那么好的一座楼房,楼房前后是漂亮的花园。

那一天我们打了台球,喝了酒。大家喝酒的时候,都祝查理夫人健康。

后来,我们要到一个乡间别墅生活一周。查理夫人先我们赶到。仅仅是两天没见,她一上来就拥抱了我们。

傍晚,我们去散步。我们当中有好多人没有见过荨麻,有人碰了一下,手上立刻起了一片红点,疼得叫起来。查理夫人哈哈大笑,跑过去,拔起荨麻,一下连一下捋起来。我们都愣住了。她好像有什么特异功能。后来才知道,只要顺着一个方向捋荨麻,也就没事了。

那个晚上,我们在这个乡间别墅过得很好。这里有一个古老的磨坊,水车日夜转动。水车轮子上长满了青苔,水流是从不远处的大山里流出来的。这里的水源多么丰沛啊。

我想起小时候在河边看风车转动,那时候觉得神奇极了。风车在我们那儿是一件非常奢侈的物件,它第一次出现在河边上,人们都相信一个奇怪的、让人惊讶的时代来到了。帆布做成的叶片,还有一个高高翘起的像灰喜鹊似的定向用的风车尾巴,永远留在了我的记忆里。

风车转动,带动一个生铁铸成的齿轮,齿轮把铁链不停地铰上来,铁链上悬了一个个胶版垫子,它将水带上来。这种不用牲畜也不用人力的提水机械,让我们着迷。大家呼啦啦围上去,夫人就警告,说千万不要伸手:如果我们的手碰上齿轮,那么手指就会被轧掉。

这个别墅的名字叫"磨坊别墅",大概就是因为风车的缘故吧。晚上有人到温泉游泳池里去游泳。游泳池是格外诱人的。但是欧洲的艾滋病还是使我们望而却步。尽管有人准备了游泳衣,但最后也没有到水里去。查理夫人鼓励我们下水,她自己率先穿上游泳衣,像个娃娃一样跳到水里。我们发现,她仍然充满了青春的朝气。

有一个上年纪的人经不住诱惑,也跳下水去。他在水里玩得很痛快,可是几天之后感到喉咙有些疼,不停地咳嗽,大概是感冒。我们吓唬他,说这是艾滋病的征兆,他立刻慌了。

那一天我们和查理夫人一块儿登山,她竟然把我们这些小伙子都甩在后面,最先登上峰顶。她一路拨拉着树枝和各种植物的茎叶,欢呼着往前跑。简直是一个奇迹。

分手时,我们当中有人赠给查理夫人一个龙头拐杖。这个拐杖正是从泰山脚下买到的,做工精致。查理夫人端起来,像拿一把宝剑那样舞动一下,哈哈大笑。

还有人赠给她一把腰刀,她于是整天悬在了腰上。

她拄着拐杖走几步,觉得很有趣。拐杖这会儿成了一件装饰品。

我的外祖母很早就用上了拐杖,她的身体也很棒。她到了八十多岁的时候,还能够一只手端起满满一大瓢水,不抖不洒。

外祖母不苟言笑,她把所有的故事都装在心里。我不知道外祖母过得幸福与否,只知道她是一个勤奋的、手脚不闲的老人。外祖母的拐杖后来随她一起走了。我还能回想起那个拐杖的模样。那不是一支龙头拐杖,是柳木做成的,手柄上没有任何雕饰。她到了九十多岁才真正使用拐杖。那时候她借助这根拐杖,长时间站在门前,望着莽莽苍苍的田野。一只猫长久地蹲在她的身边。

外祖母九十大寿的时候,正是我们家最艰难的时候。母亲和父亲为她搞了简单的庆祝。

我觉得上年纪的老人都差不多,她们无论有着怎样不同的经历,都有许多相似的地方。

查理夫人虽然显得很年轻,但我们都认为她是一位老人。我想当我们走了以后,我们送给她的这些礼物,她将一一收藏起来。

在记忆中,外祖母就有一些永远属于她自己的玩意儿。她有一个八音盒子,那个东西看起来像一个收音机,不过要等它上好了发条才能发出叮叮咚咚的音乐声。那声音像怕惊扰了世人似的,小心翼翼地鸣奏着,把人引入一个仙境。

外祖母怕我把她的这件宝贝捣鼓坏,总是藏起来。后来这个八音盒子还是没有幸存下来,它被一个搜家的人抢走了。从那以后我们就不知道那个宝贝的下落了。

外祖母还有一对红硬木做成的书包提手。她说:"原来连在这个提手上的,是一个特别好看的花布包,镶了硬衬,好得没法说。"

母亲在一边做证:"一点不错,就是那样的手提包。"

单凭那一对木头提手,我就相信那是最好的一只提包了。那种式样必然联结着一个古老的、美好的传统。

在我过生日的时候,外祖母从她的收藏中拿出了几个蓝花碟子。她在每个碟子里都放了一块点心。我搞不明白这三个瓷碟上的图案,只是觉得漂亮。它们好像都是透明的,我当时还拿起来对着明亮的窗户看了看。

母亲说:"这三个碟子是你外祖父留下来的,每一个都值很多钱。"

碟子的结局到后来还比不上八音盒子。我想八音盒子一定会神秘地保存在某个人手里。而这三个碟子,外祖母最后的收藏,还是被人抢走了。外祖母悲哀地望着它们被一个肮脏的大手捏着。面对一帮搜家的强盗,外祖母的头高傲地仰着。我现在还能记起她脑后的发髻一动不动地翘着,每一根发丝都连带着悲哀和绝望。

那天一个背枪的汉子招呼我过去。我挪动着,后来慢慢跟上他走了。我看见母亲用眼神示意我去,我也就去了。

他们领我走呀走呀,走到离我们的小泥屋很远的一片小树林里。今天我才明白,那真是一个执行枪决的好去处。四周很静,连一只鸟也没有,脚下的沙土十分洁净。如果一个人把鲜血洒在这些沙土上,一定会非常红。

我那时只知道一阵恐惧,没有想很多。我走过去,他们冲我嬉笑,那个肮脏的手把三个碟子掖到衣兜里,然后捏弄我的额头。他抚摸我的头发,朝另一个挤眼睛。后来他们提议蹲下来跟我玩。我看着地上的沙土。那个汉子笑着,像要寻找什么,弯下腰,画了一个不成样子的东西,问我这是什么。我没有看明白。另一个哈哈大笑。

"好了。"其中的一个大汉吃吃喝喝地站起来,从衣兜里取出一个碟子,把它放在远处一个树杈上,然后退过来。这时候我才明白他们要干什么。我直盯着黑洞洞的枪口。他们把枪架在一个枝杈上,向那个碟子瞄准。正好有一线阳光从树隙里穿过来,映在碟子上,它像镜子那样耀眼。我活动一下,换个角度,又觉得碟子像一只很大的眼睛,直盯盯地瞪着我们。

枪响了,碟子应声碎落。我冲过去,后面的汉子骂一句。我跑过去,把地上的碎片捡起来,往一块儿拼对。

他们把我揪开。另一个汉子又把剩下的两个碟子支在枝杈上。他们连续放了五枪,才打碎了那两个碟子。

我呆呆地看着。后来我跑到树丛里。他们一个劲喊我,我一声不吭。等到他们疲惫了,走了,我才蹑手蹑脚走出来。

我把碎瓷片全捡到一块儿,埋掉。

我慢腾腾往回走,感到手指有点疼,原来手指被瓷片划破了。鲜血一个劲地滴。我捡起一个草叶包了手指,又用草筋勒紧。

离小泥屋还有几十米远,我就听到外祖母在哭泣。我从来没见外祖母哭过。我趴到小屋后窗上,看见外祖母蜷在炕角。她把头埋在膝盖上。

查理夫人脸上没有多少皱纹,所以才显得年轻。随她一块儿陪我们的人曾一再讲她苦难的经历,可这些留在她身上的痕迹却不多。她用什么办法把这些痕迹除掉了?

分手的时候到了。那一天是值得怀念的。查理夫人要回赠我们每人一件礼物。她在一个长条木桌上堆满了东西,每一件都用相同的盒子装好,从外部看不出它们的区别。实际上每个盒子里的物件都不一样。她让我们去猜谜,去挑拣,她站在一旁笑着。

有人拿起一个盒子,打开一看,是一件用桃木刻的小人儿,骑在骆驼上。又有人打开一个盒子,里面是一个多孔的花瓶,精致极了。

我端起一个盒子,没有打开。回到房间里一看,令我惊讶——三个瓷碟!它们显然不算什么上品,因为釉面粗糙。一个画了桃子,一个画了杏子,还有一个画了菊花。平常的三个碟子。可它们是一位善良的夫人送我的。我小心地重新包好,要把它们带回东方。

回到家里,我把这三个碟子摆在玻璃橱里。小女儿问我:"这是什么呀?"

"碟子。"

"谁给的?"

"一位老奶奶给的。"

"我们用老奶奶给的碟子盛鱼吧。"

我没有跟她解释这三个碟子为什么只能看,不能盛鱼。

有一次我们家来了客人,小女儿执意要用老奶奶送的碟子盛菜。我还没有来得及制止,她就取下来送给妈妈:一个碟子盛了鱼,一个碟子盛了蘑菇,另一个碟子盛了五香花生米。我们吃得挺高兴,可惜收拾餐桌的时候,小女儿不小心把那个画了桃子的碟子摔成了两半。我赶紧把碎瓷片拼到一块儿。可是偏偏在几大块碎片之间,有花生米那么大的一个通洞。它没法保存了。

大约过了半年,那个画杏子的碟子也给打碎了。

就剩下一个画菊花的碟子了。这个碟子我再也不想摆在橱子中了,就装在了抽屉里。我只要一看到它,就会想起查理夫人,想起她陪我们走过的那片绿蒙蒙的土地。

我把这个碟子藏了两年多。后来有一次去抽屉里找东西,由于拉得过急,整个抽屉都掉到了地上……里面有件瓷器摔碎了。

我到现在才明白,瓷器是很不好保管的。无论是外祖母还是我,都没能留下这些易碎品。外祖母身处动乱的年头,却把那三个碟子保存了很久;而我还远远不如外祖母:三个碟子保存了三年。

我常常想起查理夫人。

1991.5

2013.2 订

提　　防

　　把灯熄掉,点上一支小如拇指的蜡烛。火苗开始像豆粒一样蹦跳着,有时竟然可以离开芯子一厘米。当这颗金色的豆子落下来,就猛然伸长,形成直立的火苗,整个屋子立刻被映得黄蒙蒙的。

　　屋里只有我们两人。我们对面坐着,每人占据一个小床,床的中间摆了一只小小的茶几,上面是一杯烈酒。他喝一口,我喝一口。他已经骂了半天,我偶尔附和。他骂得很粗野。我们的声音合到一起更可怕。他把剩下的酒一口喝下去,又倒一杯。

　　我很少这样喝酒。但他来访的时候就不得不喝一点了。我们谈论的都是让人痛心的事,心情无比沮丧。遇到这种情况,也许只有求助于火焰一样的液体了。

　　他搓着胡子拉碴的脸:"好像根本不该来走一遭似的。那时候我不听劝告,稀里糊涂就这么走过来了。我把一切都想得太简单。我以为自己伸出友谊的手,对方就不会折我的手指。我用最好的情感去对待周围的世界,连一点提防都没有……"

　　我打断他的话:"是啊,那个时候我们都不懂得提防。"

他接上说:"提防算什么?我瞧不起这两个字。我身心放松地活着,只为艺术激动。我非常自信,认为是最好的艺术家,但不一定能成——这个事自己说了不算,老天爷说了才算。我想反老天爷,反不了。我跳不出它的掌心。所以我到现在也敢说,我应该是最好的艺术家。不,我们都是。"他朝我苦笑一下,"没有办法。这不是我的毛病,这是人的毛病。一种动物病。可怕得很。这种苦恼不仅磨损了我的身体,伤害了我的灵感,重要的是使我彻底失望了。我信任什么?我信任艺术吗?可艺术也是由人传递过来的。我不信任人。有时候我想哭一场,有时候我想一个人走出房间。可街头上是什么?沉闷的空气,污浊的油烟,醉汉骂人,难听的口音。好多人在角落里蜷着,盖着一条破麻袋。苦难!就连这些人我也不得不提防着。开始我以为是害了一种疾病,后来才知道也算正常。面对这些,没有这样的心情反而不正常。一个个朋友离开了我,原因都差不多。他们来的时候满面欢欣,走的时候痛心疾首。没有谁会和我一起抵御严寒,就让我自己度过这个冬天吧。"

他的声音有些哑,一双眼睛由于缺乏睡眠,焦虑,已经布满红丝。我握了一下他的手。

"多么可怕的结局,我完全知道付出了多么沉重的代价。我每时每刻都在想……好像有一只充满恶意的手,总要把我推到一场角逐中。我耗尽了精力和心血,疲惫不堪。有时候我像死人一样躺在那儿,喘息都很微弱了。可是当我睁开眼睛还要投入进去。有时候简直是义无反顾。毛病不是出在艺术本身,因为再好的艺术也是通过人传递过来的。人本身是腐败的,无信的。这才是最大的不幸。我简直防不胜防。我提防什么?不是其他,而是我自己。有谁能微笑着转过身去,向着另一个方向前进?看不到这样的人。我渴望有这样一位朋友,和他一道。没有。我乐于谈论,可是这些谈论已经越来越没有意思了。打开所有的文字,发现不了任何有趣的东西。全都是一些扬扬自得的战斗,唯独看不到声势浩大的疆场之外,有一个身体纤细、体态羸弱的人,他正用恍惚的眼神看着前方,注视着一片尘埃。旗帜在尘土里抖动,落下又升起。旗帜被染成了血色。角逐真是可怕,每一个世纪都是这样。"

我叹一口气:"有时候我真想什么都不干。我会离开艺术。离开艺术也离开眼前的生活,丢掉一切烦恼。我会做一个明智的人。老伙计,我是软弱的,我想拉你一起走。"

"到哪里去?"

"我去的地方你会知道。你知道。"

他点点头,搓着手:"我差不多知道。你说吧。"

"我们设想一下,如果离开了是不是会变得聪明起来?我们有没有勇气抓起锄头?我们会不会像一个放牛娃那样一边割草一边唱歌?会不会像一个牧羊人那样,在老绵羊咩咩的叫声里满脸欢笑?这需要勇气和智慧。不过这一定在艰苦的征战之后。我们已经没有余力从遥远的疆场上返回了,而且在返回的途中还会对未来产生深深的怀疑。我们怀疑人世间会有什么安逸和舒适。关键的问题是,我们已经耗尽了力量,没有备足回返的粮草,最好的办法就是坐在原地,微笑着,不紧不慢地谈论昨天和明天,聊以自慰。那些更有力气的人正在赶往前方,他们打着裹腿,英姿勃发,见到我们会用轻慢的口气,指点着议论几句。他们还太年轻,他们总有一天会为自己这番议论感到羞愧。他们误以为前进途中遇到了两个懦夫,两个不可救药的酒鬼。他们错了。他们没有看到我们怎样英勇撞击,没有看到鲜血顺着颈部流到胸脯的样子。因为我们身上的汗渍和血迹都被风尘给遮掩了。人们看到的只会是两个面孔肮脏、胡言乱语、不知忧愁的醉汉。我们喝多了,倒地而卧。我们追求的是一种什么生活?没人知道。而且我们自己有时候也不清晰。那种可以延长一辈子的厌倦,正在日夜滋生,给我们带来无限的恐惧。没有比这一切再让人害怕的了,因为它没有尽头。我们看不到曙光。我们这种悲哀的结论、低沉的语调,没有人会赞同。我们的不幸来自心底。"

我推开窗户,看着天空带了晕圈的月亮,深深地呼吸一口。空气冰凉。

我很想讲一讲十七岁的故事,可惜不合时宜。那时候好像整个世界都是十七岁。苹果甘甜而丰富的汁水滋养了我。在我眼里,一切惆怅和困苦都可以洞穿,它们从来没有像现在这样包围着我,使我看不到任何希望。我还想讲一些美丽的童话,讲一讲少年流浪者的故事,他所遇到的那些事情。比如我曾经在那个偏僻的山村里遇到一个酿酒老汉,他酿出的酒远比我们今天的酒好上千倍。最后的念头使我有几分高兴,我终于岔开话题:

"我曾遇到一个老人,他会酿酒。他的酒不是白色的,是深褐色的……"

他立刻打断我的话:"知道。那是黄酒。私酿的黄酒有些发酸,对不对?"

我摇摇头:"这不是一般的黄酒。这种酒的劲道特别大,而且每喝一口,就有一种浓烈的香甜透过你的肺腑。我告诉你,那是个穿草鞋的老人。他早年当过道士,后来就回到家乡。每年他都要酿一坛子好酒。他的酒给任何人喝都不感到心疼。小村里管事的人喝了他不少酒,所以对他特别宽容。过路的乞丐也喝,他们因为喝了他的酒,就更多地往这条路上乞讨了。"

他哈哈大笑。

"真的。就是他的酒引诱了更多的人,安慰了更多的人。我那时候还年轻,不会喝酒。可是连我也迷恋上了老头子鼓捣出的这种东西。我借故找活干,一个月要跑那个小村五六次。我在那里打短工,给这个村子运一种白色石头。那时候我要在一座小山上跑来跑去,一天要走二三十里山路。到了晚上全身都疼,后背被石块磨烂了,有的地方流出血来。你想想,刚刚结住痂又要去背沉重的东西,会多疼。我躺在炕上,灶里烧了旺火,身子下面的炕面热乎乎的。我全靠这些热力来舒展筋骨。有时候晚上还要做活,寒气吹到骨头里,全靠一个热炕驱赶寒气,才没得重病。我每天上工下工都要路过那个白须老人的门口,老远就闻见酒香,忍不住就进去搭讪几句,讨口酒喝。我每次去都能遇到几个无赖在那儿装好人。他们一拿到酒就不顾一切地灌到嘴里,那神态就像吞吃一块肉。村头是个瘸了一条腿的家伙,穿着黑衣服,扎了牛皮带,皮带上还挂着一只被墨汁染黑的木头枪。不过那枪是有筒子的,是真正的铁筒。这个枪到底好不好使,我今天也搞不明白。他喝过酒就照例刮一下那个老头的鼻子,哼着古怪歌曲走了。老人的屋子四周坐着一些乞丐,他们见村头走了,就呼一下拥到里面,伸着脏手讨酒喝。我记得一个乞丐头上被菜刀砍了一道深口子,血迹还没干就跑来要酒了。他滴着血,喝着酒,无比幸福地唱歌。老人从来不急不躁的,从不发火,对所有看得起他的酒的人都一视同仁。没有人赞许他,只有人赞扬酒。而我却例外地把老头子夸了一番。老人十分高兴。他的酒只有一坛子,当这坛酒喝完了,小院来的人就明显地稀落了。可是仍然还有不少人往这儿走。"

我讲到这儿,不作声了。

他笑一笑:"这个喝酒的故事不错。你看,我们以后再凑到一块儿,就讲这样的故事。"

我苦笑着:"酒是一个人酿成的。这酒太好,也就吸引了那么多人。这里面形形色色的人都有,他们动着各种各样的心眼儿。讲起来你可能害怕。"

他瞪着眼:"故事还没完吗?"

"还没完。不过我想骂一句老人的酒,骂一句老人。"

他跳起来:"你这是干吗?"

"谁要他酿出这么好的酒呢?如果不是因为他酿出这种酒,也就不会有下面的故事。"我接着讲下去,"我说过,喝酒的有形形色色的人。有一些乞丐——你知道那些乞丐都是在帮在伙的。那个头上割了口子的人,就是最能讨要的一个壮汉。他跟谁讨东西,谁要不给,他就用刀子砍伤自己。你面对着从未有过的冷酷,会感到极大的恐惧。于是你就抛下东西赶紧逃了。这家伙腰上挂了一个褐色的皮囊,里面装满了不义之财。你看就是这样的一些无赖。

不过这是他们混生活的办法,不这样,他们就没法活着。就是这样一些人,奔着同一股酒香去了。他们中间有的带了叮当响的钱币,有的只捏了一块糠窝窝。有一天傍晚,人们在出山的路上被绊倒了,划亮火柴一看,吓得跳起来。原来是那个头上流血的乞丐被什么人砍倒了,身上那个褐色的皮囊也不翼而飞了。显然是谋杀。后来村头儿把所有年轻人召集起来,举着矛枪,把路口封锁了。有几个乞丐,还有几个赶路人,当然也包括我这个外地人,一块儿给抓到了场院上。村头儿把老人的酒坛摆到场子上,用白瓷碗盛着,大口灌了两碗,然后厉声喝问:是谁干的杀人勾当?我们都不承认。我一点儿也不知道是怎么回事。那一次什么也没查出来,村头儿不得不把人都放了。我们都挨了揍。我被揍得最重,因为我年轻。村头相信所有的恶事都是年轻人干的。反正那是我第一次看到杀人越货的事,第一次懂得人活着,可得好好提防。"

朋友饮下一口酒,把头抵在了膝盖上:"我们来到一个需要提防的地方了。我们过早地闻到了酒香,这才是最大的不幸。可我们最后还是不能怨恨那个酿酒的老人。酒是好东西呀。酒香有什么不好?不幸的是我们这些闻到酒香的人,只知道迎着酒味儿往前跑。是不是?"

我在思考,没有回答。

他又问:"到底是不是?"

我点点头:"是的……"

1992.12

2013.2 订

附　录

中篇小说总目

1983 年

护秋之夜

秋天的思索

1984 年

你好！本林同志

1985 年

秋天的愤怒

童眸

黄沙

1986 年

葡萄园

1987 年

  海边的风

1988 年

  蘑菇七种

  远行之嘱

  请挽救艺术家

1990 年

  金米

1996 年

  瀛洲思絮录

2013 年

  海边妖怪小记

2015 年

  寻找鱼王

短篇小说总目

1973 年

  木头车

1974 年

　　槐花饼

1975 年

　　小河日夜唱

　　花生

　　战争童年

　　夜歌

　　他的琴

1976 年

　　钻玉米地

　　锈刀

　　铺老

　　开滩

　　叶春

　　槐岗

　　造琴学琴

　　石榴

1977 年

　　玉米

　　蝉唱

公羊大角弯弯

下雨下雪

在路上

1978 年

人的价值

田根本

1979 年

悲歌

告别

初春的海

自语

春生妈妈

达达媳妇

老斑鸠

善良

七月

1980 年

操心的父亲

芦青河边

深林

桃园

丝瓜架下

永远生活在绿树下

1981 年

看野枣

天蓝色的木屐

古井

荒原

三大名旦

两个姑娘和一个笑话

黄烟地

1982 年

女巫黄鲶婆的故事

声音

山楂林

拉拉谷

生长蘑菇的地方

夜莺

踩水

紫色眉豆花

第一扣球手

猎伴

  小北

1983 年

  泥土的声音

  草楼铺之歌

  秋雨洗葡萄

  一潭清水

  挖掘

  胖手

  篝火

  灌木的故事

  秋林敏子

1984 年

  黑鲨洋

  海边的雪

  红麻

  野椿树

  剥麻

  蓑衣

  烟叶

  烟斗

1985 年

夏天的原野

1986 年

采树鳔

激动

三想

1987 年

持枪手

美妙雨夜

梦中苦辩

橡树的微笑

满地落叶

童年的马

冬景

我的老椿树

问母亲

1988 年

一个人的战争

王血

蜂巢

绿桨

造船

射鱼

夜海

背叛

阳光

狐狸和酒

头发蓬乱的秘书

一个故事刚刚开始

怀念黑潭中的黑鱼

我弥留之际

唯一的红军

旧时景物

1989 年

四哥的腿

消逝在民间的人

逝去的人和岁月

武痴

晚霞中的散步

山洞

书房

面对星辰

1990 年

  酒窖

  赶走灰喜鹊

  割烟

  鱼的故事

  孤旅

  植物的印象

  穿越

  鸽子的结局

  何时消逝的怪影

  羞愧

1991 年

  烧花生

  许蒂

  山药架

  夫人送我三个碟子

1992 年

  提防

1994 年

  老人

1995 年

  致不孝之子

1997 年

  仙女